图书在版编目（CIP）数据

流年明媚·相思谋 / 桩桩著.—石家庄：花山文艺出版社，2019.9
 ISBN 978-7-5511-4649-4

Ⅰ.①流… Ⅱ.①桩… Ⅲ.①言情小说—中国—当代 Ⅳ.① I247.5

中国版本图书馆 CIP 数据核字（2019）第 091413 号

书　　名：**流年明媚·相思谋**
著　　者：桩　桩

责任编辑：温学蕾
责任校对：李　伟
美术编辑：陈　淼
出版发行：花山文艺出版社（邮政编码：050061）
　　　　　（河北省石家庄市友谊北大街 330 号）
销售热线：0311-88643221/29/31/32/26
传　　真：0311-88643225
印　　刷：大厂回族自治县德诚印务有限公司
经　　销：新华书店
开　　本：620×889　1/16
印　　张：17
字　　数：280 千字
版　　次：2019 年 9 月第 1 版
　　　　　2019 年 9 月第 1 次印刷
书　　号：ISBN 978-7-5511-4649-4
定　　价：49.00 元

（版权所有　翻印必究·印装有误　负责调换）

目录

章节	标题	页码
第一章	巧计百出	001
第二章	江南斗法	014
第三章	火烧相府	024
第四章	牡丹争艳	035
第五章	纵敌北归	044
第六章	连环计下	054
第七章	内奸无双	063
第八章	忍无可忍	078
第九章	黄雀在后	090
第十章	故布疑阵	105
第十一章	精心布局	118
第十二章	京城大乱	130

章节	标题	页码
第十三章	诈死偷生	142
第十四章	父啖女肉	154
第十五章	局中有局	164
第十六章	远走苗域	172
第十七章	将计就计	182
第十八章	被掳和亲	191
第十九章	各怀心机	203
第二十章	两国交锋	215
第二十一章	先弃后取	226
第二十二章	以身做饵	237
第二十三章	相思定谋	252

第一章 巧计百出

七月，夏荷娉婷。

这一日晨雨过后，京郊渠芙江上那一川荷花亭亭玉立。荷叶上露珠滚动，粉荷、白荷娇艳欲滴，只望上一望，便叫人恨不得扑进去，再不记得夏日炎炎。层层绿影深处传来歌声："渠芙江上荷花香，小船摇晃采莲忙。微雨过，未沾尘，采得露珠儿酿琼浆，送给哥哥尝一尝哟！妹妹……"歌声渐渐消失，荷花深处却爆发出一阵脆生生的嬉笑声，似乎采莲姑娘们正在嘲笑那位唱情歌的姑娘。

杜昕言约了丁浅荷在渠芙江岸见。他早到了半个时辰，此刻独自站在江边嗅着荷花清香，听着小曲儿，想起丁浅荷的笑颜，心已醉倒。

不多时，荷叶分开，划来一条小船。船上坐了三个采莲女，嬉笑着载着满船荷叶、荷花朝岸边驶来。三人都戴着遮阳竹笠，青布围脸一兜，让人看不清面目。她们身上都穿着采莲女惯穿的蓝底白碎花短襦，一条花围裙系在纤纤细腰上，别有一种迷人风情。

船靠了岸，三人却未离开。一个采莲女拿出三只粗瓷大碗，提起小炉上的瓦罐，倒出才用新鲜荷叶熬制的米粥，又摆上了一碟豆腐乳，三人说笑间便开始准备吃早饭。

荷叶粥飘来诱人的香气，杜昕言不觉吞了吞口水。他贪图晨雨后的清新，早早骑马来到渠芙江，并没有吃早饭，此时已饥肠辘辘。见三个采荷女天真活泼，荷叶粥香气四溢，他忍不住上前一步，笑道："姑娘熬的好粥，引得在下垂涎，不知可否买碗粥喝？"

空气中响起银铃般的笑声，采莲女害羞得你推我、我推你，终于站起一位胆大的，拿了几张荷叶与一枝粉色荷花放在了岸边，又端了碗粥放在上面，低着头，不敢多瞟杜昕言一眼，就匆匆上了船。小舟一荡又入荷田，那个采莲女这才大声道："公子请用！"接着，笑声又起，杜昕言隐约听到一句，"好俊的公子……"他也禁不住笑了起来。

杜昕言拿起那枝粉色荷花，上面还沾着露水，低头嗅了嗅，感叹这真是个无比美好的清晨。等他端起那碗荷叶粥吹了吹，喝了一口后，脸色却大变，"噗"地吐了出来，他脚尖一点掠进荷田，但采莲女的笑声已消失在荷花深处。杜昕言朗笑道："姑娘们的巴豆荷叶粥别有一番滋味，在下心领了。"他的声音使上了内力，飘荡在渠芙江上久久不绝。

荷叶翻动，像一群可爱的孩子扬着手掌，他穷尽目力却看不到小舟的影子，仿佛渠芙江上从来没有出现过那几个采莲女。杜昕言满心疑惑地回到岸上，这时身后马蹄声急，只见一朵红云飘来，从胭脂马上翻身跃下红色劲装的丁浅荷，她满脸歉意道："小杜！我睡过头了。"

杜昕言向她递上那枝粉嫩荷花，微笑道："不早也不晚，正合适。"

丁浅荷深深地吸了一口荷花清香，她向来看不懂杜昕言的表情，这会儿吃不准他是真的没生气，还是他恼了没让自己看出来。她心里暗骂着杜昕言万年不变的假斯文臭风度，随即眼珠一转，眼睛笑得眯成了缝，觉得好话先奉上一定没错："这里真美，清晨人又少，小杜每次选的地方都好！"

"呵呵……"江面上笑声再起，杜昕言眉心一皱，闻声看去，就见那只小船靠在了江对岸，三个采莲女都已上了岸。一人隔江望着他，故意将盛粥的瓦罐高高举起让他瞧见，然后扔进了江中，拍了拍手后扬长而去。

杜昕言瞳孔猛然收缩，虽然隔着渠芙江，但他仍清楚地看到那个采莲女白生生的手，很显然那绝不是常年干活的手。是因为那悠扬的歌声和等待的心情才没有注意到这个破绽吗？他不温不火地对丁浅荷说道："日头已渐高，咱们另选地方吧。"

十月，枫叶似火。

京城西郊有山名落枫山，是秋来赏枫的好去处。杜家有座别院正位于落枫山下。杜昕言最爱别院秋景，正得了几日假期不用去应卯，便带了书童信儿搬来小住。

秋阳温暖，空山鸟鸣，几片红枫叶无声落下。京城官场的俗事也离得远了，杜昕言只有在这样独处时，一颗浸泡在宦海中成日算计的心才会变得闲暇。他取出洞箫自娱，一曲《古刹幽境》闲淡清雅，绕林缥缈。杜昕言正吹得心思恍惚，院墙外的竹林中却响起一丝琴音相和。那琴音恬静，于高处飞旋不绝，低音阔然空灵。杜昕言闻之精神一振，大有遇到知音之感。箫琴合鸣，和谐无比。

他仿佛飞翔在千山万林之中，仰头看天地之宽，俯首观山河绵绵，眼中世间万物如同芥子，心境为之一宽。箫声停止，琴音渐消，他已迫不及待地掠出枫林，想要会一会与他和曲之人。竹林之中不知何时搭起一围白纱帐，隐约可见有一白衫女人居中而坐，衣衫与白纱混在一起，像笼在雾中的仙子，看不真切面目，只感觉飘逸出尘。

杜昕言走到帐外，一拱手，笑道："姑娘琴艺高绝，杜昕言有礼了。"

帐中传出一个清冷的声音，像破冰时节的山溪一般冷冽，令人不敢接话："冒昧和曲，还请公子见谅。小女子不见陌生男子，公子请回吧。"说罢她自顾自地烹起茶来。

杜昕言一愣，脸上浮起饶有兴味的笑容。他是德妃的亲外甥、大皇子的亲表弟，他的父亲杜成峰乃天下兵马指挥使。他十七岁中榜眼，深受皇上器重，二十岁就成了都察院里最年轻的六品知事，且相貌清俊，风流多金。

他对女子最是温柔，哪怕是最低等的丫头，他也不忘展示风度，所以京城小杜走到哪儿都大受闺中名媛的欢迎，为刺探他的行踪，想与他偶遇的女子多如过江之鲫。今日却被人驱赶，杜昕言脑中忍不住跳出"欲擒故纵"和"欲拒还迎"这两招。然而琴声又拖住了他的腿，他只想瞧瞧这位姑娘的真面目，于是就厚着脸皮不走了。

"嗅茶香清浅，应是蜀中青山绿水茶。又隐有竹香，是现摘了清晨新抽的嫩竹尖煮水，七分时捞出丢弃，再以水烹茶。青山绿水翠竹香，姑娘好雅趣！"

听到他这一番点评，纱帐中的女子手势一缓，却仍不理他。杜昕言也不恼，轻笑道："闻香识美人，此美如空谷幽兰，见之忘俗；气质孤傲，拒人于千里；冷冽芬芳，别有一番滋味。"

那女子哼了一声转身拂开身后的纱帐就走，隔着重重纱帐，回首高傲地说："听说京城小杜风雅，待女人更是温柔有礼，此时又何必纠缠失了风度？我的茶苦得很,你消受不起!"

杜昕言一听,就止住了脚步,眼中却有着几分好奇。此女真不是冲着他来的,一副见了他避之不及的模样让他忍不住摸了摸下巴。他居然入不了她的眼?然而,佳人既无意,他自然也不会强追上去自讨没趣。隔着纱帐,见那道纤细的白影越行越远,最后消失在翠竹深处。他不禁莞尔,喃喃道:"真的是苦的吗?"

他大步上前掀开白纱,中间置有一几,上面放着一张琴。只瞟了一眼,他就知道它只是张很普通的琴。能用这样的琴弹出那般悦耳之声,这位姑娘的琴艺可见一斑。帐中火炉上一壶水滚沸,几上摆着几只薄胎白瓷茶碗,茶碗上画有几片竹叶,雅致精巧。

这位姑娘所用之物都不俗。杜昕言悠然坐下,提水冲茶,再倒入茶碗,清香扑鼻。他端起一杯放到鼻间一嗅,竹之清香、青山绿水之略苦萦绕鼻端,汤色黄澄,透亮可喜。杜昕言想起琴声,再也按捺不住,一口饮尽。只是茶水方入口,他便"噗"地吐了出来,想找水漱口,可炉上只有一壶滚水。

"黄连?!"杜昕言的那一张脸苦得都快要哭出来了,他张着嘴跑回了别院。一手"八步赶蝉"的轻功施展到了极致,端的是身如急电,一闪而逝,果真是"消受不起"。

等他塞了满嘴蔗糖,甜得牙痛时,脑子里便想起采莲女的巴豆粥来。六月下巴豆,十月下黄连,她们究竟是谁?杜昕言毫不吝啬地动用了都察院的暗探,得到的消息却让他大吃一惊:"十月二十六日,沈相千金携仆往落枫山赏枫,十一月一日归。"

难道捉弄他的人是沈相千金?抚琴和箫是在沈小姐离开的当天,那么在此之前她应该不止一次地在竹林中听过他吹箫,等到归期那天再抚琴,是捉弄完他就跑路了吗?可是,他并不认识沈相千金,为什么她要捉弄他呢?

杜昕言左思右想,终于想起一桩事来。

京城诗会,三月踏春时节召开。京郊莫愁湖才子、佳人云集。诗会上,他于酒后题了两句诗:芳菲春坠泪,浅荷夏笑妍。之后便有好事者传开,道京城小杜评定,武威将军之女丁浅荷胜过当朝宰相之女沈笑菲。

丁家浅荷小姐常骑一匹胭脂马,英姿飒爽,容貌娇美,见者无不为之倾倒。沈笑菲却养在深闺,路人不识,因娴静温柔,甚得皇后与皇贵妃喜爱,一句"大家闺秀当沈家小姐如是",就把丁浅荷的风头盖住了。

丁浅荷连沈笑菲长什么样子都没有看到过，就这么被比了下去，自然不服气。她性子爽直，最看不得这种忸怩闺秀。再者，她外出骑马、抛头露面时，常被父亲训斥，话里不时要她学学沈笑菲。她气恼之余便向青梅竹马一起长大的杜昕言诉苦。杜昕言自然好言相劝，酒后题诗也是半带讨丁浅荷高兴之举，谁知，却无意中得罪了沈笑菲。

回想起这事，错在自己，杜昕言最终也只能苦笑了之。

又过了两个月，冬雪覆盖京城，正是温酒赏雪时节。杜昕言带着书童信儿直奔城中的积翠园。江湖第一剑客卫子浩传书于他，道积翠院来了位琴师，琴艺高绝。听到"琴师"这两个字，杜昕言便坐不住了。那日别院和曲后，琴箫合奏的美妙让他久久不能忘记，只盼能再寻得一位能与自己洞箫相和的高手，于是他就托了卫子浩四处打探擅琴之人。

他也时常借着公务去拜访沈相，才赞了一句相府后花园美轮美奂，沈相就板起了脸道："相府后花园除老夫，从不准任何男子进去，杜大人是从何处知晓相府花园之美的呢？"

杜昕言当然不会说他曾跃上相府墙头窥看绣楼，只能堆起满脸的崇敬之意，挺直了腰杆拍马屁："下官从相府后花园的墙外路过时，见墙头花香蝶舞，隐现翠竹青幽，有老藤蔓延，心中暗忖相爷高风亮节，布置的后花园自然也清雅绝伦。"

沈相"嗯"了声，这才没再追问。可等杜昕言某天再次经过相府后花园的墙外时，墙头已加砌了三尺青砖，将鲜花、翠竹、老藤挡了个严实。杜昕言冷哼了一声，觉得沈相忒小气，又不禁失笑起来，加高墙头三尺就能挡得住他？

后院高墙虽拦不住他，他却再也没有听到那如天籁般的琴声，这让他失望至极。从那天起，他的兴趣就落在了寻找擅琴者身上。今日，他带了信儿兴冲冲地进了积翠园，要听新来的琴师抚琴，点的曲名正是《古刹幽境》。京城小杜公子捧场，琴师自然赏脸。不多时，有侍女引他进了一个小花园。

白雪飘扬，一株红梅吐露芬芳。园中亭内烧了火盆，闲置锦榻，四周围了透明鲛绢以挡风。一扇画着梅兰竹菊的屏风置于后座，隔开了视线。没过多久，他便朦朦胧胧地看到屏风后出现两道人影。他的心中涌起一种很特别的感觉，隐约盼望着这琴师乃沈笑菲所扮。他恨不得一脚把挡着视线的屏风踢开，好看个究竟,脸上却摆出一副无可无不可的慵懒神情,靠着火盆歪在软榻上坐下了。

琴声一起,熟悉的感觉涌上心头,杜昕言只感到胸口怦怦直跳,他凝视亭内多时,终于长身立起。

依稀像是竹林中那道清冷的声音,带着拒人于千里之外的冰冷:"公子止步,小女子不见生人。"

"我若想见呢?"

屏风后一阵沉默后,声音宛若流水幽幽:"小女子的茶苦得很。"

杜昕言眉毛一挑,反而不想进去了,他大笑道:"入口虽苦,却回味甘甜。"他复又坐下,让信儿拿出一坛酒来,"小姐上次走得匆忙,在下吃了小姐的一盏茶,回请小姐喝盅酒,不知可否?"

他拍开泥封,酒香溢出,却目不转睛地盯着屏风后。果然,那女子缓缓说道:"汾酒竹叶青,当以白玉碗饮之。无双,取白玉碗。"

"呵呵,小姐果然见多识广,正是汾酒竹叶青,该以白玉碗饮之。"杜昕言本想考考她,见她对酒也有涉猎,目中兴趣更浓。

屏风后转出一个侍婢打扮的人,容色清丽无双,步履轻盈曼妙,只是神情冷了点儿,一张脸似冰块雕出来的一般。杜昕言一呆,侍婢都如此颜色,她又会是怎样的国色天香?

无双端来两只白玉碗,倒出酒来。浅绿色的酒液衬着白玉碗,清新喜人。她冷冷地看着杜昕言,让他先选。杜昕言一笑,随手端起一碗。

屏风后的那位女子接过无双端来的酒慢吞吞地说:"公子怎么知道我会在积翠园?"

"咦,沈家大小姐不是知道在下会来积翠园吗?"

"京城小杜果然机智过人,一猜就中。"沈笑菲冷冷回答,"外面传闻沈家大小姐温柔娴静,是位大门不出、二门不迈的大家闺秀,那是假的。其实我很小气,得罪我的人,我非报复不可。"说着,她一口喝下碗中之酒,道,"这酒冷冽了点儿,不适合这节气!"

杜昕言听她坦然承认,也不失光明磊落。有美人如此相待,他觉得吃点儿巴豆,喝点儿黄连苦茶汤,其实也没有关系。自己题诗无礼在先,如今对沈笑菲一点儿气恼也无,他一口饮尽白玉碗里的酒,起身一揖:"我虽无意却得罪了小姐,杜昕言在此赔礼了。"

话才说完，杜昕言突感腹中绞痛，心中暗骂又上当了。他忍着痛飞身掠出，一脚踹飞了屏风，却只看到沈笑菲掀起鲛绢、穿着银白色狐裘离开的背影。他伸手就朝她抓去，眼前却忽然剑光一闪，无双竟身怀绝技，剑招毒辣。杜昕言腹中疼痛，无奈后退。

　　无双也不恋战，哼了声扭头就走，冷冰冰地扔下一句："见我家小姐喝了酒就以为没毒了吗？我家小姐早服了解药。蠢！"

　　杜昕言当场气结，眼睁睁地看着远处那三道窈窕的身影消失在视线中。他捂着肚子坐下，强提一口丹田气逼毒，费了足足一盏茶的工夫，才吐出一口黑血。等到卫子浩笑嘻嘻地进来时，杜昕言已没有半点儿饮酒赏雪的心情了。

　　回到府中后，杜昕言令管家贵叔置办了贵重礼品送至相府，并代表他言辞恳切地向沈笑菲道歉。贵叔却满面羞惭地回来了，并转达了相府的回话："男女有别，私相授受有违礼法。我家小姐知书识礼，绝对认不得杜大人这等风流人物，何来致歉一说？"

　　杜昕言听了后不怒反笑，觉得这沈家大小姐甚是有趣。表里不一、言行不一，还好意思理直气壮？！

　　"贵叔对我很不满？"杜昕言望着被退回来的礼物出神道。贵叔板着脸道："人家是相府的千金小姐，不是柳巷的姑娘！少爷胡乱写诗坏人家名声，活该被人家刻薄。"

　　杜昕言的眼睛眯了眯，贵叔向来护短，长这么大，他头一次从贵叔嘴里听到对他不客气的话。是可忍，孰不可忍！他已经让人备礼上门去道歉了，沈笑菲居然敢拒绝他！他心头的火苗隐隐蹿动着，脸上却依然挂着浅浅的笑容。

　　两天后，沈笑菲的资料已经放在了他的书房桌上，杜昕言一字一句地反复看了三遍。这一夜，他书房里的灯光亮至晨曦初现。

　　浅浅白雪落了一园，小径上铺着浅雪，露出斑驳的痕迹。园中靠近围墙的一角处竖了架秋千，木板上积下寸许白雪。沈笑菲抱着暖手炉，全身都裹在厚厚的银狐斗篷，脸陷在白色的绒毛围脖里，只露出一双狭长的丹凤眼。眼睛不大，却甚是有神。瞳仁乌黑，衬着眼白现出些微蓝色，如上好的薄胎瓷器中盛着一汪清澈见底的酒，又似雪地上空的一抹蓝天，干净得不染丝毫尘埃。

"小姐，外面冷，当心冻着！"明明是关心的话语，可从无双嘴里说出来，半点儿热度也没有。无双穿着一件淡青色的紧身比甲，勾勒出苗条的腰身，手里提着一把细窄狭长的剑，双颊冻出一层淡淡的嫣红色，像株静静吐芳的幽兰。

"你先回去吧，屋里炭气重，我透透气。"笑菲身子一动不动，话语声从围脖中透出，宛若流水，却不再是杜昕言听到的清冷之音。无双愣了愣，胸口微微起伏着，眼里飞快地掠过一丝无奈。她不再相劝，垂下眼帘，站在笑菲身边一动不动。

笑菲眼中便露出狡黠的笑意，她缓步走到秋千处伸手拂开白雪，一双素手落在雪上，除指尖的一点儿粉红，几与雪色无异，端的是欺霜赛雪。她坐上秋千，双足微蹬，秋千轻轻晃荡起来。风吹起斗篷与围脖上的毛，让她打了个喷嚏，她笑道："无双，我又会害你受罚，你心中可是恨我入骨？"

无双神情漠然，嘴紧抿着，一声不吭，仿佛笑菲说的事与自己无关。笑菲突然就倦了，她下了秋千，瞧也不瞧无双就往绣楼走去。无双默默地跟在她的身后，直走到楼下，她突然回头看了无双一眼说："无双，保护一个让你心里讨厌的人，真的值得？"

无双抬头，平静地看着笑菲，缓缓吐出两个字："值得！"

"就因为他救了你一命，所以你就像傻子似的听他的话？你真的无怨无悔？"笑菲不解。

"滴水之恩，当涌泉相报。"

"你让他救你的吗？他自己愿意出手相救，关你何事？大不了，你将来也救他一命好了，这样日日被我折腾，跟凌迟被剐有什么区别？！"

无双望定笑菲，终于轻叹一声道："小姐生性自私凉薄，自然不懂得。"

笑菲没好气地回了句："人不为己，天诛地灭！无双，别再和我说那些仁义道德。我就是想看看他究竟能做到什么地步，用你当试刀，也是你自找的。"她提裙慢步上楼，走到二楼闺房门口才听到无双清冷的话语："小姐除了自己从不挂念任何人吗？"

笑菲的脚步顿时有如千斤重，她怔怔地站住了。雪早已停了，阳光映得花园很亮堂，连风声都没有，异常安静。她从来没有挂念过别人吗？这些天她时时都在记着、念着、想着一个人——渠芙江上透过荷叶缝隙，她看到他负手站在江岸上，一袭青衫在清晨的风里微微飘荡，眉梢、眼底都是笑意；落枫山下，一支箫曲空灵婉转，夜夜在她耳边一遍遍地响起。

她打了个寒战，手笼在袍袖中抱着暖炉仍觉得冷。她瞟了眼无双，默默地想：宁负天下人，也不要对不住自己。

元宵灯节，一年之中京城最美的夜晚。笑菲看到侍婢嫣然换了身新衣，脸上有按捺不住的雀跃。可是，她不想去。她很想知道，她不去，三皇子睿会拿她怎么办。

两年前她身边只有嫣然一人服侍。那天，两人兴致勃勃地去逛灯节，眼中只有五彩缤纷的灯，回望才知两人走散了。她站在一盏莲花灯下并不着急，只待看完才独自回府，紧接着英俊潇洒的三皇子睿就上演了一场邂逅护美的戏码。之后他总是露出一副对她款款深情的模样，还把武艺超群、长相清丽得让她惭愧的无双送来保护她。

笑菲不相信三皇子睿对她一见钟情，她也说不出为什么。两年来高睿表现得无懈可击，私下里总是表现出一副将来要与她共执江山的痴情模样。因她老爹——当朝宰相沈仪坚持不介入皇子之争，笑菲也不想让人知道她与高睿相识，所以他就摆出不认识她的模样，丝毫不坏她闺誉，只说等太子位定了，沈相无顾虑了，就请明帝赐婚云云。

她不相信，又疑惑重重，只好折腾无双。只要她有什么异常状况，无双就会被高睿惩罚。笑菲刚开始是想试高睿，后来就对无双产生了好奇。无双跟在她身边两年，一副冷冰冰的模样早让她看烦了。她按捺不住想使坏的心，总想看无双何时会激动地跳起来。

"你们俩去看灯吧，天冷，我不想出门。"笑菲望着无双，眼中又燃起了兴奋。如果她不去灯节，高睿见不到她，他会怎么处置无双？

嫣然从小就侍候笑菲，却是个实心眼儿，喜怒都露在脸上。两年下来，她依然不知道无双的来历，这会儿更听不懂笑菲的意思，听小姐说不想去看灯，顿时耷拉下了脑袋。她恳求地望着笑菲，赌气地道："小姐不去，那我也不去了。"

无双的脸上连多余的表情都没有。

笑菲眼珠一转，笑道："好啦，一年就这么一回。走吧，去看灯。"

嫣然顿时欢呼起来，眼中透出一种兴奋。笑菲瞟了眼无双，无双依然面无表情。她走过无双身边时坏坏地说："你猜这次他会怎么罚你呢？"她轻轻一笑，拢了斗篷，款款而行。

无双的脑中飞快地闪过高睿似怒非怒的眼神，仿佛他和沈笑菲一样，都拿她做试探对方的棋子。两年来，笑菲不停地挑拨与折腾，让她有些不耐烦，她实在很讨厌这个相府千金。但是想起他救自己的情景，无双微微起伏的心便又平静了下去，像一颗石头扔进了古井深潭，溅起涟漪后又恢复了平静无波。

拥挤的人群，流光溢彩的街市。笑菲主仆三人戴着笑脸娃娃面具站在一盏莲花灯下猜着灯谜。笑菲突然听到脆生生的一声："小杜！你帮我赢那支簪子！"

笑菲顺着声音望去，顿时眼前一亮。灯光下映出一个娇俏少女，貌美如花，穿着嫩粉色的花袄、石青色裙子，披着件大红披风，颈项间一圈白狐毛衬得俏脸如银月似堆雪。那俏丽的姑娘站在一盏花灯下，单手扯着上面的绸布灯谜，生怕有人和她抢。

一袭青衫同时闯进了笑菲的眼帘，杜昕言俊面含笑地站在女孩儿身边，抬起头去看那个灯谜。因为专注，他的脸微仰着，露出光洁饱满的额头与侧脸清俊的线条。他负手而站的样子，又一次勾起笑菲的记忆。

笑声就这样从前方传来，杜昕言将赢来的一支银簪插进女孩儿的发髻里。她娇笑的模样、他温柔的动作突然让笑菲有些羡慕。她怔怔地看着眼前的莲花灯，目光已透过迷离的灯光落在他们的身上。那些笑声像是从极遥远的地方传来，而她，只听到了自己的心跳声。这种孤独感让她有点儿害怕，她强迫自己收回眼神，专注地去看莲花灯上的谜面。那行小字却很模糊，似被灯光照花了，怎么也看不清楚。

他们什么时候走的她并不知道，只是路过她身边的人叹了句："杜公子与丁小姐青梅竹马，端的是郎才女貌！"

"芳菲春坠泪，浅荷夏笑妍。"她想着这句诗，眼眸中便起了冷意。

"什么灯谜能难倒你，竟瞧了这么久？"一个声音低低地在她身边响起。笑菲微惊，抬眼看到一张哭泣的脸，不禁笑了："人人都爱买笑脸娃娃，你偏要与众不同。"

"我看到你是在笑，你看到我是在哭，正好应景，不是吗？"戴着哭脸面具的人身材高大，穿了件银白绣福字底花锦袍，腰结玉带，挂着香囊、荷包，香囊、荷包下缀着压袍金坠角，一看就知道是富贵人家的少爷。他不等笑菲回答,便引着她往前走,七弯八拐来到河边,带着她上了艘画舫。无双领着嫣然,同几个便装的侍卫跟着上了船。

进了舱中,那人才摘下面具,只见他面容俊美,嘴角噙着一丝笑意,正是当今三皇子高睿。

"江南贡米出事了,皇上今天得到了消息,令户部与江南道查办。"笑菲没有取下面具,连多余的寒暄都没有,斟字酌句将消息说了一遍。

年关时节,驻扎边境的军队中突然有数十名士兵哗变。边境天寒,要防着北方契丹八部过境抢掠,士兵们不敢懈怠。对将士们而言,能吃顿热乎乎的好饭就算过年。正巧司粮库运来的军粮到了边境,伙房连开了十袋军粮,发现里面竟都是发霉的陈米。细查之后才得知这批军粮有七成都是霉变的米,伙房没辙,就将新旧米混在一起煮了。年三十那晚,喝了酒的士兵吃了霉陈米后就发起疯来,有十来人当场脱了军衣,表示不干了。

武威将军丁奉年当机立断,斩了闹事的士兵以稳定军心,同时遣心腹快马入京拜年。他给司粮库官员送了份厚礼,并暗示军粮有问题。

丁奉年长年领军驻边,军粮、军饷是安军心的头等大事。他私下里以为是司粮库对他有所不满,才故意将库房里往年的霉米送了来。他送了厚礼却没有声张此事,卖了人情同时也拿捏住了司粮库的把柄,丁奉年觉得自己处理得甚是周到。

谁知司粮库接到他的消息却大为震惊。因为丁奉年会做人,司粮库特意将去年秋天江南道漕运至京城的新米调拨给了他。司粮库遍查装江南贡米的库房,又找出了千余包发霉的陈米。以陈米充新粮是砍头的大罪,掌管粮库的官员吓得浑身直冒冷汗。

粮库重地,若说这几千包霉陈米是在粮库中被调换,绝无可能。偏偏有册在手,入库手续齐全,江南道粮运司完全可以推卸责任。情急之下,司粮库有两名官员投缳自杀,这才将案子捅到了御前。

"我知道。消息一出我就在想,菲儿一定会来灯节,会迫不及待地告诉我这个消息。"高睿声音很轻柔,含着一点点欣喜、一点点感动,听在任何一个女子耳中,都会被他的声音蛊惑。

"那当然,我生怕三殿下吃了亏,若是争不过大皇子,笑菲将来的荣华富贵找谁讨去?"笑菲娇笑着回答。脸上依旧戴着面具,她并没有取下它的打算。

高睿执起笑菲的手,专注地看着她。大皇子熙有着和明帝年轻时一模一样的清亮眼眸,眸底总带着看似温和无害的笑容。高睿的眼睛却像皇贵妃,如江南水乡清晨雾起的烟波浩渺,让人看不清眼底最真切的神色。那瞳孔深处偏偏又有两点晶石般明亮的星光在闪烁,吸引着人一头扎进去,想看个清楚明白。

此时,在灯光下,他的眼中只流露出对笑菲的深情,那双眼睛盈满了喜悦。高睿温柔地瞧着她,半句也不提江南的案子:"怎么不取下面具?脸怎么了?"

"今日贪雪景在院子里晒了会儿太阳,吹了会儿风,起疹子了,怕吓坏了你。"笑菲懊恼地抽回了手,扶了扶脸上的面具。

"无双!"高睿沉下了脸。

门推开,无双走进来,目光平静地落在身前的地板上——她懒得看这两个人。

"无双拦不住我,不关她的事。"笑菲懒懒地补充了一句。面具后的双眸却无比清亮,似乎在等待好戏开场。

"让她来你身边,就是要护着你毫发无伤。"高睿有些责备地看着笑菲,就算是责备,也带着宠溺与无奈的温柔,但当他看向无双时,眼里便结上了冰似的,"已经不是第一次了,菲儿,你说该怎么罚她?"

笑菲便笑了:"无双是殿下的人,殿下要了她的命也与我无关。"话虽这样说着,她眼里却燃起挑衅与嗜血的兴奋,她睨着高睿,似乎不信他会真的要了无双的命。

"无双,你自尽吧。"高睿回了笑菲一个笑容,眉梢扬起,轻描淡写地说道。

无双闻言拔剑,长剑出鞘发出"噌"的一声,狭长血红的剑身撩起一道光影,直直往脖子上抹去。

"我明日会起程前往江南养病。"笑菲很失望,看到长剑要抹上无双的脖子,高睿却连眉毛都没抖一抖,这才迅速地说道。高睿的手指便弹在剑刃上,长剑荡开,却仍削落了无双的一绺头发。高睿冷冷地说道:"在这里跪上一晚,好好反省,江南之行莫要再忘了自己的职责。"

"谢殿下!"无双双膝跪地,腰背挺直。前方不远处的地板上,一只蜘蛛慢慢地爬过,她数着它的脚步,只当船舱内只有她一个人。

笑菲什么话也没说,转身便往外走,一眼也没瞧无双。她的一句话,让高睿真的能杀了无双。看起来他的确对她深情无比,然而,她却更加忐忑。

她助他夺江山，他给她权势富贵。在笑菲看来这只是一笔关于终身、前途的交易，高睿却非要掺杂进情深似海。她一向认为，能让明帝在大皇子熙和三皇子睿之间摇摆不定，迟迟定不下太子人选，已说明这两位皇子都不是省油的灯。她宁愿相信高睿看中的是她相府千金的身份和她的智谋，也不愿意相信他是因为爱上了自己。

　　高睿微笑道："江南湿润，最养肌肤，菲儿去住些日子也好。父皇让小杜以江南司监察御史的身份暗中查案，你的气还没出够的话，这倒是个好机会。"

　　笑菲没有回答，带了嫣然离舟上岸回了相府。离开前，她瞟了眼跪在地上的无双，心里的坏主意一个接一个地冒了出来，她觉得江南之行肯定会很好玩儿，但无双不问缘由便拔剑自刎，让她实在觉得无双有趣。

　　此时，无双一言不发地跪在船舱中数着蜘蛛的脚步。高睿背着双手走到她的身后，静静地看着她颈后白皙的肌肤。他站了足足一刻钟，而无双像尊塑像，一动不动。他忍不住地问道："我若不弹开你的剑，你的命就真的没了。"

　　无双没有听见——她采取了一种最笨的方法来面对这一切，她就像一只缩进壳子里的蜗牛，也只有这样，她才能一次次忍受沈笑菲和高睿的来回折腾。

　　高睿已经习惯无双这样了，但是生死事大，他好奇她对他表现出来的忠心："无双，回答我，知不知道刚才你差点儿就割断了自己的脖子？"

　　"知道。"无双的目光从蜘蛛身上挪开，移到面前的地板上。银白色的锦袍出现在了她的面前，下巴被高睿抬起，她看到高睿眼中浓烈的好奇。她觉得好笑，平静地说，"无双是殿下与小姐相互试探的棋子，死不了。"

　　"呵呵，就知道你不笨，只是不说罢了。"高睿笑出声来，站起身道，"江南一案非同小可。明日既然要起程，暂且记下，回来再罚。"

　　无双站起身道："殿下放心，无双不死，小姐就不会死。"

　　"你错了，就算你死，也要护她周全。"高睿盯着无双，声音凝重。

　　"是。"

　　无双离开后，高睿弯腰从地上拾起她被削落的那绺头发，在指间绕了两圈，指腹传来柔滑的感觉。他嘴角动了动，随手将那绺头发放进了腰间的荷包里。

第二章 江南斗法

二月早春，杨柳吐绿。梅山万树梅花怒放，山上游人如织。山下小春湖中画舫往来，丝竹声随风飘扬。空中落下绵绵春雨，沾衣不湿。春寒料峭，这场春雨更夹杂了梅花的冷香。湖面上雨雾朦胧，江南风景如画正是此意。

在湖畔的一角、梅树的掩映中露出一座草庐，用竹篱围了院子，木门紧闭。草庐四面无墙，只用细竹帘隔开了里外间。里间面湖，隔着帘子隐约能看到坐了位女子，一身白衣，裙裾曳地，而她旁边跪坐着一名侍婢正在烹茶。另一名侍婢则安静地坐在她的身边。

雨势渐渐地大了，湖面上溅起点点白色水花，连绵不绝。扑来凉风阵阵，吹得细竹帘摇摆不定。茶香终于四溢散开，清冷的空气中混了梅香，说不出的舒服惬意。这时，外间突然有了人声，声音急切，隔了竹帘唤道："突遇大雨，打扰主家清静了！能否容小的与公子二人借檐下避雨？"

白衣女子微一颔首，烹茶的侍婢便放下手中小炉，掀起帘子，撑开油纸伞匆匆去开门了。

门外站着一主一仆，浑身俱已湿透。公子打扮的那位穿着青衣夹袍，面容清俊，负着手站在木门外望着梅花，悠然自得，嘴角噙着一丝笑，仿佛这场春日冷雨与他没有什么关系似的。书童打扮的则缩着脖子顶了个包袱挡雨，一双点漆般的眼睛眨巴着看着木门。

木门打开，只见门内站着一位相貌柔美的佳人，随后飘来银铃般的笑声："公子请进！"说罢，嫣然一笑，撑着油纸伞就回了草庐。

那书童打扮的人便跟丢了魂似的忘了自家公子平时的训导，越过了公子，快步跟了上去。青衣公子夹袍尽湿，脚步却未见急促，只恨铁不成钢地瞪了书童一眼，摇了摇头，满脸的无奈。他的目光却自俏婢的头扫至脚，暗自笑道江南出美女，连避粉雨随手敲门也能遇到一个。进了草庐，侍婢粉面含俏地搬来一个火盆放下，脆生生地笑道："这里简陋，公子将就烤烤湿衣吧。"

青衣公子赶紧拱手谢道："多谢姑娘了！能避过这场雨便好。"他拱手间那份尊敬由心而发，谢得诚意十足，让人瞧了，心里不免对他多出几分好感来。

"公子宽坐，嫣然去拿点儿酒来。别看这是春雨，淋了也不好受。"嫣然抿嘴一笑，转去了一侧的厨房，不多时就端了一坛花雕和几个小菜出来。书童赶紧接过，诚心想和嫣然多亲近，嘴里甜甜地喊着"姐姐"，像抹了蜜似的。他灵活的眼珠一转，看到了竹帘后的白色身影，笑道："姐姐的名儿取得真好，嫣然一笑可倾城！"

嫣然一听，粉脸上飘过一抹娇羞，更增丽色，她啐了书童一眼，一跺脚掀帘进了里间。竹帘开合处，正露出白衣女子端着茶碗的手来。纤纤如兰，比白衣更白三分。

"信儿！"青衣公子的目光掠过那只手，眼皮不禁跳了跳，不知为何突然就想起了那个采莲女的嫩白小手。他蹙了眉呵斥信儿，换了笑脸对竹帘后又是一揖，道："书童孟浪，小姐莫怪。避雨之恩，杜昕言在此谢过。"

竹帘后的身影一震，传出一个羞怯的声音，略微带着颤意，似不敢相信自己的耳朵一般："莫不成是京城小杜？"

杜昕言一愣，满面春风道："不敢，正是在下。"

"嫣然，换好酒，莫要怠慢了公子！"白衣女子声音立时转急，却仍不失娇柔甜美，声线细细，隐含羞怯。

"知道啦，小姐！"嫣然笑道，她将矮几上的花雕捧走后，不多时就捧来一只黑土陶罐，用帕子包着捧着，显然酒一直温着。等到土封拍开，酒倾出，艳红黏稠，带着琥珀光泽，醇香扑鼻。书童满脸陶醉，杜昕言眼中带惊，急问道："可是绍兴宁家珍藏的醉春风？"

"京城小杜，品酒、吟诗、戏剑、弄箫，无一不绝，当以醉春风待之。"话尾竟带上了一抹婉转的思慕。杜昕言听到最后的尾音，只感到浑身酥麻，他轻叹一声道："酒是醉春风，玉人更醉人。只可惜隔了竹帘，终是人在深深处！"

白衣女子听到这话浑身也是一抖，轻抚过小臂，已起了一层细密的鸡皮疙瘩，语声哀怨道："小杜公子才情传遍京城，为公子所醉的玉人不知凡几。这雨，倒真下得及时，得见公子一面。这竹帘更好，省得见了公子从此相思！"

杜昕言端着酒碗出了会儿神，最终放下了酒碗，喃喃地道："原来醉春风是酸的！"

白衣女子见他不喝，知道他认出了自己。她浅浅抿了口茶，换成了在落枫山与积翠园中那种冷傲的声音，慢条斯理地道："哪里是酸的，杜公子明明是说酒里下了毒！"

杜昕言盯着竹帘，眼中神色不定，隔了片刻才笑道："沈笑菲沈大小姐，这是你第几次想捉弄在下了？既然费尽心思探得在下行踪，何苦还隔了竹帘？让在下见着面赔个礼如何？"说着他举步就往里间走来。

"你若进来，我就只好投湖了。"沈笑菲娇笑道。

杜昕言脚步未停，面带笑容道："这可如何是好？在下与沈相同朝为官，竟逼得沈小姐投湖，若传了出去，不是有损沈小姐的清誉吗？"

他的手已触及竹帘，帘内白影却真的走向了湖边。他一惊，飞身掠出，迎面却一道剑光刺来，迅疾毒辣，正是寒着脸的无双。他不得已翻身后退，只见沈笑菲似凭空飘向了湖面。等到他一把扯下竹帘，脚才迈出，便暗叫不好，赶紧旋身后退，眼前的情形直叫他哭笑不得——里间露出空荡荡的一片湖水。方才却是只船停靠在岸边，因为隔了竹帘看不真切，让他以为真的是一间屋子。

一叶小舟从草庐荡开，瞬间划出十几丈远。沈笑菲面罩长纱，拥着披风，打了把细骨油伞，站在船头赏着湖中烟雨，看也不看他们一眼。她身边的嫣然和手执长剑的无双却目不转睛地瞪着他们。

杜昕言凝视着笑菲的身影，她风姿绰约，立于烟雨湖上，自有一番慵懒模样，几乎疑为画中人，他不觉看得痴了。这时鼻端突然飘来一股烟味，他回头一看，草庐从厨房处蓦地燃起了大火，还带着一股油烟味。雨水淋上去发出噼啪声响，显然，搭建草庐的材料事先已浸过油。火借风势吹来，他赶紧拎起信儿跃出草庐。不多时，草庐已烧了个干净。

"好嚣张的女人，摆明了烧了房子也不让我们避雨！"信儿气得直跳脚。

杜昕言的唇边浮起苦笑，他望着舟中站立的沈笑菲喃喃地道："这女人，无视律法，三番五次对朝廷命官下手，我是不是该请她去都察院坐坐呢？"

湖面上忽然传来嫣然的大骂声："自己要闯进来，怨得了何人？我家小姐还以好酒待你，你却说我家小姐下毒。狗咬吕洞宾，不识好人心！烧了草庐也不让你们躲雨！活该淋成落汤鸡！"

杜昕言主仆二人无语地站在梅树之下，任由冷雨淋下。信儿目送小船划向湖心，缩着脖子冻得发抖，他疑惑地问道："公子，真是那个沈家大小姐？乖乖，这大半年怎么就遇到了她四回？离了京城也能碰到她，没这么巧吧？"

杜昕言望定小船，眼睛微眯了眯。他只要心情不好就会情不自禁地做出这个动作，看得信儿一抖，心想，沈家小姐非倒霉不可。

见船消失在湖上烟雨中，杜昕言身影一闪进了草庐。他急切地在残垣中寻找，终于找到了那只黑陶酒罐，里面落满了草木灰。他把手往罐里一掏，掏出一把和了灰的湿东西放在鼻间一嗅，神色立时变得古怪起来。

船上，沈笑菲拥着厚厚的披风，微笑地望着一湖烟雨。嫣然的气依旧没有消，鼓着腮帮子道："哼！他居然敢写诗奚落小姐不如丁浅荷，活该让他淋成落汤鸡！今天没在酒里下药算便宜他了！"

无双静静地说："杜昕言是天池老人的高徒，他一旦起了疑心，就不会再轻易上当。"

笑菲仿佛没有听到她俩的话，眼眸深处映出一川烟雨蒙蒙。

缥缈的雾雨中，两岸青山如淡墨挥洒，落枫山上的箫音就这样没有防备地闯了进来，空灵而闲适，抛却了富贵权势、人心算计，只有自在快活。她静静地站着，油纸伞抵不住雨雾袭击，披风上密密地沾染着湿意。远处岸边早已是雾蒙蒙一片，笑菲却觉得那冷梅之下仍站着一袭青衫，隐隐地对她微笑着。

扬州襟江带湖，地处长江、淮河交汇之处，是江南鱼米之乡，年年贡米都从扬州走水路运至京城。朝廷在扬州设有江南道粮运司，由户部直辖。因处江南道地界，又归江南道督府督管。杜昕言要查这件案子，自然要先去江南粮运司所在的扬州。

只是，他并没有先去粮运司。明帝谕令一下，户部督查要员和江南道督府衙门早已经将粮运司上上下下查了个遍。从收米入库到装船起运，每一个环节都被细细地查上了一遍。从案发到明帝密令他下江南已有半个多月了，户部与江南道督府衙门却一无所获。

　　杜昕言在京中司粮库详问了贡米从上岸到入库的细节，得知司粮库收粮入库一般是上船随意抽查，用铁管捅破麻袋，就能知道袋中大米的好坏。但如果官员稍稍大意一点儿，陈霉米压在舱底，就能很轻松地蒙混过关。如果江南粮运司在收粮、入库、装船的这些环节中没有动手脚，那么船上的陈霉米就是在路上出了问题。

　　从扬州到京城的水路，支流众多，河湾湖泊密布，杜昕言怀疑贡米是在水路被调了包。他计算了下运粮船的行程，查看了地图，随后目光落在了一处叫黑石滩的水域上。

　　这片水域的地形像一株人参，从主河道分岔出去之后，支流散成大小河道，呈网状分布，就像人参的根须。水道迂回，形如迷宫，中间又串着四五个小湖泊，水域宽广，正是水贼藏身的绝好地方。

　　杜昕言从江湖朋友卫子浩嘴里听说，黑石滩正是江南道水上第一帮——漕帮的所在地，心里便又多了几分把握。虽然江湖有江湖的规矩，但江湖中人插手朝廷的事，就不能只依江湖规矩来办了。杜昕言寻思良久，打算亲自走一趟，去黑石滩漕帮摸摸情况。

　　放眼望去，黑石滩水陌纵横，沙鸥飞翔，漫天芦苇正抽出细细的青茎，一派野趣自然。河边孤零零地立着一间茶棚，灶上烧着大锡茶壶，蒸着馒头，摆着两张方桌。一个穿着灰布短衫、弓着背的干瘦老头儿正坐在灶前烧柴，见有客人，赶紧拍了拍手站了起来。

　　杜昕言自顾自地坐下，将桌上的茶碗摆出一个"品"字形。

　　"客官，还要等人吗？"老头儿见他们只有两人，不解地问道。

　　杜昕言微笑道："等人，等黑石滩的一颗黑石头。"

　　"公子贵姓？"

　　杜昕言用筷子蘸着茶水在桌子上画了一把剑，剑柄弯成月钩状，正是卫子浩的标记。老头儿笑了，拱手道："原来是卫少侠，久仰。"说完，他摸出一根短竹笛，一寸长，翠绿可爱，对着河边的芦苇丛吹出水鸟般的鸣叫。没过多久，芦苇丛中划出一只小船来。

　　杜昕言与信儿正要上船，老头儿笑眯眯地拦住了他们道："请卫少侠独自前往。"

杜昕言便对信儿说："你先回客栈吧。"说完，他掀袍上了小船。

撑船的是位十六七岁的姑娘，身段苗条，穿着青色短夹袄，系了条同色的裙子。因长年在水上讨生活，让她脸上的皮肤显得黝黑粗糙，却也让整齐刘海儿下的那一双眼睛显得更加清澈纯净。她对杜昕言一笑，鼻子微微皱起，像吹起了一层涟漪。她比画了个手势让杜昕言坐好。原来是个哑女。他原本想从撑船女的嘴里套些消息，现在却有些遗憾。

撑船女竹篙一点，船如箭一般射进芦苇丛中。她起篙之时，衣袖滑落，露出的一截手腕却是白生生的，显然是没晒过太阳的缘故。她腕间戴了只样式简单的银镯子。杜昕言情不自禁地想起渠芙江上沈笑菲扮成采莲女的模样，唇边浮起了笑容。不管是采莲女还是水乡姑娘，他觉得这种自然天成的样子，比京城贵族小姐们华丽的装扮要美多了。

远处沙鸥、白鹭扇着翅膀，天地间只听得到隐隐风声，这种安宁让他有种回到落枫山别院的放松感。他站在撑船女身后，冷不丁地冒出一句："你叫什么名字？"撑船女连头也没回一下。他耸耸肩，看来真是个哑女。

竹篙利索地一撑，小船像鸟儿轻盈地划过水面。河道由宽变窄，小船行驶在密密的芦苇丛中，回头早已看不到河岸了。去冬枯败的苇叶还没有完全落下，新的绿叶已抽枝舒展。这些芦苇已不知盘根错节地生长了多少年，茂盛得像两堵墙挤压着水道。乍一看，小船似是朝着芦苇丛直冲了过去，可竹篙一点，小船又巧妙地划进了另一条水巷里。

撑船女似乎很腼腆，偶尔也会轻抿着嘴、偏过头来偷看，屡屡会碰上杜昕言含笑的双眸，红晕便立刻染上她略显粗糙的脸颊。她不好意思地转过头，竹篙点得更急，船走得也更轻快了。

转进一条水道时，前方横着一小团水草，草里有两只新孵化的小水鸭吱吱叫着。撑船女停了下来，任船缓缓驶近。她俯身捞起那团水草，朝四处观看着，听到右边有水鸭鸣叫，一望之下，她脸上露出几分急色。右边芦苇滩外侧有片密集的水草，一只大黑鸭正嘎嘎地叫着，似乎在寻找它的孩子。

水草窝里的两只小水鸭才长出一身绒毛，脆声地叫着。撑船女把船划过去，可水草太密，结成网状拦住了船。她叹了口气，将船又划回原来的水道，伸手将小水鸭放进船旁边的芦苇丛中，眼中露出怜惜之意。杜昕言一直没吭声地看着,见撑船女恋恋不舍地要将船划走,他眼里露出一丝暖意,多么善良的女孩子。

"我送它们回家。"杜昕言抄起那水草窝,看了看右侧,便提起内力,青衫飘飘,他已跃了过去。他将水草窝放下,借着水草纠结成片的浮力腾身回跃,稳稳地落到了船头,只是鞋子与青衫下摆已被溅湿了,他不在意地微笑道:"看,母鸭子找到它们了。"

不远处,那只大黑鸭游到水草窝旁,嘎嘎声传来,似是极为快活。

撑船女怔怔地望着他,眨巴着眼睛,似感动得不知说什么才好。她指了指他打湿的鞋和衣襟,比画了一下。

"无妨,过了不多久就会干的。"杜昕言有些好笑地看着她的表情,像是他做了件天大的好事一般。撑船女对他一笑,奋力一撑,船从水道里划出,杜昕言眼前一亮,终于出了芦苇地。一块块的小沙洲离得稍远了些,像绿色的垫子浮在河面上。河道宽敞了许多,让视野也开阔了起来。

撑船女跳下船,把缆绳往岸边石头上一缠,又从船上拿出一个包袱,指了指他的鞋,比画着告诉他,要生堆火让他烤干鞋和湿衣再走。接着,她打开包袱,露出里面的馒头和一壶酒给他看。他的鞋泡湿了,毕竟不怎么舒服,且她划了快一个时辰,刘海儿已被汗水浸湿,脸上泛起了暗红的油光,是该休息一下了。

这片沙洲不大,十来丈宽,几丈长,边缘有几丛芦苇,中心是新绿的草地。往外看去,远近稀疏的芦苇地连缀成一片浅绿色的毯子,未脱落的苇叶萎垂着,新旧交替如此分明,更让人感到春天来了。

撑船女拿了把小弯镰,割下枯干的苇叶生了堆火。她在草地上摊开包裹,里面有几个大白馒头、一包炸小鱼干、一包豆干,还有一小壶酒。杜昕言脱了鞋袜放在火边,见她拿起一个馒头走得远远的,知她害羞不敢看他赤足。他拿起酒饮了一口,一股暖意从腹中腾起,不觉赞道:"这酒不错。"

撑船女啃着馒头回头笑了笑,似是很高兴他喜欢。杜昕言也呵呵地笑了。一壶酒转眼见了底。晒着温暖的太阳,宁静的芦苇滩、没有心机的女孩儿,让他有种想睡上一觉的感觉。他放松地躺在草地上,闭上了眼睛,一股慵懒从骨子里散发了出来。他想睁开眼,眼皮却重如千斤。他努力地想睁开眼睛,却只看到了一片黑暗。

撑船女从脸上揭下一层黑色半透明的面具,露出无双冷艳的脸来。她走过去伸手推搡着杜昕言,他一点儿反应也没有。无双从头上取下木簪,毫不客气地对准他的手扎了下去，仍然没有反应。她默默地看了会儿杜昕言，终于相信他醒不过来了，这才松了口气，低下头细细地看着他。杜昕言的脸沐浴在阳光下，明朗而恬静。她伸出手指，似乎想抚摸他的脸，却只在半空中虚画了一下，脸上已涌起淡淡的红晕。

无双看了会儿，站起身从怀里掏出一支竹笛。竹笛一寸长，用翠竹制成，碧绿可爱，她放在嘴边吹出一串水鸟般的鸣声。片刻后，又有一只船从芦苇丛中划出来。笑菲白衣飘飘，悠然地站在船头。

"你和嫣然在船上等我。"笑菲下了船，瞧着躺在地上的杜昕言，眼笑得眯成了缝。

嫣然撑开船，隐入芦苇丛中，重重苇影挡住了无双的视线。无双突开口问道："小姐一个人会不会有危险？"

嫣然笑道："你迷翻了他，小姐怎么会有危险？有事小姐会以笛声示警的。无双，我看小姐八成是喜欢上杜公子了！"

"喜欢还会三番五次地整他？"无双反问道。

嫣然眨了眨眼，说："小姐几时对人这般上心过？"

无双"哦"了声，望定前方的沙洲没有再问。

"无双，你别告诉小姐是我说的，我只是猜的。"嫣然吐了吐舌头，调皮地笑了。

笑菲坐在草地上，手指轻轻地顺着杜昕言的眉毛抚过，指尖传来毛茸茸、服帖的感觉。她纤细的手指像滑过琴弦一般拨弄着他的黑睫，看着它们一根根从她透明的指甲缝中跳起。她喃喃地道："好长的睫毛，知不知道你的眼睛很有神？"

她的手指依次从他的鼻梁滑下，停在了他的唇上："你吹的箫很好听，你也是心里寂寞的人吗？"她的声音变得轻柔，像流水般舒服。

杜昕言沉睡不醒，笑菲没有再说话，只是坐在他身边安静地看着他。阳光暖暖地照着他们，风暖暖地吹着，她抱着膝坐在他身边，天高云淡，安静得能听到自己的心跳声。

"你睡着了，我做什么你也不知道。"她似在鼓励自己，回头往小船划开的方向瞧了瞧，丛丛芦苇拦住了视线。她拂开面纱，低头轻轻触了触杜昕言的唇，温软的感觉。她飞快地抬头,满脸阳光。

"你是我的!谁也抢不走!"她满足地叹了口气,歪着头又看了杜昕言一会儿,低声道,"真想一直这样,可惜你快要醒了。"

她开始动手,将杜昕言荷包里的东西全掏了出来,拈起那枚江南司监察御史的牌子得意地笑了。她将那块牌子放进怀中,将吃食包好,提在手里,笑嘻嘻地说:"对不起啊,你功夫高,应该饿不坏的吧。我只是困你几天,顺便用用你的牌子而已。我就算天天想着你,也一样会下手害你的。因为我在喜欢你之前,就帮着三殿下了,回不了头啦。等三殿下得了江山,我有了权势,你就逃不掉了。"

她伸开手虚抓了一把,将阳光握了满手,不由得心情大好。走了几步,她又返了回来,拿出一个馒头放在他的身边,像是在说服自己:"就留一个吧!我不是对你好,吃不饱会更饿!"

笑菲掏出竹笛唤来嫣然与无双,她上了船,恋恋不舍地瞧着躺在草地上的杜昕言,片刻后轻叹了口气道:"黑帮主定已等久了,走吧。"

无双接过嫣然手中的竹篙,用力一点,船飞也似的划出去了。半个时辰后,船划出芦苇丛,前方水道上正停着另一条船。船头站着个身材高大的中年男子,肤色黝黑,颌下一圈短胡须如松针直立。他目光炯炯有神,极是威武。两船靠近,笑菲浅笑道:"多谢黑帮主相助,这个人情笑菲记下了。至于杜大人嘛,我也只是想困他在黑石滩几日。杜大人要离开,黑帮主不必阻拦,若五日后他还困在黑石滩,烦请黑帮主送他上岸。"

黑连虎爽朗地笑道:"沈小姐不会武功却能困住天池老人的高徒,黑某佩服。沈小姐请放心,漕帮绝不食言。"

笑菲的船荡开,朝岸边划去。黑连虎则回转黑石滩水寨,他身边划船的汉子这才问道:"帮主,他们都是官府中人,为什么要帮沈小姐,不帮杜大人?"

黑连虎嘿嘿直笑:"县官不如现管。江南督府尹陈大人是沈相门生,杜大人虽是京官,与咱们的关系却隔了十万八千里。陈大人坐稳了督府尹的位子,漕帮好处多得是。咱们帮的不是沈小姐,是陈大人!你懂什么!"

夕阳最后的光在芦苇叶上形成朦胧的黄晕,水波如碧,渐渐显得暗沉。天边层层暮紫处涌出薄薄的轻雾。火堆熄灭,只余黑色的灰烬,被风一吹,四散飘开。

杜昕言睡醒了，他晃了下脑袋，身体并无异样，仿佛只是在温暖的春阳里睡了一觉，记忆如潮，瞬间涌入。荷包放在旁边，唯独不见了他的令牌。他抓起一把灰烬放在鼻端嗅了嗅，迷香果然被放在了火堆里。她不是害羞，是故意坐在上风口，好避开迷烟。

芦苇滩安静得只有随夜而来的风声、水鸟归巢的叽叽喳喳声。他极目远眺，才看清四周茫茫沙洲形成一线阴影，天色已经完全暗淡了下来。青衫被晚风吹起，他的身影渐渐变成了一个模糊的暗影，与夜色融为一体。

他手中握着一个馒头，掰开一块放进了嘴里。白面馒头，让他咀嚼出了一股甜香味。他吃得很慢，很珍惜。吃完后拍拍手，他竟笑了起来，黑暗中双眼熠熠生辉。

春夜的河风吹得遍体生寒，杜昕言慢条斯理地从荷包里取出一个精巧的小火折子，扯了把干枯的芦苇，点起火堆取暖。漕帮知道他的真实身份，那么拿走他的令牌又想去做什么呢？他抬头看向星空，没有月亮，辨不出方向。

"这样就能困住我了吗？"杜昕言缓缓按下腰间玉扣，解下一条一寸宽、四尺长的青色腰带。他握在手中一抖，腰带"嗖"地抖直了。原来是把无边无锋的软剑，剑身在火光下发出荧荧光华，像一泓流动的湖水。他自嘲地说道，"子浩，你一心想看我的剑，和我斗了上百次也没瞧见它，没想到今日竟用来割芦苇。"

等到天蒙蒙亮，他已编好了几十个芦苇团，手指割破了好多道小血口。火光映射出他清俊的脸，他的嘴角还噙着一丝笑意，只有他的眼睛与微蹙的眉暴露出心里的情绪。

太阳升起，杜昕言辨别出方向后施展轻功飞掠，遇到水面宽阔处便扔出芦苇团，借力点水而过。但纵是这样，他还是掉进河里过几回，在芦苇丛中徘徊了好几次。

三日后，杜昕言浑身湿透，终于到达了岸边。他又累又饿，不远处的茶棚还在，炊烟升起。他看到后，笑了。茶棚无人，茶是热的，馒头也是热的，桌子上放着他的令牌，还留了张纸条，歪歪斜斜地写道："漕帮请客，杜大人请吃好喝好。"

杜昕言拈起令牌仔细地看了看，便放进了怀中，坐下后毫不客气地猛吃起来。他吃饱喝足后一把火就把茶棚烧了，扯下青布帘，用黑炭龙飞凤舞地写下："茶好馒头香，可惜无肉！"这才施施然离开。

第三章 火烧相府

杜昕言回到客栈时，信儿已等得望眼欲穿，见他头发凌乱，衣衫污浊，裤子还滴着水，当场就傻了眼。杜昕言疲倦地伸出一根手指头堵住信儿要说的话："备热水。天大的事也要等我洗完澡再说。"

杜昕言的眼中布满血丝，浑身散发的气息让他像头濒临暴怒边缘的狮子。信儿少有见到少爷这般震怒的时候，艰难地吞下要说的话，急得一跺脚，赶紧去准备热水了。

杜昕言泡在水里，舒服得想睡觉。他一口接一口地喝着酒，渐渐地，才感觉元气恢复了过来："这三天，有无消息？"

信儿拿着布巾替他擦干头发，没好气地说："都察院的人急着找公子，已经在客栈等了两天了。"

杜昕言一怔，斥道："这等大事为何不早说？没我的命令便前来见我，定有大事发生。"

信儿愤愤地想：你要洗澡，怪得了谁？

杜昕言匆匆换好衣裳，唤暗使进房。都察院江南道的暗使都等了他两天了，已经急得像热锅上的蚂蚁，看到他行了礼后，张嘴就说："大人，江南道的各处暗使见令如见人，已经遵令秘密行动，灭了江上的一处水寨，水寇共计四十八人，一个活口未留。卑职是前来复命的。"

杜昕言听后倒吸了一口凉气，用他的人去杀水寇？还一个活口未留？真狠！四十八条人命算是落到他头上了。他要是说自己弄丢了令牌，明帝会把他流配三千里。他气极反笑道:"江南道督府衙门有什么动静？"

"这三天抓了十来名官员下了大狱。"

杜昕言迅速地冷静了下来，想必暗使们"得令"所杀的水寇是在江上调换贡米的水寇。这边把销赃的水寇灭了口，那边就开始抓人，动作还真快！杜昕言从牙缝里挤出一句话:"传令杭州站，看好了大狱！我即刻赶往杭州！"

他与信儿快马加鞭，直奔江南道督府衙门所在地杭州，换了官服、持了令牌长驱直入。杜昕言心里有几分明白，却仍怀着最后一丝希望。户部督察史与江南道督府衙门查贡米案一直没有消息，他希望来得还不算晚，案子还没有审结。

离开京城时，大皇子熙语重心长地交代，其实是在暗示他，没准儿江南贡米案与三皇子睿有关联，因为江南粮运司粮运使刘吉是从三皇子府出去的。只要能把高睿牵连进来，争太子，他就又少了一分机会。

到了江南道督府衙门，杜昕言被请至内衙书房，结果喝了一个时辰的茶，督府尹陈大人依旧没有出现。杜昕言有点儿怒了，对侍候在一旁的师爷冷冰冰地说:"陈大人不在啊？若耽搁了案情，这可如何是好？！"

师爷诺诺，却站立不动。

"你家大人究竟身在何处？！"杜昕言眼睛一眯，突然变脸猛喝一声。

师爷吓了一跳，下意识答:"大人在大狱！"

杜昕言心急案情，这会儿再也坐不住了，站起身来围着师爷转了个圈，眯着眼对师爷吩咐道:"带本官去大狱！"

"杜御史！"陈之善的声音响起，他带着喜色与笑容走了进来。他年纪已至中年，身材发福，白胖的脸上一直挂着和煦的笑容。他穿着一品大员的紫色官袍，脚步生风，像是急着赶回来的，然而，他的额头上一点儿汗水也没有，"监察御史驾临，本官公务繁忙，有失远迎！"

杜昕言眉头一扬，满脸堆笑道:"听说江南贡米案有眉目了？下官欲调卷宗一览。"

陈之善笑道:"时辰不早了，户部喻提举听说杜御史来了，特意在思翠园置了酒席为你接风，让本官一定请到杜御史。今日审了一天，是有点儿眉目了，但还未结案。明日与杜御史再一同去审吧！"

陈之善是一品大员，江南道的土皇帝，他对杜昕言客气不外是冲着都察院的特殊地位。杜昕言不过是个六品小官，照理说他不敢拒绝，然而都察院是皇上的耳目，他这次来江南道是奉了明帝的密令。杜昕言坐着没动，笑道："皇上心急案情，下官觉得还是先审案要紧。"

"杜大人莫非是看不起下官？"门口又走进一位身着绯色官袍的年轻官员，面如冠玉，唇红齿白，一双丹凤眼斜斜飞起，模样极为俊俏，正是户部派往江南督办案子的要员喻品成。

喻品成当年与杜昕言一起殿试，中了探花。他进了户部，杜昕言则进了都察院。几年后杜昕言是六品知事，而他是从六品提举。他自问文采、才能不输杜昕言，相貌也不比杜昕言差，可京城小杜的风头却总是盖过他。一有机会，喻品成就要和杜昕言过不去。

见他搅局，杜昕言知道今晚肯定审不了案了。知道消息后，江南道的大狱便早已在都察院的眼皮子底下了。只要案子未结，他就不担心。杜昕言轻松一笑，道："如此，那就恭敬不如从命，多谢喻兄盛情。京中难得与喻兄把酒言欢，今天借喻兄水酒、陈大人宝地，一定尽兴。"

席间觥筹交错，果然尽兴。杜昕言几次引话到江南贡米案的嫌犯身上，都被陈之善一句"不谈公务"推掉了。第二天一早，他决定开门见山。陈之善饮着早茶悠然地道："这次还要多谢杜御史当机立断，在销赃的水寇要开溜的时候将他们一网打尽，只可惜没留一个活口。粮运使刘吉发现了端倪，本官顺藤摸瓜找到了疑犯，案子终于破了。与案情相关联之人早已写供画押，案宗也送往了京城。皇上现在应该已经接到本官的加急奏折了，本官也已上报为杜御史请功。杜御史难得来江南一次，不如多玩几天，去西湖上泛泛舟也是一种雅趣。探花郎才思敏捷，喻提举这些日子触景生情得了不少妙句。"

杜昕言心里一惊，眼中闪过一丝讥讽："昨日听大人说还未结案，今日案子不仅结了，还已快马抄报送京。大人瞒得这么严实，是信不过都察院吗？"他直接将都察院这顶帽子抛了出来。陈之善不顾忌他，也要顾忌一下都察院都御史成敛的怒气。同样的一品大员，都察院好歹和皇帝走得更近些。

陈之善笑得眯起了眼，偏过身子低声道："这个嘛，却是因为私事。杜御史知道本官恩师是沈相大人，他膝下就那么一个女儿，一直视若掌上明珠。沈小姐听说杜大人来了杭州，说什么也要本官留杜御史一晚。她说，若是告诉杜御史结了案，就留不住你了。呵呵！案情卷宗，杜御史回京随意调阅就是，千万要卖本官这个人情。"

陈之善笑得极为暧昧,却让杜昕言心头大震。沈笑菲,又是沈笑菲!杜昕言脑中紧接着闪现出另一个念头——差事办砸了。皇上会先接到江南道督府衙门的奏折,都察院无功而返,自己这次丢脸丢大了。难道沈笑菲叫陈之善拖住自己就是想拖延时间?他想到这里,差点儿气歪了鼻子,笑容颤了颤,却依旧坚持地挂在脸上。他低声道:"大人,下官和沈小姐……陈大人能否告知她……一二?"他语焉不详,带着几分神秘而暧昧的神色。

陈之善眨了眨眼,笑着回答:"沈小姐昨日临行前说,她回京路上不想再看到杜御史去纠缠她。"

他纠缠她?!杜昕言顿时气炸了肺。

杜昕言在回京城的路上收到了飞鸽传信。陈之善的折子已经快马加鞭送到了京城,案情始末一一道明,涉案官员供词清清楚楚,一应案犯也陆续被押往京城。

江南道粮运司粮运副使勾结运粮官在进京途中与一伙水寇勾结,调换了五船新米,所得赃银已于其家中抄没。那群水寇被杜昕言下令剿灭,没有一个活着逃开。粮运正使刘吉上罪折,又因举报查案有功免于科罪。明帝大悦,令吏部嘉奖,考评江南道督府尹陈之善今年政绩为优等。杜昕言杀水寇有功也得了奖赐。

然而,大皇子高熙在江南安插的几个官员也被牵连了进去,不是主谋,也非同案之人,却落了个监管不力的罪名。明帝唤大皇子进宫劈头盖脸地呵斥了一顿,当晚就去了皇贵妃处歇下。高熙回府气得发抖,指着杜昕言半天说不出话来。

"你前去查案,先不说能不能把三弟牵连进去,但如何也不能叫别人拿住咱们的人啊。你怎么就把销赃的水寇全都灭了口呢?这不像你的手法啊!还有,刘吉是三弟的人,他的副使犯了案子,他居然还能免于科罪!"高熙长叹道。

当今皇上中宫皇后无出,德妃生大皇子熙,皇贵妃生三皇子睿,淑妃生五皇子宁。三位皇子中,大皇子熙性情温和、办事稳当,隐有皇上年轻时的风范,位又居长,立太子呼声最高;三皇子睿聪明能干,去年冬天带兵抵抗契丹南下,建有军功,且皇贵妃位居皇后之下、四妃之上,受皇上宠爱,故请立三皇子的人也不少；五皇子宁才四岁，母亲淑妃不是世家大族出身，太子之争自然不是大哥和三哥的对手。

杜昕言心里明白这一次德妃从中说项，明帝就顺水推舟把案子交到了自己手中，摆明了，皇上心中也是更偏向大皇子。结果，他到了扬州就被困在黑石滩三天，被人拿走了令牌，用他的人将销赃的水寇全都灭了口。陈之善也开始大举抓人，连夜突审，还刻意留了他一晚，让都察院来不及拦住上报的奏折。

杜昕言暗忖，陈之善不疼不痒地挠上一爪，拿出秉公办案的架势，叫大皇子吃了哑巴亏，却丝毫没有把高睿摆到明处。打压了大皇子府的人，都不用抬举，明帝恼怒之下自然就偏向三皇子了。

"真是高明！"杜昕言虽吃了亏，却也不得不赞一声。他仔细回想，又觉得蹊跷。以他对陈之善的了解，此人深谙为官之道，在江南道为官十年，谈不上政绩突出，却也没有败笔，十足一个中庸之人。要说陈之善有雷厉风行的手腕，但他到江南之前，暗使曾回报，陈之善急得嘴唇上火起泡，茶饭不思，对案情一筹莫展。然而就在他被困黑石滩时，陈之善居然就把案子审得水落石出了。

高熙恨了半天说道："敢冒用你的令牌让你有苦说不出，我看背后必有高人指点。陈之善是沈相门生，会不会是沈相那只老狐狸？难道他在暗中支持三弟？"

一语惊醒梦中人，杜昕言顿时想起在江南遇到沈笑菲之事。江南之行，他为了避雨无意中闯进沈笑菲的草庐。那坛醉春风中并没有下毒，看情形，如果不是自己揭穿了她的身份，她会隐在竹帘后装作不认识——她去江南是为了贡米案。

都察院暗使的办事效率，杜昕言很清楚，见令牌如见人，一声令下，执行任务的暗使连缘由都不会问半句。可是为什么要杀尽水寇呢？难道这件案子并不像表面审结的那样，背后还隐藏着什么？从这起案件看，得利的是三皇子睿。看上去一直保持中立的沈相有没有牵涉进来呢？

杜昕言对沈笑菲的好奇心在这一刻如潮水泛滥，接连几次和沈笑菲打交道，而他，连她的脸都没有看到过。当晚，他就找来了卫子浩。卫子浩出道十年从未落败，可是只有他知道，卫子浩其实败过一次。而在卫子浩看来，他的剑始终连杜昕言的一根头发也削不到，他就是败了。更何况，杜昕言从来没有出过剑。

三年中，两人交手不下百次，慢慢就打出了交情，交上了朋友。卫子浩爱剑如痴，看不到杜昕言的剑誓不罢休。杜昕言偏偏就不出剑，不管卫子浩的剑招有多狠，他避得有多狼狈，就是不出剑。

难得杜昕言有事相求，卫子浩心里很高兴。他做不出以此要挟杜昕言出剑的事，嘴里的嘲讽却没断过："怎么，都察院想查一个人有这么难？以杜大少的权势还敢有谁不听令的？实在不行，就凭你的功夫，一探宰相府也非难事。"

杜昕言叹了口气，道："她不是足不出户的大家闺秀吗？总不能让我这个都察院知事去翻宰相家的墙吧？"

听了他的几次遭遇，卫子浩忍俊不禁，盯着空酒坛道："我若翻墙被捉，难不成杜大少会来保我？"

杜昕言赶紧又递上一坛酒，道："这是我从江南带回来的醉春风，大皇子讨，我都没舍得送，卫兄就帮小弟这个忙如何？"

当晚卫子浩就去了宰相府，直奔沈笑菲住的后花园。他悬在屋檐下用手指蘸着口水去捅窗户纸，因为还未到初夏，用来糊窗户的还是厚绵纸，所以，他没有一下就捅破。他又舔了舔手指，想接着去捅。结果，舌头一麻，他暗叫不好，翻身跃出，听到楼里传来银铃般的笑声："多喝酒就好了，偷看小心长针眼！"

卫子浩气得愣住了，而嘴里发麻，舌头已肿胀得说不出话来。没办法，他只好旋风般回了杜府。杜昕言正奇怪他回来得竟如此迅速。卫子浩张着嘴，舌头肿得像猪舌，他推开杜昕言，捧起醉春风当水喝，直喝完了两坛酒，才消了肿。

听卫子浩说完经过，杜昕言已笑倒在桌边。清俊的脸上，一双眼睛扑闪扑闪的，似得了什么宝贝。连老江湖都被她整了，自己丢脸的事仿佛也算不得什么大事了。

"还有一事，那后花园似布了阵。若是寻常窃贼，肯定连绣楼的边儿都挨不上。"

"看来沈笑菲与江湖中人也有来往。她身边的侍婢无双，一手剑法精绝。后花园有阵法，一把火烧了便是！我倒想看看她从楼里跳着脚逃命出来时，还会不会戴着面纱！"杜昕言想起三番五次被她捉弄，想起黑石滩三天三夜的挨饥受渴，一口闷气出不来便起了狠心。谁知卫子浩却当了真，猛地一捶桌子，嘴里酒气冲天："不如小杜放火，我带人前去灭火如何？"

杜昕言笑得眯起了眼睛，斯文地摇了摇头说："救美之事，我一向不喜假他人之手，亲自动手才知个中妙趣。"

风高放火天。

笑菲静静地坐在窗前撑着下巴望向夜深之处,他现在坐在哪家的屋脊上等着看戏呢?嫣然担心地说道:"太危险了,不如让无双扮成小姐吧。"

笑菲摇了摇头,薄薄的眼皮下眼神兴奋清亮:"她动手就不好玩了。"

无双站在一旁没有说话,和笑菲一样望着黑夜,眸子里飞快地掠过一丝担忧。嫣然扯了扯她的衣袖,无双一凛,又仔细检查了下机关,便出了笑菲的闺房,顺手关上了门。笑菲吹熄了烛火,在黑暗中安静地等待着。

子时,空中飘来一股油味,笑菲的嘴角不禁牵出笑容——戏开场了。

一支火箭从远处射来,后花园顿时陷入火海之中。杜昕言坐在后花园对面的屋顶上不紧不慢地喝着酒,眼睛眨也不眨地盯着绣楼。相府之中喊走水之声不绝于耳,拎着木桶奔向后花园救火的人纷纷被火势逼了回来,月洞门外哭声响成了一片。绣楼却没有动静。

园中树木被烧得七零八落,绣楼周围虽没有着火,但烟雾却借着风势直扑绣楼。杜昕言有点儿坐不住了,觉得自己为了看沈笑菲一眼,放火烧园是实狠毒。他正要起身救人,绣楼一楼的窗户大开,无双顶着一张湿棉被抱着一个女子冲了出来,几个扑落滚到月洞门边,正要返回去,大火已封住了月洞门。无双嘴里发出凄厉的喊声:"快救人啊!小姐还在二楼上!"

杜昕言心头一紧,再也顾不得许多,就跃进了后花园。他拟的计划,自然知道缺口在哪儿。几个起落,他已落在绣楼房后的屋檐上。他推窗进屋,才一进去,扑面一张网便撒了下来,他就地一个翻身避开,谁知身下一空,人从二楼直直坠下。他凌空翻身往上一跃,头顶木板却忽然一合,人只能往下掉。下面同样张着网,瞬间就把他缠了个严实。

杜昕言只得苦笑道:"沈笑菲,沈大小姐,在下是来救火的。"

灯光亮起,他看到自己被网兜在空中动弹不得,四周连个窗户也没有,一楼原来修了夹壁建了间暗室。外面看有窗户,实际上是装在墙上掩人耳目用的。

沈笑菲正坐在桌子旁看书,她头发披散,身着宽袍,脸隐在暗处,他只瞧到一双清亮的眸子。她的声音不再那么清冷,平和得像是身边的一个普通人,没有了那种站在高山崖顶的遥远之感。她语气中带着一种喜悦,一种捕获了猎物的高兴:"一万两银子。"

杜昕言还想挣扎，沈笑菲愉快地笑道："重修花园只需要两千两，不过吵醒我睡觉，小杜需赔八千两，不赔就当是贼。"

"我是来救你的！沈小姐怎么能恩将仇报，诬陷好人？"

"我若说你是来调戏我的，我爹也会相信。"沈笑菲专心看书再不言语，直听到外面有了人声，知道火已被扑灭了，这才放下书懒洋洋地站起身，看也不看杜昕言，就要开门出去。

让沈相看到他被当成采花贼用网吊在半空中，这要是传了出去，他还有脸在京城混？杜昕言赶紧大声叫住沈笑菲："你怎么知道这火与在下有关？"

沈笑菲打了个哈欠，笑得愉快："我怕说出来，小杜会气破肚皮。自然，是有人告诉我了。"

杜昕言听到这话，脸上露出恍然大悟的表情。他突然什么都明白了，恨得磨了磨牙齿，非常识时务地回答了一句："我给。不过，现银只有三千两，我好歹还是个清官。"

"好啊，那就写张愿付现银三千两，举七千两为债的欠条吧。记得写上，超过三月未还，利息三分。"

"在下缚于网中，怎么写？"

"我当然会放你出了网，再让你写。"

杜昕言笑了，道："你真的是算计了我几次的沈笑菲？你就不怕放了我，我就反悔？你没有武功，我打晕了你，一走了之很容易。"

沈笑菲也笑了："可是无双和嫣然却知道我在这里，门一开，她们就会知道杜公子半夜出现在了我的闺楼，冒着大火舍命相救。我们孤男寡女同处暗室，若是被人发现，杜公子不娶我都不行了。"

隔江采莲女的身影、竹林中娉婷离开的背影、小春湖烟雨中站立的风姿……沈笑菲脑子出毛病了吧？她有才有貌、父亲官至宰相，她还担心嫁不出去？杜昕言笑容可掬地回答："你未嫁我未娶，这又有何难？下官月俸六石六斗，七千两要还到猴年马月去了！相较而言，娶你还能赚一笔嫁妆，沈小姐的主意颇得下官的心。"

"哦？小杜公子不是心仪丁家浅荷小姐吗？这么快就要忘情别娶了？"

杜昕言哪肯让她再占上风，悠然笑道："娶个二房侍候她，浅荷高兴还来不及，岂会拈酸吃醋生在下的气？"

"是吗?"沈笑菲拿出纸笔,终于走出了阴影。

杜昕言睁大了眼睛。

沈笑菲摘下了面纱,眼部以下的肌肤凹凸不平,似被滚油浇过,在微弱的灯光下显得格外狰狞。她平静地看着杜昕言,看到他眼中的惊骇便笑了:"杜公子还想娶笑菲吗?"

一炷香之后,沈笑菲独自走出小楼。沈相见到她后,伸手揽住了她,咬牙道:"菲儿无事便好,若是有事,我必将那放火的贼子凌迟!"

笑菲嘤嘤地哭了几声,任由沈相拥着她离开了后花园。相府中人也渐渐散去,只待天明报官捉贼,清点财物损失,重新移植花木。待后花园里人走尽之后,又隔了片刻,杜昕言才开门出来。他左右瞧见无人,便纵身跃出,消失在了黑暗中。

杜府书房里亮着灯,在深夜里格外醒目,也格外刺眼。杜昕言看了会儿,忍不住想笑。这段时间一直在走霉运,还不知道究竟是什么地方错了,现在找到了症结根本,也不失为一件好事。他一脚踢开书房大门,卫子浩穿着宽袍,神情慵懒,正悠闲地喝着他珍藏的酒,见他回来,还笑着递过一杯酒:"见到人了?"

杜昕言接过酒一口饮尽,醇热的气息从小腹腾起,的确是好酒。他心疼地想,至少二十两银子一坛!一念至此,他咬牙切齿地道:"你就是这样出卖兄弟的?我一听她的话就知道是你!也只有你才对我的计划知道得这么清楚!"他如泄了气的皮球瘫坐在椅子上,痛心疾首道,"一万两!要挣多久才能有一万两?"

卫子浩面不改色地道:"谁叫你这么歹毒,为了瞧人家一眼,就放火烧园子,还是当朝宰相家的园子。传了出去,丢官是小,弄不好要掉脑袋的啊!一万两买个平安,有何不可?再说了,咱俩是兄弟……但还不是亲兄弟,无双却是我亲妹子,你说我总不能出卖自己的亲妹子吧?"

"是无双?"

"天底下又有几个无双?"卫子浩淡淡地笑道。

"独独瞒着我,想看我笑话是吧?"杜昕言火大道。

"说了你还会上当给银子?我好歹要为无双挣点儿嫁妆!沈小姐一番精心

布置，你不上当岂非无趣？"

杜昕言彻底无语，抱起酒坛大口喝下。

卫子浩答完却又有了好奇："说说，花一万两银子看到的沈家小姐长得如何？"

他不提还好，一提起来，杜昕言又想起灯光下那张恐怖狰狞的脸来，不禁浑身一抖，连连摆手："太丑，怪不得总以面纱挡着。"

卫子浩疑惑地看着他："真的？"

"当然是真的。我一见之下，赶紧写了欠条，要是被沈相知道我去救他女儿，还在暗室里一起待着，一定会逼我娶她的。真是可惜，有那么好的风姿，脸却被毁了。"

卫子浩摇了摇头，说："我妹子却不是这样说的。无双说沈笑菲美得很呢。"

"什么？"杜昕言又跳了起来。

"三千两银子给我。"卫子浩摊开了手，"沈小姐说了，这三千两现银是无双的嫁妆。至于那七千两债务，她自会找你讨要。她还给了我一样东西，说你要看她的真容，一手交钱，一手交货。"

杜昕言愣了半响，突然放声大笑："好好好，好一个沈笑菲！我给！"他果真吩咐管家取了三千两银票给卫子浩，然后一脚将卫子浩踹了出去，笑骂道，"一个月不准进我府中！"

卫子浩拿了银票飘然离开，头也不回地说："你都欠一屁股债了，哪还有银子买酒请我？穷居闹市无人问，富在深山有远亲，这个道理，子浩明白。"

杜昕言恨不得冲上去对准他的屁股再踹上一脚，脑中却浮起沈笑菲的资料："沈氏之女年方十七，十五岁时与三皇子睿结识于元宵灯节。睿赠侍卫无双护之。"

能得三皇子高睿青睐，这样一个女子，容貌会奇丑无比吗？他心中存了好奇，懒得再和卫子浩计较，关上房门，凝神屏气，小心地打开了画轴。寥寥几笔勾勒出姚黄、魏紫牡丹花开，旁边题着一句诗：若看牡丹真颜色，四月洛阳花满城。

杜昕言掐指一算，还有十天，便是洛阳牡丹花节。他独自饮着酒，对着那幅画卷微笑着："沈笑菲，你的报复心的确强。洛阳牡丹花节与京城莫愁湖畔的诗会同时召开，你这是想让所有人知道，我为了你扔下浅荷远奔洛阳赴约。"

他摇了摇头，想起那张可怕的脸，心里又勾起疑惑。难道暗室灯光暗淡，她易了容，他没有看出来？良久，他叹了口气，他不得不承认自己对沈笑菲的长相好奇得不得了。只一瞬，他脸上又露出狐狸般的笑容来。他很想知道，如果所有人都知道他携了丁浅荷去洛阳牡丹花节，而沈笑菲巴巴跑去等他会是什么表情。

郁结一扫而空，杜昕言愉快地喝完了一整坛酒。

第四章 牡丹争艳

洛阳三月花如锦,连那沟渠间都飘荡着春水花香。高门大户难得开了园门,摆上果点,任人随性参观。有童儿早已备好笔墨纸砚,若有才子兴起得一佳句,便当场银钩铁画,唤裱匠裱了,高高挂在院门外,引以为豪。更有柴门小院,多以种牡丹为生,指望靠着花节能卖个好价钱,就纷纷搬出了各色牡丹,竹篱外一时争奇斗艳,花浓似蜜。

进了洛阳城,丁浅荷就高兴地对杜昕言说:"果然国色天香,雍容难述,不枉此行。"

"牡丹虽国色,浅荷更动人。"杜昕言"唰"地抖开折扇,眉眼带笑。

丁浅荷嗔他一眼,绽开了如牡丹花一般的笑颜,神采飞扬。

这时,杜昕言发现自己不着急了。他愉快地想,今年人们又会传出什么话来呢?沈笑菲若是知道了,会有什么表情?他觉得被算计了一万两银子让她跺跺脚也没什么关系。

花架上摆放着一盆白玉牡丹,花瓣舒展,洁白无瑕。花上才喷过水,清新诱人。杜昕言心头便飘过了小春湖上烟雨中撑着细骨油伞的白色身影。

"小杜,这盆胭脂红真漂亮!"

杜昕言的目光就从白玉牡丹移到了胭脂红上,又从胭脂红移到了丁浅荷的脸上,不由得喷笑道:"胭脂马上胭脂虎,胭脂虎羞煞胭脂红。浅荷,你要不要改名字啊?"

丁浅荷磨了磨牙,一拳揍了过去。杜昕言身子滴溜儿一转,移到她身后,微低下身子道:"浅荷,你一怒脸上就会起胭脂红!呵呵!"他一笑就闪开了。

丁浅荷离了京城,再也不怕有人告到老爹耳中,不用再装淑女,她大喝一声:"你别跑!"

两人穿花蝴蝶般一前一后笑闹着追逐着,阳光照在二人身上,一个红衣耀眼,一个青衫飘飘。衣衫上金丝银线勾就的花纹不时将道道闪烁跳跃的光折射四散,旁边的人不经意就会被它灼伤了眼睛。

沈笑菲站在酒楼楼上,阳光下的这一幕让她想起在黑石滩沙洲上,杜昕言安静地躺在自己身边时的情景。那时,阳光很暖,风很暖,绿油油的草地也很暖。那时,天高云淡,整个天地安静得只剩下她和他。她目中露出温柔的笑意,眼睛随着杜昕言的身影移动着。她瞧着丁浅荷扬起笑脸往酒楼上看了一眼。是设计吗?谁设计谁还说不清楚呢。笑菲轻唤了一声:"无双!"

无双手挽长弓,破空一箭直射丁浅荷。杜昕言听到风声,将丁浅荷扯往身后,凌空翻身,用脚尖踢飞箭支。岂料那支箭上无镞,却绑着迷香粉,一团绿雾炸开,他吸了一口,顿时感到头昏脑涨,拉了丁浅荷头也不回,闪身避进了小巷。

隐约中,杜昕言听到丁浅荷焦急的声音,他费劲地睁开眼,一角白裙出现在眼前。他努力去抓,却再也撑不住倒下了。

淡淡的琴声响起,夹杂着银铃般的笑声,风一般吹得远了。杜昕言睁开眼睛,发现自己躺在一间木屋内,窗外阳光灿烂。浅荷呢?他一惊起身,全身上下并未受什么伤。他皱紧了眉,想起晕迷之前看到的那角白裙。沈笑菲?她想干什么?她会把浅荷怎样?

杜昕言越想越心惊,翻身下床,推开了门。门外竹篱上缠着牵牛花,圈着一个梦境般的花园。春阳艳艳,蝴蝶翩飞,各色牡丹珍品看似无意地种在园中,与假山、池塘浑然一体。花海之中坐着一个白衣女子,面覆轻纱,简单绾了个双髻,用两根银簪子束住,任由长发直泻及腰。她只坐在那里,投来一个平和的眼神,杜昕言的眼中就已没有了牡丹的娇颜。

"女要俏,一身孝。不过,太过素净,也令人不敢接近。"杜昕言看到她就想起了那一万两银子,语带讥讽,诚心想激怒沈笑菲。他目光一转,折下枝含苞待放的胭脂红,随后以暗器手法掷出。

一道红影夹杂着风声射了过去,准确地插进了沈笑菲的发髻中,沈笑菲连手都没抬一下,讥讽地说:"这么可爱的颜色当配丁姑娘。胭脂马上胭脂虎,胭脂虎羞现胭脂红。"

杜昕言的眼睛眯了眯,心里更加警觉。沈笑菲看来早就在跟踪他了,连他和浅荷的玩笑话也听得一字不漏。他脸上却未露半点儿痕迹,呵呵笑道:"沈小姐雪衣素裳,配一枝胭脂红更添温柔之感。浅荷这丫头无论穿戴什么,都改不了张牙舞爪的性子。"

沈笑菲笑了,眼睛笑得眯成了缝,像足了狐狸:"杜公子想见丁姑娘?"

"谁说的,我只想见你。我千里迢迢跑来洛阳,为的就是'若看牡丹真颜色,四月洛阳花满城'。"杜昕言也笑了,掀袍坐在沈笑菲的对面。

"杜公子的话,我一句都不相信。丁姑娘多好啊,明艳动人、娇俏大方,与公子又是青梅竹马,杜公子怎么会对别的女人动心呢?"

"此话差矣。沈小姐可不是别的姑娘,沈小姐多才多艺,早已打动了在下的心。渠芙江边尝过小姐的一碗新荷粥,清香扑鼻;落枫山琴箫和鸣引为知己,一碗清茶更是沁人肺腑;积翠园赏雪饮酒,小春湖如醉春风;这洛阳城里的牡丹也及不上你半分颜色。"

杜昕言多情的声音让沈笑菲笑得花枝乱颤,她眼珠一转,道:"我竟不知公子对笑菲如此深情。可是,明明笑菲听到公子口口声声地称赞丁姑娘如胭脂红,娇俏可爱,公子莫不是在哄笑菲开心?"

"在下看到小姐画像后,只恨不得肋生双翅,早点儿飞到洛阳城中一睹芳容。在城里遍寻小姐不遇,在下早已焦急万分。沈小姐其实根本用不着迷药,在下早已被小姐迷晕了。"杜昕言面不改色,肉麻的话如流水一般自然说出。他盯着沈笑菲,不放过她脸上一丝表情。隔了一道矮几,伸手就能擒住她,他不怕她跑。

沈笑菲幽幽地叹了口气道:"怪不得京中闺秀都爱京城小杜,果然脸皮够厚、色胆包天。只不过,你说这些,是怕我对丁姑娘不利吧?"

"在下一点儿损伤都没有,沈小姐是这般温柔识礼的大家闺秀,沈小姐的父亲又与武威将军同朝为官,怎么会对浅荷不利呢?在下一片真心,早在江南就对督府尹陈大人表白过,对小姐在江南的行事仰慕佩服得紧哪!"

沈笑菲掩口一笑,突然回头道:"浅荷姐姐,他对我这般痴心,我该怎么办呢?"

花丛中露出丁浅荷气得煞白的脸,她撑着下巴瞪着杜昕言,咬牙切齿地道:"好妹妹,放狗!"

沈笑菲对呆掉的杜昕言眨了眨眼,手掌轻拍,杜昕言突闻几声犬吠,转眼之间,几条高大威猛的狗卷着风声直扑向了他。他恨得大喝一声掠向丁浅荷:"你上了她的当,还帮她说话?"

丁浅荷翻手一掌就朝他击去:"小杜!早知道京城小杜油腔滑调,我真是,真是……"她的一张脸涨成了胭脂色,转身就奔到沈笑菲身后,指着杜昕言道,"好妹妹,赶他走!"

"丁浅荷,你没脑子吗?明明是她迷晕了我们!"杜昕言气急败坏,左躲右闪地躲避着大狗的袭击,他一纵身就掠上了园中大树,站在枝头冲丁浅荷大喊道。丁浅荷性子直爽,望着树上的他道:"我就知道你突然要来洛阳没安好心!笑菲妹妹早遣人告诉我了,是我让她迷晕你的,就是想听你一句真心话。小杜,别人说你嘴甜风流,在外处处讨姑娘欢心,我还总不肯全信,现在我知道了,你,你压根儿就是个花花公子!"

她与杜昕言青梅竹马,是泡在他的甜言蜜语里长大的,猛然听到他对沈笑菲说出同样情意绵绵的话,那些她听得熟悉的甜言蜜语如水一般地往外倒,她不由得大恼,一跺脚就奔出了院子。

杜昕言心里叹着气,丁浅荷红色的身影已消失不见,他站在树上苦笑道:"沈小姐能否把你的狗唤走?在下不想伤了它们。"

沈笑菲笑着拍了拍手,奔来几个大汉将狗牵走了。杜昕言从树上掠下,忍不住叹息:我怎么栽得这样惨?

"咦?你板着脸干什么?难道是我逼你说的?唉,小杜原是无心,早已知道信不得,可惜你说出来偏生又好听得很,不信也想听哪!"沈笑菲眼睛亮晶晶的,清澈得能映出蓝天白云。

她蒙着面纱,只露出了一双眼睛,杜昕言却看愣了,有这样一双清澈眼睛的人竟然如此诡计多端!她窈窕苗条的身段、纤细的手,都给人一种娇弱无力的慵懒感,却能让自己屡屡上当。他总算有些明白了,不能以貌取人,说的就是沈笑菲。

"京城小杜在姑娘堆里混久了,以为女人见了你都会化成水。"沈笑菲闲闲的一句话打断了他的思绪。

"不敢,在下被沈小姐玩弄于股掌之间。唉,甘拜下风!"她居然看出了他在想什么,杜昕言心里马上警觉,眼睛情不自禁地眯了眯,却摇头做懊恼状。

沈笑菲凑近了几分,认真地盯着他的眼睛,啧啧道:"听说杜公子一眯眼,就要有人倒霉了,这人会是我吗?"

杜昕言怔住,这个女人到底对他了解多少?沈笑菲已低下头去,看几上摆着的一局棋,再不理他。杜昕言顺势一看,棋盘中白子迂回,布下珍珑,步步引黑子入局。现在的局势是黑子入瓮,但尚有一缺口。他素来脸皮厚,沈笑菲不赶他走,他没得到想要的答案,自然也不会离开。见她观棋局,他便笑道:"沈小姐为何不堵死这缺口?要知道白子占上风,一旦这处黑子养气成活,局势就不好说了。"

沈笑菲凝视着他,他有一张清俊的脸、微翘的唇,天庭饱满开阔,谎话脱口就来,不急不躁。这样的人能轻易被困死?她摇了摇头道:"布局至此,我已无法掌握黑子的走向。一个人再狂妄,也不能帮别人把棋走完的。世间之事,变幻莫测。笑菲当适可而止,不可以己之心度他人思量。杜公子不妨试一试?"

杜昕言一笑,以食、中二指拈起黑子打劫。沈笑菲布这棋局早已走了无数次,此时也熟络地拈起一子。两人一扑一围,专心致志,浑然忘了时间。

太阳偏西,花园里镀上一层温暖的橙色,暗暗晚风鼓起衣袍。杜昕言落下一子,长舒一口气,见沈笑菲专心棋局,蓁首低埋,露出颈后一截雪白肌肤,长发被阳光镀上一层金黄色,柔顺而服帖,让他心神为之一荡,暗道:纵然她被毁容,但风姿之美,倒是自己见过的第一人。

沈笑菲研究着棋局,抬头微笑道:"果然另有奇招是笑菲想不到的。这棋局未知输赢,却又下不了了,将来若有机会再继续吧!沈大人来洛阳是想知道笑菲的真容如何,还是江南贡米一案?杜大人只能选一样。"

杜昕言下完了棋,看到已走出了白子之控,不禁心情大好。他虽好奇沈笑菲的相貌,但她的相貌他迟早会看到,而错过这次机会,他却不见得就能知晓江南贡米案的内情。

杜昕言当即答道:"我都想知道。不过,最想知道的还是沈小姐如何能在短时间内破了江南贡米案。"

沈笑菲有些遗憾,懒懒地说:"其实很简单,是都察院在江南道的暗使帮我查的。"

"什么?"杜昕言失声惊呼。

沈笑菲从怀中摸出一块令牌,这令牌杜昕言当然熟悉,正面印了都察院的金字,背面印着"江南司"三个字,正是都察院十三司之江南司监察御史的令牌。

"杜大人,都察院有十三司分辖全国十三道。可是呢,江南司监察御史却只有两人。皇上说了,谁先破案,谁就是正使大人。"沈笑菲声音一冷道,"杜昕言,见了上司还不行礼拜见?"

杜昕言想也不想,双手一拱:"杜昕言见过正使大人。"

"呵呵!"沈笑菲笑得肚子疼,指着杜昕言说,"杜大人,你什么时候听说过江南司有两位御史?这是趁你昏迷时从你身上搜出来的。"

杜昕言被她耍得心头火起,终于绷不住,一把擒住她的手腕,恨声道:"我不过就是写了句诗,沈笑菲,你报复够了没有?"

手腕传来疼痛,沈笑菲眉心微蹙,身子却欺得近了,仰起脸笑道:"杜公子,男女授受不亲,你想摸笑菲的手,莫不是成心想要娶我?"

杜昕言一惊之下正欲放手,却见她眼波流转,略带戏谑,他脸上就又露出笑来道:"是啊,在下对沈小姐实在仰慕,魂牵梦萦都想一睹小姐芳容。难得这花园中牡丹怒放,夕阳如金,佳人投怀送抱……"说着他的手就触到了她的面纱。

"住手!"沈笑菲脸色一变,一字一板地道,"看了我的脸,可真要娶我了,杜大人。"

她语气一变、声音一变,竟让杜昕言心中起了惶恐,想起暗淡灯光下那张狰狞可怕的脸,手一松,就想放开。然而,他心里忽然升起一种奇怪的感觉,没等他想得更明白些,手已经一把拉下了她的面纱。

她的眼睛以下连半点儿斑都没有,脸型瘦削,肌肤苍白,唇色淡得只有一抹粉色。薄薄的眼皮下,眼波更显清澈,脸颊因羞怯渐渐地泛起了一层淡淡的粉红色。看到她的脸颊,杜昕言就想起了那日渠芙江上她送他的粉荷,娇嫩得似要滴出水来。

"看够了没有?"沈笑菲没想到他真的敢动手,气急败坏地低吼。

杜昕言心里终于痛快,笑道:"不够,怎么看得够呢?在下花了一万两银子,吃过巴豆荷叶粥,喝过黄连苦茶,饮过毒酒,查案又丢了脸面,还被牵着鼻子走,被耍得团团转，这才能看上一眼沈小姐的真容。此时若不仔细瞧瞧，岂不更亏？"

沈笑菲手一甩，却被他握得更紧。她平日里娇生惯养，哪里受过这种苦。杜昕言故意用了点儿力，她的手腕就痛得麻木。她痛极，不哭反怒道："你放手！"

杜昕言被她捉弄过多次，这回连丁浅荷都被气走了，他怎么可能会轻易放过这个机会？他松了手，却把她往怀里一带，看到她脸上迅速生出一层绯红，心知找到了她的弱点。天下女子只要一害羞就好哄，杜昕言习惯性的甜蜜话又如水般往外倒着："看了你的脸，就要娶你。既然要娶你，让我瞧一瞧、拉拉手又有何妨？呀，这就害羞了？"

"无双！"沈笑菲再大胆却是头回被人这样轻薄，她急得大叫道。

无双的剑便带着阳光刺向了他。多日以来，这是他最开怀的时候。他朗声大笑，拦腰搂住沈笑菲，用她去挡无双的剑，身体灵活地穿行在牡丹丛中。无双剑招毒辣，每每欲刺到他，却看到沈笑菲挡在身前，逼得她只好改招。

杜昕言搂着沈笑菲轻盈的身体，不知为何，又想起小春湖上烟雨中她的身姿。他低头看去，只见沈笑菲满脸通红，气息竟有渐弱之象。他心里一惊，抱起她跃至树上大喊道："无双，住手！你家小姐这是怎么了？害害羞也会这样？"

无双收了剑冷声道："她肌肤柔嫩，晒多了太阳就会起痱子发高烧，你快送她下来！"

杜昕言本来是想小小地报复一下，却没想到沈笑菲有这样的病症，难怪她很少出门，出门必戴面纱。他又好气又好笑地摇了摇头，抱起她跃下树，跟在无双身后送她回了房。一探她的额头，果然已烧了起来。

无双匆匆去熬药，留下杜昕言守着沈笑菲。他坐在床侧望去，沈笑菲的脸上起了一层红红的痱子，脸已浮肿。他的目光落在她的手腕处，惊诧地发现她的手腕已经瘀青，他不禁有些后悔，但马上又想到她捉弄自己时的可恶，他哼了声扭开了头。

过了片刻，他又忍不住转过头去看她。沈笑菲像株柔弱的花，虚弱无比，他不禁想起丁浅荷。两个人一个活蹦乱跳，一个弱不禁风。他素来喜欢浅荷的朝气，这时却被沈笑菲的柔弱触及心弦，眼中竟有些迷惑。

嫣然端着凉水板着脸进来，看也不看杜昕言，绞了块湿巾轻敷在笑菲的脸上，触手滚烫，她心疼得落下泪来。杜昕言忍不住地问道："她从小就这样吗？"

嫣然瞪了他一眼："你以为我家小姐不爱出去玩啊？谁愿意成天戴着面纱？她又不是真的丑八怪。都怪你！"

"请医师瞧了吗？"杜昕言毫不生气，心里怜意大盛。一个连出门晒太阳都不能的女子，自己还写诗奚落于她，她先前几次捉弄自己也是应该。

"相府又不是寻常人家，不知请过多少医师，都道小姐体质偏弱，只能养着。"嫣然想起笑菲的心思，心里又生出恨意，马上叉着腰要撵杜昕言走。

沈笑菲迷迷糊糊地听到他们说话，脸上用湿巾敷着，感觉好了许多，她睁开眼道："嫣然，你出去，我与杜公子有话说。"

嫣然应了声，退到门口却不走远，戒备地看着杜昕言。

"杜公子，困你在黑石滩是为了拿你的令牌借刀杀人。水寇一个不留是想拉你下水。失了令牌，背上几十条人命，叫你哑巴吃黄连——有苦说不出。把大皇子熙的人牵扯进来是我的主意，因为，我要帮三皇子高睿。我爹并不知情，他只以为我是爱江南春雨去调养身体了。我们是敌人，你走吧。"沈笑菲淡淡地说完，便下了逐客令。

杜昕言越听眼睛越亮，他笑道："沈小姐原来是帮三皇子的，在下还是头一回听说。"

"杜公子不用装了，江南一案之后你就知道了。你来洛阳城，难道真的只为笑菲的容貌而来？你想知道的、想确定的，笑菲都告诉你了。以后，我还会帮着三殿下设计你，杜公子要小心了。没准儿哪天你真会饮下难解剧毒，就怪不得我了。"笑菲理直气壮地说着。她闭着眼想起他说的甜言蜜语都是假的，都是为了丁浅荷，心里就有说不出的难受。她一个劲儿想让他多恨自己一些，才好多记得自己一点儿。

手腕一凉，她惊诧地睁开眼睛，杜昕言的手指正从她腕间瘀青处温柔抚过。她就是那个数次设计自己的人？弱不禁风，还妄称是他的对手。他叹了口气，想起了三皇子高睿。三皇子年轻英俊，坐拥权势富贵，她是为情才如此的吗？

他看着笑菲的眼睛，她下黑手害他，居然还会有这样清纯的眼神。他不禁苦笑，站起身来笑道："在下鲁莽，好在只是一点儿瘀伤。小姐看似娇柔，一颗心却胜过男儿百倍。沈笑菲，棋还没有下完，能与你为敌，在下之幸！"他再也不看沈笑菲，急步离开。

"小姐！"嫣然呆呆地看着这一切，讷讷地开口。

笑菲抬手轻抚着手腕，眼中露出一丝惊喜，她看到他眼底一掠而过的怜惜。笑菲一把扯过被子蒙住了头，"咻咻"地笑着，隔了片刻，她探出一张绯红的脸冲嫣然道："果然还是苦肉计好啊！不枉我烧晕了过去，脸上还火辣辣的难受。"

"喝药吧！"无双端着药碗进来，往桌子上一放，看到笑菲肿胀的脸，心里又一阵无奈。这次回去，高睿会不会让她砍掉一只手谢罪？无双有点儿头疼。

嫣然也白了笑菲一眼，道："苦肉计……小姐不心疼自己，嫣然还心疼呢。"

笑菲坐起身，闭上眼，视死如归地把药一饮而尽，皱着小脸道："值得！"

"那丁姑娘呢？"

笑菲不屑地说："她与他青梅竹马，连他紧张她、担心她都听不出来，怎么抢得过我？我帮三殿下和他作对，他就会主动来接近我、了解我、研究我，到那时，他想不在意我都不行！"说完，她坏坏地看着无双，肿得只剩一条缝的眼睛像黑夜里的耗子看到了好吃的一般，闪过一丝兴奋狡猾的精光，"无双，有你在我身边，我却还是喜欢上了别的男子，你说三殿下会如何处置你？"

无双一言不发，收拾了药碗朝外走去。

笑菲大笑道："还有，我对自己用了苦肉计，这次，脸可真的是又红又肿！"

无双回过头，连目光都没有抖一下，迎头就给笑菲浇下一盆凉水："三殿下再叫无双自刎，小姐莫要阻挡就是。"

笑菲呆住。嫣然只感到莫名其妙，嘟囔道："无双在胡说八道什么啊？"

笑菲望着无双的背影喃喃地道："我早就知道她是个聪明人。"

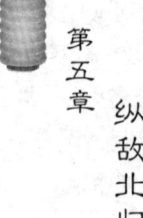

第五章 纵敌北归

虽到暮春，百花仍此起彼伏地竞相怒放，花势如火，绿树成荫。

京郊江边浅丘之上冲下来一队人马，鲜衣怒马，意气风发正少年。一点绯影一马当先，身后紧紧跟随着一个骑栗色骏马的公子。白衣箭袖，披风扬起，下摆绣了条银龙，迎着风势飞舞，似真的活了过来一般，更衬得人如玉，马如龙。

白衣公子左手托着长弓稳如山岳，右手抽出箭壶中的雕翎箭，蓦地拉弓似满月，扣弦疾射。箭势虽去得疾，不远处的那只兔子却正巧折身扑开，箭"嗖"地射进了草地中，白衣公子遗憾地摇了摇头，催马过去俯身拾起了箭支。

"看我的！"脆生生的声音响起，说话的正是跑在最前面的那点绯影。她手挽骨雕长弓，搭箭射出，正不偏不倚地射中，顿时高兴地欢呼起来。白衣公子夹马跃出，借着马势甩镫侧身，手一捞，捡起兔子，又驭马奔回，身手潇洒至极。待行近了，他展颜一笑，递过兔子道："丁小姐将门虎女，睿心悦诚服。"

丁浅荷嘿嘿一笑，接过兔子扔进革囊道："三殿下客气，故意让浅荷赢。"

高睿潇洒地摆手道："哪里！明明是小姐技高一筹。以往只知道小姐骑术过人，今日方知小姐的箭术也是百步穿杨。"

从洛阳回到京城后，丁浅荷想起杜昕言就生气，偏偏杜昕言回到京中后每日都要到都察院应卯，等有时间去找她时，她已经等得火大，不见他了。她日日都约一帮显贵子弟出城游玩，十次中有九次会遇到丰神如玉的三皇子高睿。高睿没有半点儿皇子架子，且不像杜昕言那样在她面前嬉皮笑脸，而是极斯文有礼。

此时听到高睿语气诚恳,一双眼眸像破云而出的皎月般柔和,她的心突然就猛跳了下,脸上也染了一片红晕。她羞涩地低下头道:"三殿下这般夸奖,浅荷实在愧领,不过是碰巧罢了。如果不是它突然扑开,三殿下一定能先射中它的。"

　　高睿望了望身后,一帮公子、小姐正慢吞吞地说说笑笑骑马过来。他望向原野,爽快地说:"咱们再比一场,看到前面那座小山没?咱们一路跑过去,路上若有野物,便各尽所能射之,到时候看谁最先到达山脚,谁猎得最多。"

　　丁浅荷本就爱骑马狩猎,悠然地看风景非她所好,当下就痛快地答应了。两人相互看了眼,同时拍马奔出。她的胭脂马是名种,而高睿的马也不差,霎时只见一点绯影与一团白影风驰电掣般地在平原上追逐起来。

　　丁浅荷好胜心切,见了猎物都不放过,还想一心跑过高睿。眼见不分上下,她心里更急,却也很过瘾地痛快地大笑了起来。不多时,两人已接近山坡,却跑出一匹马来,拦住了她。她眼睁睁地看着高睿抢先一步到了山脚,心里怒极,扬鞭就抽了下来:"你来干什么?"

　　追上她的人正是杜昕言,他忙完公务好不容易腾出空闲去了丁府,却听说她出城骑马狩猎去了。他骑马出城后,看到丁浅荷与高睿赛马,心里"咯噔"一下就急了。两位皇子斗得激烈,他不想让丁浅荷被牵连进来,于是果断地拍马飞奔,拦住了她。

　　"浅荷,还生我的气呢?"杜昕言堆了满脸笑,不闪不避地受了她一鞭,忍着胳膊疼,伸手拉住了她的马辔头。

　　丁浅荷哼了声,看到高睿已掉转马头慢慢行来。她不想让高睿看到自己在和杜昕言斗嘴,不禁粉脸生嗔,喝道:"你嘴甜,京城小杜到哪儿都能哄得女人开心。我不生气!你放手!"

　　杜昕言急了,道:"那日是我担心你落在了她手上,才故意那么说的!"

　　丁浅荷翻了个白眼,"哈哈"干笑了两声,学着杜昕言的声音说:"沈小姐多才多艺,早已打动了在下的心。渠芙江边尝过小姐的一碗新荷粥,清香扑鼻;落枫山琴箫和鸣引为知己,一碗清茶更是沁人肺腑;积翠园赏雪饮酒,小春湖如醉春风。嘿嘿,人家都洗手下厨为你煮羹汤,又是琴箫和鸣,又是知己,还赏雪饮酒,小杜,你还苦苦缠着我干吗?"

　　杜昕言苦笑,她哪里知道他说的是反话,吃的是巴豆粥,喝的是黄连茶和有毒的酒。正想辩白时，高睿已走近，他压低了声音说："她是在捉弄我。"

丁浅荷更怒了："捉弄你？她怎么不去捉弄别人？"

"谁捉弄谁？"高睿夹马走近，闲闲地问了句。丁浅荷嘴快，张嘴就说："沈相千金捉弄京城小杜。三殿下，你说大门不出二门不迈、端庄贤淑的沈小姐会捉弄人吗？"

高睿听了，目光闲闲一瞟，正巧与杜昕言的目光对上。

杜昕言望定高睿，目光中半点儿退缩也无，他在马上拱手行了礼，笑道："三殿下骑射又精进了！浅荷说的让我实在是冤啊！去年我无意中在莫愁湖诗会上题了诗，却惹怒了沈小姐。她在粥、茶里下药，害我吃了点儿小苦头。我是自作孽！"说着，他目光含情带怨地瞟向了丁浅荷。

丁浅荷猛然想起那首诗，知道自己错怪杜昕言了，可当着高睿的面又拉不下脸来，便把头转向了一边。杜昕言说这话要的就是让丁浅荷明白，见她这般神情，知道她的气已经消了，他唇边的笑容就越发地深了。

高睿凝视着杜昕言。杜昕言因为习武，双瞳蒙上层莹玉般的光华，熠熠生辉。此时他嘴角轻翘，说不出的风流俊俏，高睿心里不觉一动，笑道："女孩子总是受不得闲气。小杜失言，自然该罚，吃点儿小苦头，让沈小姐消了气也就罢了。睿先行一步，丁姑娘，改日有空再重新赛一场。"

丁浅荷应了声，再看向杜昕言，不由得嗔怪道："让三殿下笑话！"

杜昕言望着高睿的背影，眼里却带着一抹深思，随口答道："笑话什么？"

丁浅荷被这句反问噎住了，火气顿又往上冲，一鞭子狠狠地抽在他的马屁股上，而后她用力一夹马腹，就去追高睿了，又回头大骂道："小杜，亏别人还说你心细，你，你就是只猪！"

杜昕言拉住马，见胭脂马带着她奔向高睿，知道自己就算追上去，也是自讨无趣，便无奈地叹了口气。然而望着他们的背影，阳光照在他们的身上，俨然一对璧人。他皱了皱眉，喃喃地道："杜昕言，你若是再让她和他走得更近，你就真成猪了。"

杜昕言朗笑一声，骑马赶上，三人并行，将丁浅荷夹在了中间。丁浅荷气恼地瞪了他一眼，干脆打马离开，一溜烟儿就跑远了。他只是不想让她与高睿在一起，所以并未追赶。他和高睿并肩而骑，松了缰绳，任马缓行。

见过两人神色，高睿失笑道："京城小杜风流，却唯独对丁姑娘上心，厚着脸皮追来,是担心睿会横刀夺爱吗?"

杜昕言也笑道:"三殿下怎么会看上浅荷这个疯丫头?有沈小姐倾心,天下便没有女子再能入三殿下的眼了。"

高睿目光闪烁,大笑出声:"可惜沈相这只老狐狸,生怕父皇疑心他与皇子勾结,太子未定,他是不会把女儿嫁给我的。小杜,我倒是极羡慕你与丁姑娘,青梅竹马,两情相悦,嬉笑怒骂无拘无束,何等快意!"

他们俩一个是天之骄子,一个是人中龙凤,从小一起听太傅讲学、同窗学艺,彼此了解颇深。高睿的话听在杜昕言的耳中,半真半假。他揶揄道:"三殿下既对沈小姐钟情,不如上折请立大殿下为太子,沈相保管没了搪塞的理由。"

高睿不紧不慢地偏过头,剑眉扬起,清癯的脸上浮现出冷傲之色,他淡淡地说道:"江山、美人,睿一个也不会放弃。小杜向来有才情,只可惜,咱们是敌人。"他猛地抽了一鞭,便将杜昕言扔在了原地。

"嚣张!"杜昕言吐出两个字,担忧地看着丁浅荷的身影。高睿不会无缘无故地与丁浅荷赛马,他若心里有了沈笑菲,为什么又要缠上丁浅荷呢?是因为武威将军丁奉年吗?

武威将军丁奉年领河北东西路大军驻守大名府与真定,沿边境布防。现在又是北方春荒,契丹年年越边境抢粮,隐有侵占中原之意。大齐与契丹战事不断,高睿去冬打退了契丹进犯,与丁奉年已有交情。

杜昕言的黑瞳渐渐变得幽深,他隐约觉得这场皇位之争将愈演愈烈。

侧耳听着卖唱姑娘的小曲,看着人们平和喜乐的脸,耶律从飞嫉妒得只能叹气。他们怎知塞外苦寒,燕云十六州的荒凉——春天草原未绿,牲畜饥饿,族人跟着闹粮荒。过了黄河一路南下,看到的是一望无际的绿油油的田野,牛耕繁忙,炊烟袅袅,这更叫他对北方枯黄的大地心生痛楚。

风拂过他的轻衫,他看上去与汉人没有什么不同。他的母亲是汉人,他小时候并不受契丹王重视,等到长大了,夺了契丹"第一勇士"的称号,又凭着军功,他才在契丹渐渐有了威信。此次南下,他凭着这副相貌打扮成了客商,一路顺利地进了京城。他侧过头轻声对侍从木鹰说:"江南那批粮食运走了?"

"已经分散从陆路运出,做得干净利落,没有人追查粮食的去向,都以为粮食已被分散卖出,换了金银。"

耶律从飞深邃的目光中露出一丝满意："长芦寺的请佛法会筹办得如何了？"

"今日便结束了，明日佛像可上船运往幽州。"

耶律从飞长舒一口气道："明日我便先行回去，你看着佛像上船再离开。"想起自己领兵屡屡进犯中原，明帝却不知悬赏万金的契丹王子已冒险来了京城，他不禁有些得意。

酒楼下突起喧哗，木鹰有点儿紧张，手不禁握住了包袱里的刀柄。耶律从飞将手放在包袱上，摇了摇头，摆出一脸轻松神色，继续听曲喝酒。

楼梯上皮靴声急响，上来一队官兵。为首一人身着校尉服饰，手按着鲨皮银吞口腰刀。他环视一圈，大喝一声："官府搜查契丹奸细，全都坐好了！"

小曲声停，卖唱的瞎女瑟瑟发抖地抱紧了琵琶。那校尉的目光从酒楼中客人的身上扫过，最后落在靠窗的行商身上，见他们衣着与南人不同，衣领、襟口全为左衽，便哼了声道："非我族类，给我全部拿下！"

木鹰眼中冒出怒火，便要拔刀。耶律从飞一记锐利的目光扫过，木鹰悻悻地扭过了头。那几位来自塞外的行商便哭喊起来："军爷，小的是正经生意人。虽非南人，却也不是什么奸细！"

校尉得了令，哪管这些，指挥官兵锁了人就走。待他们离开，酒楼里就炸了窝。有人不屑道："契丹狗贼，屡屡过边境抢人抢粮，只有杀干净了，才解心头之恨。"附和声众。又有人道："听从北边回来的商人说，边境这些日子又查得严了。四月北地还是枯黄一片，那帮贼子又要来抢粮了。"

"年年这样打下去，朝廷国库空虚，加在咱们老百姓身上的税又要高了。"

"不知这次会派哪位将军出征？"

耶律从飞眼中冰寒。这帮南人成天花天酒地，哪知塞外苦寒。没粮，当然只能抢。况且，哪一次掠夺，不是用契丹男儿的血换回来的？他站起身，会了钞，带着木鹰离开了酒楼。木鹰见四下无人，恨声道："王子，等咱们把这花花江山全占了，抢他们的女人，让这些南人通通变成咱们的奴隶，看他们还敢不敢骂咱们半个字！"

耶律从飞穿着湖蓝轻衫，悠然笑道："看似强大，内部却纷争不断，南人不足为惧。"

木鹰眼中露出骄傲之色。

都察院内,都御史大人成敛脸色铁青,怒道:"打草惊蛇,还自以为是!京城府衙那帮蠢材!"

都察院暗使密报契丹大王子耶律从飞悄悄南下,并一路尾随他们进了京城。成敛寻思耶律从飞冒险南下来到京城必有图谋,只想稳住他,再查个清楚。没想到京城府衙不知从哪儿也得到了消息,四处派人全城搜捕。

成敛想了又想,对杜昕言道:"事不宜迟,虽然查不到与他勾结之人,密捕了耶律从飞问出他南下所谋之事也好。记着,一定要密捕,否则契丹定要生事。大齐需要休养生息,经不起战事了。耶律从飞号称契丹'第一勇士',小心点儿。"

杜昕言应了,人却不动。成敛笑道:"你又想到什么了?"

杜昕言笑道:"下官只是想封了水路,严查北上货船。"

成敛想了想,忍不住乐了:"小杜,你想到什么就直说,别在老夫面前卖关子。"

杜昕言嘿嘿一笑,指着京城地图道:"耶律从飞来京城必有图谋,下官猜他必为春荒筹粮而来。大批粮食要运往幽州,走陆路关口太多,只有走水路北上最为方便快捷。下官也只是猜测罢了,防着点儿没有坏处。"

成敛抚须点头,满脸笑容。突然,他双目一睁,精光闪烁,低声道:"大殿下正巧领了整治河道的差事,你小子想让大殿下在皇上面前多立一功?"

杜昕言眨了眨眼,道:"大人为何没有想到,若是耶律从飞从水路逃走,大殿下不就倒霉了?"

成敛哈哈大笑,拍了拍杜昕言的肩道:"我只管要耶律从飞的人,别的不管。记住,一定要密捕。"

杜昕言大喜告辞,暗中调集都察院好手,便前往客栈抓人。

江北长芦寺紧临长江江岸,巍峨壮丽。相传达摩祖师一苇渡江来到的就是长芦寺,这里是禅宗圣地,香火鼎盛。耶律从飞带着木鹰离开酒楼后便来到了长芦寺。

游过三宝殿,二人闲逛着来到造佛堂,见佛堂外的院子里立着一尊高达两丈、丈围约一丈的金身佛像。佛像佛态端庄,铸造精美,四周还立有四大天王,神态逼真、工艺考究。周围香火环绕,经幡飘动。和尚、沙弥执着礼器正围着佛像唱经做法会。

耶律从飞眼中露出笑意，看了会儿，见旁边有个小沙弥侍立，便开口问道："这尊佛像宝相端庄，为何要供在院子里做法会？"

"这尊佛像在鄙寺开光后要运往大名府兴华寺供奉。法会已经做了七天，今天是最后一天，明日就会上船运走。"

耶律从飞赞了几声，示意木鹰捐了香火钱，两人离开造佛堂后悠然地在寺中游览着。

长芦寺上香者众，两人游至达摩祖师殿时，见殿外站了一队官兵，将香客挡在了殿外，不由得奇怪。不多时，从殿内娉婷行出两名蒙着面纱的女子，身边跟着几名娇俏的侍婢，他们这才明白必是权贵人家的女眷前来上香了。

塞外姑娘的身材多高大健硕，南方女子却是娇小柔弱。两名蒙着面纱的女人身着同样的白色绢衣，身材相仿，虽看不清楚面容，气度却是不凡。两人不觉多看了几眼。这时，其中一名婢女突然抬头往两人所站的方向看了看，目光冷然而凌厉。

耶律从飞一愣，以他的武功修为能轻易看出这名婢女身怀武艺。他不欲多事，示意木鹰离开。

那俏婢正是无双，天生的敏感让她从人群中注意到了耶律从飞与木鹰的与众不同。她扶着沈笑菲，低声道："那两人都会武功。"

笑菲眉心一蹙道："你护着四公主。"说罢她有意无意地瞟去一眼，心里却是一惊。

等上了轿后，笑菲唤来无双叮嘱道："跟着那两人，查出他们落脚的地方。"无双领命离开，笑菲心里却另有打算。

入夜三更鼓响，京城枣儿胡同聚友客栈外悄悄聚集了众多人影，不多时便将客栈围了个严实。杜昕言没有穿官服，与都察院的暗探一样，穿着黑衣、黑裤，并蒙着脸。

自从接到耶律从飞秘密南下的消息，杜昕言就觉得能让他冒险南下，一定是有极紧要的机密之事。如果朝中没有大臣与之勾结，耶律从飞断不会亲自前来。这人会是谁呢？普通官员的势力满足不了耶律从飞的要求，杜昕言非常希望耶律从飞来见的那个人是他心里所猜测的。

杜昕言打出手势给周围的暗探，自己轻轻一掠进了客栈，开了门，放暗探进来，而后悄悄向耶律从飞住的天字号房靠拢。见合围已成，他再不迟疑，一脚踹开了大门，手中长剑直挑床帏。床帏被剑划落，床上却空无一人，他不禁脸色铁青，点燃了油灯。

看到灯亮，暗探们从门窗跃入，只看到杜昕言冷冷地站在房中，不禁诧异万分。一人低声道："怎么会没人？"

杜昕言唤来一人问道："你亲眼看到他们回了客栈？"

"是，未时他独自一人回的客栈，就再也没有出去过，但他的侍从并没有跟着一起回来。"

杜昕言负手在房中走了几步，又问道："他们离开酒楼后又去过何处？"

"去了长芦寺上香游玩。"

耶律从飞信佛？杜昕言心中生出疑惑。

"杜大人，客栈已搜遍，未见任何可疑之人。只是，申时三刻，沈相千金与四公主从长芦寺上香回来后曾专程来到客栈。听老板说，她们要了个雅间，专为吃客栈大师傅做的糖糕，吃完就离开了。"一暗探低声禀报。

杜昕言眼睛一亮，急声问道："四公主和沈相千金也去了长芦寺上香？"

"四公主要为病中的贤妃娘娘祈福，昨日得了皇上恩准出宫，歇在了相府。她与沈相千金是闺中密友，今日便与沈相千金一起去了长芦寺上香。在客栈吃完糖糕，四公主便和沈相千金分道扬镳，回了宫。"

"着人看住相府。"杜昕言下了令，脸上浮起若有所思的笑容。每一次都有她的身影，她到底是个什么样的女人？他一时之间竟看不清楚。他心里冷笑，与契丹勾结是死罪，私放耶律从飞也是死罪。他想不明白的是高睿如果真的爱慕她，会叫她去做这么危险的事吗？

从洛阳回来之后，杜昕言就悄悄地在相府后花园对面买下了一座小院。他看中的是院子天井中两棵郁郁葱葱的大柏树。跃至树上，相府后花园一览无余。

他对一个人起了好奇，就一定会想尽办法去了解。

这会儿，杜昕言布置了都察院的暗探守住相府前后的两个门，自己则拎了壶酒跃上了树。不远处的绣楼灯光朦胧，窗户上映出一道纤细的人影。他饮着酒看着，脑子里就想起沈笑菲娇柔的模样。夜晚如此安静，他看着窗户上的人影，觉得今天的酒很香很醇。突然，又一道高大的身影投在窗户上，双手竟按在沈笑菲的肩头,将她搂进怀中,灯光突然就灭了。

敢把耶律从飞藏在绣楼上?还和他有私情?杜昕言不停地冷笑着,恨不得现在就闯进去拿个人赃并获。听到四更鼓悠悠敲响,对面绣楼再无灯光,他面沉如水,眸中寒芒闪动,咬牙迸出四字:"奸夫淫妇!"

月华照得后花园树影绰绰,沈笑菲倚进耶律从飞怀里的影子还在眼前晃动,心里似有猫爪挠动,杜昕言再不迟疑。

此时是黎明前最黑的时候,火把熊熊燃烧,映红了夜色。狗吠声、小儿啼哭声,与密密围住相府的黑衣都察院暗探脸上严阵以待的神情勾勒出一幅让人紧张不安的画面。

沈相闻报匆匆披衣起床,此时相府大门洞开,身穿八蟒五爪黑袍官服的杜昕言满脸惊色地站在堂前。

"何事惊惶至斯?!"沈相被扰了好梦,匆匆披着外袍出来,见都察院的人竟围了府邸,心中不免有气。杜昕言拱手行礼,声音压得极低,带着紧张之色道:"相爷,契丹大王子耶律从飞秘密南下到了京城,下官奉令缉拿,谁知此贼狡猾,中途逃脱,有暗探看到他似乎藏进了相府后花园。相爷,您看……"

沈相一惊,耶律从飞南下必有大事,他只犹豫了一下便道:"后花园只小女和两个婢女独居……"

"下官嘱人守在外面,小姐所居绣楼不敢让官兵打扰,下官一人前去便可。"

沈相意味深长地道:"杜大人,事关小女名节,大人一定要小心慎重。"

"下官明白。"

沈相瞟了杜昕言一眼,吩咐管家掌灯,一行人直奔后花园。睡意蒙眬的嫣然开了院门,见到沈相疑惑地道:"老爷有急事吗?"

沈相见嫣然发髻松散,披着外衣开门,神色并无丝毫慌乱,心里的石头就落了地。他微笑道:"都察院发现有贼子似躲进了后花园,我放心不下,去唤小姐起身,先避入内堂。"

嫣然应了声,急急走上绣楼。不多时,楼上灯亮,窗户上映出嫣然、无双与笑菲的身影。

杜昕言目光如鹰隼,在园子里巡视着。

沈相抚须笑道:"显然耶律从飞并没有进入后花园,杜大人多虑了。"

杜昕言心中一紧，脸上也露出笑容："没有最好，下官担心的是那贼子武功高强，有契丹'第一勇士'之称，如果挟持了小姐……大人，还是等小姐平安下楼后，下官再独自在园中搜寻，免得那贼子藏身园中。"

他说的话也不无道理，沈相气定神闲，巴不得他在后花园多留些时辰，所以当即同意。

一炷香后，绣楼门打开，笑菲与嫣然、无双出了楼。笑菲绾了个松髻，素面朝天，一副才起床的模样。看到父亲与杜昕言站在楼前，她跺脚道："爹怎么随便带陌生男子来女儿的绣楼？哪有什么贼子入园？！"说完她嗔怒地带着嫣然和无双离去，看也不看杜昕言。

故作镇定！杜昕言腹诽。他目送三人离开，压低了声音道："大人，下官是担心那贼子可能藏身于后花园，下官独自进园查看，也是为了稳妥一点儿。若不在，就当是虚惊一场。"

耶律从飞若真的躲进了后花园，相府可就麻烦了。沈相多年为官，深知墙倒众人推的道理，万一被扣个包庇之罪，皇上疑心又重，到时自己肯定吃不消。他微笑道："小女面薄，杜大人不必介意，细细去搜便是。相信以杜大人的武功，那贼子若藏在园中，必会束手就擒。若是不在园中，后花园乃小女闺房所在，杜大人务必慎行。"

"下官明白，大人放心，让老管家陪着我好了，大人还请堂前品茶等候消息。"杜昕言知道沈相话里的意思，心里不禁冷笑：你家女儿与耶律从飞都有了奸情，你还指望保住她冰清玉洁的闺名？

他在园子里转悠了会儿，心中不知为何挺高兴。他回到堂前向沈相告罪道："看来是暗探们看错了，又或者是耶律从飞避入花园只为掩人耳目，之后又悄悄离开了。"

沈相抚须笑道："有杜大人亲自搜过后花园，老夫很放心。"意思是耶律从飞若是与相府有半点儿瓜葛，责任就全由杜昕言一人扛了。

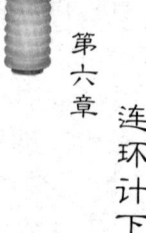

第六章 连环计下

　　东方已泛起了鱼肚白，浅蓝色的天际隐现亮光。杜昕言回到正对相府后花园的宅子，坐在树上凝望着对面的相府后花园，苦苦思索着。明明看到有男人的身影，为什么找遍园子却无人？兵是撤了，但仍有暗探盯着相府。他一夜未睡，眼中泛起了红丝。他坚信，沈笑菲一定会有耶律从飞的消息，他不禁又打起了精神。

　　直到辰时，沈笑菲才带着嫣然和无双回到后花园。她并没有回绣楼，对无双和嫣然说了些什么，无双便守在院门处，嫣然则进了绣楼。

　　沈笑菲一个人沿着花园小径漫步走过荷池假山，似在赏景，却左顾右看，一副极警觉的模样，勾得杜昕言情不自禁地从树上站起身来。他来了精神，暗自猜测后花园里是否还有暗室一类的地方，瞪大了眼睛眨也不眨地盯着那个白色的身影。却见沈笑菲走到离院墙不远的秋千旁，自顾自地荡起了秋千。

　　她并不如许多闺秀一样坐在秋千上，而是站在上面用力蹬，秋千渐渐荡得高了，温暖的太阳照在她身上，白裙飘飘，空中传来清脆如银铃的笑声。杜昕言听到笑声，心里就起了怒火。因为她房中可疑的男子身影，他守了一夜，她却在荡秋千玩耍。

　　杜昕言跃下大树，几个起落便落在了相府墙头上。正巧秋千荡来，沈笑菲突然看到墙头上出现的杜昕言，她不禁失声惊呼，手一松开，人就往下坠。

　　杜昕言下意识地掠过去，不偏不倚地将她搂在了怀里。他低头一看，沈笑菲覆了面纱的脸上露出的一双眼睛正直勾勾地瞪着他。他尴尬地松开手，板了脸道："小姐荡秋千也不嘱咐人守着，千金之躯莫要这般行险，秋千也未免荡得太高了。"

沈笑菲遗憾地离开他的怀抱，突然放声尖叫："有贼……"

"你干什么？"杜昕言吓了一跳，想也没想就伸手捂住了她的嘴。沈笑菲眼一闭，干脆装晕，一副被惊吓过度的模样。她心里偷笑，身体软倒，再次满意地偎进了他的怀里。

"沈小姐？！"她真有这么胆小？杜昕言哭笑不得，无奈地抱起她坐在秋千上，手握住她的手腕真气一冲。沈笑菲只感觉一股热气从腕间透进来，本想接着装晕，却下意识地"啊"了一声，只得醒了。

"是下官的不是，惊着小姐了。"杜昕言长叹一声道。

"谁说我被你惊着了？是我惊着杜大人了吧？啧啧，折腾一宿还不忍离开，杜大人是想找昨晚绣楼窗影上那个身材高大之人吧？"沈笑菲坐在秋千上，微微一蹬，秋千悠悠地晃动着。他真想一把扯下她的面纱瞧个清楚，与耶律从飞搂搂抱抱还好意思说出口来？他望着她，突然反应过来，她什么都知道，连自己晚上会观察她的绣楼都知道。

沈笑菲盯着一只翩翩飞舞的蝴蝶，慢条斯理地说："蝴蝶丛中飞，花香绕鼻扑。这园子重新布置过，倒比以前还美了。"

"知道私通契丹会被处以何罪？"杜昕言听到那句"蝴蝶丛中飞"就冷了脸。

秋千微荡，白裙下露出一双玲珑绣鞋，得意地晃动着。沈笑菲偏过头，眨眨眼笑了："杜大人不是找遍了园子，也没找到人吗？我爹好歹是当朝宰相、百官之首，你胡乱说话，可是要被重重治罪的！"

杜昕言被她惹得火起，烦躁不安，一再提醒自己不能再上她的当，他强压下脾气笑道："昨晚看到人影的可不止下官一人。那个身材高大之人，嗯，与小姐亲昵无间的人究竟是谁？"

"为什么要告诉你？夜色沉沉，没准儿是杜大人和都察院的大人看花了眼呢。"沈笑菲矢口否认。

"沈小姐不说也无妨，他只要还在相府中，就绝对跑不了。"杜昕言冷哼一声拂袖便走。沈笑菲笑容可掬地唤住他道："哎，谁说人家与他亲昵了？没准儿是他胁迫于我呢？杜大人疾恶如仇，是清官，是好官，可得好好保护小女子才对。"

杜昕言回头去看她,她哪有半点儿受胁迫的样子?想起两人偎依在一起的情景,他就火大。他的眼睛下意识地眯了眯,见她瞪大了眼睛正仔细地盯着他,他赶紧露出笑容道:"沈小姐不必担心,若是受了胁迫,下官一定捉住那贼子,将他千刀万剐为小姐出气,而且,一定守口如瓶,不会坏了小姐清誉。"

沈笑菲笑了起来,眼珠一转道:"我告诉了你,你怎么谢我呢?呀,杜大人还欠我七千两银子呢,肯定没银子谢我了。这样吧,杜大人答应帮小女子做一件事,笑菲就一定帮杜大人一个大忙。哦,错了,是帮大殿下立得一功。"

杜昕言一愣,心里又好奇得不得了。难道沈笑菲真能帮他抓住耶律从飞?可是这沈笑菲奸猾无比,她要他做的事会是什么呢?杜昕言想了想,道:"小姐要下官做什么事?"

"笑菲四更天就被唤醒了,现在困得紧。花园里阳光充足,小憩一会儿一定很舒服。可是晒多了太阳,脸上又要起痱子,无双和嫣然又要骂我了。可不可以麻烦杜大人为笑菲挡了脸上的阳光,容我睡会儿?"沈笑菲娇柔地说完,看到杜昕言双眼一瞪,她转过头忍住笑容,叹了口气又道,"耶律从飞秘密南下,是为了私会佳人,还是另有图谋呢?一定是另有图谋。"

杜昕言赶紧接口道:"能为小姐效劳是在下的荣幸。今晨扰了小姐好梦,自当为小姐挡住脸上的阳光,让小姐能在鸟语花香中好眠。"

沈笑菲下了秋千,走到一侧的贵妃榻上躺下。杜昕言眼波一转,便笑容可掬地走了过去,伸开手,用袍袖挡住了她脸上的阳光。

"真好,又不会起痱子,又能晒太阳。"沈笑菲满足地闭上眼睛,不紧不慢地说,"昨晚呢,笑菲突然想起虞姬来,感叹不已,无双便自告奋勇扮了霸王,踩着凳子强作男人状。嫣然在园子里瞧着说,那影子还真像男人呢。"

杜昕言一呆,手便放了下来。

"喂!知不知道我戴了面纱睡在太阳底下久了,也会起痱子?"沈笑菲睁开眼,就看到杜昕言一副上当受骗后的恼怒模样。他手已落下,人转身欲走。想走?她磨了磨牙,懒洋洋地道:"我虽然不知道耶律从飞人在哪儿,但他想图谋的事,倒也能猜到一二。"

她声音未落,脸上又是一片阴凉。杜昕言已站回她身边,老老实实地举着袍袖为她遮阳,脸上已恢复了常态,换上了一副笑脸:"适才一只蜂飞过,在下拂了拂。"

笑菲暗笑，闭上眼喃喃地道："如果再有蜂蝶骚扰，杜大人又要去拂，笑菲就会担心起痱子，便会睡不好，睡不好精神就不好，要是忘记了耶律从飞的事情可怎么办呢？"

"蜂蝶再来，在下自有办法驱赶，绝不会让小姐的脸晒到一丝阳光。小姐放心补眠就是，一觉睡醒，神清气爽，肯定不会忘记的。"杜昕言语气温柔，眼里的气恼全化为点点阳光。他果然站在贵妃榻旁，抬着手一动不动。

笑菲满足地睡了过去，想着他站在身边举手为自己遮挡阳光的模样，嘴角浮起了笑容。

就算隔着面纱也能看到她脸上的笑意，杜昕言看在眼中直想掐死她，可是他的声音却更低更柔了，像和煦的风拂过："好好睡吧，下官亲为小姐遮阳护卫，小姐一定会做个好梦的。"

笑菲开始还想着杜昕言的神情与心思，渐渐地，在暖暖的阳光、缥缈的花香中，她竟真的睡着了。

杜昕言听到她的呼吸声渐渐平稳绵长，知道她真的睡着了，就松懈了神经，默默地看着她。他对沈笑菲有种摸不透的感觉，她仿佛事事都能猜到他的心意。从约了四公主去聚友客栈吃糖糕起，她一定就知道自己会疑心于她。为了诱他来，才特意与无双上演了绣楼上的好戏。等他来了，无功折返，又独入花园让他有机会见到她一问究竟。

偏偏她又不肯痛快地说出来，非要折腾他为她挡太阳。这女人的心究竟是什么做的？杜昕言的手举了半个时辰，好在他长年习武，也不是很难受。他其实最担心的是无双和嫣然会闯进来寻她，看到这一幕笑话他。若是传到卫子浩耳中，不知道会被他敲诈多少坛好酒去。

杜昕言目光一转，环顾四周，正对上无双的眼睛，吓了一跳。他苦着脸将手指放在唇间，又指了指在贵妃榻上熟睡的笑菲。无双坐在极远的一棵树上瞟了他一眼，便转了头，却不离去，显然是防备着他，又得了笑菲吩咐，并不出声靠近。

杜昕言心里苦笑，只盼着沈笑菲快点儿睡醒，赶紧说完他好走人。他手指动了动，想不动声色地弄醒她，低头看到她睫下淡淡的暗影，带了几分倦怠，就又不忍心了。风吹动他宽大的袍袖，静谧的花园中有几只蝴蝶飞过，他便想起了落枫山枫红山静的景致。琴箫之音似是从风中传来，他的脸不自觉地变得柔和，微低下的手臂又抬高了些。

足足睡了一个时辰，沈笑菲才醒。她睁开眼，脸被他袍袖的阴影遮住，他似乎在看着她，又似乎目光越过她想起了别的事。他在想丁浅荷吗？她看着他脸上的柔和神色暗忖。可是他真的一动不动为自己遮挡了阳光，这样一想，她心里又温暖起来，笑着支起身道："睡得很舒服，多谢了。"

杜昕言的手移了移，始终没有让半点儿阳光晒着她的脸。手一个时辰不动也有些发酸，他殷勤地问道："不如移步凉亭叙话？"

笑菲忍住笑点头道："那当然好，总不能让杜大人一直抬着手为笑菲遮阳吧？又不是木头。"她下了贵妃榻，信步走向凉亭。

杜昕言跟在她身后，眼睛忍不住又眯了眯，口中却道："就算化成了石头，下官也乐意。"

见两人进了凉亭，无双飞身下树，唤了嫣然送来一壶茶和两碟点心。茶香四溢，笑菲舒服地啜了口茶，也不再逗杜昕言，轻声道："昨日，笑菲陪同四公主前去长芦寺进香，无意中见到了耶律从飞与他的侍从。"

"哦？沈小姐怎么知道他就是耶律从飞？"杜昕言昨晚没睡，今晨又站了一个时辰，手举了一个时辰，早饭也没吃，此时又饿又渴，却不敢动桌上的茶点。

"呵呵，这茶里没放黄连，点心里也没有巴豆、毒药，杜公子请放心。唉，站了一个时辰，不渴吗？"笑菲揶揄地笑道。杜昕言面不改色，以同样揶揄的语气回道："下官怕了，小姐不开口，下官不敢哪。"他端起一杯茶喝了，满口生津，舒服到了骨子里，又毫不客气地夹起一只水晶虾饺，满口鲜香，他一口一个，连吃了三个。

笑菲见他狼吞虎咽，在自己面前第一次显得无拘无束，心里高兴，笑道："是无双提醒我那二人会武，笑菲便多看了几眼，无意中看到他腰间有一把小刀。金丝缠柄，七宝镶缀。传闻契丹国大比，胜者便会得到一把勇士之刀。耶律从飞夺得'第一勇士'称号，他父王高兴，便将一把削铁如泥的七星宝刀送给了他。不知就里的人不明白，可这传闻，笑菲很早就听说了。笑菲便猜，这把刀一定是七星宝刀，这人一定是京城衙门这些日子一直在找的耶律从飞。"

杜昕言听了大笑道："沈小姐心思缜密，举一反三，着实聪明。接下来沈小姐便诓了四公主去客栈吃糖糕，顺便通风报信，让耶律从飞跑了，好叫在下无功而返，只能来相府要个答案，顺便再捉弄下官，是吗？"

沈笑菲也笑道："杜公子闻一知十，也不笨嘛。别的都说对了，只有一点说错了。"

"难道不是这样？"

笑菲睁大了眼睛，很无辜地眨了眨："当然不是这样。我不过是好奇，拉着四公主去瞧了瞧，但我们去那儿主要是为了吃客栈的糖糕，吃完就走了。"

杜昕言不信，就为了沈笑菲这副看起来单纯天真的模样，他也不信。他伸手一把拽过她，冷声说道："知道私纵契丹王子的后果吗？我现在就能锁了你回都察院，哪怕是沈相出面，也要顾忌纵女通敌的罪名！"

笑菲抬起脸，眉心紧皱，露出一副害怕的模样："上回手上瘀青过了好几日才消了！"

杜昕言并不松开，语气变得狠绝："进了都察院，莫说这手上会有瘀青，废了它也不是件难事。酷刑之下，不怕你不供出幕后主使，三殿下将如何自处？"

笑菲"扑哧"一声笑了，道："我有说过我做了什么吗？你这么有本事，何不一块儿把四公主也请进都察院去？罪名就是在耶律从飞住过的客栈里吃了几块糖糕？"

杜昕言闻之一怔，松开了她的手。他一直盯着她的眸子，连眼皮都没眨一下："我知道一定是你。"

笑菲坦然地任他盯着，微笑道："我放走他会得到什么好处？凭什么认定是我？"

"沈小姐当然知道若是明里抓了耶律从飞，契丹王必会大兵压境。如今国库空虚，年年战事不断，皇上为了平息战争，休养生息，索要赔偿后一定会放他回去。你只不过是顺水推舟救了他，顺便再卖了他一份人情，不是吗？"杜昕言移开身体，悠然地看着沈笑菲。他知道是她放走了耶律从飞，一定是她！他被她柔弱的模样骗了一次又一次，他不会再相信她了，他沉吟片刻后又道，"我现在没有证据，但是我总会找到证据的，你信吗？"

笑菲的眼睛清澈如水，仿佛不明白他说的是什么。她心里突然划过一个念头，身体随之有些发凉。杜昕言很聪明，总有一天会明白她的意图，他会如何报复？

"沈小姐故意诱下官来相府，想必也有目的。差点儿忘了，刚才沈小姐说能帮大殿下立得一功，说来听听？"杜昕言话锋一转，提起了笑菲刚说过的话。

皇上身体渐弱，太子之位却悬而未决。北有契丹，西有吐蕃，都对中原虎视眈眈。沈笑菲在江南贡米案中顺手摆了大皇子一道的事情他记得清楚，他想暗中抓到耶律从飞不外也是想借此查出耶律从飞与朝中哪位官员勾结，顺便也借耶律从飞摆三皇子高睿一道罢了。他认定是沈笑菲放走了耶律从飞。她认不认，他都无所谓。放长线钓大鱼，他总会抓到高睿的把柄。现在，他只能先找到机会助大皇子高熙得到更多的好处。

沈笑菲沉默了会儿，说："我在长芦寺发现耶律从飞之后，就让无双盯住了他们，发现耶律从飞单独回了客栈，他的侍从却偷偷宿在长芦寺外的船上。听说这是一艘来自大名府的船，今日要运送开光佛像前往大名府。那佛像精美壮观，浑身贴金，若是生铁铸就怕是有几千斤……"

她话未说完，杜昕言已然明白。塞外少铁，耶律从飞用佛像聚铁，明里是运往大名府，等到了边境，会暗中拆散了，再送往北地，他是想要多铸刀兵。杜昕言看了看天色，心急如焚，对笑菲一拱手道："多谢小姐指点，下官告辞。"他为赶时间，便施展轻功，像只黑色的鹰飞掠而出。

笑菲痴痴地望着，长叹了一声，她取下面纱，白皙的脸上挂着寂寥的神情。无双和嫣然这才进入凉亭，嫣然不解地问道："一切都在小姐算计之中，杜公子还为小姐遮了一个时辰的阳光，为什么小姐不高兴？"

笑菲懒懒地撑着下巴说："他哪里是真心为我遮挡阳光？他是为了帮大殿下。他知道是我放走了耶律从飞，此时不深究是为了将来能抓住把柄一举击败三殿下。哼，得了消息就像兔子一般跑开，心里没有半点儿留恋，我能高兴吗？"

嫣然嘟了嘴道："契丹贼子，人人皆想杀之而后快，小姐为什么一定要放过耶律从飞？"笑菲叹了口气，道："他不是说了吗？耶律从飞一回到客栈就发现了暗探监视，密捕他是不行的。可一旦公开抓了耶律从飞，契丹王必然起兵。战事不断，再打的话，国库里也没银子了。皇上收点儿好处还不是要放了他，我不过是顺水推舟趁机要点儿好处。这不是又将耶律从飞聚铁器的事告诉杜公子了吗？能拿获铁佛，总还是能帮自家军队的。"

笑菲懒洋洋地坐在亭子里，觉得嫣然太笨，事事都需要她解释。无双依然一声不吭地站在亭外，她这时倒觉得无双这般安静很好，省得她再说言不由衷的话。

她回想起送耶律从飞出城的那一幕，那个男人让她觉得危险，看向她的时候，她浑身都有种浸入雪水的感觉。纵然他穿着汉人衣裳，衣袂带风，书生气十足，可是他身上却有种杀气，那是在战场上养出来的凌厉。待他道谢时，眼神变得柔和，那层杀气才消失不见。下意识地，她便说自己是四公主高婉，受人之托放他走。

她不想让耶律从飞知道，与契丹勾结的人是她。

江南贡米案已经了结，那些调包的水寇一个活口都没留，没有人知道那些被调包的新米去了什么地方，都以为粮副使贪财，将新米全换了金银。而她去江南最大的目的就是为了掩饰被调包运往北方契丹的粮食。

她用粮食成功地与契丹王达成协议，耶律从飞此番南下就是为了把五船粮食运走。至于铁佛，那是顺水推舟、掩人耳目，这是连高睿都不曾知晓的秘密。她没有民族大义，没有家国荣耻，她只为自己。她只是想为自己挣得多重保障，有了契丹这个外援，高睿将来想踢开她，只怕没那么容易。在她眼中，人只有可用与不可用两种。

三皇子高睿在朝中政务上不能与大皇子高熙相抗衡，就只能掌握兵权。耶律从飞这次借运粮之事南下亲视大齐国边境布防，怕是要起兵大打一场了。

笑菲微笑地想，反正战事是免不了了。武威将军丁奉年的河北东西路大军分别驻守大名府与真定。耶律从飞率军南下，丁奉年将首当其冲，会在真定与他对战。她冒充四公主放走耶律从飞的确有条件。她告诉耶律从飞，两军交战，各凭本事。若是丁奉年不敌，不能杀他，只能生擒为俘，而且还要找个机会让三皇子救回丁奉年。耶律从飞听了，盯着她直笑，上马离去时回头说："四公主聪慧过人，有你这样的妹妹，实在是三殿下的福气。"

笑菲打的主意其实并不是让丁奉年被三皇子所救后感恩之下支持于他，她向来定计都爱一箭双雕。她还很想知道，丁奉年会不会经此一役后将丁浅荷嫁给高睿以巩固关系。她更想知道，如果是这样，杜昕言会怎么办。这招好像对丁浅荷最不公平，她偏着脑袋想了想，得出了一个让她很伤心的结论，那就是如果丁浅荷不想嫁，杜昕言不想让丁浅荷嫁，他有的是办法让丁浅荷离开。这个结论一出，她就不想再深想下去。

棋子落下，棋局立刻千变万化，她也只能因势而为。

第二天，大皇子高熙上奏，抓获契丹奸细四名，缴获佛像和四大金刚五尊，全系生铁铸就，重七千余斤。明帝大喜之下大大地夸赞了高熙一番，心里却生忧意。契丹人南下聚铁，显然是为了铸兵器，准备开战。他迅速下旨，命武威将军丁奉年巩固边防，随时准备应战，同时命兵马指挥使杜成峰抽调西北道与淮南道兵马随时准备增援。

高睿请旨前往大名府助丁奉年一臂之力，明帝允了。

第七章 内奸无双

白水河是条只在夜晚喧嚣的河，蜿蜒从京城内流淌而下，经过下游的柳巷而出时，带着浓浓的脂粉香。灯火与丝竹构筑的故事总是绮丽香艳。四月暮春的晚上，一位锦衣公子走进了柳巷里的春风阁，扔下一锭足有十两重的银子要了靠湖的一间雅居。

老鸨瞧着银锭边缘的霜花就知道这是十足的雪花银，堆满了笑容正欲开口，锦衣公子又扔来一锭银子，表情木然地说："一壶上好云雾茶。我等人，莫要叫人来搅了兴致。"

他要的不过是清静，有银子自然能让老鸨满口答应。

锦衣公子掩了房门，推开窗户。一轮银钩当窗而入，一川河水似浮起了碎冰，荡漾中反射出冰冰凉凉的静谧。耳旁响起欢声笑语，楼里公子、姑娘的调笑声细细碎碎，隐约听到隔壁传来："三公子好坏……"接着，又一阵大笑声响起。

锦衣公子负手站在窗前，似站在了遥远漆黑的河对岸，孤独地望尽隔岸的灯火漫天。身上的繁复精巧的绣花锦袍像夜里的烟花，灿烂到了极致，穿在他身上，却感觉是带了一身的寂寞。

门"吱呀"一声打开，又"吱呀"一声关闭。

她蓦然回头，隔着映出万千条绚丽烛光的珠帘看着来人。

来人锦衣玉带，玉树临风，正是三皇子高睿。他往前走了几步，隔着珠帘停下了脚步，望着珠帘后男装打扮的沈笑菲轻声赞道："夜饮醉复醒，玉人月弄影。菲儿，你换了男装锦袍，我差点儿认不得了，比起你穿素白，这打扮衬得脸色好看了许多。"

沈笑菲嘴一扁:"三公子好坏……"她声音甜腻,柔媚到了极致,偏生脸上还是那副木然的神情。高睿"噗"地笑出声来,分开珠帘大步走近,嗅得云雾茶香气,口中叹道:"还是爱喝这个?回头打发人将今年的女儿云雾茶给你送去。怎么还戴着面具?取了吧,粘在脸上也不舒服。对了,上次听说你在洛阳又晒得起了痱子发了烧,难道还没好?"

他一连几句,话里透出呵护之意。笑菲丝毫不为所动,笑道:"三殿下时间不多,说不了几句话,懒得再粘回去。"

高睿微微一笑,眼里噙着柔情:"时间再少,也要见你一面再走。我过两日就起程,不知道这场仗何时起,又会打到几时。菲儿多顾着自己,等我回来。"

笑菲素白的手指在茶杯上画着圈,抬起头望着高睿——清癯的脸,墨黑深沉的眼睛,谁说三皇子高睿的这双眼睛让人看不透?她似乎在他眼里从来都只看到了绵绵深情,只不过,她还是不信,因为她觉得她从来没有看透过他。她转移了话题,扯到了高睿即将去督军的事情上:"耶律从飞是我放走的。这场仗如果胜了,三殿下在军中的威望自然会提升。只要契丹这个威胁存在一天,皇上就难以立高熙为太子。如果败了,耶律从飞答应过我,他会让你顺利救回丁奉年,三殿下就能得到丁奉年手中二十万大军的支持。"

高睿眼中露出惊喜,伸手握住笑菲的手缓缓地说道:"沈相一直陪着父皇作壁上观,菲儿却毫不迟疑地相助,叫睿如何不爱你?"

"若两年前我不去观灯,又怎么会帮你?"笑菲轻笑道。

高睿低头,捧住那双柔软雪白的手放在唇间轻轻地摩擦:"可惜,那年你去了灯节……"

笑菲感觉手像被一片轻羽拂过,高睿唇齿间略带湿润的热气激起她阵阵酸麻的感觉。她心里挣扎着想摆脱,却被那双氤氲的眼睛困住了。像是过了极其漫长的时间,笑菲忍得身体已微微地发颤时,她挣脱了出来。

望着靠在案几旁喘气的笑菲,高睿有些遗憾道:"呵呵,难得见你惊惶失措,就是瞧不见什么脸色。"

笑菲知道他说的是自己脸上的面具,她扭过头掩住眼中的杀气道:"三殿下回吧,前方战事一触即发,被人发现三殿下来了烟花之地不妥。"

脸上突然一凉,高睿已伸手揭去了她的面具。他望着她略显慌张的素颜,轻叹了声道:"三殿下?认识你两年,你却从来只唤我三殿下,你不过是想利用我罢了。菲儿心里其实没有我的,对吗?"

笑菲心里的勇气被激起,她抬起头,眼中燃起火焰:"是,我心里没有你。三殿下难道不也是在利用我?咱们不过是交易罢了。"

她的神情、语气让高睿失笑,他的眼底又生出浩渺烟波,目光飘浮不定。然而他知道,自己的目光一直落在她脸上,没有放过她眉宇间闪过的一丝神情。

"你心里的确没有我。那年灯节,我并不是意外遇见了你,我是特意去看能做出比《十锦策》更好文章的人到底长什么样子。"高睿笑了笑说,"只不过一见之下,睿便心驰神往了。"

笑菲的眼中生出一丝恍惚。京城一时纸贵,都是因为沈相这篇字字珠玑、匡扶社稷的锦绣文章。有谁知道就是因为她少年意气,一腔热血写了此文,所以才断送了自由。她仍记得十三岁那年满心欢喜地捧着《十锦策》去见父亲,换来的却是一顿严斥。他谆谆告诫她,女子无才便是德。他摆出一副道貌岸然的模样,理所当然地将她困在高墙内宅之中,不让她轻易见人,无事不准她踏出相府后花园半步。杜昕言一句相府后花园美轮美奂,父亲就能把墙头加高三尺。

一年到头,她几乎足不出府,出门也以面纱遮脸,便成了皇后、皇贵妃口中称赞的大家闺秀、名门淑女。只是一荣俱荣,利益相关,她不可能说出父亲拿了她的文章向皇上邀宠,在清流中博得好名声之事,但她也不甘心被困在相府后花园,任父亲摆布。她要自由,要权势,要掌握自己的命运。

笑菲微抬起下颌,丹凤眼里露出笑意:"是我让嫣然去结识殿下府中的丫头,让她告诉殿下相府家的小姐满腹经纶,能写出比《十锦策》更好的文章,也是我让嫣然透出风去,我要去看花灯。三殿下若是不上心,自然不会有那场巧遇。笑菲与殿下各取所需,如此而已。"

"哦?笑菲为何不让嫣然去结识我大哥府上的丫头?"

"笑菲偶尔进宫见过大殿下,他性情温和,行事稳重,乃守成明主。最重要的是,他的舅舅是兵马指挥使杜成峰,他还有个中了榜眼、文武双全的表弟杜昕言。我爹呢,只要不偏向你,大殿下就满意了。他不需要笑菲,也给不了我想要的。三殿下却偏偏极需宰相的支持,不巧笑菲是他的女儿。我爹是想两不相帮,偏偏他最舍不得的人是我。我帮了三殿下,他有什么法子?"

"你连自己父亲都要出卖？"

笑菲大笑道："不帮你找到制服我爹的弱点，如何与你合作？"

他悠然平静，她镇定从容。他的目光清明，眼底带着欣赏与笑意。她的双眸清澈，成竹在胸。不过片刻，高睿眼中的神色又转为漫不经心，笑菲也放松了，闲闲地站在窗边。他不信她，她又何尝相信他？只不过相互利用罢了。

"所以，三殿下就不用再以情动人了。"笑菲讥讽道。

高睿却长叹一声："你不信我，我又有何办法？我再有心计，心也是肉长的，不是铁石无情。论长相，菲儿比不上我身边的丫头，风姿却是无人能及，睿当然心动。"

笑菲感觉手臂上的寒毛又竖了起来。与高睿合谋，他马上给了她武艺非凡、忠心耿耿的护卫无双。他的婉转托词让父亲忌惮，给了她出府的自由。他的金银任她索取无度，让她有能力发展势力、丰满羽翼。她需要高睿。

如果高睿对她无心，却还能把戏演下去，她就怀疑自己是在与虎谋皮。如果他对她有心呢？转念一想，她又懒得再深究下去。他有没有心都无关紧要，她已经有喜欢的人了。

"渠芙江上熬了一碗巴豆粥，落枫山上煮了一壶黄连茶，积翠园中倒了一碗毒酒。菲儿，你几时对人这般上心过？你喜欢他？"在她发愣的时候，高睿突然问道。她下意识地警觉起来，瞟了他一眼。也就这么一眼，高睿已经了然，脸色难看至极，"你真的喜欢上他了！"

听他这么一说，笑菲心里的勇气又被激起，她抬起头，眼中燃起火焰："本来是听了他写的诗气不过想捉弄他，每天都算计着该怎么引他上当。后来嘛，就想毒死他算了，省得我每天都为他牵肠挂肚！"

"这就是你帮大哥破了铁佛案的原因？"

高睿的多疑她早就料到了，她扁着嘴，很是委屈地道："杜昕言知道是我放走了耶律从飞，我只能用这个来交换。"

他释然地笑了，温柔地说："不用担心，这事我还没放在心上。菲儿为我冒险策划，此行不管胜还是负，我都会将丁奉年收为己用。丁奉年若是想让我娶了丁浅荷，你说我该怎么办？堂堂相府千金不可能嫁我为妾，对吗？"

一个人的心事被猜得八九不离十，总不会太愉快，就像孩子挖了个沙坑陷阱，偷偷地等待别人上当时的喜悦，结果有人经过，不仅看出来了，还用手捅了捅，把陷阱破了。这样的人虽然聪明，却会让你觉得很讨厌。笑菲干笑道："成大事者不拘小节。三殿下将来如登大宝，还愁没有美人？笑菲不过蒲柳之姿，三殿下不用放在心上。"

"菲儿，你怎么没有想过，如果我得了天下，一定要你呢？你这么聪明，抵得上一支军队，我实在不舍得把你让给别的男人。何况那人还是小杜，一个帮着大哥从小就和我作对的人！"

笑菲眨巴着眼睛道："那怎么办呢？我已经喜欢上他了。你杀了他也好，省得我成天想着他。"

"好，我这就让无双去杀了他。"

"咦，我突然觉得很奇怪，无双在我身边却还是让我喜欢上了别的男人，你早该把她活剐了，三殿下这回怎么心软了，还要继续用一个没用的侍卫？"他要继续摆出款款深情，她自然也配合着做戏。

高睿微笑道："听说她大哥和小杜是朋友，让她去杀小杜只有两个结果：一是卫子浩帮她，二是卫子浩拦着她。一边是大哥，一边是自己效忠之人，我很想知道无双会不会对她大哥下手。若她下不了手，我会怀疑昙月派的百年教规，自有昙月派的人替我收拾她。若她下了手，那张冰山脸会有什么表情？你不也很想知道吗？这可比抽她一顿鞭子有意思多了，谁叫她没有尽责护着你。这样处置她，菲儿可满意？"

果然什么都瞒不过他！那么她让无双从卫子浩口中套得杜昕言行踪，他也一定早知道了。她并不意外高睿知道，她心里暗自庆幸，没有用高睿的人去杀江南水寇，否则，高睿一定会知道她勾结了契丹。

她啧啧两声，不敢置信地瞅着他道："三殿下真狠，笑菲可想不出这么毒辣的招数。"

高睿"噗"地笑了，柔声道："这就吓住了？呵呵，菲儿，你不会害怕的。让我猜猜你这一计真正想要得到的……"他凝视笑菲良久，目光一变，利芒闪动，"但愿你不是真的喜欢上了小杜，把他心爱的女人设计嫁给别人，只会让他恨你，喜欢上一个恨自己的男人会很痛苦。"

"恨有多深，印象就有多深。我要用恨抹去他心里丁浅荷的痕迹，一丝不留！"笑菲挥了挥手，脸上缓缓地绽出笑容，清澈的双眼里看不到一丝阴霾，心中却早把高睿骂了千万遍，他连这个也猜对了。

"打个赌吧。如果他最终对他的敌人心动了,我就放过他,而你必须进宫陪我。如果他对你始终没有真情,我就杀了他,你也可以死了心跟着我。"

笑菲嗤笑道:"三殿下,你若是输给大殿下,根本没资格提这个赌约。"

高睿也笑道:"菲儿,我最爱你的聪明与狠绝。你也明白,你要的自由、权势、富贵,也只有我能给你。你还是盼着我赢吧,这样对你有利一点儿。这个赌约其实是他的一条命,等我有资格提这个赌约时,你再选择赌不赌吧。"

"三殿下不是对我一片深情吗?难不成能容忍心爱的女子去喜欢别人?"

高睿回过头露出邪魅的一笑:"你也说过,如我得了江山,有的是美人。能得到你的人,我就知足了。"他打开门离开,不多一会儿,隔壁又响起调笑声。

笑菲静静地站着,想起洛阳城中杜昕言与丁浅荷在阳光下嬉闹的情景,想起黑石滩上静静坐在他身边的依恋不舍,她轻抚着自己的唇,狠声道:"我一定会让他爱上我的。"

月色清凉如水,一道黑影无声无息地潜入了杜府。无双隐在阴影中,目光复杂地看着书房中仍亮着的灯光。窗户开着,桌上有倒空的酒坛,杜昕言伏在桌上,似已醉倒。她轻咬着唇,飞身掠起,剑光撩起红色的光影,毒辣而狠绝地直刺了过去。

杜昕言就在剑即将刺入身体之时动了,他的身体滑向桌子的另一侧,手挥出,房中一暗——窗户合上了。无双眼前一黑,手腕随之酸软,长剑"叮当"一声掉在了地上,一股温和的力量轻轻将她推坐在椅子上。

"无双,我万万没想到竟然是你。"黑暗中,杜昕言的眼中闪动着温柔与怜惜,语气中不乏感叹。

"大哥说我最合适。"无双终于卸下了警惕与冷漠,唇边露出笑容。

她是最合适的人选,最合适让高睿出手相救的人选,她的美丽与她的武功都能为高睿所用。三年前要潜进三皇子府,在高睿身边卧底,大哥卫子浩对她说的就是这句话。随后,他安排她进了三皇子府。

昙月派是专出护卫的剑派,几百年来,昙月护卫只要立下血誓,从无背弃者。就算效忠之人立刻要夺其性命,也绝不会犹豫半分。无双是昙月派的剑客,她向高睿立誓效忠,高睿不会疑她。

月光透过窗棂,隐隐地照在无双的脸上,杜昕言想起了早春轻雪,清新之气扑面而来。他言不由衷地赞了声："三年不见,小丫头出落成漂亮的大姑娘啦!跟在沈笑菲身边差点儿让杜大哥没认出来。"

无双的脸有些烫,心"咚咚"地跳着,她下意识地按了按心脏的位置,仿佛不按住,他也会听到她的心因猛烈撞击而发出的巨大声响。杜昕言站在她面前,握住她的双肩,笑嘻嘻地盯着她瞧:"真成大姑娘啦,杜大哥赞你一句就脸红了?"

无双突然词穷。他离她这么近,浓烈的男子气,口鼻间淡淡的酒气熏过来,她的心剧烈地跳动着,让她几乎快要晕过去了。然而昙月派多年的训练让她在杜昕言的眼中只是略显羞涩地坐着,全然看不出她心中早已掀起惊涛骇浪。

无双好不容易鼓足勇气抬起头来,一眼就望进杜昕言黑亮的眸子里,她顿时被深深地吸了进去,根本没办法移开目光。她想起在黑石滩细细看他的时候,想起他送小水鸭回到母亲身边的温柔,只觉得能这样和他待在一起就是幸福。

"黑石滩的撑船女是无双吧?你不肯说话,但是你的眼睛杜大哥还是能认出来的。再说,装得又聋又哑,连我的喊声都听不到,又怎么能听到鸭子叫呢?再说,我知道你们也一定会去黑石滩,上了心又岂会认不出来?"杜昕言揶揄地说道。

无双不禁庆幸迷晕了杜昕言,否则他一定会知道她在旁边偷瞧他。她感到奇怪地问道:"为什么在黑石滩要真的被我迷晕?杜大哥就不怕她真的会动手杀了你吗?"说完这句话,她又懊恼得想撞墙。她盼了多少日子,盼着自己长大,盼着杜昕言能看到自己的美丽,盼着可以告诉他,她喜欢他。为何自己一开口净说这些无关的话?黑石滩上沈笑菲坐在他身边的情景又浮现出来,无双多希望沈笑菲没有来,可以让她在沙洲上多看他一会儿。

无双沉静中略带羞涩的模样很可爱,和平时跟在沈笑菲身边的冷艳美人太不一样了。杜昕言起了逗弄之心,眨眨眼道:"杜大哥不是蠢嘛,沈小姐服过解药,我却真的喝下了毒酒!"

无双的手情不自禁地握得紧了,她低下头,顺势从地上拾起自己的剑,掩饰住眼中的窘意:"杜大哥取笑我!当时……当时是觉得你很蠢!"

杜昕言放声大笑道:"我就是想上沈笑菲的当。我不上她的当,她在黑石滩怎么会放心大胆地取走我的令牌!再说,既然认出了你,我怎么还会怕她下手杀我?"

无双的眼睛便睁得更大，她不太明白杜昕言话里的意思。

"既然沈笑菲令你易容成撑船哑女来迷晕我，我当然想看看她又想玩什么花样。不过，我真的没想到，她胆子会这么大，敢盗用我的令牌去杀水寇，还一个不留！无双，你发现什么没有？"说到这里，杜昕言的声音就像外面的晚风，带着阵阵寒意。他终究还是小看了这个女人。

那时，沈笑菲并没有告诉自己与嫣然，她拿走了杜昕言江南司监察御史的令牌，还私下调动都察院江南司暗使杀尽了水寇。无双默默地把这事记在了心里，又想起今晚的目的，时间不多，她不能停留太久："三殿下叫我来杀你。"

杜昕言负手在室内踱了几步，陷入了沉思，让无双潜入三皇子府，且让高睿知道她与子浩的关系是一步险棋。一个来历神秘的女剑客会让高睿起疑，而把无双与卫子浩的关系放在明处，高睿便能放心救下无双，这才是一个不会让人起疑的"真正"意外。

所以在无双被高睿救下之后，卫子浩就登门感谢，同时提出要带走无双。然而无双已经对高睿立下血誓效忠，他理所当然不能坏了昙月派的门规。但是兄妹情深，卫子浩隔上两个月便会去看望无双，每一次见面都没有离开过高睿的耳目。

杜昕言暗忖，高睿明知自己与子浩交好，断不可能伤害无双，为什么还要让无双来做一次无用的刺杀？无双从没单独来过杜府，更没单独来找过他，高睿为什么还不能消除对无双的疑心？问题究竟出在了哪里？

"听嫣然说，沈笑菲好像喜欢上了你。"无双轻咬着唇说出这句话来，眼睛却紧张地看着杜昕言。

"呵呵，这也相信？"杜昕言轻松一笑，心头却是剧震，与沈笑菲数度交手的情景飞快地掠过脑海。那个狠毒的女人喜欢他？喜欢到可以用尽手段来害他？如果没有江南之行，如果她没有放走耶律从飞……也许，他还会相信她也是京城中对他迷恋的普通闺秀中的一个，只是骄纵单纯地想报复下他，"沈笑菲与高睿之间究竟是什么关系？"

他的笑容让无双松了口气，她想了想，道："三殿下好像对沈小姐极是疼爱，令我以命相护，她掉了根头发都要罚我。沈小姐不信似的，次次拿无双去试他，让我被他罚。"她语气中情不自禁地流露出一丝委屈。从小在昙月派的训练让她学得沉默寡言、性情坚韧。在外人面前她一直冷若冰霜，然而这层壳在见到杜昕言后就应声而裂了。

杜昕言听到这话,眉头禁不住皱了皱。是因为嫉妒?不,绝不会因为这个。心中一个念头闪过,他释然地笑了。沈笑菲几次利用无双从子浩那儿得到消息,而自己屡屡上当让高睿生了疑。每一次都是他吃亏栽在沈笑菲的手中,沈笑菲不了解他,高睿则不同。他们从小一起读书,他在高睿眼中从来不是一个容易上当受骗的人。这么大的漏洞,难怪无双立了血誓,高睿依然不相信她。

"无双,你入三皇子府为间一定要当自己真的对他忠心,高睿的疑心不是这么容易消除的。不到紧要关头,不要轻易和我们联系。为间者首先是要保护好自己,明白吗?"杜昕言关切地道。他有些担心无双,虽然她的情绪已控制得很好,然而,那只是表面,她并不是真的冷血无情。

无双目不转睛地看着他,他皱眉的模样也这么好看,他是在担心她吗?他身上流露出来的气息明朗温暖,让她想起大哥带他来的时候,他青衫飘飘、笑若春风的模样。她心里有个声音小声地说道:"为你,怎样都没关系。"

"无双,答应我,一旦有危险,先护着自己。誓言说过就散了,做不得数。这三年,你已经做得很好了,我一直与子浩说让你离开……"

无双心里便高兴起来,她羞涩一笑,截断了杜昕言的话:"留在沈笑菲身边似乎比在三殿下身边得到的消息更多,无双不能走。"

他眼前的无双,浑身洋溢着一层光辉,美丽得令他不敢逼视。杜昕言心中有些愧意,可听到墙外更鼓声响,知道她不能久留。他想起若是大皇子失败,高睿必定心狠手辣,杜氏一族、大皇子、德妃怕是都活不了时,心又渐渐地硬了:"回去告诉他,我看在子浩的面上不伤你。这是他意料之中的结果,应该不会为难你的。"

无双不舍,目光从他的书桌上扫过,那只斑竹箫上还坠着她打的络子,不禁心中一甜,轻盈地像只燕子掠走了。杜昕言缓步出了书房,月光下,他脸上的温柔笑意渐渐消失。他冷冷地说道:"无双有危险了,你这个做大哥的怎么打算?"

卫子浩从阴暗里走出来,望定无双离开的方向,喃喃地说道:"小杜,我就这么一个妹妹,你当我不怜惜?她是间者,是昙月派的冷血护卫,她就应该知道该如何面对。"

"子浩,你应该尽快安排无双离开。高睿对她的疑心并没有消除,反而越来越重了，无双并不安全。"

"她不能离开，三年来，我们潜进三皇子府的间者只剩下她一人了。她，绝不能离开！我与你联手，是因为大皇子答应还我一个公道。"

"谢流月贵为皇贵妃，但她不见得参与了当年之事。"杜昕言提醒道。

江南谢氏、柳氏都是大家族，两府垄断了江南的丝绸生意，十年前明帝寿辰，柳氏绣制的皇袍上飞龙竟少了一爪，柳氏一夜之间被抄家灭族，只逃出他们兄妹二人。卫子浩改名换姓，将无双送进昙月派学艺，查访十年，所有的疑点都直指江南谢氏。而这个谢氏，正是三皇子高睿的母亲——当今皇贵妃谢流月的娘家。深重的恨意在卫子浩的眸底结成了一层寒冰："三皇子若是得了江山，我柳氏一族将永远无法平冤昭雪。"

杜昕言轻叹一声，负手走回书房。

卫子浩突然忍不住问道："小杜，你这么关心无双，你，你对她……"

青暗的光华闪过，杜昕言没有说话，亮出青水剑，晃出朵朵剑花直刺卫子浩。卫子浩眼睛一亮，拔剑回击。几声脆响之后，卫子浩手中只剩下了剑柄，他喘了口气道："居然是把宝剑！"

"你非要看，就给你看了。你和无双瞒了我，让我被沈笑菲网住，损失了一万两银子。三千两给无双做嫁妆，日后为她寻门好亲事，别浪费了我多年的积蓄。"杜昕言慢吞吞地收了剑。

卫子浩气得不轻，杜昕言能腰缠断金切玉的青水宝剑，沈笑菲真能网住他？他明明是故意被沈笑菲拿住另有所图！卫子浩凝视着杜昕言有些悻悻，没好气地说："小杜风流之名满京城皆知，你对无双没意思，我还怕她受你欺负。你心机深沉，胸怀天下，怕没有女子能入你的眼。"

"谁说没有？我正打算请德妃娘娘向皇上求恳，让皇上赐婚我和浅荷。"

卫子浩张大了嘴，想起那个娇俏可爱、单纯活泼的女子，突然就怒了："你怎么能娶丁浅荷？！她，她……你把她当妹妹看的！"

杜昕言回过头，面容如明月破开乌云，皎皎清朗，眼中却噙着丝月光的清寒，微微一笑道："子浩，谁说我没有意中人？谁说我把浅荷当妹妹看的？所有人都知道我只钟情于她！"

杜昕言只是淡淡地扫了他一眼，语气里却真的有柔情万千，寒气一下就冲上了卫子浩的心头，他情不自禁地问道："她与你青梅竹马……你究竟有心还是无心？有情还是无情？"

"你说呢？"杜昕言不置可否地回了他一句，悠闲地走回了房中。

卫子浩嘴里不由有些发苦，他发现几年的相处，他还是看不透杜昕言。

无双回到三皇子府平复了思绪，小心敛去眼中的激动，平静地述说着刺杀失败一事。她单膝跪在地上，看到高睿银白色的袍子移到了身前，绣着行云龙的下摆无风自动，那条龙竟像活了似的，显出几分狰狞。无双一遍遍告诉自己，不是第一次了，一定要镇定。才见过杜昕言，她觉得没有什么事能难倒她。

果然，他又用手指勾起了她的下巴，那双眼睛幽深似海，锁住了她的眼睛。高睿有种张扬的俊美，无双面对他，每一次都觉得有很强的压迫感从他身上传来。他的眼睛有种妖异的魔力，像能看穿她用冷漠结成的外壳。她垂下眼睑，下巴又是一紧，他不满意她退缩的眼神，她只能再次用平静的眼神回望过去。

"无双，江湖人人皆知昙月派的护卫一旦发了血誓就不会背离，几百年来从没一起例外。可是，我就是不信你，你说这是为什么呢？"高睿轻声说道。

无双的心一下下急跳起来，她强自克制着心情，努力让声音、表情都一如从前般冷漠："杜昕言武功甚高，无双不是他的对手，他看在大哥的分上肯定不会杀我。殿下用这个来试无双很无聊。"

高睿忍不住地笑了，松开手，居高临下地看着无双："这是我意料之中的事，我不怪你。不过，菲儿说，有你在身边，她还能喜欢上小杜，照我的脾气应该把你剐了才正常。还有，在洛阳，她对自己用苦肉计，你为何不拦？你护不得她的心，护不住她的人，你可失职？"

"是无双的错，请殿下责罚。"她毫不犹豫地吐出这句话来。

"罚？两年中，罚你还少了吗？这句话从你嘴里说出来，已成了家常便饭。你跪的时候大概都当自己在练功，是吧？"高睿说着，脸色一沉，唤了两名侍卫进来，将无双绑了双手，在房梁上吊了起来。

她没有挣扎反抗，这样的场面两年中她已不是第一次经历。她想起第一次高睿罚自己，是她以只守护血誓之主为由不愿去沈笑菲身边，高睿就这样将她吊了起来，着人抽了她二十鞭。三皇子府掌刑人手艺很好，让她只感觉到痛，身上却连半点儿鞭痕也没留下。那天高睿很奇怪地看着她，拭去她额上的汗问她："若不是这些汗，我以为你一点儿感觉都没有。昙月派真是个奇怪的门派，出来的人个个像冰山。"

无双不过是把心思移到别的地方罢了。只有她自己知道,她连哼都没哼一声,嘴巴里却早已痛得咬破了,她不动声色地吞下口腔里一口又一口的血腥。

"无双,你又是这样的表情,好像不是被我吊在梁上,而是站在春风中看风景。"高睿站在她面前缓缓地说道,"知道为什么我总是不肯相信你吗?因为,你没有心。"他的手从她的胸前拂过,凝视着她道,"你没有心,你压根儿不在意会受到什么处罚。什么样的人才会没有心,没有情绪?我只想得出一个答案:忍辱负重!"

无双依然冷漠地回答:"昙月护卫发了血誓,殿下要无双死,无双也绝不会犹豫。殿下和沈小姐相互试探,拿无双试刀,殿下处罚无双的时候还少吗?殿下想我怎样?大哭?大闹?连声告饶?"

她的声音像沙漠,干涩空洞。她的目光又变得茫然,每一次罚她的时候,她就会用这样的方式包裹自己,仿佛她的灵魂已不在这个美丽的身体中。这是昙月派保护自己的招数吗?不管她是否会痛、会难受,她从来没有别的表情。他很早就发现了,鞭子抽下去就像抽在麻袋上一样,空洞洞的没有反应,这让他觉得极其无趣。

"你以为,我这次还是抽你一顿鞭子了事?"高睿的眼中露出邪恶,他的手从无双的脸上滑过,柔嫩的肌肤、明亮的双眼,还有嫣红的唇,"无双,我很想知道昙月派血誓效忠……可以到什么地步!"

他随手拿起无双的剑顺着她的衣领往下一挑,盘扣腰带裂开,她的衣襟瞬间分开,露出一件淡青色的兜肚,上面绣着一丛幽兰,枝叶飘逸,极为传神。雪白的肌肤在薄薄的绸缎下微微起伏,高睿发现自己的眼睛黏在了她美丽的身体上。

无双眼中露出讥讽:"殿下想要无双侍候,何苦绕这么大的圈子?当年殿下救下我后,知道我来自昙月派,殿下好奇昙月派的护卫血誓,要我以此报答殿下的救命之恩。可是殿下莫要忘了,无双是以处子之身立的血誓。殿下只要享用过我的身体,誓言一破,我就可以不用留下了。"

冰冷的话从她嘴里吐出来,像是在说与她无关的事情。可是高睿分明听出她话里的欣喜,一种可以破了誓言摆脱他,回报了他救命之恩的欣喜。他死死地盯着她,从她高悬的手到她的脸、她的身体。

他突然将手放在了无双的胸口上,温软的触觉盈满掌心,他感觉到她的心在他掌心下飞快地跳动着。他哈哈大笑道:"无双,你差点儿就瞒过我了,你很怕我要了你吗?"

　　无双心中长叹,双腕用力扯动绳子,人倒钩而起,越过横梁落下。她正想绷断腕中绳索,脑后暗流涌动,风声乍起。她低头避开,狠狠踢出一脚。霎时,她的背已经撞进了高睿怀中。他紧紧箍着她,紧得像骨头都嵌进了他怀里。他的另一只手已扼住她的咽喉,她的呼吸立刻被夺。她双手一分,腕间绳索没有绷断。

　　这一瞬间,她想起了杜昕言黑暗中闪动的眼眸和关切的话语。他叫她不必理会誓言,他叫她有危险先护着自己。她进三皇子府为间已经三年,忍辱负重,不到最后一刻,她岂能轻易放弃!高睿的手臂从她身后绕过,轻轻抚摩着她紧绑在一起的手,微笑道:"你再用力也绷不断混了金丝编成的绳子。无双,我说过,不是抽你一顿鞭子这么简单。"

　　他松开了扼在她颈间的手,将她抱了起来。他的手臂箍紧了她,让她动弹不得。无双看着越来越近的床榻,控制着快要冲出喉咙的尖叫,她一遍遍告诉自己要冷静。她紧张地想,如果高睿要了她,破了血誓,她该用什么借口留下来?

　　高睿将她的手绑在了床头,捏住她的脸颊一字一板地说:"菲儿一直想看你崩溃激动的模样,其实,我也想看。"

　　无双瞪着他,心里满是绝望,清丽的脸绷得紧了,掩饰住了她没办法回避的凄惶。

　　她总是这样!冰山在阳光下闪动着耀眼的光,幻出美丽的海市蜃楼,吸引着人靠近了,却发现仍然是座散发着刺骨寒冷的冰山。高睿心中有股火蹿了起来,烧得他口干舌燥。他冷冷一笑,俯首在她耳边,含住了她白玉般的耳垂,带着热气的声音含混不清地说:"你会一直这样冷吗?"

　　无双不明白,可是马上她就悲哀地发现他的撩拨是那么可怕,带着湿意与热气的吻每到一处都让她战栗。他的手温柔地抚摩过她身上所有敏感的肌肤,她全身都像被火炙烤着,热得她难受。他用他的邪恶一遍遍挑起她身体内陌生又恐惧的感觉,如海潮起伏,绵绵不绝。

　　以往高睿罚她时,她就会缩进自己的蜗牛壳里想着杜昕言。可是她现在一想到杜昕言,想到他从桌旁抬起头时眼中的惊喜、他站在朦胧月光下的潇洒身姿、他温和关切的话语，就浑身燥热、酥软、麻痒……说不清楚的感觉从脚趾尖蔓延到全身。她的身体几乎绷成了一张弓，肌肤激起层层鸡皮疙瘩。眼泪溢满她的眼睛，像涌出来的一汪泉，一点点盛得满了，顺着眼角无声滑落。她只是这样瞪着高睿，任那些泪不受控制地往外涌出，唇闭得紧了，连一丝抽咽声都没有发出。

灯光洒在无双的身上，长年习武让她的肌肤充满弹性，像绸缎一般光洁柔滑。细密的汗珠濡湿了头发，她蹙着眉，脸颊绯红，唇如樱桃般红艳，睫毛被泪水浸湿了，像一排黑亮的翎羽。她从未用过这种如淬过火似的眼神瞪他，她带着挣扎的美丽让他微惊。

他的手指从她脸颊抹过，沾满了她的眼泪。三年来，这是他第一次看到她落泪。他该满意，为何心里又有些空荡荡的感觉？他缓缓起身，解开绑住她的绳子，冷冷地说道："我不用取你的处子之血，也一样能看到我想看到的。"

无双的手一获自由就自然地抱住自己的双臂蜷缩成团，嘴里有吞不尽的血腥，强烈的羞耻感从心底腾起。她的身体怎么可以这样出卖她！她怎么可以让他看到她的眼泪！

无双抓住衣裳披在身上，又咽下一口血腥，用最平静、最冷漠的声音说："殿下满意了？无双可以走了吗？"

青色的衣袍没有系上腰带，宽松地罩在她身上。黑亮的头发披散，长及腰间，清丽的面容波澜不惊，仿佛一切都没有发生过，仿佛那双冰似的眼眸里从来没有过愤恨、不堪羞辱与眼泪。高睿心里的怒气又涌了上来，他豹子般扑过去，迅疾扣住她的双腕，一手撑住她的后颈，便凶狠地吻了下去。

他吻到了满嘴血腥，他一愣，捏住她的下颌迫她张开嘴，里面已被咬得血肉模糊。高睿松开手，蓦然笑了："原来如此！你不是不会喊，不是不想喊，只不过拼命忍住罢了。情欲是种享受，不需要如此强忍。去相府吧，三天后此时来我房中。无双，我很期待下一次你的反应。"

高睿笑得这样轻松惬意，宽大的锦袍敞开着，露出强健的胸膛，黑发披散在肩上，他慵懒得像才享用了一道美味的甜点。无双羞愤地闭上了眼，心头掠过杜昕言的脸，眼睛再睁开时，手掌已化刀，直朝高睿的喉间切下。她不要三日后再来，她不要再经历一次。只有杀了他，杀了他。这个念头一起，无双的恨猛然爆发。

无双寒着脸与高睿搏杀，招招狠绝，每一掌都击向他的致命之处。同归于尽的打法让高睿惊讶得扬起了眉，他不得不避开她猛烈的掌风，免得伤到了她。可是她已经将生死置之度外，刺杀高睿，已是死罪，反正都是死，不如一搏。呼呼拳风在室内搅动起切齿的恨意，她对高睿的反击视若不见。

　　"无双，你要坏了昙月派百年来的规矩？刺杀自己誓死效忠的人会是怎样的下场？"高睿避开她一掌斥道。

　　无双不答，勾起一个花瓶砸过去，又腾身跃起，从墙上抽出一把剑来，攻势更烈。高睿怒气上涌，她以为自己打不过她吗？他堪堪避开一剑，身上的长袍却被剑气割开一道长长的口子。高睿不再心软，转身突破无双的剑光，不顾剑身划破了他的手臂，他的手已扼住了她的咽喉。无双手一松，长剑坠地，闭上眼说："你动手吧。"

　　她纤细的脖子握在他掌中，轻轻一拧，立时就能断了呼吸。就这样扼死一只高傲的天鹅吗？高睿松开手，脸上露出邪佞的笑容："不，无双，我还没有看够你面具下的热情，我不会杀你。"

　　无双猛地睁开眼，高睿胳膊上的血迹已浸红了他的白袍，他却连看都没看上一眼，眉梢眼底俱是得色与肆无忌惮的无耻，让她恨不得一脚踩上去使劲儿踩碎。然而她只是更高傲地挺直了背，甚至不动声色地拾起了自己的剑。

　　"你还没羞辱够我，是吗？"无双默默地告诉自己，活着，是为了家仇，也是为了杜昕言。她是间者，她不能前功尽弃。她冷冷地看着高睿道，"三日后，我不会来，永远不会有第二次。你不杀我，我总杀得了我自己。"她拉开门，就这样走了出去。

　　他为什么不拦着她？她居然用自己的命要挟他！而他偏偏不想杀她。高睿看着无双走远，怒气凝聚于掌，身边木桌顿时被拍得粉碎。

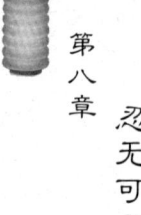

第八章 忍无可忍

七月,耶律从飞果然率军南下,在真定与丁奉年激战。每天都能看到加急驿马在城中奔驰,前方战报雪片般飞向京城。契丹大军勇猛,八月传来噩耗,真定被攻破,丁奉年下落不明。河北西路大军溃败,朝野震惊。丁家阖府哀痛,丁浅荷披了银甲,提了长枪,骑着胭脂马便要北上战场。杜昕言闻言吓了一跳,在城门外拦住了她。

丁浅荷双目红肿,用枪指着杜昕言道:"莫要拦我!我一定要去。"

杜昕言苦笑,叹了口气说:"你真以为女子会点儿武艺就能当花木兰,混个将军当当?你那些花拳绣腿在京城闺秀里显摆一下还行,真要上战场,我怕契丹人舍不得杀你。"

丁浅荷不明白他话里的意思,只认准一件事,她要去真定找父亲,她抬高了下巴怒道:"什么叫契丹人舍不得杀我?"

杜昕言上下打量着她,伸出两根指头弹了弹她的漂亮银甲,笑道:"姑娘家穿了这个,看上去另有一番风韵。"

"小杜,你敢辱我?"丁浅荷顿时气白了脸,长枪一摆,迅疾刺向杜昕言。他只偏开了头,手已夹住镔铁枪。丁浅荷使出吃奶的劲儿也没把枪从他手中拔出来,见他仍笑容可掬地望着自己,她气得把枪一扔,"哇"地哭出声来。一张粉脸霎时如梨花带雨,哭得风云变色。杜昕言上前两步,温柔地拢住她,轻声哄道:"家父已调了西北道大军增援,三殿下的河北东路大军已从大名府出发前往真定。战场上失散是常有的事,你爹征战多年,不会有事的。"

丁浅荷打出生起就一直锦衣玉食，如今父亲下落不明，又遭兵败失了真定，这些日子她受的冷眼不少，过去常一起玩的权贵子弟纷纷避开她，她心里已委屈得不行，此时被杜昕言一激，心头郁闷之气终于发出，直趴在他怀里哭得收不住眼泪。

她的哭声让杜昕言想起了从前。丁浅荷出身将门，性格直爽倔强，小时候学骑马，从马上摔下来也只是拍拍衣服上的灰继续翻身上马，一滴泪都没掉过。这种难得一见的柔弱让他心疼，丁浅荷从来都是活泼的疯丫头，不是无助的小白兔。他轻拍着她的背，想象着战场上的种种可能，不觉黯然。

然而杜昕言忘了，丁浅荷一向固执，认定的事就一定会去做，哭完、发泄完，她还是留下一封书信，偷偷出了京城北上寻父。杜昕言看到丁夫人遣人送来的信时，头就开始疼了，拎了包袱出城就往北追去。无双在城外拦住了他，递给他一封信，同时低声说："她在粥里放了黄连。"

杜昕言看了看信，忍不住皱眉道："这女人成天琢磨这些下三烂的手段实在可恨，偏偏不喝还不行！无双，沈笑菲非普通女子，不能让她怀疑你通风报信。你以后不用……我自有分寸。"他吞回了要说的话，无双低头垂眼的瞬间，让他想起了她来刺杀他的那晚。无双在他面前暴露的情感太多太明显，让他没办法再说下去。她的关心是为间者致命的漏洞，人的感情是最难掌控的。杜昕言暗暗决定大局稍定就坚持让无双离开。

阳光从林间透射下来，马上的杜昕言青衫飘飘、英气勃勃，明朗得不沾半点儿阴霾。无双只希望路永远也走不完，她贪恋地望着他，却蓦然想起高睿，她还配得上他吗？她心头一黯，低声说："我先走一步，免得她起疑心。"

阳光照在渠芙江上，荷叶青绿，岸边垂柳依依。江畔系了只小船，沈笑菲坐在船上，痴痴回想着当日清晨的情景——透过荷叶缝隙，她看到他负手站在江岸，一袭青衫在清晨的风里微微飘荡，眉梢眼底都是笑意，那种明朗瞬间让她心动。

她幽幽地叹了口气，不远处传来鸟鸣，是无双的暗号，她便望向岸边。不多时，就听到了马蹄声，仿佛每一声都踏在她心里，溅起无限喜悦。当目光落在杜昕言马侧的包袱上时，她的嘴角撇了撇。

杜昕言漂亮地下马，落在岸边，拱了拱手道："得沈小姐传书，在下心急如焚,盼沈小姐能告之详情。"

笑菲在信中只写了一句话:欲知丁奉年消息,渠芙江见。

她手里拿着一枝半开的粉荷,白色纱衣被河风吹得鼓了起来,像两片白色的荷花瓣,隐约现出两条纤细的手臂。她慢条斯理地撕下一片荷花瓣放在水里,用手拨了拨,那花瓣就像只小船荡开了。她抬眸,极斯文地往林子里轻唤了声:"无双!"

无双从树荫里出来,默默地上了船,划起小桨离开。杜昕言这回总算能看懂沈笑菲的神色、动作了。她知道自己心急,偏要绕着弯子让自己更急。他心里将沈笑菲骂了个千万遍,眼看小船荡入江中,他只好施展八步赶蝉的轻功踩莲而过,飘飘然落在了船头。

笑菲手中的荷花已被她撕了个七零八落,她微笑着看着杜昕言,扬手将手里的花梗用力抛出去,拍了拍手道:"我煮了点儿荷叶粥,这节气消火最好,杜公子喝一碗?"

瓦罐中倒出碧绿清香的粥来,杜昕言苦笑,想起无双说粥里下了黄连。

"不喝?我就白煮了,杜公子,请吧!"

杜昕言无奈,不喝,他就白来了,他端起粥碗疑惑地道:"不会是穿肠毒药吧?在下可不想死得太早。"

沈笑菲偏过头,用手轻轻划了划江水,不吭声。

杜昕言叹了口气,屏住呼吸,一口气将粥喝得干干净净。胃里涌起一阵阵恶心,嘴里苦得已没有了味道,他脸上却漾起了笑容:"真甜!沈小姐的粥哪里是用黄连水煮的,分明是用玉液琼浆熬的,清香甘美,人间一绝!"

他以为自己喝完黄连粥连声赞甜,多少能博得沈笑菲一笑,谁知她脸一沉喝道:"下船!"

"什么?"杜昕言以为自己听错了。

"杜公子不是轻功好吗?难不成还要我送你上岸?别让丁姑娘等急了。北方在打仗,去得晚了,谁知道丁姑娘有没有危险。"笑菲冷冷地说道。

杜昕言霍地站起身,指着沈笑菲道:"你诓弄我来,就是为了捉弄我?"他心头的一股火莫名地又被笑菲挑起,像大热天飞来一点儿火星,呼啦啦地就燃起燎原大火。

沈笑菲淡淡地说:"丁奉年被生擒,头发也没掉一根。三殿下来信说,才救了他出来,过两日邸报会到京城。"

她就像拿了把火钳,夹走了烧得最烈的那根柴火,看似烧得噼里啪啦响的大火转眼间就成了堆无力燃烧的灰堆——杜昕言的怒火还没来得及发作就被这句话冲散了,他拱手道:"多谢。"随即,他身体飞转,衣袂飞舞,如一只大鸟飞翔在荷叶上,去势比来势更急,一副巴不得早点儿上岸,飞马去追心上人的架势。

那身青衫在荷叶上迅疾掠过,也像刀一样飞快掠过笑菲的心。他为了丁浅荷喝黄连粥,他为了她不惜讨好自己……沈笑菲站起身,一把扯下面纱,骄傲地大喊:"我晒了太阳会起痱子发高烧是假的,是骗你的!你上当了!"

杜昕言正提着内力飞奔,听到这句话,内力一泄,"咚"地就掉进了江里。想起在洛阳城时的被耍,相府后花园为她举着胳膊挡了一个时辰的太阳的情景,他的怒气终于重聚喷发,恨得一掌拍在水面上,激起水花一片。

江面上笑声清脆,杜昕言提气喝道:"沈笑菲,你给我记好了,此仇不报非君子!"

"还有,劝你也别追了,丁姑娘一出城就被我的人接应护送前往大名府了!你要追,我就传书下去杀了她!"笑菲语气一冷道。

杜昕言大怒道:"你什么意思?"

小舟上沈笑菲扯下了面纱,摘了张荷叶顶在头上,衬得一张脸清新可人。她扬着下巴得意地说:"你追上去什么意思,我就是什么意思!"

杜昕言愣了愣,就笑了,语气中充满了快意与欣赏:"沈笑菲,棋逢对手,实在痛快!战事一完,我就请皇上赐婚。"

她清脆的笑声也从远去的小舟上传来:"都说京城小杜风流多情,其实心中只有丁家浅荷小姐,原来也不过如此罢了!赐婚吗?宝贝人人抢,轮得到你才行!"

她语带讥讽,刺得杜昕言一跃而起,而骄阳之下,那道白色身影已上了对岸,连头也没回。他内息不纯,"咚"地又掉进了江里。

杜昕言干脆全身放松浮在了水面上,层层绿荷挡住了他的身影,阳光从荷叶间的空隙洒下,水面上现出斑驳的光纹,瞧得久了,眼就有些花了。就像眼下的局势,杂乱无章、错综复杂,让人心烦意乱。他闭上眼睛,再也不看这些跳跃的波光,清清甜甜的荷香瞬间盈满鼻端,暑气尽消。周围安静得能听到远处岸上的蝉鸣，他这才静下心来细细地回想与沈笑菲见面的每一个细节。

他突然发现，自己猜到了沈笑菲的心思，猜到了丁奉年失踪又被高睿所救这一消息背后她用的心思。他几乎可以肯定这就是沈笑菲放走耶律从飞的目的。这一次与江南贡米案不同，这是牵一发而动全身的棋局。沈笑菲让大皇子熙破了铁佛案以此交换他不追究耶律从飞脱逃一事，也让他忙于破这个案子，没有尽全力去缉捕耶律从飞。

杜昕言有点儿后悔，他明明猜到是她放走的耶律从飞，明明知道肯定有交易，却还是疏忽了。在这场战争中，她让高睿成了丁奉年的救命恩人，让高睿不仅在军中有了威望，还有了丁奉年的军队支持。河北东西路大军有二十万人马，这是大齐国最强悍的一支军队。一个有了军功与兵权的三皇子，将让大皇子高熙登上太子之位的路变得更加艰难。

丁浅荷不知深浅地北上，沈笑菲着人护送她去军营。他几乎能想象父女重逢，对高睿感恩戴德的场面。

沈笑菲知道他担心丁浅荷与高睿走近，她却敢嚣张地让他知道，她就是在撮合高睿与丁浅荷。也许，从引他去洛阳城，算计着、教唆着丁浅荷与他翻脸，她就开始了布局。也许，这也能解释高睿为何会变得喜欢与浅荷一起赛马狩猎。

杜昕言不得不佩服。可是，若高睿娶了浅荷，她怎么办？为了高睿的大业，她什么都可以牺牲？这个女人，走一步算三步，绝不会对不起自己！他反复咀嚼着沈笑菲的话，双眼熠熠生辉，唇边笑意也越来越深。

上了岸，他拍了拍包袱，掉转马头回了城，穿着一身湿衣直奔大皇子府。

皇城分内外城，大皇子府与三皇子府正好一东一西。东边大皇子府中高熙正在画画，见杜昕言进来，也没停笔。他身上的湿衣在太阳下已经晒干了，青衫上道道水迹，甚是狼狈。他与高熙是堂兄弟，自幼玩到大的，也没什么顾忌，也不管失不失礼，大大咧咧地往椅子上一坐，倒了杯茶一气灌下。

高熙放下笔，目光往他身上一瞟，笑道："怎么弄成这样？阴沟里滚了一圈？"

杜昕言没好气地道："是阴沟里翻了船。"说着他把丁浅荷的留书放在了几上。

高熙看了眼，只是笑道："小杜，你担心浅荷在乱军之中会有危险？我去信请三弟在大名府截住她,护送她回来,保管一根头发也不会掉。"

杜昕言敲了敲头,道:"还有一个消息,丁奉年被高睿救了。"

高熙的脸色就变得凝重了,丁浅荷留书北上寻父让杜昕言担心,他还猜着是小儿女心思,可是加上丁奉年被救,他马上明白杜昕言为何衣裳都不换就急着来了。

正想着,书房外有侍从拿了封信送进来,高熙看了看,叹道:"果然是三弟救了丁奉年,此时正整治收编溃兵,准备反攻,他让丁奉年戴罪立功。"

杜昕言喝了口茶,想了会儿,说:"请德妃娘娘去求皇上赐婚吧!"

高熙笑道:"这办法好。你与浅荷青梅竹马,本来感情就好,你娶了她,还能来个釜底抽薪。就算三弟笼络了丁奉年,一边是女婿,一边是救命恩人,他也会为难。不过,只需他中立,谁也不相帮就成了。就算丁奉年想嫁女,三弟想娶,不经过父皇也作不得数。我这就进宫请母妃找父皇说去,先下手为强。"

渠芙江上沈笑菲的话才说多久,果然就成了宝贝人人抢。轮得到他吗?这等敏感时期,丁奉年会在投靠了高睿之后把女儿嫁给大皇子一派的自己?高睿甘心在战场用命博回来的支持,因为一场亲事而遭到破坏?

杜昕言轻笑道:"皇上不会下旨的,大殿下还不明白?请旨赐婚不过是搅局罢了。"

高熙注视他半晌,轻叹了口气道:"小杜,我今日才真正明白,原来你是把浅荷当妹妹看。你向来风流成性,难道就没有对谁动过心?"

"动心吗?"杜昕言喃喃地道,"事关我杜氏一族的性命,容不得我儿女情长。"

高熙与他对望,两人眼中都露出了无奈的神色。

相府后花园中,笑菲搬出了琴来。她轻轻抚过,手指悬空,虚空弹着琴弦,一首琴曲从心底流畅响起。自从被父亲拘在府中,她就不再抚琴。就算想,也是这样虚空弹出,不发出半点儿乐音。

笑菲憎恶地回想起沈相的目光。她有一次抚琴时,发现他看她的眼神竟有种占有的狂热,从此她再也不想碰琴。除了那一次,落枫山枫红似火,竹林青翠,那箫音空灵得让她下意识地想以琴声相和。

"小姐,老爷来啦!"嫣然大声地站在园门口提醒。

现在想要收起琴来已经晚了，笑菲瞪着面前的琴，手指按上去，平淡地抚出一曲。脚步声渐渐地近了，沈相在她背后站定。笑菲吸了口气，转过身已满脸笑容："父亲！"

沈相呵呵地笑道："许久没听菲儿抚琴了，今天怎么有兴致？"

"去渠芙江玩了，荷花开得好，心情也大好。"笑菲乖巧地回答，见沈相眼中似有两团火在燃烧，她赶紧站起身来唤嫣然："沏茶到凉亭来。"

沈相已执了她的手带她走向凉亭，他的手很凉，握住她时有点儿用力，笑菲顿时觉得汗毛直竖，恨不得几步走到凉亭甩脱开来。沈相却不紧不慢地走着，嘴里轻声说道："陈之善送了大批礼物来，江南一案你助他，他甚是感激。"

笑菲轻笑着说道："女儿是借了父亲的威名，不过是去江南养病，顺便将父亲的意思告诉了陈大人。"

沈相停住了脚步，目光往身后一瞥，问道："无双在何处？"

"在房中。父亲不喜欢无双，只要父亲来看菲儿，菲儿都令她留在房中。"

两年前笑菲结识高睿，高睿便缠上了沈相，之后他便安排无双进了相府。

沈相看出无双会武，他只静静地对笑菲道："如果你不是相府千金，你觉得三殿下还会看重于你？"

笑菲自然明白他的意思。如果《十锦策》的事情传出去，沈相会身败名裂。她对高睿也只是说她能写出比《十锦策》更好的文章，不敢直说《十锦策》是自己所写。若不是相府千金，她对高睿来说还有多少价值？

"无双是三殿下送给菲儿的护卫，菲儿也别无他求，不过希望能自由出府罢了。我习惯了相府千金的锦衣玉食，让我去做村姑，菲儿也吃不了那个苦。"

沈相于是就退了一步，允许笑菲能随意出府，却坚持不得对外透露她与高睿相识之事。高睿平时也不纠缠，只在重要的时候要沈相出手相助。江南案发，高睿便又找到了沈相，轻描淡写地就让沈相给陈之善写了书信让笑菲带去。想到此事，沈相眼中露出恨意，压低了声音道："别说爹没提醒过你，过早偏向一方，押不中宝后患无穷，大殿下那里也得敷衍着。"

笑菲浅笑道："父亲的教导菲儿不敢忘，大殿下能破耶律从飞的铁佛案，便是菲儿从中成全。"

沈相回头看了看，笑菲心中一惊，慢慢移开了脚步。沈相哼了声，用力将她拖入怀中，抬着她的下巴，逼她仰望着他："想离开我？别做梦了！"

箍在腰间的手臂让笑菲觉得缠上了一条蛇，而这条蛇却是她的亲生父亲！她眼中泛起点点泪影，小心地说："嫣然快送茶来了，放开我！"

沈相没有理会，手指轻轻抚过她的面颊，指尖传来滑嫩如丝缎的感觉，他啧啧两声道："外人都道嫣然与无双美貌胜你，只有我才会欣赏菲儿的绝代风华。"说着，他低头在她面颊上落下一吻。笑菲如被电击，浑身战栗，恶心得几欲吐出来。

"小姐！茶来了！"嫣然的声音惊醒了这场梦魇。沈相轻笑了声，松开笑菲，负手悠然地走进了凉亭。嫣然提着茶盒快步走了过来，口中笑道："知道老爷爱喝瓜片，嫣然便赶紧泡了送了来。老爷，您尝尝？"她捧着茶似天真地望着沈相，巴巴地看着他品了一口，赞了一声。笑菲淡淡地说："嫣然，你下去吧，我和老爷有事要谈。"

"是！嫣然不会走远，小姐有什么吩咐，唤我一声就是。"嫣然行了一礼就退下了，隔着树林还能看到她的衣衫。沈相喝了口茶，讥讽地笑道："好一个机灵的丫头，已到了该出嫁的年纪，该替她定门亲事了。"

笑菲咬着牙说："你敢嫁嫣然，我便自尽。"

沈相悠悠地看了眼站着的笑菲，风吹起她的白纱裙，此时太阳已经偏西，她安静地站着，沐浴在阳光下，像只要翩翩飞走的白蝴蝶。夕阳如金，洒在笑菲的脸上，映得她眉眼越发清秀，如柳叶般狭长的薄薄的丹凤眼露出的神情让他一阵恍惚，仿佛又看到了妻子的影子，他忍不住伸手拉她入怀，在她挣扎时附耳说："你想让嫣然瞧到？"

笑菲的指甲已陷入肉中，她不停地对自己说，忍不了多久了。

沈相搂着她喃喃地道："爹不愿你出府，也是想保护你。世间男人多薄情，三皇子野心勃勃，府中侍妾无数，菲儿莫要被他骗了去。"

纵然他是她父亲，她却恨他入骨，她讥讽地回答："父亲放心，菲儿看不上三皇子，不过是利用他向父亲讨一些自在日子过罢了。"

她的话如根刺，猛地扎进沈相的心里，他忽然掐着她的脸颊，冷冷地道："自在日子？我不点头，你就嫁不得人，除非你与人私奔。就算私奔，只要我不获罪贬官，总能把你抓回来的。想拐了相府千金私奔，还得看有这个胆识没有。你也尽可以告诉世人堂堂宰相弄虚作假、欺君罔上，我被罢官流放三千里的时候，家眷也会被贬为官奴，你自己掂量吧！"

笑菲悲哀地想，除非她死，她还真没办法摆脱这个人。高睿需要以父亲为首的文官清流大臣，与虎谋皮也好，兵行险招也罢，她别无选择。但是心里的恨意和闷气纠结在心底，让她有喘不过气的感觉。

这时太阳已经落山，那种橙黄的光笼罩着对面的相府后花园，偶尔能听到几声倦鸟鸣叫。杜昕言坐在大柏树上默默地喝着酒，望着对面，又有种想过去的冲动，但他只能忍住。

难得四周这么安静，倦鸟回巢的叽叽喳喳声也无法让环境喧嚣起来。可是这种安宁，还能持续多久呢？一缕琴音从对面的园子里飞出，铮铮声急，弥漫着一股杀戮之气。

杜昕言想了想，飞身跃起，直入相府后花园，站在沈笑菲面前故意摆出了一副冷脸。只是眼前这个脂粉未施、脸上一片素净的女人手指更急了，弹出的琴音带出的怒意直掀得他差点儿后退两步。他还没生气，她居然先怒了？杜昕言伸手往琴上一按，琴弦发出"铮"的一声闷响，戛然而止，余音却还在他耳中轰鸣。

沈笑菲和他就这样相互瞪着。沈相走了后，她心中有气，不知不觉尽诉于琴中，没承想，杜昕言竟跑了来。隔了片刻，她才偏开头用嘲弄的语气说道："你要的消息我已带给你了，粥是你自己笑着喝的，还直说是玉液琼浆煮的，你有什么不满？"

嘴里的黄连苦味又萦绕舌尖，杜昕言的眼睛眯了眯，俯身欺近，一字一板地说道："我有个习惯，想让什么人倒霉的时候眼睛总爱眯一眯，你瞧清楚了，就是这样。"

"那我不帮三殿下了，我认错，我再也不捉弄你了，再也不使计害你了。我帮你成不？你还会不会让我倒霉？"笑菲眨巴着眼睛笑着问他。

杜昕言一窒，几乎脱口而出要说"好"，可他盯着她清澈的眼睛又有种被戏弄的感觉。她不费吹灰之力就把两家阵营搅得大乱，逼得他不得不提出赐婚这个办法来安大局。现在她语笑嫣然，轻飘飘的一句就想完了？他硬生生地把涌到喉间的"好"字吞了下去。

他笑了，和这个女人在一起，他觉得越来越有趣了。笑容从他嘴角开始向外扩展，黑瞳闪着荧荧光华，他决定和她斗下去，他不信，每次都会栽在她手上。

他想起无双说沈笑菲可能是喜欢上他了,便觉得一阵恶寒。他上下打量了一番笑菲,暮色下一双丹凤眼露出无比清纯的目光,着实让他佩服她的演技。

杜昕言眉一扬,不怀好意地说道:"听你话里的意思,难不成你是喜欢上我了?既然喜欢我,为什么要做让我起恨的事情?你难道不该百般承欢,讨我欢心?就算我让你倒霉,你也该甘之如饴才对!"

如果杜昕言有条尾巴,大概这会儿早就翘上天了。他摆出的神情、说出来的话,让笑菲气得手指尖都在发颤,直恨不得一脚将他踹在地上,当成蟑螂来踩。然而他那眉梢眼角泄露的得色又让她爱极。

她想起落枫山的箫音,如果能得到他的心会怎么样?没见过他时,京城小杜的诗词文章叫她仰慕,见到他时,他表面温柔斯文,内心的情感却隐藏至深。一支箫曲吹得空灵得不染尘埃,放火烧了相府后花园却足见其狠毒。能叫三皇子高睿忌惮,能让大皇子高熙倚重,她绝不能看轻了杜昕言的一言一行。

他为何会出此放浪之言?笑菲的心思不知拐了多少个弯,眼睛眨也不眨地望着他,坦然地说道:"我是喜欢你。杜公子,你喜欢我吗?"

杜昕言被吓了一跳,脸上的笑容便僵住了。她居然这么大胆,实在……有趣。他板起脸站直了身,鄙夷道:"其实,我一点儿也不后悔诗会上写的诗,在我心中,你连浅荷的一根手指都比不上,像你这般狠毒小气、不知自重的女子,要让我对你生情,还不如叫猪上树去。"

笑菲"噗"地笑了起来,一点儿羞恼的模样也无,她用手指轻弹出一个琴音,悠然地说道:"所以呢,我就算喜欢你,也不会百般承欢,讨你欢心的,做让你起恨的事情也很正常不是?爱之不得,当然就只能恨了。小女子正是狠毒小气的人,你还欠我七千两银子没还呢。借条上写得分明,三个月期限一过,我是要收利息的。"

杜昕言哭笑不得,她真的喜欢他?如果被她喜欢就要被她当成仇人看待,他觉得还是避而远之更安全。可是她悠然的表情又让他有种挫败感,她的神情像朵花在将暗的天色下独自开放,带点儿神秘,带种骄傲,还带着魅惑。他生平第一次失去了控制,一手勾着笑菲的后颈拉近了她的脸,然后在夜色袭来的第一缕黑暗下,攫取了那张粉嫩的唇。

他没有闭眼,她也没有,仿佛没有肌肤相亲,只是隔得距离近了而已。

笑菲在那双盈盈双瞳中看到了自己的影子,唇触感温软,她忍不住想起黑石滩上迷晕了他,自己偷偷的一吻。这次,是他主动!她脸上露出了得意的笑容。

杜昕言也在她眼中看到了自己,他发现她的眼神中竟然带着笑意。他马上明白,她是在嘲笑他的冲动、他的愚蠢。

他当然知道。在狩猎中懂得享受的人都喜欢布陷阱,而非直接用箭射杀。谁动了武力,就没办法欣赏到陷阱里的猎物濒死挣扎的美了。

唇与唇在他们目光的对视中微微分离,笑菲不忘挑衅道:"男人不过如此!"

她忘了,直接射杀也有种嗜血的享受,所以杜昕言只是笑了笑,伸出手非常自然地拉着她的一只袖子,"哗啦"一撕,随手就扔了。他站得直了,用一种睥睨的目光扫视着她纤细洁白的胳膊,带着温柔的笑意恶毒地说:"男人还喜欢这样!"

他突如其来的举动让笑菲始料不及,她呆呆地看着他,右手紧紧护着自己裸露的左臂,像母亲在保护孩子。那只被撕下的袍袖像一个柔弱不堪的女子躺在地上,让她觉得仿佛是自己被杜昕言撕碎了抛弃在冰冷的尘土中似的。

"杜昕言!"她狠狠地叫着他的名字。

杜昕言耸耸肩,觉得夏夜晚风吹散了他一天来所有的烦闷,每个毛孔都叫嚣着舒展开来。他走了几步又回过头,带了一脸优雅的笑容道:"无双与嫣然在绣楼之中,在下此时正与大皇子下棋,今天你是见鬼了,哈哈!"

他言下之意是笑菲想要指认他轻薄了她,也无人看见可做证明。

杜昕言像夜风一样飘走了,剩下笑菲独自愣在花园里。她深吸气再吐出来,非常斯文地拾起地上的袍袖,慢吞吞地走回绣楼。夜色中看不清她的脸色,只觉得那双眼睛分外清亮。她掩着手臂没让无双与嫣然看到,回到房中换了衣裳,将那条被撕破的衫裙放在桌子上,脸上浮现着梦游一般的笑容。

嫣然晚上进房侍候她卸妆,看到她呆呆地看着一条破衫裙,不由得疑惑道:"怎么袖子被撕下来了?"她的手自然地伸向那条裙子,想拿去缝补。

"别,就放在桌上。"笑菲的声音很软,见嫣然不解,又笑了笑,道,"是杜公子撕破的。"

"天啊!他,他竟然敢轻薄小姐!"嫣然以为是被花枝扯破,听到笑菲这么一说,不禁满脸愤怒,她恨恨地说,"小姐,要不要告诉相爷去?以相爷的性子一定会告他不遵礼法欺凌良家女子!叫御史参他一本!"

"呵呵,借刀杀人哪?嘘,小声点儿,别让无双听见。他怎么会承认呢?

我爹呢，也不会说出去的，自己扇自己耳光的事他不会做的。"笑菲摇了摇头，想了想问嫣然道，"你觉得很吃惊？为什么？"

嫣然大惊失色地看着笑菲，理直气壮地回答："这等事是采花贼才做得出来的！我看那杜公子一表人才，想他也是个读书人，还中过榜眼，有次捉弄他还遣了管家送礼赔罪，我当然吃惊他会像贼似的跳进后花园欺负小姐！"

笑菲越听眼睛越亮，又紧问了一句："你家小姐能惹得他发火，他是不是对我另眼相看了？"

嫣然呆住，半晌才小心地回道："小姐，他……他做出这等事来你还高兴？"

笑菲拿起桌上的衫裙，满意地回答："我当然高兴，我要让他变成一只蛙。"

蛙？嫣然不明白。笑菲也不向她解释温水煮蛙的道理，冷笑了声对她说道："这事莫要告诉无双，不能让三殿下知道。"

嫣然想起高睿莫测高深的眼神，打了个寒战，赶紧点头应下。

橘黄色的灯光照在桌上的衫裙上，笑菲痴痴地坐着。杜昕言的话她不是不在意，她只不过知道，若是她露出丝毫在意，她就没办法保护自己的心了。

她举起铜镜对镜自览，她真的不美，小脸小眼，比不得无双冷艳，比不上嫣然秀丽。可双眸却是这样明亮，她从自己的眼中看到了决心。她要做的事情，无人能挡。

八月，邸报传来，三皇子高睿亲领河北东路大军从大名府往北反攻真定大胜。丁奉年戴罪立功，召集溃散的河北西路军会同高睿乘胜追击。耶律从飞不敌，退出大齐边境，班师回了幽州。

综观这场战役，虽然大齐军队损失惨重，但契丹终没有讨得好去，还被大齐军队驱逐出境。明帝犒赏三军。丁奉年死里逃生，又领军戴罪立功，加封三等武威伯。

高睿在军中威望一日千里。

第九章 黄雀在后

杜昕言很佩服沈笑菲，她的计划显然很成功。

九月蟹黄菊肥。往年这个时候，杜昕言都会约丁浅荷去城中醉仙楼大啖肥蟹，今年，伴在丁浅荷身边的人成了高睿。杜昕言也不恼，第二天包下了醉仙楼，他知道丁浅荷还会来的。

高睿陪着丁浅荷来时，被杜昕言挡在了楼外。他倚着二楼栏杆，无视高睿身份，张狂地笑道："浅荷要来吃，随意，别的人就请恕在下不接待了。"

高睿站在楼下，银白的蟒服让他显得英气逼人，脸上却没有半分生气之色，仿佛堂堂三皇子被挡在酒楼外并不是件丢脸的事情。丁浅荷心中尴尬，却仰起脸对杜昕言骂道："小杜，你失心疯了？咱俩青梅竹马，从小感情是好，我也喜欢你，我现在却发现那不一样，不是一样的喜欢，你明白？我只当你是大哥一样喜欢！"

换成别家姑娘，这些话是万万说不出口的，偏偏丁浅荷敢说，而且说得理直气壮。她说这话的时候，眸子里像淬了火，燃着勇气与怒意。她一身红衣飘飘，一时之间竟叫杜昕言有种愧不能言的失神。

高睿凝视着丁浅荷，突然就握住了她的手，给了她一个极安心的微笑："小杜既然包了醉仙楼，睿当然不会恃强而入，不过……"他语气一转，对诚惶诚恐的老板笑道，"老板可介意请大厨来我三皇子府做道醉蟹？"

老板得罪不起杜昕言，更得罪不起当今三皇子，听了这话，他擦了擦汗阿谀道："三殿下请回府，小的马上请大师傅去府中做醉蟹。"

丁浅荷一听也笑了，目光温柔地瞟了眼高睿："我就知道你一定有办法！"

除非杜昕言是个白痴，才看不出来丁浅荷眼神的变化。他与丁浅荷青梅竹马一起长大，丁浅荷从来没有用过这么温柔的目光看过他。准确地形容，是丁浅荷从小到大就没流露过这种小女人的娇柔模样。他失神地看了她一会儿，仿佛第一次认识她。他心里不禁苦笑，从楼上一跃而下，抄着手挡在了两人面前。

"小杜！"丁浅荷皱眉道。

两男当街夺一女，而且一个是京城风流小杜，一个是当今军功赫赫的三皇子，围观的人"呼啦"就聚了过来。众人不敢言声，却都竖直了耳朵、睁大了眼睛。

高睿微微皱眉，他心里当然清楚大皇子熙和杜昕言都不想让他娶丁浅荷。杜昕言痞痞地挡在身前，摆明了要闹事。这样就可以阻止他？高睿放开了丁浅荷的手，温和地说："小杜，你有什么话想和浅荷说就请她去雅间慢慢说去，大街上别给女孩子难堪。"

这句话一出口，杜昕言觉得自己这风流公子简直就变成无赖公子了。

丁浅荷当然更受不得这种激，大声说："我没话和他说。三殿下，你要不要请我去赏菊吃蟹？不去的话我就回府了。"

高睿挑衅地对杜昕言笑了笑，亲手掀起了轿帘。杜昕言这才发现，丁浅荷居然没骑胭脂马，居然肯乖乖地坐轿子。他在众人同情的目光中折身回了醉仙楼。他捞出一只肥蟹，指力过处，肥美的蟹肉丝毫无损地从壳中抽出。掰开蟹壳，蟹黄满得快要溢了出来。蘸着姜醋入口鲜香，再饮一口温好的酒，他觉得很幸福。老板与侍候的小二都很同情他，酒一喝完，马上就递上，似乎京城小杜今日不为情所醉就太不应该了。

杜昕言吃了十来只蟹，喝了三斤花雕，打着饱嗝儿问老板："我醉了没？"

老板看了看他，青衫上酒痕点点，还有蟹黄的污迹，眼神迷离，似乎是醉了。

"醉？我还没醉！再上酒！"

这一喝，就喝到了月上中天。老板叹了口气觉得他真的醉了，示意小二上前催请。杜昕言双目泛起红丝，握了把筷子就丢了出去，筷子穿过小二的衣袖和衣角，将小二钉在了墙上，他哼了声："话多！"

老板骇住，扯烂了小二的衣裳，才将他从墙上救下来。老板又亲自下厨炒了菜重新端上桌，捧着一坛珍藏的花雕拍开泥封，大声地对杜昕言道："小杜公子一定要喝好喝醉！醒了就忘了丁姑娘吧！"

杜昕言醉眼蒙眬，哈哈大笑，一掌就将那坛酒拍得粉碎："不喝了！"

老板大惊，却见杜昕言站起身，撕下青衫一角揉成一团，蘸着红色的酒在雪白的粉墙上边吟边写："平生只爱荷花香，哪管菊花黄。且笑青梅无辜，由他携她往。欲飞天，寻仙子，思断肠。佳人无踪，茕茕独影，自是痴心妄想。京城小杜醉书。"

第二天，京城中人人都知道小杜为丁家浅荷小姐大醉，纷纷拥上醉仙楼欣赏粉墙之上那首飞扬得几欲破壁而出的醉后真言，都为小杜叹息，鄙夷丁浅荷弃青梅倚权贵，负心薄幸。

笑菲看着那面墙，字迹酣畅淋漓，端的一手好书法。她欣赏了会儿，对嫣然说："照我说的去办！"

等她离开时，墙上暗红色的字迹已被贴上了一层纯金箔。阳光照映，墙上金光灿烂，刺得人眼花缭乱。嫣然不明白为什么要这样做，笑菲冷笑道："想破坏丁小姐与三殿下门儿都没有，我要让他知道，哪怕满城风雨，在权势与金钱的诱惑下，最终连丝痕迹都留不下。"

嫣然还是不明白。

只过了两个时辰不到，醉仙楼便大乱。再看那堵白墙，墙上已空空如也，只留下无数刀削印、指甲印，还有各种污渍。嫣然这才懂了，自家小姐见不得他留书诉情，怕是恨不得把这堵墙都拆了，但又怕被人笑话，所以借他人之手将墙上的字铲了个干净。

杜昕言知道后只笑了笑，卫子浩诧异道："你不去责怪沈笑菲？"

"怪她什么？人家是一片好心，花费了金箔巴巴地把那些字装点起来。不过是世人贪婪，你揭下一块金子，我也弄一块走，最后一拥而上，抢了个精光，这不就没了。"杜昕言想到沈笑菲的举动，突然有种忍不住想笑的冲动。

不过，没了也无所谓，他和丁浅荷青梅竹马的情意早已经传得满城风雨。高睿想上位，娶个与他人牵扯不清的王妃不是件好事。就算高睿想娶，明帝若是得知，多少也要顾及他父亲杜成峰的面子。杜昕言打的主意是，最低限度不能让高睿娶到丁浅荷。

杜昕言想到沈笑菲，脑子里首先浮现出来的是她抱着裸露的手臂脸色煞白的模样。曾经一首诗就能让沈笑菲费尽心机捉弄他，如今他撕了她的衣袖羞辱她,她怕是杀他的心都有了。

杜昕言的眼睛突然亮了,上下打量着卫子浩,说:"子浩,我才发现,你其实长得不错。"

卫子浩摸了摸下巴,露出几分得色:"你现在才发现?江湖上爱慕我的妞儿多着哪。"

卫子浩比不得杜昕言清俊,但也是浓眉大眼、气宇轩昂,他饮了口酒打趣道:"我和无双是一个妈生的,我家无双那么俊,她大哥能差到哪儿去?"

"说得对极了。子浩,你为了复仇与我结盟,你是不是真的什么都能牺牲?"杜昕言笑眯眯地说道。他的话让卫子浩有些愣怔,卫子浩怅然地放下酒碗道"我连无双都送进了三皇子府,我还有什么不能牺牲的?"

从窗口望出去,庭院里的几盆黄菊开得正好。满城尽带黄金甲!杜昕言随之想起冬季到来时的肃杀,他微笑道:"我知道家仇不报,无双没有归宿,你终是难以考虑儿女情长。你也知道眼下的局势——高睿在军中威望渐高,又救了丁奉年;浅荷从战场回来,对高睿甚是倾慕。"

"你想说什么?"卫子浩有几分明白,又有些摸不透。

杜昕言回过头,不怀好意地上下打量了他一番道:"你觉得对浅荷使美男计如何?"

美男计?卫子浩喷笑道:"你和丁浅荷青梅竹马,她早就看厌你了。就算杜大少玉树临风,丁浅荷怕也不觉得了。"

杜昕言也笑道:"是啊,一盘菜吃了十来年,再喜欢也吃厌了。子浩不也长得一副好皮囊?我是想让你去施展这个美男计。"

卫子浩一口酒呛出,咳得面红耳赤,突然就结巴起来:"我,我去?你不是说你喜欢的人是丁浅荷吗?朋友妻,不可欺,此事万万不可。"

杜昕言皱了皱眉,喃喃地道:"不行吗?为什么有人听说我想娶浅荷就生气了呢?"

卫子浩怔住,他不过就冒了那么一句话出来,杜昕言就看穿他了?杜昕言的心细竟到了这种地步?丁浅荷红衣娇憨的模样浮现在眼前,他当然喜欢,只不过,他一直觉得自己配不上她。她是武威伯府的千金小姐,他却是家破人亡的江湖浪子。他家仇未报,不能去想儿女情长。

"高睿并不爱浅荷,但他一定会娶她。为了让丁奉年死心塌地地相助,他一定会娶浅荷。我和浅荷从小一起长大，我了解她。她北去战场时被高睿的英雄气概迷了心，她并不知道他只是在利用她。你喜欢她就带她离开，我不想看到她被搅进这场局中。"杜昕言一口气说完，平静地看着卫子浩。

卫子浩在心里挣扎着，他当然不愿意看到丁浅荷嫁给高睿，可是带她走，她心里并没有他啊！

"如果让高睿娶了浅荷，有了这层关系，丁奉年一定全力相助，这场争斗只会愈演愈烈，鹿死谁手都不得知。"杜昕言又补了一句。

"好。"卫子浩饮尽碗中酒，他知道他必须这样做，他盯着杜昕言又道，"小杜，以你对丁小姐的情义，由你掳走她，让她名声受损，再请德妃娘娘与你爹周旋，丁奉年就只能选择把女儿嫁给你。由你来做这件事是最好的，为什么要放弃？"

杜昕言的眼中浮现出一丝温柔，卫子浩是真心喜欢浅荷，他们与浅荷在一起玩耍时，他就发现了，这样的安排应该是最好的。他冲卫子浩眨了眨眼，道："你让一个六品知事去掳武威伯家的小姐？我怕丁奉年会去御前告状，让我丢官获罪。"

卫子浩看了他许久，眼里也涌出温暖，轻声说："小杜，我们相交多年，我还真看不透你，说你无情，偏偏又有情。我一直以为你连浅荷也要利用，你对她却是真心照顾。我先说明，我只是带她离开一阵子，能避过这件事最好不过。若避不过，你也做好应对的准备吧。"

卫子浩离开后，杜昕言走出房门，站在菊花旁看了很久，这样的结果怕是沈笑菲都意料不到的吧？如果卫子浩能顺利带走浅荷，这局棋就算留下了气眼，有了成活的概率。

是夜，武威伯府的小姐丁浅荷被人掳走，急得丁奉年找上了京城府尹，也找到了都察院成敛求助。杜昕言与丁浅荷的关系众所周知，成敛便将这案子交给了他，嘱他务必安全寻回丁家小姐。杜昕言接了任务，心里暗笑，此时他颇想看到沈笑菲的表情。

转眼十天过去，杜昕言希望卫子浩带着丁浅荷走得越远越好。他心里也明白，卫子浩现在成了公门与江湖人士共同的目标。卫子浩一个人好办，可带着丁浅荷，她的脾气卫子浩恐怕吃不消，能躲十天已经很不错了。

杜昕言想要的只是一个丁浅荷被掳走的情形，他希望事情闹得越大越好，让丁浅荷没资格当皇家儿媳。他眼里带着复杂的神色，这也许对丁浅荷并不公平。但他转念又想,如果真让她不顾一切地嫁给不爱她的高睿,她将来的处境会更不好。他暗暗叹息了一声。

又是十月枫红,蓝天之下,枫叶红得像燃烧的火一般,层层叠叠,铺了满山锦绣。高睿和笑菲正在落枫山的临风亭中赏枫。笑菲情不自禁地想起去年此时在这里捉弄杜昕言。那箫声在心里缓缓吹响,轻灵婉转。她垂眸看到石台上的琴,手指轻拨,一曲《古刹幽境》再次如水泻出。

林间红叶飘落,山风渐凉,吹起笑菲的白袍,如烟如雾,几欲乘风飞走。她远望山脚下的杜家别院,想起杜昕言醉书一句"平生只爱荷花香",想起他说她连丁浅荷一根手指头都比不上,心中不禁黯然。她推开琴,莞尔一笑道:"卫子浩掳了丁浅荷,三殿下的人又救了她,三皇子妃非丁浅荷莫属了。"

自从丁浅荷与高睿从北方战场回来,笑菲便令人时时刻刻地盯着她。高睿当时觉得她小心过甚,直到卫子浩深夜劫人,方才佩服起她的预见。这样一个心思缜密的女人,如果帮了小杜会是什么情形?他和她是利益结盟,互为利用。如果小杜能给她自由,能给她想要的真心,她会不会倒戈一击?高睿若有所思,眼中的防备迅急闪过,他哈哈大笑道:"杜昕言既得你心,却不能得你相助,是他没福气!"

笑菲轻叹道:"殿下,笑菲对杜昕言已经没兴趣了,咱们以前的赌约不提也罢。他不可能喜欢上仇人,他恨着我也就行了。你当我真的还想得到他的心吗?自从相助于你,我就知道没这个可能了。只望殿下事成之后,能兑现承诺——让我衣食无忧,凡事能自己做主就行了。"

高睿好奇心大起,他试探地问道:"难道相府千金的地位还满足不了你?"

"相府千金是大家闺秀,笑菲出门连面目都要小心遮掩,实在无趣至极。自那年元宵灯节之后,得殿下相助,笑菲才能自由出府。殿下,每个人想要的东西都不一样,也许在你看来微不足道,但在我眼中,这些太重要了。"笑菲站起身,望着在山谷间盘旋的一只鹰微笑道,"我不想从父命嫁给我不喜欢的人,更不喜欢做三从四德、足不出户的大家闺秀,我只是个不会武功、四体不勤的弱女子。助殿下一臂之力,只希望殿下能满足笑菲的心愿,笑菲别无他求。"

高睿沉默半晌,突然笑了起来:"菲儿,你差点儿又骗过我了。"

笑菲浑身一颤,似不胜山风的凉意,回头嗔道:"殿下疑心太重,这般猜疑着实叫人心寒!"

高睿上前一步,解下披风为她围上,温柔地替她系好,薄薄的嘴唇微抿出笑容。如果不是两人心中有数,任外人看来怎么都是一个温情脉脉的场面。他专注地盯着笑菲,眸子里闪烁着恶毒的算计:"菲儿,咱俩太像了,我不会给你机会去帮他,你也没有机会了。"

他真的看出来了?笑菲大惊,露出迷惑的神色望着高睿,只听他轻声道:"江南三月风光好,深秋更是水洗长空。只可惜杜昕言赶赴江南之时,便是他父亲快要人头落地之日。菲儿,你设计杀了他父亲,你说,他会如何待你?"

他的声音像风一般轻柔,让笑菲生生打了个寒战,她喃喃地重复着高睿的话:"我设的计?杀了杜成峰?"

"当然。江南贡米案不是你亲自破的吗?那些米粮本来就不是为了求财,是为了捏造杜成峰以权谋私、盗卖军粮的证据。"

"说出去谁信呢?他是国舅,是天下兵马指挥使!"笑菲惊诧地望着高睿。

高睿缓步走到石台前,琴弦在他屈指一弹间发出嗡的鸣响,像利剑出鞘般尖锐,漫山枫红在他眼中燃烧着。他语气更淡了,几乎要被山风吹走一般:"不信吗?不如你现在就去江南小春湖等着。卫子浩虽然跑了,但他随身的物件落在了咱们手中。以此相诱,杜昕言在没有和他取得联系的情况下,接到你的信会急下江南,你不仅要杀杜成峰,还让他们父子差点儿连最后一面都见不着。我想,纵使你想挽回,杜昕言也不会信你了。菲儿,我要你没有退路,只能倚靠我!"

笑菲如浸在雪水当中,浑身的血液都凝固了。世事变幻,她怎么也没想到,在她改变主意想暗助杜昕言的时候,高睿竟想出了这么歹毒的计谋。从此她会变成杜昕言的杀父仇人,让她情何以堪!她盯着丁浅荷,一心要把丁浅荷从杜昕言身边支开。她成功了,高睿会娶丁浅荷,她就有机会去赢得杜昕言的心。她不怕牺牲丁浅荷,不怕牺牲任何人。为达目的,不择手段!这是她的报应吗?她脸色苍白,望着高睿道:"你不能这样做!"

"与虎谋皮,你早该知道后果!"

"杀父之仇,不共戴天!不,我不会照你说的去办!"

"晚了,菲儿。"

"为什么?!"

高睿看着她，那双像幽深古井般的墨黑眼眸染着笑意，温柔斯文中带着一分诡异："我忘记告诉你了，在战场上与耶律从飞相遇，他说他对婉儿念念不忘。他若是想做我的妹夫，我自然高兴有他这个妹夫。你还有这层作用，我怎么舍得放了你！"

笑菲大惊，当日她放走耶律从飞时冒充了四公主高婉，哪曾想到耶律从飞会对自己感兴趣。她低吼出声："你不能把我送给耶律从飞！你，你原来又私下与耶律从飞有了交易？！"

空气中响起高睿的笑声，他"呵呵"地笑着，似是看到了什么好玩的事情。笑声顿住，他冷酷地说道："当然，你以为只有你才能想到这一招吗？你设的计，我不过让它更完美一些罢了。菲儿，如果契丹请求和亲以罢战事，相信父皇和朝中大臣都乐见其成！我可以牺牲婉儿，你拿什么来交换？"

局面突如其来的剧变在笑菲心中掀起了波澜。高睿现在敢告诉她，就一定会防着她去通风报信！她心里冷笑，高睿以为她真的是弱不禁风，只能倚靠他才能成事？她沉默着，从石台上拾起一片红叶烦躁地揉搓着，想了半天才说道："高睿，无人能威胁到我。你也不例外，大不了我去和亲。耶律从飞是契丹'第一勇士'，长相也不赖，去当个王妃也不错。我要的荣华富贵、衣食无忧，他都能给我。契丹民风粗犷，也不像中原规矩多，我应该会过得很不错。多谢你告诉我还有这条后路。哈，我还能去当个王妃！将来等你登基为帝，我会借耶律从飞的手报仇的。"

她挑衅地看着高睿。

高睿轻轻拍掌，欣赏地说道："沈笑菲，我果然没有看错你，你足以抵得上一支军队。我要你的头脑，要借你得到沈相等文官的支持。我要用你的人和耶律从飞达成协议，借契丹的威胁取得父皇的支持。我是绝不会让你有半分可能站到杜昕言身边去的。是人就会有弱点，只有自私到了极致，才不会被人要挟。我曾经想过，用你多要挟不了你，你不在意他。也曾想过，嫣然和你一起长大，可惜，你根本不会顾及她。我还想过利用杜昕言，但是你得不到，你宁肯他恨着你。我想，只有一件事你会在意。王一鹤！"

随着他的喝声，枫林中悄然出现一个灰衣男子，他脸色苍白泛青，面容阴沉，垂手而立。

"你想做什么？"笑菲警惕地看着高睿，他悠然地笑道："侍候小姐服药！"

笑菲大惊道:"这种不入流的手段你也使?你不怕我怀恨在心,倒戈相向?!"

高睿笑道:"我想了良久,问了自己良久,只有你的命才能威胁到你。因为,我和你一样,死了就什么都没有了,命最重要。父皇身体渐差,我和大皇兄之争已到了紧要关头,我不能冒半点儿风险。"

他一摆手,王一鹤身影一晃,笑菲只觉后颈一凉,头被迫仰起,嘴不由自主地张开,一枚丹药就扔进了嘴里,顺着她的喉咙滑了下去。她惊恐地看着高睿,眼中恨意大盛。既已吞进肚里,说什么都晚了。

"这是苗疆的蛊,一年后不服解药,你必死无疑。菲儿,哪怕你到了契丹为妃,也只能听我的。哈哈!"高睿得意地大笑起来。

笑菲心里愤怒,却只能妥协。是啊,什么都比不过自己的命重要。听到"一年"时,她垂下眸子,藏住眼中一闪而过的算计,她委顿地坐在几案旁小声地问道:"你想让我怎么做?"

"去江南,等杜昕言。告诉他,他的父亲要被斩首了,是你爹设计的。我要帮沈相一把,他站在墙头两边望风,现在可行不通了。"

笑菲沉思不语,手指无意识地拨动着琴弦。琴音单调而忧伤,虽不成曲,却道尽满腔哀怨。高睿也不阻她,胸有成竹地让她考虑。蓦地,铮铮两声破出,如银瓶乍破,清鸣破空,似鸟儿最后啼血的哀鸣,又似金戈铁马中破阵的那一霎激动,一指玉甲竟被她大力弹断。笑菲胸口起伏不平,情绪已然激动。

她大口地喘着气,指尖传来阵阵痛楚。不答应是死,答应了是生不如死。自她卷进这场是非,任她百般挣扎,还是得不到心中所想,心中所爱。她疑惑地望着那断了弦的琴,身为堂堂相府千金,为何自己会过得这么艰难?本是手无缚鸡之力的千金小姐,不知不觉中竟然充当了这么一个重要棋子。她实在不知道该得意自己的重要性,还是该苦笑命运的安排。她清纯如水的眼睛望向了对面的山谷,良久传来一声长叹:"殿下,你赢了,我对我的命看得很重,一年后记得把解药给我。相思无用,不如不要。走吧。"

"我就知道,你是聪明人。"高睿微笑着负手跟在她后面离开。

山间渐渐空寂无人,一道黑影从山谷中掠来,稳稳停在临风亭中,黑巾蒙面,只露出一双炯炯有神的眼睛。他在亭里转了几圈,终于在石台下找到一片遍布指甲印的红叶,对光一瞧,眼中闪过惊诧。他机警地看了看左右,将红叶放进了怀里。

"冷梅凝露,秋雨如雾。妾备醉春风于小春湖畔,候君一醉。沈笑菲。"

清丽的小楷字字敲在杜昕言的心上,随信送来的还有一支银簪和一块玉佩。银簪是今年元宵灯节他猜字谜赢来的,由他亲手插进了丁浅荷的发髻里。玉佩是卫子浩腰间的随身之物,他自然看得眼熟。他看着纸条与手中物事,倒吸了一口凉气。

沈笑菲何来这样的力量?自然是高睿的手笔。杜昕言心事重重,探听到丁浅荷已经在被送回京城的路上,而卫子浩却没有消息。他没有耽搁片刻,飞马直奔江南。

江南小春湖依然烟波浩渺,远近浅丘清淡如烟,似是泼墨山水画一般。湖畔原先被烧掉的草庐处重新建起了一座小庄园。那株梅树依然立在雨下,只不过,秋风苦雨,枝头无花,遒劲枝干便显得苍凉。笑菲坐在水榭中,竹帘被急雨打得沙沙作响。她拥紧了夹袄,温了壶醉春风饮下。梅子的酸甜被热酒一冲,入口更为醇香。

她在小春湖度日如年,自从进了这处别院,就与外界断绝了消息。丁浅荷已经被护送回京,她便一直在这儿等着杜昕言。今晨接到王一鹤飞鸽传书,她看着书信,心已经凉透。

自己是高睿的棋,落子已成定局。笑菲眯着眼看向窗外的雨幕,心底一丝悲凉渐起。别府大家闺秀能承欢膝下,受父兄宠爱,无忧无虑,只待及笄后有春风少年郎上门提亲。她是堂堂相府千金,皇后与皇贵妃啧啧称赞的贤淑贵女,却活得这般不堪。

一手锦绣文章、满腹计谋都在为人作嫁。所想要的,不过是平常女儿家的生活。笑菲轻轻地笑了,带着微醺的酒意喃喃地道:"母亲,你若在世,可会后悔生下我来?"

算算时日,杜昕言从京城飞马赶来,今天差不多该到了,她已经做好了承接他的怒气的准备。她半睁着眼,嘴角挂着无奈的笑容,从此她和他就是不共戴天的仇人了吗?

一坛酒很快就被她喝完了。她不会武功,酒量却好得很。父亲是不怎么喝酒的，她是遗传自母亲吗？母亲难产而死，她至今也不知道母亲是个什么样的人。她应该长得很像母亲吧？父亲太爱母亲，母亲过世后就没有再续弦。他一手带大她，从小小的御史做到当朝宰相。她年龄越大，他就越放不开她。如果不是怕没了权势，丢了性命，也许，三殿下用言语的试探敲打都无法让父亲让步。一个贪心怕死、贪图权势富贵的人偏偏纠结于情，多么矛盾的性格。

笑菲想，有其父必有其女。她也是一个贪心怕死、贪图权势富贵的人，她也纠结于情。父亲不想放她，而她也放不下杜昕言。纵然得不到，却也放不下。

这时候笑菲很理解父亲，她恨他，又可怜他。

"小姐，杜大人到了。"一侍卫在水榭外禀报。笑菲木然地歪过头看向门口，他来了？她深吸口气吩咐道："送几样热菜和温好的酒上来。杜大人鞍马劳顿，给他解解乏。"

雕花木门被推开，杜昕言脱了油布斗篷，长身玉立。水榭中只有沈笑菲一人，她穿了件白底绣梅的夹袄、粉色的六幅湘裙，朵朵红梅缀满襟口、裙边。她绾了双鬟髻，别着两支简单的银簪，丹凤眼斜睨着他，脸颊染上了浅浅的绯色，灵秀逼人。

"呵呵，沈小姐，咱们又见面了。"杜昕言大步走近，掀袍坐在了她对面。

笑菲下巴一抬："有酒自斟，酒是醉春风。秋雨苦寒，江南湿气重，喝着舒服。"

杜昕言也不客气，倒了酒连饮了几杯。

他一路不停，连赶了六天路，说不焦急那是假的。他担心沈笑菲会发狠废了卫子浩的武功。他进来的时候已经发现，这里至少有二十名武功不错的侍卫。王一鹤原是宫里的太监，一直服侍皇贵妃，三皇子开府后，他便去了三皇子府。王一鹤阴绵功力极深，就算真打起来，自己最多与他平手。是这个人擒下的卫子浩吗？高睿将王一鹤也遣了来，是怕他劫走卫子浩？但卫子浩是掳走丁浅荷的人，于法于理，他都不能公开动手。要让卫子浩脱身，他必须暗中行事。

杜昕言夹着热菜大口吃着，肚子半饱、精神恢复了几分才道："沈小姐邀请杜某来此，不单是为了喝酒吧？卫子浩在你手上，沈小姐又为三殿下立了一功。只可惜浅荷已在回京的路上，三皇子的正妃位你怕是坐不了了。"

三皇子妃？笑菲真想大笑。她手中转动着酒杯，目不转睛地盯着杜昕言看。他墨黑幽深的瞳孔中闪烁着一点锋芒，他语带讥讽，眼中森寒，早已恨她入骨了吧。她嘴一撇道："我与杜大人不打不相识，也算是朋友了。卫子浩敢劫走丁家大小姐，不巧他又落在了笑菲手中，正好可以给杜大人出口恶气。"

笑菲说着拍了拍手，进来一名侍卫。她略一点头，那名侍卫就卷起了竹帘。水榭外的湖面上停着一只船，船上支了根三丈长的楠竹竿，系着粗索，水面上隐约浮着一个人形的东西。她偏过头看去，慢悠悠地说："方才见杜大人似乎很喜欢吃这盘熘鱼片，小春湖的鱼肥美细嫩，用才钓上来的鲜鱼做熘鱼片最好不过。"

杜昕言盯着水榭外的小船不语，船上的一名侍卫拿着网兜在水中那人形东西旁一兜，就网上一条尺长的鲜鱼。

"用人做饵钓鱼，特别是习武之人，一定要把他的筋脉寸寸捏碎了，等那些肌肉无力地松懈下来，再切以鱼鳞刀，用炒好的香饵糊住，带一点儿香气，又有一点儿腥气。草鱼肉粗不喜腥，小春湖另有种鱼最喜欢这种饵料……"

杜昕言感觉喉间似乎被鱼刺卡住了，他看着那条船，慢慢转过头看向沈笑菲："我没吐出来，你很不满意，对吗？"

笑菲遗憾地点点头："杜大人似乎对这样折磨卫子浩不满意？"

"虽然有雨雾，但我的眼睛还能看得清水面上引鱼的是人还是面团。"杜昕言板着脸说道。笑菲"噗"地笑出声来，给他倒了杯酒，道："杜大人眼力真好，湖里泡着的确是用香油、面团捏的饵料。用卫子浩做鱼饵，我怕我吃不下这道鱼。"

"卫子浩在哪里？"

"他早跑了，打斗中掉下了随身玉佩而已。杜大人这么关心他？怕他供出掳走丁浅荷的幕后之人是杜大人？"

杜昕言暗骂沈笑菲是妖精，一脸正色地回道："卫子浩掳走浅荷已是被通缉的要犯，下官为都察院知事，受成大人之令调查此事。沈小姐手中有卫子浩随身玉佩，下官自然要问个清楚。"

笑菲冲他眨了眨眼，突然凑近了他，贼笑着说："你不承认也无妨，我却知道，是你让卫子浩掳走了她。杜大人助大殿下夺位本应心冷肠硬，这回却心软了，舍不得青梅竹马的浅荷妹妹。你不想她跳进高睿这个火坑，对吧？"

她的眼睛染上三分醉意后依然清亮有神，杜昕言不觉失笑。这丫头聪明绝顶，把自己的心事看得清清楚楚，若她不是帮着三皇子高睿，倒真能引为知己了。他不置可否地说道："既然浅荷已平安回京，卫子浩也跑了，下官不知沈小姐千里迢迢诳我来此做什么?"

笑菲往后一靠,懒洋洋地说:"秋色无边,雨中看湖别有一番景致,只是找你陪我看看风景罢了。想起春日在这里偶遇,好好一坛醉春风硬被你说成是毒酒,糟蹋了好酒。"

杜昕言在这六天里日夜兼程地赶路,却没想到她竟然是诳他来看风景,心头一怒,他伸手将她从矮榻上拖了起来,眼睛一眯道:"沈笑菲,我一直容忍你,你当我真的不打女人?"

胳膊被他掐得似要断了一般地痛,笑菲倔强地看着他,眼眸中隐隐露出悲伤之意。杜昕言一愣,她为何是这种眼神?风声掠过,王一鹤瞬间掠进来,掌风直袭杜昕言,逼得他松开了笑菲。王一鹤道:"杜大人,小的奉三殿下之命保护沈小姐,小的不想与杜大人为敌。"

杜昕言闻声收掌,盯着沈笑菲喝道:"告辞!"他心里隐隐有着不安,奔波这么多天,她真的就为了捉弄他?他不相信。沈笑菲的眼神告诉他,一定有事。王一鹤在监视着这里的动静,否则不会瞬间出现。

笑菲咬了咬唇,袖子里的书信如有千斤重。她明知道消息已随红叶传出,为什么仍不想看到他难过?王一鹤阴冷地提醒她道:"小姐,你约杜大人来,不是有东西要交给他吗?"

她从袖子里拿出书信,既然躲不过也逃不过,就让他恨她好了,反正他的心也不在自己身上。她想起从前与高睿说及杜昕言,她曾说爱不了就让他恨,恨也能让他一生记住她。

笑菲心里苦笑,将今晨收到的书信递给杜昕言道:"从这里快马回京,日夜兼程需要五天。如果你还赶得及,还能见你爹杜成峰最后一面。如果你体力不支,那就没办法了。"

杜昕言一震,匆匆接过书信,瞳孔已在收缩。

"早就告诉过你,我们是敌人。你的父亲任天下兵马指挥使,沈家要相助三殿下就一定要除去他。计策是我爹和我定下的,进行得很顺利,早在一年前这个计划就已经启动了。"笑菲背对着杜昕言平静地讲述着。

"江南贡米案之始,是军粮有变,问题出在江南,绝非杀了七名贪墨的官员就可以结案的。军粮由新换陈,并非调运的江南贡米,而是军中有位高者盗换出新米,用陈米换新米送于军中,以从中牟取私利。向朝廷举报军粮一事的人正是杜大人心仪之人——浅荷小姐的父亲——武威伯丁奉年。今日我接到飞鸽传书，令尊大人扛下了所有罪名，他已被打入了天牢，七日后赐鸩酒保全尸。德妃娘娘因求情已被禁足，大皇子罚俸一年，罚在府内思过三个月，不准任何人上门求见。皇上体恤，令尊犯案不累及全家。"

笑菲突然转过身，带着一脸狡猾的笑说："杜大人，我引你出京来此，就是想看看你现在的神色。我很满意，很得意。只要一想到你跑了六天赶到小春湖，再日夜兼程跑死马回京，我肚子都快笑疼了！呵呵！"

杜昕言仿若听到了晴天霹雳，每一字、每一句都劈得他色变，头皮阵阵发麻，太阳穴突突地跳动着。他漠然地望着沈笑菲，她身影纤纤，风华绝代，满脸得意的笑容，仿佛外面不是秋风苦雨，她说的也不是残酷的事实。

这个身影曾经让他心动，曾让他对着一株白玉牡丹失神，曾让他不知不觉地心起怜意。他现在还记得在百花丛中扯下她面纱的瞬间，他看到了渠芙江上露珠滚落的粉红秀莲。他想起了自己看到小楼中她偎进无双扮的耶律从飞怀里时的愤怒，没找到耶律从飞时的高兴。杜昕言永恒不变的潇洒在此时被彻底打破。他这才发现，不知不觉中，沈笑菲在他心里早已悄悄占据了一个角落。他千里奔驰，一半是为了卫子浩，一半又何尝不是想再与她交手。苦涩与恨意来得这样猛烈，他真的恨她！

粉嫩如花瓣一样美丽的双唇吐出的是怎样狠毒的话语！她如此设计他们父子又是怎样的毒辣！他竟一次又一次地被她迷惑，放过了她。杜昕言一动不动地盯着笑菲，杀了她，他就永远不会再被她骗了。她与沈相设计害死他父亲，她诱他远离京城，她想看到他心急如焚又无计可施的模样。她又能想到这一刻他想杀了她吗？杜昕言阴冷着脸向前踏出一步。

王一鹤也往前踏出了一步，阴恻恻地说："杜昕言，你要杀小姐势必要和我苦斗，你就真的没有体力赶回京城了。"

如中了符咒一般，杜昕言硬生生地停住了脚，手猛然收紧握成拳头，仿佛他的手掌已扼住了她的脖子。

父亲七日后就要被赐死，从洛阳赶到京城，就算他日夜兼程也要五日路程。他才快马赶到江南，体力已严重透支，就算拼命赶回去，两天时间也无力回天了。但无论如何，他也要赶在父亲行刑前回到京城。

杜昕言收了躁气，一字一句地说："从前我总以为你只是胡闹着玩，是小孩儿心性，吃半点儿亏也要找补回来。现在我才发现，你不过是用看似玩笑嬉闹的手法引我入瓮。黄蜂尾后针，最毒妇人心，老话果然不假。看似柔弱，骗人怜惜，却心毒至斯。沈笑菲，今日我杀不得你，总有一日我会叫你求生不得，求死不能！"

这不是她的主意。从最初的盗米粮演变成这样，早已经偏离了她的计划。高睿比她看得更远，比她更毒。他巧妙地借用了江南贡米案，控制了丁奉年，顺势又搭上了耶律从飞。她是青萍游动时带起的一缕清风，高睿却把它演变成了龙卷风。但是杜成峰已下天牢，七日后处斩，她说什么也没用了。

帘外扑进来的飞雨沾湿了她的面颊，冰冷的雨水与滚烫的泪交织在一起。她静静地想，世上是没有后悔药可以吃的。如果有，她一定不会再起玩心去捉弄他，一定不会在与他数次交手后再爱上他。明知道他会恨她，可听到他从牙缝里蹦出来的话仍叫她心痛难忍。

笑菲挺直了背，冷冷道："外面已备好驿站八百里快马，杜大人可以一路借骑。不过，我今日借马与你，他日你必要还我这个人情！否则，我保证你在江南找不到一匹千里良驹！"

杜昕言哼了声便掠出门外，他翻身上马，回头凝视着水榭中的沈笑菲，他怎么就会对她这般容忍，三番五次地放过她？他恨声道："沈笑菲，你现在就可以去求神拜佛了，祈祷自己千万别落在我的手上！看在八百里快马的分上，他日可饶你一次不死！"

马嘶响起，杜昕言掉转马头，扬长而去，蹄声渐渐消失不闻。

笑菲冷冷地对王一鹤道："殿下的事我已经办完了，你不必再戳在这里搅我雅兴！"

"殿下嘱小的陪同小姐回京，明日起程。"王一鹤也不动气，阴阴地笑了笑，便转身离开了。

雨淋漓地下着，别院内悄无声息。笑菲猛然拉开竹帘，密集的冷雨被风夹带着扑上她的面颊，那双柳叶似的丹凤眼越发幽深勾人。她手中转动着酒杯，一口酒下去，呛咳起来，直咳得双颊潮红，胸腔内针刺般的难受。

杜昕言临去时的话刺得她很痛，痛得她死死地抓紧了栏杆，才压抑住没有大哭出声。她合上眼，喃喃地道："杜昕言，高睿不会给我解蛊毒的，他日你用不着饶我一命，最好干净利落地杀了我，那会比蛊毒发作来得痛快一些。"

第十章 故布疑阵

杜昕言气血翻腾，恨不得肋生双翅飞回去。路上，都察院的消息不断传进他耳中。沈笑菲诱他出京，时间分寸把握得正好。他前脚刚到小春湖，父亲就出事了，让他一路上半点儿消息也没有得到。沈笑菲的眉眼神色在这一刻清晰无比，她要让他精疲力竭，要让他没有时间做出任何反应。杜昕言狠狠一鞭抽下，只盼着能早一刻回到京城。

十月二十二日，杜成峰将被赐死。十月二十日晚，杜昕言满眼血丝，一身疲惫地策马冲进了京城。他直奔城西枣树巷，他要找的人正是都察院都御史大人、圣上的启蒙恩师——成敛。

马未停，人已翻身落下，杜昕言重重地叩响了朱漆大门上的铜环。"咚咚"的门环叩响声犹如他的心跳，空旷中带着一丝绝望。片刻后，大门敞开了一道缝，老管家开了门，吃惊地望着杜昕言喊了声："杜大人！你怎么搞成了这样？"

杜昕言当然知道自己此刻满面风尘，胡子拉碴，大腿处因被磨破而流出的鲜血已染红了裤子，火辣辣地疼着。但他已顾不得这些，他一把捉住老管家的肩，大吼道："成大人在家吗？"

"我说杜大人，你放开我，我这把老骨头经不起你的大力鹰爪手。老爷等你很多天了。"

听到老管家的这句话，杜昕言的心底松了一口气，跟着老管家进了书房。

成敛头也不抬地说道："不用进宫了，没用。现在还来得及见你爹最后一面。"

杜昕言双腿一软就跪在地上,眼睛血红地道:"事有蹊跷,能否延期赐死,让下官查清此案!"

成敛叹了口气,扶起杜昕言,摇了摇头道:"老杜就是性子太直,被人一下套就想一个人顶了。他要有你小子这般圆滑,就不会弄成今天这局面了。"

杜昕言心中一紧,仿佛有只手紧抓着他的心脏,痛得他一抖。他急切地说道:"是三皇子高睿设的陷阱!是沈相定的计!我爹凭什么扛下这个罪名?!"

"是不是都不重要了,重要的是你爹自己亲口在金殿之上当着百官之面认罪。皇上气得走下龙椅当胸就踹了他一脚,若不是一帮老臣保着,当时你爹就被推出午门问斩了。"

才离开十来日,京城就发生了这样的变化,杜昕言实在难以相信。父亲戎马一生,忠直一生,怎么可能贪图这点儿米粮?他沙哑着嗓子说:"就算是偷换了军粮也罪不至死啊!"

见老管家已端了碗热汤面进来,成敛示意杜昕言边吃边说。

"契丹在边境驻军十五万,虎视眈眈,随时可越境南攻。这时河北东西路军突然出现小股哗变,军心不稳。丁奉年见事态紧急,就上奏折请求彻查军粮以安军心。当日金殿之上有三位将军出列指认是你爹授意。你爹当年一手提拔的老部下、骠骑将军黄野当场撞死在金殿之上。你爹抱尸痛哭,当场就去冠认罪。皇上,震怒。"成敛眼中精光一闪。

杜昕言大口地吃着汤面,喉间肿块越来越大,终化作泪水滴下。天衣无缝的局,他一切都明白了。

北方突厥二十年来每年春天都会为度粮荒进犯边关,去冬更是连夺三城后才被三皇子领兵击退。朝廷曾派大军围剿四次,却始终不能灭掉突厥。四次出兵造成国库一直紧张,军费同样被压缩。

历年来,从粮仓中领出来的新米,运往军中都会被换上一批陈霉米。军中将领常年用这种办法赚取银两补充军饷。新陈米混杂,只要不掺杂得太过分,士兵都会吃。而赚来的银两除了将领们私分一些,大半都会拿出来抚恤战死的士兵家属。作为天下兵马指挥使的杜成峰当然清楚这样的情况,包括军中吃士兵空额,他也都睁一只眼闭一只眼当不知情。

杜昕言想起沈笑菲的话,局是在一年前江南贡米案后就布下了。去年的调换贡米案,到了今年演变成军心不稳。丁奉年理直气壮地将军中换粮一事捅到了明帝面前。契丹狼子野心，与之长年对抗的河北东西路二十万大军哗变。这一切，皇上都必须找个人来顶罪。就在这节骨眼儿上，三位将军出列指认父亲。骠骑将军黄野当场自尽，杜成峰百口莫辩之下，心痛黄野的死，为了不牵连军中更多的人，便一人担了责任。

这一切的最终目的就是要除掉支持大皇子的父亲，夺走大皇子在军中的最大倚靠。这是多么毒辣的连环计，让人明知道冤屈却伸张不得。皇上心里也一定有数，只是金殿之上势成骑虎，他也没有选择。

难怪沈笑菲可以抢在自己之前让陈之善了结了江南贡米案，杜昕言脑中的点连成了线。他仿佛亲眼看到沈笑菲放走了耶律从飞。他猛然惊出一身冷汗来，高睿并没有打退契丹人，而是与契丹有了勾结——契丹先胜，再由高睿出马打败，丁奉年被捉后，高睿再救出他，最后完胜。高睿赢得了军心，赢得了天下人的敬仰，让丁奉年明白了高睿既能让他死，也能让他生，丁奉年对高睿从此死心塌地、誓死效忠！

不仅如此，她还把丁浅荷送去高睿身边，丁奉年就变成砧板上的肉，不听令都不行。没有丁奉年，河北东西路大军不可能出现哗变的迹象；没有与耶律从飞勾结合谋，契丹不会在边境摆出十五万人马。杜昕言笑了，笑得凄凉。他明白了又如何，还是救不了父亲。

"睡一觉，明天，去天牢看看你父亲。"成敛拍拍杜昕言的肩，叹了口气走了出去。

杜昕言一口血喷出，眼睛一闭，仰面倒下。

天牢幽暗潮湿，脚走进去一步，都仿佛踩在自己柔软的心上。杜昕言睡足了十二个时辰，洗了澡，剃了胡子，换上白色素服，又恢复了清俊的模样，只是他的眼神冰凉如冬夜的星辰。他沉着脸跟在狱卒身后，嘴唇紧紧抿成一条线。

两旁的石墙上点着昏暗的油灯，刑讯室摆着因长年沾血而变得污黑的刑具。他情不自禁地想起洛阳明媚的天空、娇艳的牡丹、丁浅荷娇羞时的美丽面容，只是所有的美丽仿佛都在另一个天地里，不再属于他了。

杜昕言每走一步，心里就是一痛。他想起与高熙从小玩到大的种种趣事。他们是堂兄弟，他帮高熙，义无反顾。高熙温和、大度、为人公正。因为和高熙要好，所以他就和三皇子高睿一直保持着距离。印象中，高睿很聪明，行事果决,心机深重。

记得有一次太傅叫背书,说皇上第二天要查课业,背得好,会有赏。那天高熙却偷溜出宫急急来府中找他,见他无事才放下心来。原来高熙在宫中见高睿望着一棵大树出神,便问高睿在看什么,高睿答:"这么高的树,以小杜的轻功,他摔下来会摔断腿吗?"

杜昕言骂高熙傻,就为这句模糊不清的话便跑出宫来看自己。结果皇上因未看到高熙,就罚他抄一百遍《论语·颜渊篇》,同时赏了高睿一支紫玉狼毫。杜昕言从此便看不起高睿。高睿小时候精于谋算,长大了也同样精于谋算。

杜昕言的嘴角扯了扯,讥讽溢于言表。他挺直了身,手里拎着食盒,步履稳健。

狱卒在最里间停下,"哗啦啦"的开锁声刺痛了杜昕言的神经。他强自压抑着眼里涌上的热意,轻轻走进了牢房。杜成峰盘膝坐在石炕上,青袍干净得不染半点儿尘埃。三绺花白胡须在颌下飘拂,眼神平静恬然。

"父亲。"杜昕言喊了一声,喉间便哽住了,他低下头,拿出食盒里的酒菜摆放好。

杜成峰一拍大腿就笑了:"还不错!没哭!成天听人说京城小杜,一听名字就不痛快,小白脸儿似的!"说着,他举箸夹起一块盐焗鸡吃下,连声叫好道,"是去城南老张盐焗鸡买的吧?老张做的盐焗鸡味足脱骨,肉嫩滑,难为你小子还记得我爱吃他家的鸡!"

杜昕言终于忍不住,趴在杜成峰的腿上悄声说:"咱找个替死的行不?假死!"

杜成峰手一颤,脸抽搐了下,闭上眼抬起了头,眨眼工夫又换上了笑容:"其实,是你爹想去了。你也大了,你娘多寂寞,她也等了我很多年了。你说的那些用不着,若真有办法,你爹我凭啥要在金殿上认罪呢?"

"可是,这事明摆着……"

"住口!"

杜成峰看着红了眼睛的儿子,心里一酸,悄声对他道:"你爹还为了大殿下。"

杜昕言一震。

"小时候,我和你姑姑相依为命。为了养活她,也为了养活我自己,我从了军。军中弟兄们赏脸,唤我一声杜大哥或者老杜。我是一步步踩着弟兄们的尸骨高升的，蒙皇上看得起，讨了你姑姑做妃子，咱们家成了皇亲国戚。现在我蒙冤去了，军中兄弟会感恩我老杜仗义，皇上也会愧疚，只会加倍对你姑姑好，对大殿下好。这才是最狠的棋，明白吗？"杜成峰眼中闪过凌厉之色。

杜昕言心里只有痛，他沙哑着嗓子说："你们都要算计这些，那问过我吗？我就该眼睁睁地看着你去死？"

"啪！"杜成峰一记耳光重重地打在了他脸上："京城小杜，就这样没血性？！男儿当沙场立功，庙堂争雄，若只知道拈花惹草，难成气候！"

杜昕言耷拉着脑袋，半张脸充血肿起。他何尝不明白，何尝不知道这些利害关系，他只是不忍看到父亲被赐死，而他却不能救。

"丁奉年的奏折来得可真是时候！"杜昕言咬牙切齿道。武威伯丁奉年是和父亲多年一起浴血沙场的老将，两家一向交好，他自幼与丁浅荷一起长大。杜昕言发现，自己最恨的人不是高睿，而是丁奉年。

杜成峰看着儿子，轻叹了口气："这人啊，总是要变的。我知道你和浅荷青梅竹马，两小无猜。她父亲与她无关，你若是想娶浅荷，爹不会怨你。她嫁给高睿会毁了她一生。"

杜昕言眼睛一闭，心底结上了冰碴儿。

"知道为什么给你取名昕言吗？那会儿你生下来的时候正值太阳初升，你娘亲说，希望你一生都如同阳光一样，能在太阳底下大步走路，能在太阳底下大声说话。"

杜昕言心头酸涩，那些阳光，那些花儿，都已经离他远了。他的心已经沉进了争权夺位的欲望深渊。只有高熙继位，杀了丁奉年，杀了沈相、沈笑菲，他才能有机会让心再晒到太阳。他小看了沈笑菲，小看了高睿，小看了谢贵妃与三皇子府的势力。他以为靠自己就能保大皇子熙继位。他错了！他眼中渐渐冰寒起来。

狱卒走近，挂在腰间的钥匙哗啦作响。杜昕言知道他该走了，他望着父亲，一遍遍地将父亲的微笑、坦然、慈爱刻进心里。他跪下磕头，举起酒奉上："儿子送别父亲大人。"

杜成峰一口饮尽，还想再对他说点儿什么，最终还是忍住了。

走出牢房，杜昕言深吸一口气，不敢再回头。他轻声说："父亲放心，我一定会堂堂正正走在阳光下的。"

他的脚步迈出，心又抽搐了下，眼睛干涩如枯井一般。

当晚，成敛奉旨赐杜成峰毒酒自尽。

杜府里外一片素白，阖府哭声震天，唯杜昕言眼里无泪。

明帝念及亲情，准大皇子熙睿出府，令他陪着德妃亲至杜府祭奠，同时以都察院事务繁忙为由令杜昕言夺情出仕。消息一出，见风转舵者纷纷认为杜成峰虽死，但杜家并没有倒，于是前来吊唁的文武百官络绎不绝。杜府门前车水马龙，一时之间竟比过往更为热闹。

杜昕言正在灵堂前寒暄还礼，突然听到外面唱喏："三殿下到！"

杜昕言抬头间高睿已至灵堂门口，他身穿银白蟒服，腰结玉带，玉树临风。瞧着高睿嘴边若隐若现的那丝浅笑，杜昕言不由得恨极，却是面带笑容迎了上去："父亲乃获罪赐死，已是有罪之身，怎敢劳三殿下前来，下官不胜惶恐。"

高睿负手踱步走近杜昕言，瞟了他几眼，粲然一笑，侧耳轻声说："小杜，别装了。我们一起长大，还不明白你？你几时看见我会惶恐？你心里现在恨不得杀了我吧？成王败寇都是命！我若输了，下场不会好过你爹。沈相定下的好计，我不用才是傻子！老杜大人也不愿意放过这个机会，用一条命让军中众人对杜家存了感恩之心。我用尽全力收买军中之人，眼下心思全白费了。丁奉年在军中威望一落千丈，弹劾他的奏折堆起来有两尺厚，父皇顺水推舟让他在府中反省，也算是给德妃娘娘一个交代了。你爹一死，父皇马上准大皇兄出府。看看这热闹场面，杜府声威不减哪。"

杜昕言冷了脸，道："逝者已矣，三殿下何苦还上门来逞威风？"

"你错了，我是诚心来吊唁老杜大人的。他一生忠心耿耿，就连死，也不忘记发挥最大作用，实在令我佩服。"高睿真心实意地说道，他信步走进灵堂，拈香祭拜。

杜昕言静静地站在高睿身后，眯缝着眼睛打量着高睿的一举一动。他告诉自己，一时逞匹夫之勇只会对不起老爹的一条命，他在心头一遍遍刻下高睿、沈相和沈笑菲的名字，将来他会全部找回来。

见高睿上完香，他淡淡还了礼，这才问道："丁奉年失势，三殿下还打算娶浅荷吗？"

高睿微笑道："我若是此时把丁奉年一脚踢开，便失了人心，还会有谁肯投靠我？虽然老杜大人用命替大皇兄稳住了军心，不过，我得到了沈相的支持，损失也不大。父皇已下旨赐婚，十二月初八我将迎娶丁浅荷，小杜一定要前来喝杯喜酒。"

"下官一定去。三殿下既然要娶浅荷，我倒是好奇沈笑菲对你如此情深，却连正妃的名分都得不到？"

高睿悠悠地说道："若我赢了，东西二宫平分秋色就是。小杜，你想挑拨也无用，菲儿并不在意名分。"

两人都压低了声音说话，脸上都带着笑容，肚子里却皆在算计。杜昕言声如蚊蚋："谁是最后的赢家尚且不知。"

高睿望着素白一片的杜府道："从前我只想在父皇面前挣个好，事事都想超过大皇兄。也许，我和大皇兄的战争从现在起才真正开始。我知道你是帮他的，咱们各凭本事吧。大哥将来会是个好皇帝，我高睿也一样。"

望着他的背影，杜昕言缓缓伸开手，掌心被掐出几个月牙形的血痕。

才送走高睿，老管家就在杜昕言耳边轻声说丁奉年携了丁浅荷前来吊唁。杜昕言缓缓望出去，眼中掠过一丝寒意。他整了整孝袍，平静地说："有请！"

有时候，杜昕言觉得自己心机太沉，就像他每次故意让沈笑菲捉弄成功，只为了看看她究竟想干什么一样。现在他明白了一切，仍旧能不露丝毫愤懑地对上香完毕的丁奉年父女认真地还礼。

与契丹一战后，回到京城不过短短数月，丁奉年就发福了。从前身上的凌厉杀气似乎一夜之间消失得干干净净，就连说话的语气也不像一个长年征战的武将。他低声下气地对杜昕言说："贤侄，老夫也不知道你爹会把这事扛了，老夫只是……"

杜昕言沉重地打断了他的话："丁伯伯，不必多言。我相信你只是着急稳定军心，想杜绝调换军粮。唉，我也没想到我爹这般糊涂，居然做出了这种事来！好在皇上圣明，没有株连杜氏一族。"

一缕诧异飞快地从丁奉年眼中闪过。他叹了口气，拍了拍杜昕言的肩膀，似乎也不知道该怎么安慰他才好，心里却在冷笑，杜成峰凭什么能坐到天下兵马指挥使，不就是他妹妹封了妃？浅荷能做三皇子妃，将来就能做皇后。如果女儿成了皇后，自己就是国丈、太师，而投靠大皇子熙，他能得到什么呢？还是要被杜成峰压着。你杜昕言也不过是都察院的一个六品知事。皇上已经赐婚了,杜成峰也被赐死了,丁奉年只看到了将来的锦绣前程。

但戏还是要演的,丁奉年看到丁浅荷咬着嘴唇站在一旁,轻叹道:"贤侄,节哀顺变吧!我也不知道事情竟会弄成这样!我知道你与浅荷青梅竹马,我也一直把你当成自己的儿子看。这丫头,唉,女大不由爹。皇上已经下旨赐婚,是我家浅荷对不住你。"

"是我没这福气,不怪浅荷。"

丁奉年摇了摇头,说:"浅荷,爹先回去,你俩好好聊聊。"

丁浅荷一直默默地站在旁边,听到这话没有吭声。她心里难受,从进来到现在,杜昕言连一眼都没看过她。她委屈地想,这事能怪她吗?难道她喜欢上高睿有错吗?

杜昕言客气地请贵叔送丁奉年离开,这才转过头看向丁浅荷。她换了一身银白素衣,这让他又想起爱穿银白蟒袍的高睿。这是他第一次见丁浅荷穿银白色的衣裳,不由得有些恍惚。红衣的丁浅荷娇俏活泼,换了这身衣裙后,俏丽之中带着几分灵秀,眉宇间那种不知愁为何物的天真已然消散。他干干地笑了笑说:"浅荷今日真像个大家闺秀了。"

"小杜!"丁浅荷没有同往常一般呸他几句,开口唤他的语气中带着一丝惶然。

杜昕言似被蚂蚁咬了一口,那丝酸痛让他的心猛然一抽,曾经的青梅竹马、以亲妹妹相待的人已经成了杀父仇人之女,他强笑道:"进去说话吧。"

他默默地领着丁浅荷进了内院,风一吹,两棵百年银杏树又飘落下满地黄叶,他怔怔地站在树下,想起从前经常带着丁浅荷爬到树上坐着聊天的情形。

丁浅荷也想起来了,她望着树的第三根大枝杈说:"小杜,我们以前最爱坐在那里说话了。从那儿能看到府里的全景,下面的人却听不到我们在说什么,我们上去坐着说吧!"

杜昕言没有吭声,伸手揽住丁浅荷的腰便腾身而起,稳稳地坐在了第三根大枝杈上。

风吹来,银杏叶从头顶、身边飘落。杜昕言接过一片,默默地在手中把玩着。这里能看到杜府全景。他能看到的只有满眼的素白,灵幡飘动,素灯笼在檐下飘荡着。老管家一身白孝服,站在府门口。杜昕言盯着灵堂,眼睛悄然湿润。

丁浅荷抚摸着树身上的刻痕,见杜昕言不看自己,心里也是难受,她咬着唇说:"小杜,这是我们用刀刻的,你说我这么喜欢坐在这里,就刻了朵荷花。你说哪怕你不在,我一个人坐着也当是你在陪着我。以后,我再也不能像这样陪你坐着聊天了。"

"你要嫁高睿,我想拦着你,不是因为我喜欢你,今天我就跟你句实话吧,我只不过是怕高睿得到你爹的支持罢了,他手里有了兵,大殿下就会少了几分胜算。"杜昕言居高临下地看着府邸,那些飘动的灵幡刺痛了他的眼睛。他想起父亲说过的话,如果他想娶丁浅荷,父亲不会怪他。他脸上露出几分凄然,父亲连他娶仇人之女都不责怪,让他还有何面目面对父亲?他若是对丁浅荷还有半分怜惜,他就是不忠不孝之人。

"我知道。"丁浅荷释然地笑了,"我一直都知道你把我当妹妹一般地宠着。你眼里没有那种喜欢我的神色。你抱我,也不是男人喜欢女人的那种抱法。我一直都知道的。"

"高睿有?"

丁浅荷怔了怔,脸上飞掠过一抹羞红:"他的眼睛看着我时,我的心就一直在怦怦急跳。他待我,很好很好。喜欢一个人是能感觉得到的。唉,小杜,你不懂,等你喜欢上一个人你就明白了。"

杜昕言听在耳中,阖府的白幡又化为小春湖上那抹白衣倩影。他深吸了口气,牙关紧咬。从来不知相思苦,从来不知情已动。真相思时不能相思,真动情时又难堪。他木然地转过头看着丁浅荷。她的头微微低着,嘴边隐隐地带着笑,他就算是个白痴,也能看得出来,她对高睿已然情根深种。杜昕言嘴里满是苦涩。

从前的丁浅荷大大咧咧,只知道吃喝玩乐、骑马狩猎。她是他从小呵护着长大的妹妹,单纯得不含丝毫杂质。她哪懂什么是朝廷局势,什么是欺骗利用。他很想摇醒她,告诉她,高睿不过是利用她罢了。

父亲没被赐死之前,他竭力阻止她与高睿在一起。可是现在,他却不会开口阻止她了。诚如卫子浩所说,三皇子府太难进,高睿疑心太重。高睿并不完全相信无双,送进三皇子府的间者到现在只剩下无双一个。而浅荷会变成三皇子妃,也许在将来会为他所用。杜昕言望着素白的府邸,觉得自己变得冷血残酷了。

"浅荷,有一事我想求你。子浩掳走你是我的主意,我本不想让你嫁给高睿。现在你平安回来,看来冥冥中自有天意。子浩是我的朋友,我想求你看在他没有伤害你的分上，撤了对他的通缉可好？"

"我知道你是好心，怕三殿下对我不真心，只是看中我爹在军中的权势才想娶我。我不会怪卫大哥的，他虽掳走了我，但一路上对我极好。我一看是他，就知道肯定是你的主意。别人不了解，我却知道你和卫大哥是好兄弟。"丁浅荷甜甜一笑，"小杜，你不明白。他，就算他真的冲着我爹才娶我的，我也会开开心心嫁他的。从我去北方战场起，我就喜欢上他了。再说了，最近几日爹一直郁闷，皇上令他反省，还夺了他的兵权。三殿下，他，他仍坚持要娶我。他对我还是有心的。"

杜昕言沉默了，丁浅荷有什么话从来都不会埋在心里，她说喜欢高睿，就一定是爱极了他。也只有丁浅荷这傻丫头才会相信高睿对她是有心的。杜昕言瞧着丁浅荷脸上的甜蜜，内心又开始挣扎。一个声音在说，赐婚的旨意已经下了，抗旨诛族，她担不起这样的后果。另一个声音在问他，难道就看着她生生地跳进火坑里去？他想了想，轻声问她："如果他还会喜欢上别的女人呢，比如沈笑菲，你也不悔？"

丁浅荷呼吸一窒，蓦地想起洛阳牡丹院中那个白衣若仙的女子。她下意识地拒绝这种可能，想要为自己找到一个最好的解释。她用力地摇了摇头道："我从来没有听三殿下说起过她，他若真的对沈小姐有心，怎么会在我爹失势时还主动请皇上赐婚呢？"

说完，丁浅荷越想越觉得自己是对的。沈笑菲是沈相之女，如果说高睿是看中父亲在军中的势力才想娶自己，沈相同样能给他朝中的支持。同样门第高贵，同样是大家闺秀。高睿若是真的喜欢沈笑菲，他没有理由向皇上提出娶自己。

想起高睿走之前才说过的话，杜昕言闭上了眼睛。这是她的命，是她的劫，他无力挽回。丁浅荷天真烂漫的过往在眼前一一掠过，他挣扎着吐出一句："浅荷，不要管朝中的事情，你离开丁府吧。你不是向来很喜欢江湖中人的潇洒吗？子浩一直喜欢你，他会真心疼你、爱你、护着你，和他一起远走高飞吧！"

丁浅荷泪痕犹在，吃惊地瞪大了双眼，期期艾艾地说："小杜……我对他没……圣旨已经下了，我，我不可能走的！"她一拍树干，裙袂翻飞，从树上一跃而下。她心头狂跳，杜昕言让她抗旨跟卫子浩走？他在胡说八道什么？想起卫子浩掳走她时的情景，丁浅荷第一次不明白又似乎明白了什么，她情愿自己不明白。

杜昕言跟着从树上掠下，不等她说话，便笑着说："我是想，要是能在江湖上当个游侠也不错。"

丁浅荷赶紧抛开脑子里乱七八糟的想法，猛力地点头，似乎只有这样，才能肯定杜昕言话里的真实意思。杜昕言从她发边取下一片落叶，忧伤地说："浅荷，你知道大殿下是我堂兄，我是帮他的。你就要嫁给三殿下为妃，将来你会帮着他对付我吗？"

丁浅荷犹豫了半天，吞吞吐吐地说道："小杜，杜伯伯出事我爹难受得很，他绝不是有心要害杜伯伯，他也不知道一纸奏折递上去会弄成这样。他在奏折里也没有弹劾杜伯伯呀！你别怪我爹好不好？我今天来，一来，是给杜伯伯上炷香；二来，是想，是想对你说，我嫁给三殿下后，我就是他的人了。小杜，我知道你有本事，我也想求你一件事。如果有一天，他争不过，你别取他性命可好？他若是赢了，我也会求他放你一条生路。"

她仰着脸，恳求地看着他，明媚娇柔的脸上笼罩着一丝愁。这个无忧无虑的单纯少女一夜之间有了忧愁，杜昕言强忍着心酸，屈指在她眉间一弹，笑道："傻丫头，一言为定！"

眼泪不争气地涌出来，丁浅荷哽咽着说："皇位真的那么重要吗？他们是兄弟，不管是谁坐江山，都非要另一个死吗？还有杜伯伯，我不明白他为什么要顶下所有的罪名，宁可丢掉性命。我不明白。"

"傻丫头，你不用明白，你只要开开心心地做你的三皇子妃就好。我只是担心，如果高睿还会有别的女人，你会很伤心。"

丁浅荷咀嚼着杜昕言的话，手捏着腰间悬挂的玉佩呆住了。这块玉佩是高睿的随身之物，高睿送给她后，她就一直悬在腰间丝绦上，一刻也不离身。她是直性子的人，从来没有想过高睿还会有变心的时候。杜昕言两次提到这样的情况，丁浅荷细想之下迷茫得很。越往深处想，她越是害怕，看着杜昕言黑漆漆的眸子突然不敢确定了。

"我听说这次三殿下之所以能找到卫大哥和我，是沈笑菲一直遣人盯着我呢。她真聪明，连你会让卫大哥掳走我都算到了。她这样帮他，小杜，你说三殿下真的会喜欢她吗？他……"她欲言又止，眉宇间又是惶恐又是担忧。杜昕言的心又一次被重拳击中，痛得直抽搐，他挤出笑脸来，调侃地说道："你真笨！沈笑菲哪有你漂亮可爱！你才说了，三殿下若是对她有情，怎么可能让她屈居

· 115 ·

妾室？沈相也不肯的。别乱想了，回去吧，好好做你的新娘子。我有热孝在身，就不去讨喜酒喝了。"

丁浅荷想笑，又想起杜成峰才死，就怎么都笑不出来。她回头看了看黄叶飘落的银杏树，低声说："小杜，我走啦。你别太难过，皇上心里显然也是愧疚的，不然也不会让大殿下和德妃娘娘出宫来看你爹了。"

丁浅荷银白色的裙裾在风里闪动了几下，转过回廊就再也瞧不见了。秋风乍起，杜昕言痴痴地望着丁浅荷离开的方向，良久才弹去肩头上的落叶，寂寥地走回灵堂。

青松翠柏，黄土新冢。三日后，杜昕言听从成敛劝告，葬了父亲。

杜昕言遣走家丁，独自跪在坟前焚纸。火苗舔了舔黄表纸，瞬间化为灰烬。秋风一吹，像一只只黑色蝴蝶飘飞走了。他脸色极差，嘴唇苍白，眼里布满血丝。他已经有很多天没有好好休息过了。他机械地扔着纸钱，风吹起他的长发，这一刻独自对着父亲，他终于让心里的那道伤口裸露了出来。

他默默地烧着纸钱，低声说道："爹，浅荷是好女孩儿，我从小把她当亲妹妹看，如今只能看着她卷进是非，我很难过。从高睿十七岁领兵时，我就知道丁奉年已经投靠他了。他一直不服气你，都是跟着皇上出生入死，不过就是姑姑封了妃，所以你成了天下兵马指挥使，而他仅仅是个武威将军。我知道你重旧情，所以我不说，一直隐忍着。每次看着浅荷，我就会有内疚的心情，因为将来我迟早会亲手杀了丁奉年。"

他平静地说着，眼中一热，泪已无声滑落："儿子不孝至极，心中对沈笑菲起了绮念，一直容忍着她。我自诩聪明善谋，布局深远，对她心软却让你陷入了死局。我从来没有这样恨过自己，太骄傲、太自负，自以为什么事都在掌控之中。我早该把沈笑菲勾结契丹一事放在心上，我私心里想留着这步棋，当作将来击败高睿的后手。他们却抢先了一步，我，真的后悔！"身后有脚步声传来，他手一抹擦去泪痕，回首看到卫子浩黑衣飘飘地站在身后，他强自笑了笑，"你来了。"

卫子浩神色复杂地看着他，恭敬地在坟前磕头上香。他拿出酒来，两人坐在坟前默不作声地喝着。杜昕言终于醉倒，卫子浩什么话也没说，扛起他就走。

无星无月的夜里，一条黑影飞快掠上杜成峰的坟，铁锹翻飞，趁着黄土还够松软挖开了坟。他跳进坑中，撬开棺材，将手中银针扎进了杜成峰头顶的百会穴，又将一枚药丸喂进了杜成峰的口中。等了一炷香左右，脸色灰败、呆木的杜成峰，口鼻间竟有了气息。黑衣人长舒一口气，抱起他，将棺材重新封好，恢复了坟茔，背起他迅速离开。

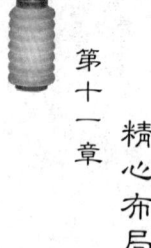

第十一章 精心布局

明帝是个猜忌心很重的皇帝,但是,谁坐到那个位子上后,猜忌心会不重呢?江山是自己的,权力也是自己的,拥有的好东西多了,自然会担心有人来抢,怕失去。如果是大臣来抢,他会毫不迟疑地杀之;如果是自己的儿子来抢,又另当别论了。

昨晚,他宿在掖庭新封的张美人处,子时未到他就离开了。明帝离开张美人时心里很难受。灯光下,他看到自己失去弹性的皮肤像口袋一样挂在身上,摸上去像干枯的玉米叶,摩挲间发出难以忍受的衰老声音。而十六岁的张美人肌肤雪白,双颊丰满得像盈满汁液的桃子。那双嫩白的小手搂着他脖子的时候,她眼中露出爱慕的时候,明帝突然觉得灰心——她爱的永远不是他,而是他的权力。

他清楚地知晓张美人心中所想,然而,他很喜欢,他拒绝不了那种崇敬、爱慕的目光,这让他觉得时光回转,回到了年轻时候。只是在激情欲望突然中止,他喷出一口血晕厥之后,他知道,自己没有多少时日了。当一个人想留住什么的时候,必然是他害怕失去或正在失去什么,例如青春、寿命。

夜色下的皇宫很安静,殿宇黑沉沉的一片,看不到头。明帝面北负手而立,身后宫侍提着宫灯噤若寒蝉。明帝发出一声长叹,他必须要下决心了。

午时未牌,高睿奉旨进宫。

铜鹤嘴里吐出龙涎香的青烟。金殿大门紧闭,却不知从哪儿钻进了风。明帝坐在幽深的大殿内,深秋时节,他已穿上了薄袄,空荡荡的殿内偶尔传来他用拳头堵住的闷咳声。

"弱不禁风了。"高睿听到不时响起的咳嗽声时,脑子里闪出这句话来。他一声不吭地跪在地上已经一个时辰了,再是习武之人,膝盖也有股针扎的感觉袭来,他轻轻挪动一点儿,立时感到疼痛麻痒。他干脆放弃,当自己没有这双腿。他垂头敛目,目光所及,青色、泛着一层幽光的金砖像一双眼睛冷冷地盯着他。他知道,不是他的幻觉,这双眼睛的主人正坐在高高的龙椅上用这种眼神在盯着他。他只能忍,忍到这双眼睛看够他为止。

明帝咳嗽着缓缓开口道:"父皇能给你的就这些了。熙是宽厚之人,只要你安分点儿,就可以长享富贵。以你之才,定无惧契丹,下去吧。"

一滴汗从高睿的额头滑落,顺着衣领像蛇一样钻进了肌肤里,麻痒的感觉激起一层鸡皮疙瘩。高睿的心被激得抽搐了下,他微笑着磕头:"多谢父皇。"

高睿缓缓起身,退出宫门,隐约听到偏殿的金戈响起碰撞声。他打了个寒战,稍有不慎,偏殿里的禁军便会拥出来杀了他。他看着手心里的免死金牌,眼里烟波又起。父皇选择了大皇兄,给了他免死金牌。立高熙为太子,让他世袭河北封地,封他为定北王。他娶了丁浅荷,过了年就可以去大名府建王府了。

高睿只觉得屈辱,让他向高熙下跪臣服?父皇还想着两个儿子都能保全?做梦!

他听到了父皇的咳嗽声,他知道父皇曾在张美人处吐血晕厥。他心知肚明,父皇已经到了油尽灯枯之时,所以才会有这样的安排。一群乌鸦从天空飞过,"哇哇"地叫着。阳光下的重重殿宇静默矗立,高睿蓦地回头看向金殿,隔着重重台阶,迎着阳光,他只能眯缝着眼看,高大的殿堂笔直地朝他压了下来。他在心里暗暗发誓,他绝不认输。

高睿心里窝着一团火,不知道该怎么发泄出来,回到府中,见上下人等都在为他的大婚忙碌着,他冷冷一笑,突然想起还在地牢里的无双,沉吟片刻便折身进了地牢。

骄阳似火,地牢里却仍然阴森湿冷。地牢无窗,只有从屋顶两片明瓦透下来的苍白光线。高睿站在铁栅栏外,背着双手看着无双。她又背靠着青石墙抱着膝盖发着呆。她甚至连他进来也不知晓,几绺长发垂落在她冷艳的颊边,衬得肌肤如雪。

"连人进出都不知道，你这样还算是昙月派的护卫？！"

无双这才惊觉，迅速地行了一礼："无双知罪，请殿下责罚。"

听到这句老话，高睿不由得火起，示意身边侍卫开门，他迈步走了进去。干干净净的囚室，屋角砌着张青石床，旁边有张小桌子，上面还放着没有动过的饭菜。他瞟了眼无双，说："不吃？心里在怨恨我关着你？想去救你大哥？"

"无双不敢，无双只效忠殿下，殿下要抓我大哥，无双不敢阻挠。"流水似的话从无双的嘴里吐出来，说完，她才惊觉自己的语气里竟然带着一丝怨气，她低低叹了口气，又说道，"殿下，无双虽然效忠于你，但终究是肉眼凡胎。我只有这么一个哥哥，如果殿下真的想让无双去杀他，无双，唯有以死明志！"

高睿围着她转了几圈，冷笑出声："这是你第二次用你的命来要挟我了。事不过三，再有第三次，我不管你有用没用，我都会要了你的命！丁浅荷已经回来了，未少一根头发，她不怪卫子浩，不想再追究这件事。我看在未来王妃的面子上就放卫子浩一马。"

"无双谢过殿下！"她眼中闪过惊喜，嘴唇微微扯动，怎么也忍不住笑。刹那，高睿像看到了昙花惊艳的怒放，阴暗的地牢也因为她的笑容而变得明亮。这是他第一次听到她由衷地感谢他，也是他第一次看到她的笑颜。他脑袋里"嗡"的一声响，手无意识地拉起无双抱住，低头就攫取了那笑容还未消失掉的柔嫩唇瓣。他闭着眼睛，轻轻摩挲着她唇间的那抹笑容。

无双一凛，全身都变得僵硬，想要推开高睿，可又不敢。她想起自己立下的血誓，也许，破了这个誓言就好了。她悲伤地想，给他一次，总胜过他无数次的撩拨。她没有推开他，手微颤着去解他的衣衫，不知不觉间，泪已不受控制地流了出来。

尝到一丝咸苦，高睿睁开眼睛，抓住了无双的手，心情瞬间变得恶劣，冷笑道："怎么，想破誓？你休想！"

看到无双眼中的晶莹，高睿窝了一天的火气终于爆发了出来。他步步逼近她，像一只猫把耗子赶到了死角上。无双回想起上一次的羞辱，在背靠上石墙的瞬间，眼神凄厉地看着他，动作迅疾如电，手已握住束发金钗。

"你杀得了我吗？在这里？"高睿轻佻地问道，眼中笼罩着雾一般的迷离神色。只是他话音才落，那支金钗的尾端已刺进了无双的脖子。也是离得近，他飞快地擒住她握着金钗的手,狠狠地撞压在墙上。那支金钗顺势从她颈中拔出,小血洞里缓慢地沁出血来。

"你居然敢自杀?!你敢!"高睿咆哮着压制着无双,嘴狠狠地覆上她脖颈处的伤口。血腥的味道盈满口腔,他忍不住用舌舔了下,又舔了下。无双浑身一颤,羞愤地用尚自由的手用力冲他脖颈砍下。

高睿头也没抬,唇压在她的伤口处,另一只手和她拆解起招来。等他擒住她的另一只手压在墙上时,他抬起了头。她白皙的脖子上没再渗出血来,伤口结成了两个小红点,他满意地笑了:"无双,我早就说过,我还没看够你面具下的热情。我不会杀你。我不杀你,你就不能死。卫子浩他武功再高,总高不过众多高手的围捕。你再敢自杀一回,我就断了卫子浩的一只手。自杀两次,我就断他双臂。你觉得他有多少只手脚能让我砍的呢?"

看到无双眼中凝聚的火焰与仇恨、脸上无奈与隐忍的表情,高睿忍不住又轻轻地笑了。他喜欢看她这样的表情,他更喜欢看她被逼出真性情的那一刻。他松开无双后退,积压在心里的火气烟消云散。

"菲儿与杜昕言的仇已经结深了,你对付不了杜昕言,就留在我身边好了。我另遣人去护卫她。"

无双压抑着自己,努力让自己平静下来。颈边温热的气息似乎还在,她又咬住了嘴唇。想起自己的使命,无双渐渐地放松了下来,眼神又一次变得冷漠淡然:"是,殿下。"

高睿皱了皱眉,说道:"无双,你要记得你的血誓。如果有一天我要破誓,你迟早得习惯我的亲近!"

无双垂下眼眸,掩饰住自己的悲伤。走出地牢时,高睿瞅见她低垂的脸,突然说:"我将你关在地牢,你大哥应该已经从杜昕言那里听说了。去见见他吧,省得他担心你。"

无双讶然地抬头,见高睿已经走开。她一细想,又冷笑起来。高睿哪会有这么好心,他不过是还想试探她罢了。

无双慢吞吞地走出三皇子府,一点儿也不着急。然而走了几条街,她甚至换乘过一辆马车,都没有发现有人跟踪她。她疑惑地站在城隍庙前,是跟踪她的人武功太高了吗?她小心地走进城隍庙旁的酒楼里,要了两个小菜、一壶茶,慢慢地吃着。

她坐在二楼最里面的角落，这里能看到整个酒楼二楼的情况，也能从窗边看到城隍庙。她与卫子浩约好，如果想见他，就在城隍庙里烧一炷高香。一个时辰后，她断定真的无人跟踪，她无暇去想为什么，便付账下了楼。就在这时，她听到酒楼里有人隐隐说起杜成峰三日前已被赐死的话来。她惊得呆住了，杜成峰在三天前被赐死了？那杜昕言呢？他现在会是什么心情？无双扔了块银子给小二，嘱他酉时一刻在城隍庙烧炷高香，随后匆匆租了匹马朝内城而去。

马蹄嘚嘚，声声踏在无双的心上。心里有个声音不断地对她说，高睿准她见大哥，此时大哥一定在杜昕言的府上，她是去见大哥，不会被高睿怀疑的。也就是这个理由让她骑马冲进了内城，当远远地看到一大片白墙黑瓦中那两株高出屋脊的金黄银杏树时，她拉紧了缰绳，停了下来。她美丽的双眸溢出痛苦，纵然见到他又能如何？她能安慰他失去父亲的痛苦吗？自己真正能够帮他的就是留在高睿身边。如果高睿已经起了疑心呢？无双骤然想起高睿今日没有派人跟踪她的奇怪举止。

"杜大哥，无双也过来看你了。只是，我不能去。无双不能冒半点儿风险。"她喃喃自语着，望着远处银杏矗立的院落，一咬牙掉转马头，缓缓骑回了三皇子府。

书房之中悄然离开一名黑衣暗卫，高睿背着双手沉思着，藏在杜府周围的暗卫并没有发现无双的踪影，难道他真的看错她了？

第二日明帝便下了旨意，立高熙为太子，封高睿为定北王。太子府并没有搬迁，高熙仍旧住在原来的大皇子府中。只不过内外重新修饰，焕然一新。不仅换了匾额，守卫也换成了皇宫的禁军。

太子府的后园紧靠京城名湖星子湖。湖水延绵数里，最浅处不过一丈，最深处则有十余丈。湖中点缀着大大小小突起的沙洲，春来绿茵如毯，冬季雪染如石，似星星点缀其间，故而名为星子。湖中有处沙洲离太子府不过十来丈。沙洲宽二十丈、长十六七丈，丰水期湖水上涨时始终高出湖面两尺许。七年前高熙开府选址于此时，便令人以巨大的太湖玲珑石堆砌其中，取名为芳汀。芳汀之中有假山掩映的白石小径，翠竹、奇花、青藤点缀其间，更巧妙地是在玲珑石砌成的小山顶上建了座洗濯亭。

春看桃花，夏有绿荷，秋赏芦花，冬观白雪，虽处于闹市之中却独享离世之雅。星子湖沿岸一线不乏大富之家购置别院庭园，也有人在近岸沙洲上建水榭亭阁。但京城名士对芳汀、洗濯亭推崇备至，点评为星子湖中最美的地方。从太子府后园去芳汀没有建桥，只因高熙笑称芳汀乃湖中仙山，建桥就俗了，故而往来都以小船渡之。

今日撑船的侍女换成了高熙的贴身侍卫龙三。杜昕言此时披着一袭青色披风，负手站在小船上。秋天的星子湖极为美丽，碧空如洗，湖水蓝如宝石。湖心中的几块小沙洲上遍布金黄的芦苇，雪白的芦花开得正烈。杜昕言的目光从湖面上扫过，唇边挂着若隐若现的微笑，他都记不得自己有多少年没有来过芳汀了。

到了芳汀，待杜昕言下了船，龙三便站在船边守护，他则独自朝洗濯亭而去。他轻车熟路地穿过假山，一路也有高熙的近身侍卫守护，他点头含笑示意后便直接上了洗濯亭。

高熙正立于雕花窗棂旁望着星子湖，听到脚步声，他头也没回地说："父皇在下旨立我为太子之前曾单独召见过三皇弟。他对我说兄弟齐心，其利断金，有睿在北方镇守，我坐镇朝廷，我朝必盛。但我想睿不会就范去河北，就算去了，他也一定会控制河北东西路二十万大军为他所用。"

"可怜天下父母心，皇上老了。"杜昕言嗅了嗅桌上的酒，毫不客气地倒了一杯干了。

杜昕言感叹的话让高熙赞同。当年的明帝杀伐专断，绝不会心慈手软，留有后患。父皇是老了，病弱不堪，竟还想着他与高睿能够兄弟和睦。

杜昕言起身关上了雕花木门，高熙顺手关上了雕花窗。两人目光对视间，交换了个信心十足的笑容。杜昕言对高睿笑道："太子殿下请移驾吧！他们等今日已等了很久了。"

地上缓缓移开一处石板，露出由太湖石错落搭建的石梯来。石阶入口处冒出一个瘦弱的老人，他头发花白，眼中精光闪动，手中提着一盏灯，看到高熙与杜昕言便咧嘴笑了："老何运气向来不错，第一个恭喜太子殿下！殿下与杜公子请随老何来。"

待高熙和杜昕言走下石阶后，老人便按动机关关闭了入口。

修建芳汀是杜成峰的主意，趁着为大皇子建府，他亲自招揽了能工巧匠。而督建、完善图纸的人是杜昕言，那年他才十三岁。

石阶之下是不规则的地道，还能看到植物的根须顽强地从太湖玲珑石的缝隙中伸出来。三人似穿行在太湖石搭建出来的缝隙中，走了四五丈，到了一处略开阔的空间，老何搬开一块太湖石，地面石板退开，又露出了一个洞口来。老何提着灯先行，高熙与杜昕言紧随其后。再往下走，石阶就修建得齐整了，随手一摸，满手湿滑。他们已走到了湖底，空气湿润却不沉闷。地道中每隔数丈便有一处通风口直达湖面，每一处都恰巧借着湖面上星罗棋布的小沙洲完美地掩饰了。

走了半个时辰后，打开机关出了地道，他们便置身于一间厢房之中，推开门是座庭院。往后一瞧，正与太子府隔湖相望。高熙与杜昕言出了庭院绕到前厅，梳背椅上已坐着十来个人，其中就有卫子浩。众人见了高熙纷纷露出笑容，七嘴八舌地朝贺起来。等了这么多年，高熙终于正位东宫，让忠于他的人多少都有扬眉吐气的畅快感觉。

杜昕言从怀中拿出十来个锦囊，一一交到众人手中，笑骂道："皇上下旨立大殿下为太子，也封了三殿下为定北王，赐封地为河北。说是等他年底成亲娶妃后，过了年就会离开京城。不过，皇上看来时日不多了，各位还是警醒点儿好！"

"杜大人提醒的是！也要防着狗……"说话的人顿时住了口，若骂高睿狗急跳墙，那太子高熙又成什么了？众人不方便接口，想笑也只能强忍住，面面相觑时便都拿眼偷望高熙，生怕他怒了。

高熙倒先"噗"地笑出了声："好了，也就是这个意思。各位多年来首次聚集一堂，不用我介绍也相互认识了吧？成王败寇的道理大家也都明白。成，将来是一殿为臣。败，抄家、灭族、流放、逃亡。能来到这里的人都是忠于孤之人。除了各位锦囊中单独的使命，今日还有一个全盘的安排需要大家共同商定。"

高熙从怀中取出一张羊皮地图，铺在桌上，详细地解说起来。计划是杜昕言与高熙共同议定的，有几次杜昕言想出言补充，在看到高熙兴奋的神色后又悄然退到了一旁。他想起了父亲的死。皇上并不是不知道父亲罪不至死，最终却还是赐了父亲一壶毒酒。

明帝的病发作得越来越频繁，身在都察院的杜昕言敏锐地了解到了这一点。也许过不了多久，高熙就会登上皇位。他开始提醒自己，伴君如伴虎，不能落下此一役是他杜昕言功劳的话柄。他看到卫子浩隔着人群悄悄地冲他眨了眨眼，显然很明白他退后半步的做法。杜昕言笑了，他真心希望能帮卫子浩报家仇。卫子浩用目光询问众人离开之后他是否留下来，杜昕言轻轻地摇了摇头。

卫子浩收到消息，听完高熙的布置后就和其他人渐次离开了宅院。大厅里不消片刻只剩下了高熙与杜昕言，他们还在等一个人。

"子浩的妹妹无双应该被高睿识破了。有这样一个大哥，他不会真正地相信无双。我不太明白，为什么一定要让无双留在三皇子府？"高熙不解地问道。

杜昕言笑道："为了掩护我们真正的间者。殿下如今已登太子位，我便也叫了他来认主。这是唯一向我血誓效忠的昙月派护卫。他的存在是由父亲一手安排的，瞒着殿下，还望殿下恕罪！"

为了不让高熙忌惮他，杜昕言将自己的力量毫不保留地呈现在了他面前。

"昕言，你呀！咱兄弟俩用得着这样吗？我怎么会猜忌你呢？舅舅的安排自然是为了我好。"高熙显然看出了他的用心。杜昕言单膝一跪，诚恳地说："殿下，从前咱们不涉政事可以是兄弟，但将来殿下必登大宝，君臣之间若无礼便不为君臣。臣所有隐藏在暗中的力量都是为了保护殿下，将来这些人都会交于殿下手中，成为忠心殿下之臣！"

高熙露出感动的笑容，伸手扶起杜昕言，牢牢地握住了他的手："小杜，我不会当了皇帝就忘了本，咱们是一家人！"

杜昕言暗暗呼了口气，他相信高熙不会做鸟尽弓藏的事，但功高权重者必会引上位者忌惮，他不想有功高震主的情况出现。杜昕言恢复了散漫的神色，揶揄道："那我可以先讨个免死金牌放在家里供着，若哪天我闯了祸，把它抬出来，殿下可要饶我不死！"

高熙失笑骂道："你呀！"

半个时辰后，一个蒙面人闪身进入大厅。蒙面人也不多话，对高熙拱了拱手，正要单膝向杜昕言行礼时被他一个眼神拦住。杜昕言指着蒙面人笑道："殿下，他是我爹还在时就奉命潜伏在定北王身边之人。"

来人揭下了蒙面巾。

"谢林，是你？！"看到他的脸，高熙吃了一惊。

谢林是谢贵妃在江南谢家的旁支族人，一直是谢贵妃亲信的禁军侍卫。高睿出宫开府的时候，谢贵妃从宫中遣了四名侍卫给高睿：王一鹤、谢林、陈达、田玉鹏。王一鹤武功最高，杜昕言也没有拿下他的把握。谢林强于轻功暗器，最擅追踪。陈达有统帅之才。田玉鹏擅谋。这四人向来是高睿最信任的人。欲除高睿，先剪其羽翼，高熙不止一次与杜昕言商量如何除掉这四人。

"殿下，谢林奉命潜伏为间。奉老主公令，多有得罪处，望殿下恕罪。"

高熙"呵呵"地笑了，转头对杜昕言道："舅舅的安排，果然绝妙！"

谢林也是昙月派的护卫。杜成峰想在谢贵妃身边安插人首先想到的就是谢氏族人，后来终于让他得到一个能对谢林施恩的机会。谢林感恩于他，遵其令成了杜家的死卫。杜成峰紧接着让谢林进了宫中的禁卫军，以谢氏族人的身份取得了谢贵妃的信任。

谢林的任务是进三皇子府待命，他牢记杜昕言当初交代任务时对他说过的话。他的任务只有一个，就是潜伏。哪怕高睿叫他来杀他（杜昕言），他也要全力以赴，生死由命！

"皇上立大殿下为太子，定北王必不肯善罢甘休，只是如今府中还没有动静。另外，王爷嘱我去保护沈家小姐。"谢林简明扼要地说道。

杜昕言真想仰头大笑，得来全不费工夫！无双一直留在高睿府中，他不明白为什么高睿一直不杀无双。但是只要无双能一直活下去，她总会成为一步好棋。如今沈笑菲处断了线，而高睿呢，选谁不行，却偏偏选中了谢林。他冷冷地对谢林道："那就护好了她，绝不能让她逃了。此事一了，我要见到毫发无伤的沈笑菲。"

"谢林明白！"谢林眼中闪过诧异，他很少看见杜昕言这般咬牙切齿地恨一个人。说是保护，言语间却透出彻骨的恨意。杜昕言从来不恨高睿，他向来认为与高睿相争是争其所争，成王败寇，各安天命。谢林想到杜成峰之死是沈笑菲设下的连环计，也便了然了。

谢林离开后，高熙又顺着地道回到了太子府。杜昕言没有走，在宅院中直留到太阳落山才悄然离开。

谢林奉高睿之命保护沈笑菲，沈相却不领情，将谢林轰了出去，并锁了后花园的门，调来护院守着，严禁笑菲出府。在他看来，明帝随时都有可能驾崩，定北王不服气，势必会起兵作乱。太子之位已定，定北王的举动便是谋逆！这样的非常时期，还是明哲保身的好。高睿冷笑，倒是低估了沈相。幕僚张先生向他进言:"不如借机发难,从沈相开刀。局势混乱,才有利于我们。"

张先生在三皇子府中素有威望,高睿对他礼敬有加,听到他藏了半句话,不由得笑了:"一朝宰相竟是个沽名钓誉的伪君子,而且逼死杜成峰他也有份儿。父皇听到这些定会病上加气,朝廷的格局不乱也会乱了。"

"殿下英明!"

高睿沉思片刻道:"不行。父皇立了大皇兄为太子,沈相如今宁可拼到罢官,也不会投向我。这只老狐狸没准儿在圣旨下达时心就已经投向大皇兄了。本王留着沈相还另有用处。你吩咐谢林在相府外守着,一定要保护好沈笑菲,同时盯紧无双,如果她有异常或者敢擅自出府……擒下吧,不得伤她。"

"是!"

小楼灯光朦胧,但笑菲此时并不在房中,她独自坐在花园的秋千上,旁边矮树上挂着一盏灯笼。寂静的风吹过,她虽然披着厚厚的披风,却仍觉得有些冷。等了数日,她不相信高睿会真的不来理睬她,除非他不想要契丹的援助了。远处传来更鼓声,她轻叹了口气,有些失望。她跳下秋千,拢了拢披风,打了个哈欠,准备回去睡了。

"深秋天凉,菲儿若病了,本王会心疼的。"略带戏谑的声音从背后传来,笑菲眼睛一亮,缓缓转身。高睿一身深紫箭袖劲装打扮,立在灯笼投下的光影中,长身玉立,身姿矫健。她抿嘴笑了:"笑菲是笼中鸟,盼星星盼月亮地盼着王爷来。能等到王爷,别的又有什么关系?"

高睿走近她,温柔地说:"听说沈相把谢林赶出去了,还锁了后花园,我怎么能不来看你?"

"已近深秋,夜里天寒,王爷也要爱惜自己。王爷不到一个月就要娶丁浅荷了,笑菲能见你一面已经很满足了。"

一个温柔,一个体贴,二人相视而笑,像极了深夜私会的情人。笑菲不由得想起杜昕言偷入花园的模样,心头黯然,她温柔地低下头去,敛去眼中的异样。

高睿轻执起她的手说:"既然你好好的,我便放心了。答应你的事情,我一定会做到,不会让你在这里被圈禁许久的。"

他伴着笑菲走回绣楼,含笑望着她。笑菲上了几步楼梯,蓦地回过头来说:"谢林如果在府外守着,不妨去那个地方。"她的手指向后花园对面杜昕言买的小院，眼中闪动着算计的光芒。

高睿顺着她手指的方向看过去，月光下对面黑压压一片房屋的暗影之中，有株高出屋顶的大树。他眉心一动，这倒真是个观察相府后花园的好位置。

"还有呢，我偶然听到一个消息，有那么十来个官员在同一天进了星子湖边的同一座宅院。那座宅院就在太子殿下府邸的湖对岸。说来也奇怪，那天杜昕言去了太子府后就一直没有出来，结果，当天晚上他却从那座宅院的大门里走了出去。王爷，你说这事怪不怪？"笑菲慢条斯理地说完，看也不看高睿便折身上楼。手肘一紧，她就撞进了高睿的怀里，他低下头轻声在她耳边道："除了我，你还投靠了谁？"

笑菲笑嘻嘻地抬起头来说："王爷，我没投靠太子殿下就行了呗。笑菲不过结识了几个江湖上的朋友罢了。你看，我一听到这么重要的消息，就不顾天寒受凉一直在园子里等着你，对你还算忠心吧？"

高睿的眼睛里散发出危险的光，他捏着她的下颌抬了起来："你另攀高枝儿是想出卖我？"他的手缓缓移到她纤细的脖颈上，冰凉的触感让她感觉仿佛被一条蛇缠上一般。笑菲慢吞吞地说："殿下别忘了，我怕死得很，我还想要蛊毒的解药呢。"

"你以为你背后的势力真能威胁到我吗？"高睿眼中狠光乍现，手上用力，笑菲呼吸瞬间窒息，挣扎无用，她的脸憋得通红。

"嗖！"一支箭掠过高睿的身边，深深钉进了楼板中。箭身漆黑，箭羽墨黑，劲道未消，箭尾还微微颤抖着，发出嗡嗡响声。高睿放开笑菲，凝目望向箭支射来的方向，后背已吓出一层冷汗。此箭来得无声无息，如是对方设伏，自己断没有躲开的可能。能拥有这等好手躲在暗中护卫她，沈笑菲投靠的人会是谁？

笑菲大口地喘着气，待缓过气来娇笑道："惊着殿下了？殿下出我意料逼我服下蛊毒，我也惊了很久呢。我会继续帮你，殿下记得事成之后给笑菲解药便好。"

高睿眼神闪烁，唇边掠起笑意："不错，不枉我看重你。成交！菲儿，别乱动脑筋，你的蛊毒，全天下只我一个人能解。对了，我还差点儿忘记说了，此蛊曰双心，我活着，你才能活着，我死你便亡，杀我之前最好想清楚一点儿。"

他飘然消失在花园深处，笑菲腿一软，跌坐在了楼梯上。难道她要与高睿同归于尽才叫结束？她轻咬着唇烦乱地想着，却怎么也想不出一个好的办法来。

"小姐,你没事吧?"

笑菲抬头,嫣然手持弩弓蹲在她身边,目光中有着担忧。她咧嘴笑了:"我没事,只是在想高睿下一步会做什么。你不用出手的,他舍不得杀我,他还想利用我诱耶律从飞。照计划行事吧。"她站起身,温柔一笑,折身上楼。

嫣然目送着她走进房门,轻叹了声。

第十二章 京城大乱

今冬的第一场雪在十二月初一这天悄然到来,京城在漫天飞雪中显出一种紧张的气氛。明帝已五日没有上过朝了,由太子高熙监国,处理政务。定北王高睿于床前尽孝时请旨推迟婚期,明帝不允,着令礼部加紧筹备。太子高熙温和地看着高睿说:"也许一场喜事能让父皇高兴高兴,身体也能随之好转,三皇弟还是安心成亲吧。"

"但愿如此。"高睿的目光从高熙明黄的袍服上一扫,勉强地笑了笑。

既然想让他成亲后早日离京,那么,就如你们所愿吧。高睿望向北方,视线透过宫墙望得更远,他布下的棋该动了。

十二月初三,边境传来军情,契丹二十万大军压境。黄河水已结冰,不排除契丹大军会借机渡河南侵。朝会上,高睿上奏折请求领兵出战。

高熙望向杜昕言,见他摇了摇头,便明白了他的心思。让高睿领兵出战,河北东西路大军二十万人马就会落入他手,父皇也许连半个月都撑不到了,父皇一旦驾崩,高睿极有可能会马上兴兵争夺皇位。用成亲的理由留高睿在京城,他稍有异动就可以斩草除根。可是,他毕竟是自己的弟弟,难道真的要手足相残?高熙望向一班老臣,目光落在了沈相身上。

沈相心知肚明,太子殿下不方便说的话得由他来说了。他轻叹了口气,毕竟高熙是名正言顺的太子,是将来的皇帝,这个眼神投过来,就是要他当场做个选择了。沈相迅速在心中估算了下双方的赢面。太子殿下监国,掌有禁军三千人，京城都督却是定北王的亲信。双方在京师都有兵马。他又想起笑菲对他说过的话："定北王必败无疑，父亲莫要坏了自己的清誉，逆贼向来是没有好下场的。"他唯一舍不掉的人就是这个酷似亡妻的女儿。她聪明多智，特意叮嘱他的话比太子高熙看他的眼神还重要。

沈相当即出班奏道："如今皇上病重，一心想看着定北王成家。臣等也盼着定北王的婚事能冲冲喜，皇上一高兴，病就能去了。定北王还有几日便要成亲，万不可违了皇上的心意。再则今年雪来得早，契丹不过是想掠粮过冬，他们不会贸然南下的。我军北方战场良将素多，不一定非定北王不可。"

让他离开，他会握住二十万大军，成为自己的资本；不让他离开嘛，就是要他在京城刀刃相见了。前者会燃起战火，鹿死谁手，犹未可知；后者一旦成功，可省却连年战乱。但是，一旦失败，他若再想聚兵兴战，却会难上几分。高睿闲闲地站在金殿之上，等待着高熙来替他做个选择。

高熙抓住沈相的话顺竿儿而上："我朝兵多将良，三皇弟，你且安心准备你的婚事吧，不必太过担忧。众卿可有良将挂帅镇守北方？"

接到高睿淡扫过来的眼风，兵部王侍郎出班道："臣荐武威伯挂帅。河北东西路大军是武威伯旧部，且武威伯战功赫赫，常年驻守北方，作战经验丰富，契丹从没在他手中讨了好去。臣推荐武威伯挂帅领军，相信此番契丹必会像上次那般铩羽而归。"

丁奉年因杜成峰之事被明帝冷落，但他多年驻边抵抗契丹的确有功。以他对契丹人的了解和多年抗敌经验，的确是不二人选。可丁浅荷几日后就将嫁入定北王府，丁奉年手中掌握了河北东西路二十万大军的兵权与高睿掌握兵权又有何区别？高熙冷冷地看了眼王侍郎，暗骂好一条高睿的走狗，把这个人记在了心里。

朝中百官顿时分成了两派。太子党诸人以武威伯当日曾被契丹擒住为由，认为由他统率大军会再败。高睿的人则反唇相讥，历数丁奉年二十年来的战功。这时，众人突然听到杜昕言大声地说道："臣有本奏上。臣赞成武威伯掌帅印，臣愿随军前往！"

此言一出，朝中争论声顿绝。

杜昕言出班道："臣父获罪赐死，但他多年征战，一心想灭了契丹。臣愿上战场，还老父心愿，请太子殿下恩准。"

高熙松了口气,杜昕言前去定能控制住丁奉年。京城早已布置妥当,只要高睿手中无兵就不怕。高熙心定,把目光看向了定北王高睿。

高睿轻轻一笑,道:"臣弟附议杜大人。"

事情就这么解决了。

十二月初五,杜昕言随丁奉年离京奔赴北方。三日后,十二月初八,定北王高睿娶妃。

雪纷纷扬扬地下着,有心的人都会发现,这一日京城多了巡逻的士兵,城门处把守得也更严了。空气中飘荡着喜气,也有让人莫名紧张的情绪。

太子高熙因监国与处理政务已住进了宫中,但为了定北王大婚,他提前一天回到了太子府,准备携太子妃前往定北王府观礼。

武威伯府张灯结彩,热闹非凡。丁奉年的离开并没有影响到这场婚礼的喜庆。

大红洒金绣凤喜袍、珍珠金凤冠、玉底描凤绣鞋,丁浅荷望着铜镜中的自己晕生双颊,轻轻一抿胭脂,薄薄的双唇便染出一抹娇艳欲滴的艳丽。她对着镜子傻傻地笑了笑,侧过身问丁夫人:"娘,吉时快到了吗?"

丁夫人替她整理着霞帔,嗔怪地说:"快了,这就着急嫁了?"

"人家不过是问问罢了。"丁浅荷怎么也忍不住笑意,眼前又浮现出高睿温柔俊朗的脸。然而等到午时,却仍旧没有动静,丁夫人不免着急起来,打发小厮去看看迎亲队伍到哪儿了。不多时,小厮跌跌撞撞地跑进来,喘着气说道:"夫人,大事不好了,外面好多兵,京城都戒严了!听说定北王杀……杀进太子府了!"

丁浅荷吓得"噌"地站了起来:"你说什么?!"

小厮结结巴巴地又说了一遍,丁夫人呆立当场。丁奉年临行前曾告诉她,定北王迟早会反。她曾担心地问会不会在浅荷出嫁时,丁奉年还相当肯定地告诉她,不会。高睿手中没有兵权,在京城仅靠守城卫的两千人尚不能与太子府的一千卫军和三千禁军对抗。他去接管河北东西路大军,高睿一定会好好照顾她与浅荷的。可此时……丁夫人腿一软,坐在了椅子上,两眼无神,浑身直哆嗦,挣扎着从嘴里轻吐出一句话来:"老爷,他真的不顾咱们就反了啊!"

前面院子里又响起丫头、婆子的惊呼与刀剑声,转眼间冲进来几个蒙面黑衣人。为首的见着丁夫人，立刻抱拳行礼说："夫人，属下奉王爷之命，接你们去安全之处，这里太危险了。"

丁夫人心里又生出了希望，定北王没有忘记她们母女俩，只不过借这个时机瞒天过海罢了。丁家与定北王再也脱不了干系，她和浅荷只能跟来人走。丁夫人当机立断，抹了把泪镇定地说："好。"

听到这句"好"，丁浅荷仿佛才从梦里惊醒，她指着黑衣人大声问道："娘，这是在做什么？他，他真的杀进了太子府？你早就知道？！他不会来府上娶我，他只是借着这个日子，趁着太子出宫回府去杀太子？"

丁夫人急忙去拉她："你爹支持定北王，咱们就是一家人了！我们找你爹去。浅荷，咱们先走吧！"

"我不走！"丁浅荷摇头，她想起杜昕言隐晦的话，高睿难道真的是在利用她？为了她爹的兵权？为了二十万河北东西路大军？她步步后退，看着屋子里的两个黑衣人，她的脸色苍白至极。她猛地推开后窗一跃而出，嘴里大喊道，"我要去找他问个明白！"

她不顾身后众人的呼喊，提起红裙往马房跑去，泪水止不住地流下。皇上已经下旨定了太子，高睿为什么不满足做他的定北王？他瞒得她好苦！他让她欢欢喜喜充满了喜悦待嫁，等到的却是他兴兵谋逆的消息。忽然，耳边有风声掠过，一个黑衣人拦住了她。

"我不会走的，你们带我娘离开便是。"丁浅荷喘着气望着他。

黑衣人什么话也没说，伸手就来捉她。丁浅荷大怒，飞脚踢去。黑衣人武功甚高，转身就来到了她身后，手指在她的颈边血脉处略一用劲儿，伸手便揽住了晕过去的她，随后抱起她大步离开。

丁府前院宾客早已四散，内院只剩下仓皇无依的家仆，不知有谁喊了声："快跑吧！老爷与定北王谋逆了！"瞬间，哭声、脚步声零乱响起。半个时辰后，丁府已空寂无人，喜庆的红绸在寒风中默默飘扬着。

星子湖畔的太子府已被京城卫队重重包围，领兵的人正是京城都督王府臣。火箭射进太子府，里面离院墙稍近一点儿的屋舍已燃起了大火。一队士兵抱着粗木、喊着号子撞向了大门。王府臣狠狠一挥鞭："快！一定要在半个时辰内攻进去！"他偏过头，看向的却是星子湖对岸。高睿的计谋是攻击太子府，让高熙不得不借地道离开，而高睿则领着王府侍卫在地道尽头的宅院里埋伏等待。

皇宫方向也传来喊杀声，京城卫队正在与禁军交战。京城卫队有两千人马，皇宫禁军有三千人，京郊二十里外还有忠于皇上的虎卫营三万人。但京郊虎卫营接到消息赶来需要时间，攻下关闭的城门也需要时间。京城卫队用一千五百人缠住了禁军，为了皇宫安全，禁军不会离开。前往定北王府贺喜的百官已被高睿的两百家臣控制。京城卫队的另外五百人则趁机围攻太子府，与守卫太子府的禁军和府中侍卫缠斗着。

清晨时分，城门四闭，太子府四周的街道戒了严，消息无法传递。太子府不知道进攻的京城卫队究竟来了多少人，火箭引发的大火逼得高熙不得不做最坏的打算——尽早从地道离府，躲进皇宫中，倚靠皇宫高大的宫墙和禁军的支撑，等待虎卫营前来救驾。

地道狭窄，高熙从地道离府最多只能带上贴身侍卫。高睿便选了一百名精锐埋伏在星子湖对岸的宅院里，撒网以待。在这一切的算计中，最重要的就是时间。只要高睿擒杀了太子高熙，以百官为要挟逼宫，油尽灯枯的明帝将毫无办法。

粉墙乌瓦的二进院落占地只有半亩。院落虽不大，但胜在风景好，不知情的人会以为这里是哪个大户人家观景消夏的别院。笑菲把那个消息告诉高睿后，他就遣人悄悄来观察，但并没有看到杜昕言或朝中大臣出入。

宅院独门独户，只有个守门的老头儿，姓何。他每隔七天会上街采买七天的用品，每隔两天会出去遛一个时辰的马，平时都规规矩矩地待在宅院里足不出户。幕僚张先生担忧地说："王爷，在京城府衙登记簿上，那座宅院的主人叫王大通。京城里所有叫王大通的人都查过了，无人能置得起这样的宅院，但也不排除是外地富商在京城置的别院。小的还是担心沈笑菲在使诈！她身中蛊毒，应该恨王爷入骨，怎么可能会提供这样的消息？"

高睿沉思了会儿，说："据当年建太子府的工匠透露，芳汀建造时不准普通人接近，工匠是由杜成峰亲自抽派，建成后那批工匠就一个也找不到了。沿芳汀与宅院的方向也找到了隐藏在沙洲中的通风口，地道的确存在。老何养的马是来自契丹草原的名种马，普通富户难得养一匹，他却养了两匹。养马当然是为了逃命方便。本王叫你查遍了京城所有叫王大通的人，却没有一个有能力养这样的马，置这样的宅院。他们以为京城几十万人，本王不会用这种笨办法，偏偏笨法子却查出了端倪。这么多巧合加在一起，本王可以肯定，太子府通往外界的地道出口就在这里。至于沈笑菲投靠了什么人，我暂时不敢肯定，但是杜成峰的死让杜昕言恨她入骨，所以她断不会投靠大皇兄的。再则，她也不敢让我去送死，我让她服下的是双心蛊。"

听到双心蛊，张先生的脸上露出了笑容，心中也松了口气，他却又不解地问道："王爷为何这么看重她？"

高睿笑道："耶律从飞能重兵压境，和本王有交易不假，不过他对沈笑菲念念不忘却也是真。留着她，好与耶律从飞谈价钱。"

"无论如何，王爷还是小心为好。杜昕言跟随丁奉年北上，我估计杜昕言会对丁奉年下手。这一计抛出丁奉年诱走了杜昕言，太子少了他这个助力，在京城的实力会大打折扣。"

高睿自负地笑了，眼中烟波乍起。他没有对张先生说出自己的全部计划，他相信，他的计划必无遗漏。

湖对岸，太子府火光冲天，风中隐隐传来喊杀声。

宅院外是僻静的小道，对面有座小山坡，坡下坡上都是浓密的树林。距宅院最近的树林在三十丈开外，高睿和他的一百名精锐都披着白色的披风，静伏在宅院外的树林中。远望去，他们与地上的白雪融成了一体。

宅院的门终于开了道缝，老何探出头来四处张望了一番。高睿眼里露出兴奋之色，悄悄做了个手势。过了片刻，大门打开，从里面走出了身穿明黄袍服的太子高熙，他被几名侍卫拱卫着。老何牵出了两匹马来。正当侍卫欲扶高熙上马时，林子里忽然响起一声呼哨，弩箭便"嗖嗖"射出。

"有埋伏，护驾！"

"太子快走！"侍卫们抽刀拨开箭支大喊着。

此时林中劲弩的机栝声不绝，高熙躲在侍卫与马后根本没有机会上马。

高睿见状，这才冷笑着与一百名精锐呼喊着从树林里奔出。他瞄准了马后的高熙，张弓搭箭直射高熙。箭似流星，却被一名侍卫发现，挡在了高熙身前。

也就这眨眼工夫，高睿的人马已将他们围在了宅院前。高睿身穿银色锁子甲，英气勃发。他大笑着走近，指着高熙道："大皇兄，城门已闭，禁军也被我的人牵制在皇宫中，无暇顾及其他，你觉得你还能逃进皇宫等到虎卫营前来吗？"

高熙叹了口气,盯着高睿说:"父皇已封你为定北王。今日本是你娶王妃的吉日,如果你北上,安分地做你的定北王,孤不会做出兄弟相残之事。"

高睿"噗"地笑了:"咱们兄弟俩为了一个太子之位相争多年,你觉得区区一个定北王能安抚得了我吗?如果大皇兄真的准我做一世定北王,为何不敢让我带兵出征抵抗契丹?不就是想用成亲的名义留我在京城?昕言摆出一副子承父业的姿态请旨北上战场,他不就是怕兵权落在丁奉年手中为我所用?我若是乖乖听话成亲,恐怕就再也去不了大名府了。父皇撑不了几日了,是你们逼我动手的。"

"逼你?逼你与契丹做交易?!你明知道契丹对我大齐虎视眈眈,你竟与契丹勾结,让契丹重兵压境,好助你夺取河北东西路大军兵权。三皇弟,你这是在引狼入室!"高熙想起这点就气得发颤。

对于与契丹合作,高睿并不觉得是引狼入室。他和笑菲一样,先利用了再说。等他登基,他自会发兵与契丹相抗,可如果夺不下皇位,连命都会无法保住。他轻摇着头说:"想必父皇也在等着,等着看能够踏入皇宫去看他的人究竟是谁。大皇兄,成王败寇,如我败了,你要杀我,我绝无怨言。你是自尽,还是要我动手?"

高熙看着他,眼中露出了奇怪的表情:"鹿死谁手,犹未可知。三皇弟,你真的相信我已中了你的埋伏了吗?"

高睿皱了皱眉还没说话,忽然听到林子里有异响。他的反应何等迅速,知道自己中了埋伏,身体一低,已向高熙冲了过去。擒贼先擒王,只要高熙在手,他就大功告成了。

却在此时,宅院墙头突然冒出人马来,对准高睿直射。高睿被逼得往后速退,林中的箭又直射他后背。高睿腹背受敌,扯过一人挡住,回头一看,林中已拥出无数披着白披风、身着白衣的士兵,这些士兵同他的人马一样也做了伪装,一定是在他设伏之前就已经在山坡上埋伏好了。他带来的精锐前后受到夹击,被围困在树林与宅院之间的空地上。

顷刻间,高熙被护卫们护着退回了宅院。院门关闭的刹那,山坡上、树林中与宅院里同时爆发出欢呼声。高睿心中暗恨,大喝一声:"冲出去!"

高睿在手下精锐的护卫下,边打边逃。老俞养的两匹马已被放开缰绳跑到了一边,高睿正好杀近,便一跃而起,击落几支长箭后,翻身上马疾驰而去。

"沈笑菲，原来你暗中早投奔了高熙！我居然看错你了！你居然不怕死？！"他咬牙吐出了这句话，马已载着他飞快地离开了星子湖畔。

垂柳积雪，雾凇反射着阳光。马蹄声疾，高睿此时只想赶到下一个会合地，将来他与高熙便只能在战场上再见了。

湖畔空寂无人的道旁立着一队人马。阳光照在长槊雪亮的刃上，天地间一片肃杀。

高睿一勒缰绳，马蹄扬起，长嘶停住。他看着前方的人道："呵呵，好，好一个杜昕言！你竟然从军中悄悄返回了！丁奉年呢？"

杜昕言穿着黑色软甲，懒洋洋地笑了笑，从身旁军士手中接过一个方盒抛了出去。盒盖砸开，滚落出丁奉年的人头。他淡淡地说："出发当日，我在城外三十里处便砍了他的人头，还杀尽了护卫他北上的三百亲兵。我想，契丹是不会南下的。就算南下，驻防在边境的河北东西路大军也不会傻着非要等朝廷的统兵元帅到了才开打。你想让丁奉年接手二十万大军，可惜他的那些老部下连他死了也不知道。朝廷派他前去统率大军的消息是不会传到保定了。"

高睿沉默了会儿，问道："你怎么知道我会在地道出口处设伏？"

"几年中，我送进三皇子府的间者无一能活，但是潜进去的还活得好好的。"

高睿眸子一冷："是无双？"

杜昕言摇了摇头道："是谢贵妃送给你的护卫，你遣去护卫沈家小姐的谢林。"

"不是谢林。我正因为疑他，所以才遣他出府，他并不知道我的计划。"高睿断然否认。

杜昕言松了口气，看来他没有估计错，高睿府中有的是好手，局势骤变之时就把四大侍卫之一的谢林派去保护沈笑菲，一定是对谢林生了疑。他现在只有靠无双找到高睿潜伏的力量了，可他在冲进定北王府时并没有找到无双和那些潜伏的力量。他到现在都还不知道高睿把无双送去了何处。高睿一定是另有安排。

杜昕言笑了，道："你还是厉害，竟对谢林都生了疑。照理说他是你谢氏一族的人，还是你开府时，谢贵妃精心挑选出来给你的，应该不会被你怀疑才是。说实话，是昨晚有位神秘人把你要在星子湖畔设伏的消息送了来。为了引你出来，我们便将计就计。"

不知为何，听到不是无双，高睿心情不禁大好，一个人面对这么多士兵竟没有半点儿害怕的感觉。他俊美的脸上、一双眼眸中都盈着笑容。

不是无双，他怎么会不知道呢？地道是沈笑菲提醒他的，以她的聪明，她早料到了他会使计逼高熙走地道，然后带兵在外设伏。这个心似海底针的女人，他怎么能因为她服了蛊就对她放了心呢？高睿呵呵笑道："想不到沈笑菲对你如此深情，竟不惜以命相搏。杜昕言，有时候我不得不佩服，你的运气真的不错！"

杜昕言皱了皱眉头，不明白高睿怎么就扯到了沈笑菲的身上。他想起这个女人就咬牙切齿："多亏你叫谢林去保护她，我一定会让她活着落在我的手中！曾记得春郊赛马，王爷道江山、美人一个也不会放弃，我当时就劝王爷放弃王位，得美而归。如今竹篮打水一场空，都是贪欲惹的祸！"

高睿目光一闪，难道杜昕言真不知道是沈笑菲帮的他？"废话少说，看你是否能擒得住我了！"

杜昕言不屑地撇了撇嘴，手一挥，身后士兵纷纷亮出劲弩，根本不给高睿半点儿决战的机会，机栝在他挥手时瞬间按下。短弩射程近，杀伤力却强，高睿骑马离他们不过十丈远，如不出意料，眨眼工夫他就会被射成刺猬。

听到箭破空发出的劲气声，高睿身体一翻将马横过，人就躲在了马后，他提气大吼道："沈笑菲，你还不出来！"

瞬间，高睿与杜昕言之间爆开了团团浓白烟雾，方圆数丈之内，伸手不见五指。

杜昕言微微眯了眯眼，怒气汹涌而出，又是沈笑菲！"放箭！"待他察觉烟雾无毒，只是混淆视线后，立刻大声下令，同时闻声辨形，弓开如月，射向了高睿。一时之间，箭破空之声密集如雨，高睿骑的那匹马哀叫数声，就再没了声响。

风吹过，雪花乱拂，浓烟渐淡。湖畔柳径上现出被射成刺猬似的马儿，凌乱的箭支横七竖八地插在雪地之中。高睿却不见了踪迹。一道黑影飞快地在前方闪过。杜昕言顾不得招呼士兵，纵马就追。

绕过一片树林，杜昕言看到一个黑衣人持剑站在湖边，竟似在等着他一般。见他骑马靠近，黑衣人缓缓拉下面具，面带苦笑道："他逃了。"

杜昕言看清他的面目后倒吸了一口凉气，心里震惊无比："子浩，是你？"

卫子浩无奈地说道："城门虽闭，但高睿显然还备有后着。他在军中并不仅仅依靠丁奉年一人，今日起事，必有将士追随，只是不知道他的巢穴设在了什么地方，唯今之计……"

"住口！你为何要帮他？"杜昕言大怒，他本来可以将高睿杀了，永除后患，不承想，竟杀出一个卫子浩来，他"噌"地拔出了腰间的青水剑，"子浩，你在逼我杀你！你忘了你的家仇了吗？高睿一走，势必燃起战火，让我如何向天下百姓交代？"

卫子浩狡猾地没有回答，目光中带着一丝得意，浓眉下的大眼笑得像才偷到几两碎银子的贼："昕言，如果不是我透露高睿会在星子湖畔埋伏的消息给你，你还能打他个措手不及吗？"

神秘人是他？杜昕言又是一惊，越看卫子浩，越觉得他陌生。他是如何知道高睿的计划的？他为什么要放走高睿？难道他没有家仇？不可能！

杜昕言早就调查过卫子浩。江南谢、柳之仇，他查得清楚明白。大团大团的迷雾从他心中飘起，他平静地道："不管如何，你当知道放走定北王的后果。战火燎原，将士浴血，百姓遭殃。哪怕你有天大的功劳，也不能抵消。"

卫子浩长叹，收起剑，苦笑道："小杜，不是我！我是追着另一个黑衣人到此。你觉得我真的会放走高睿？你若是不信，那我也实在没有办法了！"

杜昕言看了他良久，也收起剑来。雪飘在脸上，他头脑无比清醒。不是卫子浩，又会是谁？他慢吞吞地问："你怎么会知道高睿会在星子湖畔设伏？"

卫子浩笑了，道："沈小姐透露给他消息，让他知道宅院有地道通往太子府。她料到定北王一定会利用这个机会。"

杜昕言哼了声："你几时成了沈笑菲的走狗？她又想使什么诡计？"

"昕言，如果我告诉你，沈笑菲是与我定有盟约，在三年前她是故意接近高睿的，你相信吗？"

杜昕言再次震惊，他喃喃地念着笑菲的名字，心里的疑团更多了。卫子浩和沈笑菲定过什么盟约？沈笑菲凭什么要帮卫子浩？她现在还在相府吗？

"依你看来，刚才你追的那个黑衣人是何人？"

卫子浩似也很迷惑，想了想道："我看身影很熟悉，像是一个女人。"

"沈笑菲？！"杜昕言脱口而出后就觉得不是，因为沈笑菲一点儿武功都不会。

"不是她,我只是瞧着眼熟,我也想不明白。"

杜昕言想起箭射出时高睿吼出的那句话,他叫的是沈笑菲的名字。照卫子浩的说法,笑菲是站在他们这一边的人,因此才出卖了高睿,那她就没有理由去救高睿。是高睿恨极了她的出卖,故意引他们入歧途吗?

杜昕言突然问道:"她人在哪儿?卫子浩,亏我把你当朋友,太子殿下当你是心腹,你原来另有计谋。说出沈笑菲的下落,否则我就当你是救走高睿的人!"

"朋友?心腹?你难道没有防备我?一点儿也没有吗?"卫子浩面不改色地盯着杜昕言的眼睛,见他移开眼,蓦地笑了,"沈小姐捉弄你,她是从我这里得到的消息,难道你没有故意泄露行踪让我知晓?你明明有切金断玉的宝剑在手,却甘愿被她网住勒索钱财。你明明认出了撑船女是无双,却仍放心被她迷倒。你明明知道以我的身手不可能掳走丁浅荷,她那么快就被人救走了,但你还是去了江南……"

"别说了!"杜昕言想起江南就想起父亲之死,他冷冷地看着卫子浩说,"就算她为太子殿下立下再大的功劳,她也是我的杀父仇人。而且,就凭高睿叫她出手救他,她就脱不了谋逆的嫌疑。你还是老实告诉我她的下落,否则,我现在就拿你是问!"

卫子浩眨了眨眼,苦笑道:"我还没活够呢。既然打不过你,我跟你走好了。"

见他识相,杜昕言哼了声。卫子浩收了剑,往前走了两步,边走边说:"昕言,你怀疑沈笑菲,难道不觉得奇怪吗?她要救高睿的话,何必又出卖他?"

"不合常理!"

"所以,我看你还是弄清楚了再说,别冤枉了她。"

杜昕言皱了皱眉,只要上报沈笑菲有重大嫌疑,就能定她诛九族、处极刑的大罪。不上报就是欺君,她还定计害死了父亲。他再一次咬牙切齿。也就在他思索的瞬间,身后有风声掠过,他腰间的宝剑已往后急刺。只听到水花溅响,湖中一圈涟漪荡开,哪还找得到卫子浩半片衣角?杜昕言盯着湖水眯了眯眼,喃喃自语道:"很好,跑了。跑得了吗?"

追着他而来的士兵此时也已经赶到了,杜昕言冷声下令:"通缉沈笑菲,找谢林来见我!"

一队士兵领命而去,杜昕言站在湖边半晌不语。

他焦急地思索着，高熙此时应该已平安地进了皇宫。高睿事败逃走，京城卫队见大势已去，肯定会缴械投降，虎卫营差不多也该赶到了。京城大乱，需要迅速平息。高睿的朋党要马上缉捕，都察院的人在京城动乱开始之时就已经分散到各个大臣的府邸待命。还有丁浅荷，她还在府中吗？今天应该是她成亲的日子。杜昕言心头一紧，他该怎么面对她？

"去皇宫！"他翻身上马，沉声下令。

残阳晕黄，白茫茫的雪地被覆盖上淡淡的暖意。

太子高熙跪于金殿之中痛哭失声。龙椅上端坐着身着明黄团龙袍服的明帝，他双目微睁，已驾崩多时。明帝在京城卫队进攻皇宫的时候，撑着一口气，下旨杀了谢贵妃。他穿戴整齐后坐在金殿中督军，直到耗尽了最后一丝生机。

明黄龙袍上还有明帝吐出的斑斑血迹，他微睁着双目似在等待，等待最后的胜利者走进金殿，从他手中接过皇位。他会看到太子高熙或是定北王高睿，但无人知晓他等待时的心情。

"太子殿下请节哀，容老奴宣百官上殿接旨。"哭得双目充血的总管太监秦福低声说道。高熙点点头，搭着内侍的手站了起来，迈步走近龙椅旁，合上了明帝的双目。

国不可一日无君，夕阳沉入地平线的时候，新的帝王正式登基。高熙改国号为宣景，大赏功臣，封杜昕言为安国侯，下旨国丧二十七天，同时缉捕定北王高睿及其谋逆乱党。

仅一日，太子府前、皇宫宫门前的血污尸体、残箭断刃又被新雪覆盖。

全城戒严，肃清高睿乱党，百姓关门闭户，雪下得更急了，簌簌如雨，京城冷清得像座空城。

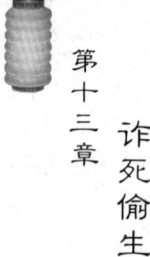

第十三章 诈死偷生

　　星子湖畔的宅院中，沈笑菲裹着白狐大氅、捧着手炉，坐在廊下赏雪。院子里的一株蜡梅开得甚是热烈。廊下小火炉烧得一锅雪水翻滚，珍珠般的水泡"咕噜噜"成串地泛上水面，隐隐透出沁寒芬芳来。

　　嫣然提着水洗着壶，不满地嘀咕道："小姐让我收集梅花雪沏茶，这一早上好不容易才收集了一壶，却要泡给那个臭老头儿喝，真不知道小姐是怎么想的。"

　　笑菲眨巴着眼，笑道："全城戒严，咱们占了他的房子，给他点儿好处，咱们不吃亏。"

　　她们现在待的地方正是有地道通往太子府的那座宅院。高熙进宫之后，对岸的太子府也就搬空了。老何一人还留在这座宅院里，笑菲觉得全城最安全的地方莫过此处。在高睿谋逆的前夜，她携了嫣然悄悄逃离相府，在这附近躲着。

　　卫子浩放走高睿之后返回宅院，擒住了老何，笑菲主仆二人便堂而皇之地住了下来。

　　中蛊毒之事，笑菲没对任何人讲。她心里明白，高睿逃走后必起兵争夺帝位，她是不可能等到高睿活着给她解药的。明年秋天，蛊毒就会发作。她好不容易借着城乱跑出相府，沈相这个父亲，她不想再理会，宣景帝是要用他还是要罢黜他，都与她无关了。还有不到一年的时间，能逍遥于江湖也不错。世间擅蛊者多居南蛮，也许她可以去一趟，碰碰运气。

　　嫣然叹了口气说："小姐，嫣然不明白，小姐为什么要我去救定北王一命？

这是谋逆的大罪啊！其实不需我出手，定北王的护卫早先我一步救走了他。现在小姐只需告诉杜公子，他爹是你救下的。以杜家今日的功劳权势，小姐还有什么心愿满足不了的？"

黑衣人是嫣然，她还没来得及出手，就看到高睿被救走了。她此时才有机会问笑菲。

"他恨我又如何，不恨又如何？嫣然，难道要你家小姐巴巴地上门去澄清？咱们好不容易才离开相府，趁着京城大乱，最好让我爹以为我死了才好。茶给我，我亲自送去，咱们能不能躲过盘查，没准儿就靠他了。"笑菲没有告诉嫣然原因，起身端起茶，进了前院的一间厢房中。

嫣然叹了口气，小姐就是心思重。她有些黯然地想，小姐还是信不过她吗？

老何没有武功，他是杜成峰当年招揽来修地道的巧匠之一。当时契丹侵犯边境，他被掳走，是杜成峰救了他。他的家人都死了，他便跟在杜成峰军中，当了个马倌。杜成峰认为，一个有武功的老人容易被人发现端倪，而老何无依无靠，熟知地道且无武功，让他做宅院的看门人最合适。所以，卫子浩折回后轻易地就擒住了不会武功的老何。

笑菲亲自送饭和茶给老何，嫣然不满她这样侍候老何，她却是想从老何嘴里多听到一些有关杜昕言的消息。老何对她也颇为好奇，不知道她是卫子浩的什么人。

"老何，卫子浩本来说懒得把你锁在厢房里，想给你服下毒，走时再给你解药就行了。不过我却认为，你拼着中毒身亡也会去告发我们，所以，只好委屈我每天送茶送吃的给你了。"笑菲坐下倒了杯茶，笑眯眯地看着老何。

老何哼了声，暗骂了无数声"臭丫头"。卫子浩突然出手让他措手不及，他万万没有想到，杜昕言的好友会对他出手。那日召集众人在庭院聚集时，里面就有卫子浩，他应该是忠于宣景帝与杜昕言的人，难道眼前这个鬼精灵的丫头是皇上与公子要找的人？她会是谁呢？老何脱口而出："丁姑娘，你其实不用怕。你爹谋逆，你并不知情，皇上和公子一定不会责罚你的。"

沈笑菲暗中笑破了肚皮，她真佩服老何的想象力，干脆就让他误会好了。她轻咬着唇，眼圈儿都红了："全天下的人都知道我爹和定北王谋反，还知道我是定北王妃。我怕皇上会杀了我。唉，我也不想去找高睿。我娘已经出了城，我要去找她，再找个安宁的小山村侍奉她老人家。卫子浩救我、藏着我已经犯了重罪,老何,我不想伤害你。你让我和嫣然在这里躲上几日,等城门开了,我们就走!"说着她竟真委屈地落下泪来。

老何想起丁、杜两家的交情,也不胜感慨。眼前的沈笑菲娇小瘦弱,肌肤白皙,两眼微微泛红,一滴泪在睫毛上颤了颤,"噗"地落下,看得老何心疼。把笑菲认成了丁浅荷后,老何变得亲切了许多,他低声劝道:"丁姑娘,你不用担心。老早以前我就听老杜大人提过,你和公子青梅竹马。公子何许人物?这么些年除了你,从来没见过他对别的女子上过心。他心里只在意你一人,他绝对不会杀了你的。你爹是你爹,你是你,皇上与公子是什么情分?看在公子的金面上,皇上也不会为难你的。"

他好心的劝说却刺得笑菲难受,她摇头苦笑道:"老何,你不明白的。我爹谋逆,他会杀了他,我怎么还能……"说着她掩面奔出了房外。出了房门回到内院,笑菲狠狠一脚,踢在了梅树上。树身颤抖,兜头兜脸落了她一身的雪,惊得嫣然站起身呆呆地看着她。

"丁浅荷,我放过你……我凭什么要救你!杜昕言,你给我记好了,记好了!"她说着,眼泪"唰"地流了一脸。

服了蛊毒还不忘以琴声招来卫子浩,当着高睿的面,冒险在红叶上掐出信息,让卫子浩偷偷联络成敛,暗中救下杜成峰。她不顾性命设计高睿,卫子浩若去晚一步,自己就和高睿同归于尽了。她怎么会做出这么多蠢事?!她不是信奉"人不为己,天诛地灭"吗?她不是为了私利,连家国都敢出卖的人吗?她不是连父亲都可以狠毒地出卖吗?到最后却还是蠢得弃了性命!笑菲蹲在梅花树前哭得撕心裂肺。

嫣然不知所措地蹲下来陪着她,她往嫣然肩上一靠,边哭边咬着牙说:"嫣然,我中了高睿的蛊毒,我想活,我不想早死。我知道这是谋逆重罪,却还是用盟约逼着卫子浩出手救也,也许外面已经在缉捕我了,等避过风头咱们就走,我再也不要见到京城里的任何人了!"

蛊毒?嫣然吓了一跳,见笑菲哭得伤心,一种心疼油然而生。她五年前入了相府后,便把一切都看在了眼里,沈相的变态绮念、笑菲的心事,她都了如指掌。她猛然明白笑菲为什么要她出手去救高睿了。嫣然倒吸口凉气,好在当时高睿被下属救走,否则,若她犹豫半分,小姐的命就保不住了。她心酸后怕,跟着笑菲一起落下泪来。

卫子浩提着东西悄悄翻入了宅院，当看到主仆二人在梅花树下抱头痛哭时也吓了一跳："出什么事了？"

笑菲抹去泪，不肯让他看到自己哭红的眼睛，她咬着唇问道："丁家母女可安全？"

卫子浩笑道："安全。今天才第三天，城门还查得严。高睿脱逃前大呼让你出手救他，小杜为此下了海捕文书，全城通缉你。"

他的目光似有似无地从嫣然脸上飘过。那种迷雾只有昙月派的人才会使，卫子浩怀疑自己看到的那个黑衣人就是嫣然。他没有继续问下去，他下意识地觉得，沈笑菲还有事瞒着他。

高熙与高睿争太子位，为了让朝中大臣相助，两人都欲拉拢沈相。沈相立场中立，卫子浩却觉得只要找到沈相的弱点就可以拉拢他，于是在五年前遣了嫣然入府，当了沈笑菲的侍女。嫣然在其后的两年中传出来的消息令他震惊：写《十锦策》的人是沈相十三岁的女儿沈笑菲，清流一派中颇有名声的相爷居然变态地爱上了自己的女儿。

卫子浩抓住了这个机会，他只告诉笑菲两件事：她不可能向世人揭露自己父亲的变态畸恋；她想要脱离父亲，必须找位高权重者相助，而两位皇子都不是良盟。沈笑菲在得知他的身份后答应与他结盟，但提了两个条件：要嫣然对她效忠，成为她的护卫；事成之后由昙月派安排她成功脱身，得到自由。

听到杜昕言全城缉捕自己，笑菲有些黯然。她早就料到会是这样一个结果，为什么还会感到难过呢？她展颜笑道："等他知道自己的父亲没死，就不会这样恨我了。我若是要救高睿，何必又出卖他呢？"

卫子浩暗道，他也很想知道为什么。他若有所思地看着笑菲道："既然如此，小姐为新皇登基立下汗马功劳，何苦还要躲着小杜？"

"当然是不想再回相府了。你要我做的，我已经做到了。为高睿出谋划策三年，最后出卖了他。卫子浩，你以昙月派教主之名与我定盟，该是你实践诺言的时候了。"笑菲用如蓝天一样纯净的目光看着卫子浩，仿佛救高睿一事真的与她无关。

"沈小姐，真的只有诈死、隐姓埋名这一条路吗？江湖险恶，危机重重，你不过是一个弱女子，何不留在京城安享富贵？以你立下的功劳，相信相府再也不能困住你了！"

笑菲望着天微笑着,她不想让杜家报恩,她不想再回到相府见到让她恶心的父亲。还有不到一年的生命,她凭什么要委屈自己?

"你难道还信不过嫣然的武艺和才能?无双在府中两年多,也没有发现嫣然懂武艺。有嫣然在身边,我不担心。"

嫣然抿嘴一笑,她在府中装成个憨笨的丫头,连无双都被瞒了过去,这份忍耐比她的功夫还要好。无双虽是卫子浩的亲妹妹,但并不知晓她也是昙月派护卫。嫣然笑道:"教主,你要我进相府收集情报,我已经做到。嫣然从此只对小姐效忠,和昙月派再无关系。不管小姐去哪儿,嫣然都会护她到底。"

卫子浩的眼中有一丝寒芒闪过,随即消失,他"呵呵"地笑道:"既然小姐心意已定,子浩这就去安排小姐诈死一事。"他转身欲走时,忽然听到笑菲淡淡地说道:"卫教主,还有一事,笑菲想与你说明。"

他回过身,笑菲看似单纯无辜的脸上浮起一丝算计。雪簌簌地落下,她弹开肩上的浮雪,轻轻地笑了:"还记得我给你杜昕言的令牌,让你调江南都察院暗使杀尽的那窝水寇吗?你以为是让我取得高睿信任的一步棋?你错了,我早与契丹王有勾结,江南贡米案一石二鸟,不见踪影的粮食并没有卖掉,而是由这窝水寇送给了契丹!万一高睿赢了,契丹就是我的最后一张牌。你说,杜昕言与皇上若知道是你拿着杜昕言的令牌杀了江南水寇,他们会如何处置你?天大的功劳都会因为与契丹勾结变成死罪!"

卫子浩身体一颤,深悔当日杀水寇时没有留个活口问个明白。他只当水寇凶恶,本就该杀,只当是让沈笑菲取得高睿信任的棋,没想到沈笑菲在借刀杀人灭口。

笑菲眸光一转,脸上浮现出浅浅的笑容:"卫教主胸怀大志,笑菲不能指责,笑菲所求只不过是诈死埋名、远走高飞罢了。"

沈笑菲难道看出了他的心思?卫子浩盯着她猛然觉醒,眼前这个柔弱女子是写出《十锦策》这种安国定邦锦绣之文的人,她怎么可能不为自己设后路?他沉默片刻后,哈哈大笑道:"昙月派定下血盟后不死不休。子浩当初要求小姐以相府千金之尊接近高睿替我做间者,是搭上了小姐性命的危险之举。小姐做到了约定之事,子浩也当履约!从此咱们两清!"

等他走后,嫣然才出声问道:"小姐信不过他?教主不会毁掉昙月派的百年声誉。"

"嫣然,我看到了他眼中的野心。你还记得耶律从飞吗?当时我送他出京城时,我看到了他眼中毫不掩饰的欲望。定北王必会起兵造反,契丹也一定会借机入侵。朝廷内忧外患之时,一定会想办法和契丹达成合议。我担心的是,如果耶律从飞要人,卫子浩会为了他的野心,将我交出去。所以,离了京城,咱们一定要避开昙月派的耳目。"笑菲回望了一眼嫣然,轻叹了口气道,"嫣然,如果我所料不差,卫子浩一定不会甘心当一个为他人训练护卫的教主。"

嫣然大骇,问道:"你是说他会出卖昙月派?"

"他会把昙月派变成皇上的昙月派!只为皇上训练护卫。"笑菲长叹了一声。

嫣然想了想,笑道:"我已经不用听命于他,我现在只是小姐的护卫,管不了那些了。只是嫣然不明白,以小姐的功劳,以救命恩人的身份出现在杜公子面前又有什么不可以?小姐对他已是相思刻骨,若他感恩,自当娶了小姐,让小姐从此摆脱老爷……"

"别说了!那禽兽每每趁人不在时,就对亲生女儿动手动脚,行不轨之举,我就恨不得杀了他!只要一想到要在人前装出孝顺的模样,忍气吞声地叫他父亲,我就恶心!"笑菲厉声喝止了嫣然,却掩饰不住伤心。若非有这样的父亲,她又何苦卷进风波中来?

她眼里浮起水雾,拉着嫣然的手低声道:"我知道你想替我杀了他,但他毕竟是我的父亲,我可以弃他、恨他,却不能背负手刃亲生父亲之罪。你伴了我五年,咱们情同姐妹。如今我既得自由,便想出去走走,看看这花花江山。你虽然对我效忠,可你若不想留在我身边,我不会勉强于你。"

嫣然"咚"地跪下,眼中有泪光闪动:"嫣然本是一个孤儿,十三岁来到小姐身边,已将小姐当成唯一的亲人,嫣然绝不会弃小姐而去。"

笑菲仰天笑了:"好,好!我沈笑菲终于不是独自一人了!"

京城悦来酒家。

京城大乱,又是国丧,京城酒肆几乎全都关门歇业了。掌柜住的后院厢房中坐着两个人。粗眉大眼、气宇轩昂的是卫子浩,另一人却是瘦长脸、相貌清秀的谢林。卫子浩手摊开,露出一块玉牌。玉牌上刻着云层如涛,新月隐现,正是昙月派教主的信物。谢林验过之后,默默地单膝下跪:"得见教主,谢林很为难。"

"昙月派百年来都为人作嫁，培养出的护卫对人效忠后，从此就与昙月派再无关系。我知道杜昕言下令格杀我，所以你很为难。我不怪你，起来吧。"卫子浩将杯中酒一饮而尽。谢林站起身，望着他说："身为昙月派的护卫还须记住一点，除对自己尽忠的主子，教主可让护卫做一件事。教主找到我，想让我做什么？"

卫子浩笑了，道："我要你做的事情很简单，确认沈笑菲与她的婢女嫣然已身亡。这件事由你来做，杜昕言绝不会生疑。"

"是！"谢林没有问为什么，做完这件事，他就与昙月派再没有关系，除非他违背教规背叛杜昕言。

卫子浩伸了个懒腰，站起身欲走，突然听到谢林道："沈小姐告诉定北王，要我在公子买下的小院中守护她，是教主告诉沈小姐我是杜公子的护卫？"

"她要走，你留在府外守着不方便。待在那棵树上，就看不见花园的另外一角，方便接她离开。城乱那日我有要事在身，没办法分身与你联系，接她的人不是你的对手。"

谢林眼中精光一闪："若是当日被我发现了她要逃呢？"

卫子浩淡淡地回答："不是对手不等于杀不了你。"

谢林没有再问。

"什么？"杜昕言拍案而起，厉声喝问谢林。

"沈小姐估计是想和婢女从绣楼后面的院墙逃出府去，在墙头上发现了用床单结成的软梯。谢林自知有负公子所托，便跟着痕迹找寻。这两日雪下得厚，所以到今日才在城中的小巷里发现了她们。估计是出府当日城乱，她们遇上了匪徒。现场有挣扎的痕迹，婢女是撞墙而死的，沈小姐被……死状甚为惨烈！"谢林低声回答着。

他接了任务后，正巧在小巷中发现了两具女尸，看穿着打扮是青楼女子，一女一仆。身形与笑菲和嫣然相似，估计遇到了趁乱打劫之人。女仆满头鲜血，乃是撞墙而亡；另一女子衣衫凌乱，是被强暴后掐死的。估计两人在反抗时被打过，脸有瘀青，嘴有血痕。在雪地里冻了两日后，面色青白狰狞，已看不出本来面目。谢林暗呼得来全不费工夫，用心制造了一番现场，又在那两具尸体的脸上、身上制造了更多的伤痕。他精于轻功暗器，手上功夫不弱。精心炮制后，连卫子浩都看不出端倪。这才找人收殓尸身，回禀了杜昕言。

谢林没有说出口的话刺得杜昕言倒吸了一口凉气，被利剑贯穿似的痛沿着四肢蔓延开来。他满脑子都是烟雨迷蒙的小春湖上，笑菲站在船上的飘逸身姿。她竟然……死状甚为惨烈？杜昕言脱口而出："我不信！"

"公子！"谢林轻声喊了他一声。

杜昕言铁青着脸，脸颊上的肌肉隐隐抽动着，看得出他正咬紧了牙关。

谢林有点儿不理解，公子看上去并没有大仇得报的喜悦，反而似是极为悲痛。他不是下令缉捕沈笑菲吗？为何得知她死了，他会是这样的表情？

"带我去！"

"公子请跟我来。"谢林在前面带路，回头望着杜昕言青白的脸，迟疑了下说，"沈相得知沈小姐离府的消息后，尽遣家臣在城中寻找，公子打算何时告诉他？"

杜昕言没有说话，急步走向殓房。空寂的房间中停着两具尸体，他看到白布下一只没了绣鞋冻得青紫的脚时，心猛地一抽。

谢林抢先一步走过去，掀开了白布："这是沈小姐的婢女嫣然。"

杜昕言清楚地记得在草庐初见嫣然时，她开门瞬间那嫣然一笑的俏丽模样。他盯着木板上躺着的女尸厉声问道："何以认定她就是嫣然？"

"公子请看，她身上的衣饰与嫣然相同，怀中还有块绣着'嫣然'二字的绣帕，衣角有锦华阁的钤记。我已经去锦华阁查过了，这种衣料是锦华阁在江南的绣坊专为相府沈小姐定制的。想来沈小姐待她不薄，把这料子也分了她做衣裙。"谢林镇定自若地说道。

杜昕言实在难以相信，眼前这个额头有伤、脸肿嘴歪，看不出本来面目的女子，会是比沈笑菲还俏丽三分的嫣然。他不待谢林动手，便走到另一具尸体旁"哗"地扯掉了白布。几乎是眨眼工夫，他又将白布搭在了尸体上，回头怒喝一声："怎么连衣裙也……"话说到一半，他才猛然想起谢林说的"甚为惨烈"，他倒吸了口凉气，死死地盯着那张脸。

那张脸上有道长长的刀口，从右眼角直划到腮边，翻起的刀口像张开的嘴，几乎毁掉了半张脸。左脸上有掌掴印痕，嘴青肿，嘴角还有血迹。整张脸冻成了青紫色，完全看不出半点儿沈笑菲原本的面目，除了那张唇，苍白中发青，小巧玲珑。细细的脖颈呈现出明显的青紫色指甲印,看得出是被掐死的。

女尸的头发凌乱无比,双髻松散。杜昕言看到髻上还插着一支银簪,伸手取下细细一看,眼前便是一黑,脑袋像被人用棍子狠狠地敲打了一下。他握紧了银簪,闭上了眼睛。

他还记得洛阳牡丹花会时,在百花丛中看到的沈笑菲。她身着蝶翅般轻柔的白衣,面覆轻纱,简单地绾了个双髻,用了两支与他手中相同款式的银簪束住,任长发直泻及腰。她只坐在那里,投来一个平和的眼神,他眼中就已没有了牡丹的娇艳。那时他只觉得她太素、太淡,便扔出一支胭脂红插在了她的发中。

揭下面纱的她,脸型瘦削,肌肤苍白,唇色淡得只有一抹粉色。薄薄的眼皮下,眼波更显清澈,脸颊因羞怯渐渐地泛起一层淡淡的粉红色。他就想起了那日渠芙江上的粉荷,娇嫩得似要滴出水来,哪里是眼前这个被伤得体无完肤的女人?

"不是她!不是她!谢林,你凭什么认定是她?!"杜昕言转身,抓着谢林的双肩恶狠狠地问道。他眼中有着狂怒与不信,将平日的温润潇洒抛了个干净。

谢林似被他吓住了,半晌才说:"公子,她穿的是沈小姐的衣衫,又带着嫣然。两人身形都一样,当日从相府逃走了两女,偏偏就是她们。没有这么多巧合的事。"

杜昕言身体晃动,手无力地落下。他背对着沈笑菲,脑袋嗡嗡作响,竟不敢再回过身多看她一眼。

"恭喜公子替老大人报了大仇!"

报仇?他本来是想报仇。他恨她,恨她设计父亲,恨她帮着高睿,恨不得将她凌迟剐了。可他为什么会这样难受?为什么看到死状凄惨的她会心痛?杜昕言只觉得心里空荡荡的,谢林的话像针尖儿,密密匝匝地扎下来,带来铺天盖地的疼痛。他什么话也没说就往外走去,心中一个声音在不断地对自己说,不是她,她不会这样,不会是这样!

谢林暗暗松了口气,问道:"公子,是否送回相府?"

相府?杜昕言眼前又浮现出笑菲坐在秋千上裙裾翩翩的样子。

那座被他一把火烧了的后花园里,他和她斗来斗去,不知疲倦。从起初的戏谑、好奇,到后来的深究、试探,一幕幕宛若就在昨日。他曾举着手用衣袖为她遮挡阳光,然而等她真的睡着了,他却忘记垂下手臂让阳光舔上她的脸;他曾经管不住自己似的,非要偷进相府后花园和她斗嘴,被她激得拉拉她,就吻上了她的唇。她说:"男人不过如此!"激得他撕毁了她的衣袖,来掩饰那一刻自己失控的举止。

见她气,他是那样开心。自己明明恨死了她,但为什么此刻见到她真的死了,又为她难受至斯?杜昕言茫然地走出殓房,庭院中白雪寂静地飘落,他听到心"咚咚"地跳着,身体内好像有股力量在往喉间涌,他想吼出来。

"公子?"谢林在身后又问了他一遍。

送她回家吧,他不能再留她在这里,他控制不住地想反身回去再看她一眼。那张恐怖的脸生生成了噩梦,让他难以相信,难以面对!他艰难地说:"找殓婆替她穿好衣裙,好好拾掇下再送回去。报刑部,人死百了,不用通缉她了。"

"是!"

阴沉的乌云越积越多,傍晚时分,鹅毛大雪终于纷纷扬扬地飘了下来。寒风似刀,杜昕言披着黑色貂毛披风,独自站在谢林发现尸身的巷子里,一队士兵正小心地铲开地面的浮雪。他静静地站着,脸藏在斗篷之中,嘴里呼出丝丝白气。

"杜大人,你来看!"

杜昕言走过去,顺着士兵手指的方向看去,地上冻成块的雪已被血迹染红,粘着一块衣料,他抓起这块雪,指间用力,雪块便成粉末状落下。他握住了这块衣料,手微颤。与尸身上的衣裙料子是一样的。她真的死了?!直到来到现场,看到雪块中粘着的这块衣料,他才仿佛真正意识到,那个让他恨极的沈笑菲……死了。

他曾想过,太子登基后,她落在他手中,他要如何一一报复回来。他还记得当日从小春湖飞骑赶回京城前咬牙切齿地对她说过的那些话。他不是恨不得她死吗?父仇不共戴天,他的不舍就是不孝。可是他为什么连谢林都不敢相信,非要来现场再确认一回?

"大人,找到了这个!"

第二支银簪落在了他手上,他用力一握,银簪尖锐的一端戳得掌心刺痛。他再也不想在这条巷子里多待片刻。他忘不了掀开尸身上的白布的那一瞬间:

撕毁的衣裙,半裸的身体,狰狞的脸。他突然想起了什么,眼睛一亮,却马上又如灯灭般死寂。苦涩的味道在口中蔓延开来,她臂上的守宫砂自然是没有了,怎么还会有呢?

他转身出了巷子。他还有最后一个希望。如果这世间还有一人认得笑菲,那就是沈相。

雪越下越大,前方数丈便已被白茫茫的、密集的雪挡得看不清了。杜昕言骑马飞奔到相府时,看到大门敞开,他下马径直奔了进去,就听到里面传出阵阵哭声。中堂停放着两具棺木,棺盖开启,沈相抱着换了衣裙的沈笑菲的尸身,瘫坐在地上一动不动,他面前跪着一群家仆,都在放声痛哭。

杜昕言走进去,沈相连瞧都没有瞧他一眼,只痴痴地抱着笑菲。她脸上的血迹已被洗去,但整张脸仍可怕至极。看到这一幕,杜昕言终于对自己说,她真的死了。

"杜大人,你劝劝老爷吧!天寒地冻的,他抱着小姐坐在地上快两个时辰了!"一名老家仆抹着眼泪恳求道。

杜昕言脑中只想着笑菲的一颦一笑,还有她的手。渠芙江上,一双白生生的手高高举起瓦罐砸下,示威地告诉他里面就是放了巴豆;落枫山下,那双手悠然弹出的琴音若清涧溅玉,让他大起知音之感;小春湖的草庐中,竹帘开合处,素手纤细如兰,托着茶碗,风姿绰约。

正是那双手让他认出了她。他忍不住蹲在沈相身前,想再去握一握笑菲的手。

"你干什么?!"沈相瞬间有了知觉,大喝一声,抱着笑菲避开了杜昕言。他像一头护卫自己地盘的雄狮,对杜昕言怒目而视。

她的手自白袍宽袖中无力地垂下,手指纤细如兰,腕间有瘀青。杜昕言却是一愣,在他的记忆中,笑菲从来不会涂这么艳丽的蔻丹。他盯着那只手,断掉的指甲上仍有一点儿鲜红的颜色,在白袍的映衬下,显得格外亮丽。杜昕言一瞬间仿佛看到了春暖花开。

因为杜昕言的打扰,沈相恢复了神志,他抱着尸体站起身来厉声下令:"请杜大人离开!"

家仆们见沈相终于恢复了神志,赶紧拦着杜昕言求他离开。杜昕言正想说这不是笑菲，就看到沈相低头爱怜地看着尸身。这绝不是父亲看女儿的眼光，那目光里充满了依恋、深情，甚至还有着诡异的喜悦。他仿佛看不到那张恐怖的脸，仿佛在搂着最亲密的爱人。

电光石火间，杜昕言闭上了嘴，他想到了更多。如果真是沈笑菲与嫣然，嫣然的姿色强过沈笑菲十倍，单为劫色的匪人为何会强暴笑菲而放过嫣然？那具嫣然的尸身衣裙完好，而笑菲的尸身衣裙凌乱，几乎半裸。但如果那两具尸身不是沈笑菲与嫣然，为什么她们会穿着她俩的衣裙？难道是她的瞒天过海计？尸身被强暴过，下手狠毒，凭她和嫣然两个不会武功的弱女子绝对办不到，是谁在帮她？

他记得当时围攻高睿时，高睿曾怨毒地说："想不到沈笑菲对你如此深情，竟不惜以命相搏。"

不，不是高睿。那又是谁？

杜昕言怔怔地站在相府中堂。沈相蓦地回头，看到他痴痴地望向自己怀中的笑菲，不由得大怒道："滚出去！菲儿也是任由你能看的？"

杜昕言从思绪中惊醒过来，沈相目露凶光，若不是怀中抱着那具尸身，便要扑上来撕碎他了。杜昕言略一迟疑便行了个礼道："相爷节哀！下官告辞！"

他的心情瞬间转好，走出相府时唇边已不自觉地染上了笑容。他骑上马，深深望了眼相府，喃喃自语道："沈大小姐，你的玩笑险些开大了。只是，你立下大功，却为何要隐姓埋名？是怕我找你报仇吗？高睿究竟是不是你救的呢？"

谢林是他的护卫，在昙月派的百年教规之下，从来没有出过一个叛徒。那张脸任谁也认不出来，谢林是从女尸的衣饰、一主一仆、失踪的时间上推断认为是笑菲和嫣然的，所以杜昕言并没有怀疑谢林。他回到府中，笑着招来谢林道："沈相以为女儿死了，我看未必。我也没有揭穿，想必沈笑菲这会儿正得意这手李代桃僵。你悄悄地查访，不要声张，她们必定还在城中。"

谢林心中惊诧，试探地问道："公子怎么发现不是沈笑菲的？"

"沈小姐自恃清高，不爱俗物，她的手指甲不会涂红色的蔻丹！"杜昕言轻笑着解释道。

谢林汗颜，想起自己没有完成教主交下的任务，心里叫苦不迭，他只希望自己找不到卫子浩与沈笑菲。

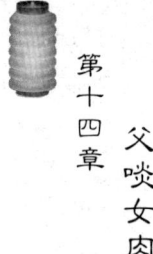

第十四章 父啖女肉

待到第二日上朝，朝中又起波澜。新任京城府尹陈大人跪在金殿上向宣景帝禀报道："今晨下官接到相府中人来报，沈相，沈相疯病发作，在家里把女儿的尸体下锅吃了！"

朝堂上一片哗然，宣景帝大惊。他才登基几日，除了确实与定北王高睿有牵连的官员被定罪，他并不想落下残暴之名。先是听说杜昕言缉捕沈笑菲，他还想劝他放手，不必纠缠父仇，紧接着就听说沈笑菲不幸遇难，正想着如何安抚沈相，如今情况竟又变了，沈相居然疯了！他沉声问道："究竟是真是假？！"

"臣听闻是沈大人出事，马上就赶去了相府。臣亲眼看到沈相对着寒梅赏雪，案几上置着铜炉，锅中沸水滚腾。臣以为是下人谎报，再仔细一瞧，沈相竟手持利刃，他身侧椅中躺着一女子。他正片下女子的肉……在涮边炉！"

有大臣忍不住当场呕吐，惊觉在金殿之上失礼后，吓得连忙跪下直呼臣有罪。宣景帝也是一阵反胃，火就腾地起来了，怒道："当朝宰相、清流名士怎会如此暴戾？你竟敢在殿前欺君？！"

陈大人头伏得更低，声音微微颤抖着："回陛下，臣绝无半句虚言，有府衙与相府家仆为人证。臣当时大惊，喝止沈相，并令人抬走沈家千金的尸身。沈相竟疯了似的操刀相向，状似疯魔，不准人靠近。现在人押在府衙大狱，请陛下发落！"

"朕现在就去看看！"

"皇上不可！皇上万金之躯尚在孝中，臣愿前往将此案查个究竟。"杜昕言出列奏道。他模糊地感觉到，沈相对笑菲有着不一般的执念。究竟是思女发狂，还是另有隐情，与沈笑菲有关的事情，他现在一件也不想放过。

宣景帝想了想，道："准！沈相德高望重，在清流之中素有盛名，杜卿可要查明白了。李尚书，你与杜大人同往！迅速查明回报！"

户部李尚书出列应下。

下了朝，两人便和陈大人一同前往府衙大狱。

李尚书与沈相相交不深，但同在金殿为臣，对他也并不陌生，对这件事也是不信，进入府衙大狱时还对杜昕言说："老夫看此事必有蹊跷，沈相是否被妖魔占据了心神？"

杜昕言微笑道："下官也想不明白，见了便知。"

陈大人并不敢怠慢沈相，心中虽然已认定他疯癫，但安排的牢房还算干净。进入大狱，他停下脚步，指着牢房对他们苦笑着说："下官就不过去了。下官一至，沈大人就会发疯，要下官还他女儿！"

李、杜二人交换了个眼神，随后走了过去，狱卒开了牢门，二人进去后就见沈相端坐在石床之上，望着牢房墙上的窗户神情悠然，仿佛什么事也没发生过一般。

"相爷！"李尚书疑惑地唤了他一声。沈相转过头，拱手笑了笑："李大人！"

李尚书惊喜地问道："相爷，您没疯？"

"我怎么会疯呢？李大人问得好无礼！"沈相轻斥了句。

杜昕言皱眉道："相爷，你乃一国之宰相，为百官之首，读书人之楷模，为何会做出如此暴戾之事？竟食女儿的尸身？"

李尚书正想补一句"是不是有人故意诋毁"，沈相眼睛一翻，哈哈大笑道："我生她、养她，她死，我食她，有何不可？"

李尚书和杜昕言闻言惊立当场，没想到沈相竟坦然承认了。杜昕言是见过那具女尸的，胸口不禁泛起阵阵恶心。他想了想，走出牢门来到陈大人身边道："陈大人，皇上嘱我们查个清楚。沈相已亲口承认。方才听大人说沈大人见到你就会发狂，还请大人移步，让我们了解得更清楚一些。"

陈大人无奈地走进牢房，才一露面，沈相就从石床上一跃而起朝他扑了过去，嘴里大吼着："你还我菲儿来！你把她弄哪儿去了？"

杜昕言见势不妙，出手擒住沈相，见沈相眼中露出狂怒的凶光，竟似一头野兽一般，他喝道："李大人、陈大人，你们退出去！拿绳子来！"

李、陈二人骇出一身冷汗，知道杜昕言会武，忙不迭地从牢中退了出去。杜昕言本欲将沈相打晕，却极想知道与笑菲有关的事情，他接过绳子将沈相绑了个结实，听到沈相嘴里仍在狂吼"还我菲儿"，他心中一动，冷笑道："她已经被我吃完了！"

沈相嘴里发出一声怒吼，从石床上跳起来撞向了杜昕言。

"下官开玩笑的。那具尸身不是令爱。不过，如果沈相想知道令千金的下落，不如先静下来听下官说，如何？"杜昕言用力将沈相推倒在石床上，笑容可掬地轻声说道。

不是菲儿？沈相眼睛一亮，眼中涌出狂喜。他果然安静了下来，盯着杜昕言道："不是她？不是你府中的人找到她的？你把她弄哪儿去了？"

"她呀？其实她没死，是跟情人私奔了！你吃的是个陌生女子罢了！"杜昕言回头瞟了眼缩在牢房门口的李、陈两位大人，用只有沈相能听到的声音说道。果然，沈相眼中凶光又现，张嘴欲吼。杜昕言从他的袍子上撕下一角，及时地将他的嘴堵上了。杜昕言回头笑道："沈相爱女，听闻噩耗得了失心疯。两位大人都瞧在眼里，应该可以禀明皇上了。"

"唉！"李尚书同情地看了眼沈相，想起他曾写下轰动京城的名篇《十锦策》，又想起同朝为官多年，不胜感慨。接着又想到他吃女儿之肉，而他女儿已死了三日，便又犯起了恶心。陈大人却松了口气，总算不是欺君。

杜昕言笑道："情况已明，两位大人还请去喝盅酒压压惊。下官略懂岐黄，想试试用内力治治沈大人的失心疯。这事若传出去也有损我大齐颜面。"

李、陈二人已被吓出一身汗，大牢阴冷，正不想多留。情况既已查明，能否治好沈相，他们都不再关心，敷衍了两句后，就赶紧离开大狱了。牢内无人时，杜昕言这才扯出沈相嘴里的布团，微笑道："下官可以帮沈大人找回令千金！"

沈相听到笑菲没死，顿时满面红光，眼露渴望道："好，杜大人若能替老夫找回小女，老夫定有厚报！"

"找回令千金后，下官想请人来府中提亲！"他话音才落，沈相怒火再起："休想！这辈子你都休想娶她！她是我的女儿！她绝不能嫁给别人！"

杜昕言一怔，恍然大悟。原来，就算她死了，沈相也想把她吃进肚子里。她在相府究竟过的是什么日子？她投靠高睿，得无双保护是为了防备沈相？他心里有说不出来的滋味。

"说,她与何人私奔了?待老夫抓她回来,定打断了她的腿,叫她终生离不得相府一步!"

杜昕言目光渐冷,慢慢地说道:"她与定北王高睿私奔了!你找得到吗?"

"高睿!这个逆贼!他敢拐走我的菲儿,我定请皇上将他五马分尸!"沈相大吼道。

"可惜,她是你的女儿!她不可能回来了!所以她逃了!离你远远的,再也不会回来!"

沈相一愣,突然大笑起来:"你休想骗我!她逃不掉的,她已经死了,她被我吃了。她现在在我肚子里,她永远也别想离开我!"

杜昕言又一阵恶心,看着沈相狂笑的模样,眼睛眯了眯,运起内力,一指戳在了他肋下。笑声顿止,沈相翻了个白眼,晕倒在了石床上。

"留着你,她将来只会难过,要她难过的人只能是我!"杜昕言看着被点中死穴的沈相冷笑道。

他突然明白沈笑菲诈死的原因了,不胜感慨。如果父亲的死是她为取得高睿的信任不得已而为之,看在她助高熙获胜的功劳上,他可以不再计较。念头闪现,杜昕言浑身轻松,他苦笑着想,他对她已宽容至斯,为什么她不能把这一切都告诉他呢?

靠近西城门的一处宅院中,梅花冷香扑鼻。透明鲛绡围住的亭子里生着两个大火盆,暖意驱散了寒冷。锦褥上铺着厚厚的毛毯,高睿穿着银白色的绣龙薄袍,搂着怀里像猫一样慵懒的女子悠然自得地赏梅饮酒。他敞开的领口间能看到包扎伤口的白布与线。他那日趁着迷烟逃走时,背上中了一箭,养了几日后元气已然恢复。

"你说,他们会找到我吗?或者,猜猜咱们怎么混出城去?"他温柔地低头问怀里的女子。女子云鬓略散,长发及腰,穿着一件黑色绣银花的宽袍。领口宽敞,露出比雪还白三分的削肩。她伏在高睿的胸口处,看不到她的脸,但细腰如柳,惹人遐思。听到高睿问话,女子开了口,声音比冰雪还要冷:"他们会找到你的,想混出城去,你做梦吧!"

高睿哈哈大笑,抬起女子的脸,戏谑道:"无双,你最可爱的就是从来对我不假颜色。明知道自己现在连动根手指头的力气都没有,何苦嘴硬呢?"

无双冷艳的脸上看不到丝毫波动,眼睛冷冷地与高睿对视着:"你早就知道我是潜进你府中的间者,为什么不杀了我?"

"留着你做人质不是更好吗?对了,告诉你一个消息,我也是才知道的。你大哥卫子浩是昙月派新任的教主,你的身价自然又涨高了。"

大哥是教主?无双想笑,她听到这个消息很开心。大哥是教主,就更不用担心家仇报不了了。她轻舒了口气,太子殿下继位,杜大哥前程似锦,她好像没有什么可挂念的了。

"好消息,对吧?还有好消息,我手里的兵不多。大皇兄登基为帝,可以堂而皇之地出师平叛。可惜丁奉年被杜昕言杀了,他是个有经验的老帅。"高睿懒洋洋地说道,手指绕着无双的黑发,听不出半点儿遗憾之感。

无双听到杜昕言的名字,眼中闪过喜悦,她忍不住地说道:"杜昕言与丁奉年北上,他当然会杀了丁奉年,你以为他会让丁奉年替你掌握河北东西路二十万大军?"

高睿听到这话,勾起了无双的下巴,俊美的脸上闪动着算计,眼中飘过无双看不懂的情绪。他轻轻地抚摩着她的嘴唇,感觉到她磨了磨牙,似是在忍着想要一口咬掉他手指的冲动。他得意地大笑起来:"我本来就是送丁奉年让他杀的!我料定他会回京城,只有他不去保定,才不会知道那里已经起了变化。他们都以为没了丁奉年,我就控制不了军队,其实,我的人早已经接手,不过是假意与契丹鏖战,迷惑朝廷罢了。只等本王脱身,就可南下直取京城!"

他实在是太精明了!他的手指在她眼前晃动着,想到河北军南下,战火之下生灵涂炭,她一个没忍住,张嘴就咬住了他的手指。她用尽了力气,血腥味直涌入口中。她瞪着高睿,却见他眼也不眨,似没有痛感一般。

"你知道我是睚眦必报的人,我的手指上留一个牙印,我会十倍还你。"高睿忍着手指的抽痛,温柔地告诉无双,在她愣神儿的瞬间抽出了手指。红色的血滴在他的衣襟上,他把手指送到她的唇间,"吮了,我解你的迷药。在你面前,本王什么时候说话不算话了?"他诱哄地看着她。

无双浑身无力正难受得紧。她一定要逃!这点儿屈辱又算得了什么?她张开嘴毫不犹豫地含住了高睿的手指。听到高睿"哧哧"的闷笑声,她羞愤地闭上了眼睛。

"无双,你真的这么想有力气离开我?你别忘了你曾对我血誓效忠。你已经背叛过我了,你想让你的亲大哥以教规处置你?还是,我给你一个机会吧!"高睿抽回手指,俯身吻住了她。

无双骇然地睁大了双眼,高睿伸出一只手轻轻盖住了她的眼睛,另一只手滑进了她的宽袍。她的身体再一次背叛了她的思想。高睿熟悉她的身体,似有似无地挑逗着她,满意地看到她开始不受控制地战栗。

那团火在身体里灼烧着、叫嚣着,她却动弹不得。无双绝望地流下泪来,死咬着唇,不肯发出一丝呻吟。泪水浸湿了高睿的手,他停了停,轻柔地问道:"我破了你的誓言,放你离开,你不愿意吗?真想跟着我谋反?或者继续找一切机会将我的消息透露给杜昕言?无双,你想走哪条路,我都成全你。"

她的睫毛在他的掌心下不安地颤抖着,带来似羽毛拂过的轻痒,他能清楚地感觉到她的挣扎与惊恐,他继续低声问她:"昙月派护卫可以不破誓言就离开他的主子吗?如果可以,我放你走。"

她眼睛转了几转,眨了几下,透过掌心他都一清二楚。

高睿放开手,含笑瞧着无双濡湿的睫,黑亮似翎,鼻头微红。他的手指从她的鼻子轻轻滑下,他笑道:"无双,你是我见过的最美丽的女人,我舍不得你难过,说吧,你能不破誓言离开且不受教规处置吗?"

不破血誓而离开?无双惊呆了,她怀疑地望着他。这一刻,她有点儿迷惑,她看不清他是真情还是假意。他为什么想放了她?他不怕她泄露他的行踪,还有河北东西路军的秘密?

"当然,你知道这里还是京城,并不安全,等我脱身之后会马上放你走,咱们两清,如何?"

一道又一道的诱饵抛下,无双分辨不出真假,她吸了口气说:"我不会上你的当!这身子你要我就给,我要破誓离开!"

高睿勃然大怒:"你想的竟然是最笨的办法?!你不相信我会放了你?你以为我还会利用你?"

无双无惧地回视他:"是!你我不是同路之人,我不会让你利用我!你也没有这么好的心!你没杀我是你心慈手软,我破誓离开走得堂堂正正!"

她义无反顾的语气刺得高睿戾气陡生,他冷笑一声道:"好!我如你所愿!"

高睿搂住无双，翻身将她压在榻上，手扯开她的宽袍，身体毫不犹豫地进入。瞬间，无双的身躯变得像石头一般僵硬。她惨白着脸，眉心紧蹙，两眼空洞地望着他，嘴微微张着吸着气，喉间却没有发出半点儿声响。

她的眼睛里没有他，目光望穿他的身体望向了更遥远的虚无。她颤抖的嘴唇失去了血色，慢慢地绽出一朵凄凉的笑来。她是在笑？笑她终于可以破誓离开他了吗？高睿的心被她的笑容重重地击中，他大吼出声："你哭出来！哭出来！"

但他只看到她冷漠的笑容。血直冲往头顶，他要她喊，要她哭，要她求他。他狠命地占有，明明感觉到她的僵硬，明明看到她眉心那一线紧皱的痛苦。他像头被激怒的狮子，低头一口狠狠地咬在她的肩上，血盈满口腔。他身下的她痛得抽搐，却依然无声无息。

雪地寒梅又静静地绽开一片花瓣，无双甚至觉得自己听到了那声轻响。她模糊地想起那一年大哥带了杜昕言来。他青衫飘飘，含笑相望。她在他走后看到了桃花开放，每一朵都像极了他隐约绽开的笑容，美如春风。

高睿离开无双的瞬间，她睁开了美丽的眼睛，轻轻地吐出了一句话："我再也不用装下去了！真好！"

身体深处传来一种痛，像吃李子败了牙，高睿深吸一口气的同时，已难以忍受袭来的酸痛无力。他为她系好了宽袍，站起身大笑道："本王最讨厌你装，你现在不用装了，本王也省了功夫再逼着你现本性！你既然已是本王的人，就留着替本王承接香火吧！"他离开暖亭，大声吩咐道，"好生侍候着！"

无双扭头看向雪地里的那株梅，喃喃地道："我会杀了你。"

"我只想看到卫子浩和杜昕言此时的表情！哈哈！"高睿大笑着离开，走出亭时，眼中浮出噬血的疯狂。

胸口传来疼痛，他低头一看，伤口裂开，血沁了出来。他抚摸着伤处，轻声自语道："无双，我爱上了你，可这里怎么会这么痛？"他解下腰间的香囊，爱怜地轻抚着那一绺长发。指尖传来柔软，他慢慢地展开一丝笑颜。王一鹤端着温水与药进来，见他衣袍敞开，胸口已淌下血来，不由得大惊："殿下，伤口裂开了！"

"看好了无双。"高睿攥紧了香囊，沉着脸吩咐道。

王一鹤应了声，小心地替他拆开纱布，箭伤处汩汩地渗出血来。他一边上药一边低声叹了口气:"殿下,老奴进宫二十年,瞧着你长大,如今贵妃娘娘已经殁了,江南谢氏也没了,殿下一定要好好保重自己。张先生一直觉得无双姑娘不能留。如今殿下身处险境尚未脱险,老奴斗胆说一句,无双姑娘并不忠心于殿下,何不……"

"大胆!"高睿目光阴鸷,见王一鹤跪在地上,又冷冷地说道,"你是我最信任的人。我知道她对我不忠心,她是杜昕言派来我身边的间者。正因为这个,如果大业不成,王一鹤,你一定要把她当成新主人侍候。她肚子里将会有你的小主人。卫子浩会保护她,杜昕言也不会伤她,也只有这样,我才能留下一线血脉,你明白吗?"

王一鹤阴恻恻的脸上露出悲容,哽咽着说:"殿下,未出师先言败,不祥啊!"

高睿厉声喝道:"混账!未雨绸缪,本王一定要定下万全之策!有她和她肚子里的孩子,本王才能无后顾之忧背水一战!"

王一鹤咀嚼着高睿的话,不论成败,谢家有后是大!他眼中涌出欣喜的泪光,重重磕了个头道:"老奴愚笨,殿下目光长远,老奴一定会好好保护无双夫人。"

王一鹤替高睿包扎好,便恭敬地退下了。高睿静静地躺在床上,满脑子都是无双的脸,他自嘲地笑了。

七日后,京城慢慢开始恢复生机。城门也终于重新打开,虽然守卫依旧森严,但百姓已经可以自由出入。

北方不断传来捷报,击退契丹数次小规模的进攻,宣景帝异常高兴。都察院所有人马都被派出去找高睿的下落。城门开放,明松暗紧。

三日后,南城门处发生了一场小小骚乱。前京城都督王府臣乔装成百姓想混出城,结果被守卫发现。王府臣拔刀抵抗,砍伤数人后自尽于城门前。宣景帝下旨将其人头悬于城门之上,并下恩旨,定北王谋逆朋党凡自首者不杀,流放湘西岭南。这道旨意一出,百官哗然,纷纷上奏劝宣景帝收回圣意。

宣景帝笑道:"我朝当以宽仁为政,有条活路,他们才不会为保命而投奔定北王。少杀一人,定北王便少一人,何乐而不为?"

众臣口呼万岁。

皇榜一贴出，果然有不少曾经投靠高睿的人前来自首，流放岭南总比没命的强。所有人都知道，国丧一过，正逢新年，新帝一高兴，没准儿就会大赦天下。

笑菲知道后对卫子浩说："别想着让丁浅荷母女去自首，除非你想让她们去岭南。她们身份不同，丁奉年谋逆是板上钉钉。我倒是希望子浩能觅处山水俱佳之地，让她们可以安稳度日。高睿起兵是迟早的事情，丁浅荷心结未开，若她知道是杜昕言杀了她爹，没准儿就真投奔高睿去了。"

卫子浩也是这样想的，他微笑着说："这事我自有安排。沈小姐，当日我接到你的红叶示警，就与都察院御史成大人取得了联系。老杜大人之事也是由成大人一手安排。如今京城稳定，我想成大人会报知皇上让老杜大人回来的。"

"老杜大人回来后，杜昕言应该不会再盯着要杀我了吧？卫子浩，你这就去安排我和嫣然离开，我想去湘西、岭南。"

"湘西、岭南？不都是流放之地？"

"穷山恶水，实则风光秀丽，我想去看看风景。如果可以，明日就起程。"

笑菲干净利落的话引得卫子浩直笑："我这就去安排。小姐神机妙算，人一死，通缉令就撤了。只不过，小杜知道你并没有死，还在暗中寻访你的下落，小姐自己要小心。"

笑菲一怔，他既然知道她没有死，为什么不明着缉捕她？她恼怒地盯着梅花，又一脚踢过去，脚差点儿崴了，疼得她捧着脚直皱眉。嫣然听到卫子浩的话，脸上露出惊喜，偷笑着对她说："杜大人明知小姐是假死却装着不知道，他是不是对小姐……"

笑菲抬起脸，雪落在脸上带来点点沁凉，她自嘲地笑了："嫣然，你不了解他。杜昕言只是好奇。我从前三番五次地使计，骗他的次数实在太多了，如今他只是想一一报复回来罢了。你见过猫吃耗子，可又见过猫逗耗子吗？结果都是一样的。并不因为猫没有一口吞了耗子而改变，最终耗子还是会被撕碎了吃掉。他想玩，我现在没工夫、没心情陪他玩。我还想在明年秋天到来前，找到能解蛊毒的法子。"

嫣然见她说得凄凉，内疚地看了她一眼，迅速转移了话题："我们明天就离开京城。听说梅岭苗寨千年养蛊，更有宝药可以压制蛊毒，嫣然一定会替小姐拿到宝药。"

笑菲微笑道："如果咱们救定北王一事暴露了，就算有宝药，也救不了命的。

你怕吗?"

"若是怕,嫣然就不会出手。"

一股暖流从笑菲心里淌过,她轻声道:"嫣然,我要你答应我,如果事情暴露了,你就远走高飞,把罪名全推到我一人身上。别争,这是命令。"

昙月派的易容功夫的确精妙,笑菲变成了个瘦老头儿,戴着破毡帽,裹在破棉袄里,坐在堆满杂货的板车上被推出了城。嫣然一个大美女却成了个老太太,坐在轿子里。

雪仍在下着,笑菲坐在板车上回望京城。父亲为她发疯,用她的肉涮边炉,然后死在了府衙大牢里。想到此处,她的身体哆嗦着蜷缩成了一团。明净如蓝天的眼睛渐渐变得模糊,眼泪夺眶而出,风一吹,沁凉地落在脸上。

卫子浩也好,嫣然也好,告诉过她消息后,就再没有问过她一句。临走时老何感慨地说:"堂堂相爷,堂堂相府千金,怎就落得这么个下场!"

笑菲没有去擦脸上的泪,她大口地呼吸着,呼出阵阵白气,模糊了双眼。她再恨他,此时却也禁不住伤心。从此,她就是无父无母的孤女了。她怅然地想,是啊,怎就落得这样一个下场?到秋天枫叶再红的时候,她的生命也将走到尽头。等她真的死了,会有人吃她的肉吗?笑菲浑身颤抖,她不能想,她实在太害怕了。她把头一低,埋进了手臂间,咬住袖子,无声地落着泪。

远远望去,她就像一块孤零零的石头,没有知觉地被板车拉向远方。

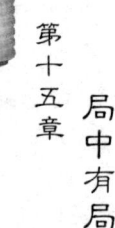

第十五章 局中有局

国丧过后,京城度过了新皇登基的第一个春节,等到元宵时,已经完全恢复了热闹,宣景帝也下令灯节照旧。为讨新帝欢心,各部都新扎了各式花灯。这一年,京城的元宵节出现了前所未有的热闹繁荣。

隔着街道,隐隐传来爆竹声。杜昕言拎了酒,进了相府,一轮明月将雪地中的相府后花园照得亮堂。自沈相过世后,家仆尽散,只余数名老家仆无处可去,仍留在府中看守。

隔得不远就能看到花灯璀璨的光影,笑声到了这里,早已被风吹散了。相府大门上已取下素灯换上了大红灯笼。没了主人,灯笼的烛火熄了一盏,另一盏还是残烛,发出微弱的光来。杜昕言感慨地站在门口,敲响了大门,隔了良久才听到脚步声。老家仆开了旁边的侧门,见是杜昕言,便连忙跪下行礼:"不知侯爷前来,小人耳聋,怠慢侯爷了。"

杜昕言扶起老家仆温言道:"今天是元宵节,我想去后花园祭奠一下小姐,不知可否?"触碰间只觉得老家仆衣衫单薄,他叹了口气,从袖中拿出一锭银子道,"给我盏灯笼,我自去便可,你去买点儿下酒菜来。"

老家仆接过银子,将灯笼递给了杜昕言,就出去买下酒菜了。白纸灯笼的光只能照亮方圆一丈左右,院子里的雪积得很厚,油靴踩下去发出咯吱咯吱的响声,让这座府邸更显空寂。

杜昕言推开月洞门,后花园的那栋二层小楼安静地矗立着。他凝望着这栋小楼,突然想起自己当时火烧小楼的情景来。他轻轻叹了口气,拎着灯笼进了凉亭。伸手拂去石桌、石凳上的积雪,他缓缓坐下,望着小楼,抽出了腰间的竹箫。

雪夜静谧,地上、树上俱是银装素裹。一缕箫音惊破了这份宁静,像雪地红梅为素淡的花园平添了一丝绮丽。他仿佛又回到了阳光正盛的午后,看到笑菲使计让他为她遮挡阳光。箫声之中尽带喜悦之意。

老家仆没多久就回来了,拎着食盒,还端来一个火盆。他正欲离开,却被杜昕言拦住了,杜昕言笑着说:"老人家,今日元宵节,坐下陪我饮杯酒如何?"

老家仆摇晃着手不肯,却耐不过杜昕言的盛情,便接过酒喝了,垂泪道:"能在元宵节喝上侯爷的一杯酒,小人已经知足了。这里太冷清,听闻相爷发疯、小姐谋逆后,人人都绕道而行。侯爷能来祭奠小姐,小姐泉下有知,想必也是高兴的。"

杜昕言眉头一挑,说道:"极少有人知晓你家夫人,只道相爷爱妻情深不肯续弦。他伤心小姐过世,发疯而亡,实在令人叹息。"

"可不是!夫人生小姐时难产而死,老爷一手带大小姐,将小姐视为掌上明珠,都舍不得让她嫁了人去,这后院府中男丁是从不让进的。小姐幼时性子还算活泼,但自十一岁那年侍女染病去世后,小姐就变得郁郁寡欢了。直到嫣然姑娘来了,后花园里才又有了生气。"

杜昕言试探着问道:"你家小姐从前几乎足不出户,她在府中如何打发时间?"

老家仆酒劲儿上来,话也多了,指着二楼道:"楼上除了小姐闺房,听说全是书。相爷从各地为小姐搜罗来无数书籍。小姐有过目不忘的本事,三岁能吟诗,五岁能填词。唉,可惜了。"

杜昕言听后心中动了念头,老家仆便提了灯笼,又拿了几支蜡烛陪他上了二楼。

杜昕言借着烛光巡视着笑菲的书房,这里几乎没有半件摆设,三面墙壁全被书籍填满了,书籍分门别类地摆放着,整理得很齐整。他在书房里转了一圈,最后目光落在书案上一摞码得很高的书上。翻开一本一看,是巫术一类的偏门。

沈笑菲在离开前为什么会看这些书?杜昕言心中起了老大的疑问。再往下翻,则是《神农本草经》《本草纲目》等一些医书。

"老人家,这些书我能否借回府中一阅?"他温和地问道。

"唉，已是无主之物了，侯爷自便吧。"老家仆叹了口气。

杜昕言抱着这一摞书，酒也不饮了，临行前又拿了锭银子给老家仆，谢过他之后便回了府。杜昕言相信沈笑菲在走之前关注这些书一定有原因。

他心里有些雀跃，他感觉能从这些书里找到沈笑菲的去向。

"少爷，卫公子来了，在书房等你！"回到府中，管家向他禀告道。

杜昕言不禁冷笑，把书递给了管家，就进了后院。书房里亮着灯，从窗户纸上隐约能看到一个人的身影。杜昕言警觉地察看了下四周，卫子浩居然独自前来？明知自己要抓他，他还敢大摇大摆地上门？他自投罗网倚仗的是什么？皇上？昙月派？他来又想告诉自己什么呢？杜昕言想了想，面带笑容推开了书房的门。

"侯爷去看花灯了？害我等了老半天。好在有酒相伴，也不觉得寂寞！"卫子浩露出笑容跟杜昕言打招呼道。他穿着黑棉劲装，披风内黑外白，一看就是随时随地在雪地里隐藏行踪的打扮，偏生腰间还挂着一个香囊。杜昕言的眼睛不禁眯了眯，这是丁浅荷的香囊，说得再准确一点儿，是他下江南时买给丁浅荷的礼物。难怪一直找不到丁浅荷母女的下落。丁府下人道，城乱当日，有群黑衣人进入丁府带走了她们。他所料不差。

"浅荷还好吗？"

"你放心，我不会让她再有见高睿的时候。"卫子浩干脆地承认是他带人劫走了丁浅荷母女。

"就算你是昙月派的新任教主，也别想把我这里当成你家的后花园，想逛就逛。当日在湖边，我可只见到了你。高睿如果不是你救的，你就得给我把救他的人找出来，否则，我只能怀疑是你。"

卫子浩狡猾地笑了："我也很想找出这个人！"

"一言为定！"

卫子浩举杯笑道："一言为定。我今日前来是找小杜喝酒的。比醉春风还好的酒多得是，最近你这里怎么就只有这种酒？"

"京城小杜，品酒、吟诗、戏剑、弄箫，无一不绝，当以醉春风待之。"笑菲柔婉的声音仿佛又在耳边响起，杜昕言的眼睛眯了眯，坐下后端起酒杯道："子浩似乎一点儿也不意外我知道你的身份。"

卫子浩咧开嘴笑了："小杜啊小杜，你早就知道我是昙月派的教主，否则，你又怎会三番五次地与我偶遇，与我结交呢？不过，咱们是朋友是真，咱们相互帮忙也是真。你要助皇上登基，所以才想招揽我。而我昙月派尽出护卫，虽财力雄厚，却苦无势力。我想报家仇不是杀尽谢家人就完了，我想让谢氏从此再也翻不了身。所以，我当然会受你招揽，投靠当今皇上。连无双都不知道我是教主，你却早就知道了。我为什么要吃惊？如果小杜糊涂至此，也不会是京城小杜了。"

杜昕言漫不经心地听他说完，也忍不住笑了："对，我早就知道。你真正的目的是……"他停住了。他了然于心，卫子浩是想让皇上收了昙月派，让昙月派从此成为皇上的秘密组织。有了这块金字招牌，昙月派就不再是年年为人作嫁了。也许，卫子浩早已与皇上谈妥了。但有些话不能明说，也不能点破。纵然自己是力扶高熙登基的功臣，也要明白君臣有别，要收敛，不能功高盖主。帝心难测，杜昕言不知为何想起这句话来。

杜昕言眸光一转，目光专注地落在了卫子浩的脸上。后者打了个哈欠，又灌下一杯酒道："不管怎样，咱们都算成功了。眼下我和沈笑菲的盟约已完成，现在我想找回无双，杀了高睿。"

"什么盟约？助她逃离？隐姓埋名？我知道她没死，帮她的人是你吧？"

"对。是我用假尸身瞒过了谢林，当日也是我助她逃离相府的。至于原因，小杜曾亲去大狱看过沈相，应该不用我解释了。"

杜昕言微笑道："好，那么告诉我她现在在哪里？"

"她们出了京城就再也没消息了，我也不知道。"

杜昕言睥睨着卫子浩想，他为什么这样看重她？仅因为她是可以要挟沈相的人？卫子浩用什么打动了沈笑菲？杜昕言的脑中一层层拨开着谜团，瞬间他恍然大悟道："难道嫣然是你的人？她在沈笑菲身边有五年了，我记得沈相名动京城的《十锦策》就是在五年前写下的吧？你是何时与她定下盟约的？"

"三年前。嫣然两年中将所有情报汇集之后，我觉得计划可行。"卫子浩佩服得很，能在这么短的时间内就把这些事情串成一线，杜昕言确实不简单。

嫣然与无双一样，都是昙月派的护卫，难怪她走得这么干净利落。杜昕言沉下脸道："她与你结盟出卖高睿立下大功，你以为就能让我忘记是她定的计让我爹被赐死的？"

卫子浩眨了眨眼，得意得像踩住了杜昕言的小尾巴："小杜，你爹没死！我今天来，就是想带你去见他。"

京郊三十里外有个王家村。王家村位于山上。两峰对峙，中有一谷，村舍零星分布于谷中。沿山坡种着粮食，村里也多出猎手。

雪夜有月，大地银白。两骑从山间小道驰入谷中，雪地上留下长串蹄印。策马飞奔的正是卫子浩与杜昕言。他们进了山谷，引来犬吠声，寂静的夜顿时有了生气。卫子浩指着山坡上的一点儿灯光说道："老杜大人就住在那里。"

杜昕言望着灯光，心里涌出一阵感激，感激上天还能让他再见到父亲。他睨了卫子浩一眼："大恩不言谢。"

"昕言见外了。纵然是各取所需，你我难道就真不是朋友了？"

杜昕言笑了笑，拍了拍他的肩，纵马上了山间小道。到了篱笆门外，杜昕言下了马，听到卫子浩一声轻笑："你呀，还真是戒心重。放心，不是陷阱。老杜大人可在？"他最后一句声量骤然提高，屋门轻响，杜成峰出现在了门口，他身边竟还站着一人拈须微笑。

"成大人？！"杜昕言惊诧之下脱口而出。

几个月不见，杜成峰长胖了不少，一张脸越发和蔼。他着灰色棉袍，像极了普通的老者，看不到半点儿曾经身为天下兵马指挥使的气势。

卫子浩牵过杜昕言的马笑道："我在外面等候，你去吧，他们等你多时了。"

杜昕言推开篱笆门，走到杜成峰面前跪下，清俊的脸上扬起了笑容："父亲安好！"

"进来吧。"杜成峰的眼睛有些湿润，他伸手拉起了儿子。

成敛呵呵笑道："今儿元宵节，元宵正好煮好了，小杜也来吃一碗。"

"对对，这是为父亲自做的元宵，言儿一定要尝尝。"

热腾腾的元宵放在杜昕言面前，他舀起一个，雪白的粉皮，隐约能看到里面的玫红，牙齿轻轻一碰，香甜的气息便溢满口腔："父亲的手艺不错。"

"何止不错！吃点儿菜，全是我炒的。"杜成峰很是得意。

杜昕言吃完元宵，抹了抹嘴，慢吞吞地说："这件事情卫子浩告诉了父亲。父亲、先皇和成大人商议后，决定顺水推舟，对吗？"

成敛哈哈大笑，拍着杜成峰的肩说："老杜，虎父无犬子，我就说昕言一见到你便全明白了，你看吧？"

杜昕言却一点儿也不高兴，他又想起了笑菲。他想起在小春湖畔自己撂下的狠话，没有见到父亲之前，她怕自己杀了她吗？喜悦与难过在心里交织成深深的歉意。嘴里有点儿苦，她为什么不相信他呢？他暗下决心，一定要找到笑菲。

杜昕言笑问道："父亲与成大人对定北王一事如何看？"

成敛道："北方屡传佳音，道契丹小股军队入侵边境村镇时，被河北东西路大军击退。据都察院的暗探们回报，这几仗打得很轻松。定北王逃出京城，丁奉年被杀，看似他手中已没有了兵权。不过，我总觉得以定北王的心计，不会这么简单。"

"成大人，老夫此番能见着言儿，心愿已了。住在这里几个月，老夫很想在此颐养天年。请你回禀皇上，老夫年老体弱，已不堪重任。天下兵马指挥使，老夫荐原西北军都指挥使张宗林担任。老夫还想讨个人情，小儿此番多半会随军与定北王交锋，请成大人的暗探与情报多给予支持！"

杜成峰说完，杜昕言才明白过来，成敛是高熙派来的说客，想让父亲官复原职，调天下兵马来应对高睿的谋反。他心头一凛，高熙登基不过一个多月，高熙知道父亲未死，还遣了成敛来劝父亲回朝，可高熙却没告诉他。看来高熙是知道卫子浩今天会带他来见父亲的，卫子浩已经是皇上的人了。想起从前与高熙亲如兄弟，杜昕言多少感觉到了两人之间不断拉开的距离。

成敛重重叹了口气道："老杜，你想得太多了，皇上是你的亲侄……"

"我掌天下兵马，言儿又为皇上登基立下了功劳。我父子二人同朝为官，总免不了有外戚坐大的嫌疑。我想好了，天下己定，皇上赏我几亩薄田，让我自在快活就足够了。成大人，你我相交几十年，这是老杜掏心窝子的话。"杜成峰真诚地看着成敛。

"天色不早了，我与卫子浩先行回城。你们父子二人多日未见，好好叙叙话吧。"成敛见劝说无效，又暗骂杜成峰老狐狸想得周到，便笑呵呵地起身告辞。

送至门外时，杜昕言趁父亲与成敛告别，拉着卫子浩到一旁沉声问道："以你昙月派的势力，真的查不到她在哪儿？"

"我真不知道，她们离京很长时间了。"

"往哪个方向走了？"

卫子浩翻了个白眼，沈笑菲对他起了防备之心，一出京城就和嫣然消失得无影无踪。嫣然出身昙月派，自然懂得如何避开他的眼线，他这算不算搬起石头砸自己的脚？

杜昕言出言诱道："你不是想找到无双吗？和定北王走得最近的人是她，救他一命的人也是她。眼下寻找定北王，她没准儿能提供线索！无双还在高睿手中，你瞧着办吧。"

卫子浩叹了口气说："你当高睿是猪啊？他不过是利用沈笑菲，怎么可能把后路都告诉她？"

杜昕言没有再问，他后悔现在才明白自己的心。一年的时间，数次交手，或她算计，或他假装被算计，真真假假，他自己都分不清楚了。赢家究竟是谁？不知不觉中，这个诡计百出的小女子已经擒获了他的心。今日见到父亲，他对她只有感激，只有愧疚，还有长舒一口气的放松。纵然他想试着去理解她不得已的计谋，心里却仍有结未解，父亲的平安解开了他这个心结。他深深地看了卫子浩一眼说："如果你找到她，替我带句话，她来见我最好，否则我一定会找到她的。"

卫子浩见杜昕言一本正经，心里忽然闪过一个念头。如果救走高睿的人真是嫣然呢？小杜对沈笑菲的上心，自己又能从中得到什么好处呢？他翻身跃上马，大笑道："如果我见到人，一定替你把话带到！"

等父子俩重新回到屋内坐下，杜成峰才对杜昕言道："言儿，你是否认为爹在这个时候辞官归隐不妥？"

杜昕言露出笑容道："不，父亲做得对。咱们父子二人若都掌握朝中重权，怕是极为不妥。皇上并未告诉我父亲还活着的消息，可见他对儿子是防备着的。"

杜成峰抚着胡须点头道："言儿看得极准。咱们虽是皇亲，但能享个清福就已不错。如果有一天我让你当个闲散王侯，你可愿意？"

"我明白，父亲不必多虑。灭了定北王后，儿子绝不会掌兵权，做个闲散王侯足矣。另有一事，我心有困惑，求父亲替我解惑。"杜昕言于是一五一十地把他与沈笑菲之间的纠葛说给了父亲听。

杜成峰哈哈大笑道："浅荷与你青梅竹马，你从来都是在保护她，舍不得伤她，这是你的习惯，可你却能让卫子浩带走她。沈笑菲和你作对，你恨她帮着高睿，帮着耶律从飞，她死了，你却难过。你真不明白你的心？她若是帮着你，我看她就算真的杀了你爹，你也舍不得动她！"

杜昕言脸上露出尴尬，干笑两声道："父亲不是活得好好的吗？"

"那我要是真的被毒酒赐死了呢？"杜成峰眨巴着眼盯着杜昕言问道。

"绝不会是她！"杜昕言轻描淡写地说道，见父亲面色不悦，他赶紧解释道，"当时我气急败坏，看到她假死的尸体后，我却想明白了。杀了你，让皇上与我恨不得剐了她。她早就想好了要借城乱安排出诈死的局逃生。她怕死！一个怕死的人敢当着我的面说是她杀了你，那不是找死是什么？王一鹤在她身边侍候着，估计是高睿嫁祸于她。我只是不明白，现在沈相已死，父亲也已现身，她为什么还要诈死？"

"当时的情形，她只有诈死才能让你不再抓她。时机未到，她如何告诉你是她通风报信救了为父一命？沈相疯癫而亡，她若是还活着，以何面目面对？无论如何，找到她。"

"父亲，我真正担心的是别的事情。放走耶律从飞的人是她，我担心她通敌卖国，找到她后，我该怎么办？"

杜成峰了然地笑道："车到山前必有路，有些事情现在想不明白，以后就会看清楚。你的困惑，留到答案自然出来的那一天吧。"

二月二，龙抬头。河北道传来消息，十万大军高竖定北王大旗发动叛乱，发檄文称当今宣景帝弑父篡位。叛军依靠黄河一路向南，军情送达京城时，叛军已占领了大名府。叛军同时侵入山东道，占领了山东登州与益州。

杜成峰不肯出山，宣景帝便依他所荐封西北道指挥使张宗林为天下兵马指挥使，调西北道、淮南道、江南道大军平叛。同时任命杜昕言为元帅，领三军出征。

二月十四日，杜昕言率大军北上，与叛军在东平府对峙。

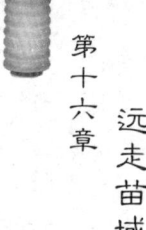

第十六章 远走苗域

　　山道上传来车轱辘声,一辆马车缓缓行驶在山间。轿帘被掀开,扑面的寒风让笑菲打了个寒战。她好奇地看着光秃秃的岩石、高耸的山峰,回头对嫣然笑道:"你瞧那些树,竟从石缝里长出来,求生的欲望真强!"

　　嫣然也探出头来看,高处的山岩还覆盖着薄薄的雪,树却是绿意盎然。

　　"大叔,还有多久到江西道?"

　　车夫甩了记响鞭,回过头笑眯眯地说:"快了,再过两日翻过梅岭就到了。"

　　笑菲与嫣然从京城出来后,一路向南,行了近一个月后,听到终于快要进入江西了,都禁不住兴奋起来。嫣然见笑菲眼中露出喜色,心里也极为高兴,小声地问她:"小姐,你觉得那些苗人真的会甘心奉上宝药吗?"

　　笑菲瞥了眼马车后堆着的东西,抿嘴一笑道:"会的。"

　　"嫣然相信小姐,小姐定的计策一定会成功。"

　　见嫣然信心十足,笑菲又笑了,她将手抄在厚厚的手笼中取暖,薄薄的单眼皮狡猾地一眨:"嫣然,你看我像是短命的人吗?"

　　"小姐身子有什么不妥吗?"嫣然大惊,手猛然抓住了笑菲的肩,上上下下打量了一番,惹得笑菲轻笑不已,她恼怒地甩开手,侧过身赌气似的说,"小姐总是爱逗嫣然玩。"

　　笑菲听到这个"逗"字,便凑近了嫣然,手指从她脸颊上滑过,戏谑地说道:"我的嫣然俏丽无双,扮成公子更是风流俊俏,无人能敌,做我的相公,不知羞煞了多少女子。啧啧,就这生气的模样,为妻给你赔不是可好?"

笑菲此时穿着花布棉袍，头上裹着布巾，俨然一个小妇人的模样。嫣然会武，扮成男子正合适。不过，她虽是公子打扮，穿着青衫布服，却仍掩不住俊俏。一路上两人以夫妻相称，此时听到笑菲打趣，嫣然脸上便热了，嗔了笑菲一眼，低声道："该怎么做？"

笑菲轻叹，头抵在嫣然身上道："听说梅岭苗寨离进入江西道的唐家镇不远，在镇上见苗人露点儿端倪，他们一定会来找咱们的，就不在镇上歇脚了。"

嫣然侧过身看着笑菲，见她已经闭上了眼睛，睫毛还微微抖着，知她心里也在紧张，不肯说出来让自己担心罢了。嫣然心里暗叹，掀起轿帘对车夫说："大叔，快一点儿行吗？"

那车夫回过头笑道："公子，山道上快不了啦！看天色不早不晚的，咱们如果继续赶路的话，夜里就只能在山里过了。前面有个唐家镇，在唐家镇歇脚如何？"

"不用，咱们赶路吧！我多付你银两便是。我与内子急着赶回老家，还请大叔谅解。"

"公子，不是我不想赶路，出了唐家镇就进入苗家寨子的地界了，晚上夜宿山里，怕遇上剪径山贼。"

笑菲眼睛一亮，对嫣然使了个眼色，嫣然会意，掀起轿帘轻轻一跃，便悄无声息地坐在了车夫旁边。她笑眯眯地看着车夫吃惊的脸说："大叔，这样好了。到了唐家镇我就把车银结清，我会赶车，也有武艺防身。一路辛苦大叔了。"

见他有恃无恐，车夫叹了口气，扬鞭继续赶路。未时过后，马车进了唐家镇。遣走车夫之后，两人在镇上买了些食粮物品，嫣然就赶着车继续赶路。出了唐家镇，又上山道行了一个时辰，太阳渐渐偏落西山。远处山巅上还有阳光的影子，山道阴暗，山风凛冽。笑菲冷得缩成了一团，手中的暖炉渐渐地凉了。嫣然停了马车，掀起轿帘怜惜地看了她一眼，找出棉被为她裹好，轻声说："小姐几时吃过这种苦，再忍一忍，我马上找地方歇脚。"

笑菲点了点头道："不用离山道太远，找处明显一些的好地方。"

"嫣然明白。"嫣然放慢了车速，边走边观察着四周环境，借夕阳的余光看到左侧是片平缓的树林，她就赶着马车进了林子。林间幽暗，不见天光。没走多远，灌木杂草丛生，再不得前行。嫣然见几棵大树相距疏朗，树下只有一层薄薄的浅草，尚可将就。冬日枯木多，嫣然生起一堆火，这才从车上扶下笑菲。

笑菲从怀里掏出两枚药丸，两人相视一笑，吞了。

串在铁扦子上的馒头渐渐发出了香气，笑菲拿出酒壶来，饮了口又递给嫣然，听到嫣然高兴地叹道："这是醉春风啊！"说完，嫣然就睁大了眼瞪着笑菲，见她若无其事地看着火堆出神，嫣然气得站起身来道，"你这又是何苦？心里还想着他？他心里可有小姐？"

纵是相思无望，却难解相思，笑菲苦笑。她伸手拉嫣然，见她仍是不理，便苦着脸说："我饿了，馒头烤好了吗？"

嫣然挥着手中的馒头想不理她却又不舍，只得取下馒头给了她，自己却赌气不吃了，半晌才嘀咕道："就凭定北王当时喊出的那句话，他就下令缉捕小姐。虽是我们救的人，但他并不知道啊，可见他心里并没有小姐！现在小姐中了蛊，还惦记着他，想着就气！"

"嫣然，若是解不了蛊，也压不住蛊毒发作，我不过是将死之人罢了，何苦再计较那些？"笑菲无奈地回道。

"我就不明白小姐为什么会看上了他？"

"还记得去年渠芙江上的巴豆粥吗？我远远地看到他负手站在岸边等着丁浅荷，我就在想，若是有一个人能这样等着我该多好啊！如果不是我爹，我也能像别家小姐一样去参加京郊诗会，认得一个能疼我、惜我的人，可我却只能戴着面纱藏在相府的后花园中。我嫉妒丁浅荷，也嫉妒杜昕言对她的温情脉脉。那时，我就想把他抢过来。你看，我骨子里还是个阴险的小女人，巴不得定北王高睿娶了丁浅荷，看她跳进火坑，看她得不到！"

"小姐后来还不是救了她！"

笑菲拢了拢棉袍轻叹道："也许，人之将死，其心也善吧！我成天谋算，想让自己逃脱相府，过上逍遥日子；想借昙月派的势力，又担心高睿胜，于是先与契丹勾结。我想求个最稳当的法子，结果人算不如天算，棋局落子瞬息万变，终不能让我算尽。中蛊毒时我很害怕，现在却很平静。嫣然，如果真没有办法拿到宝药也不必强求。离开了相府，可以轻轻松松过到秋天，我已知足。"

"小姐！嫣然一定会替你拿到宝药！要嫣然拿命去换都行！"

"傻子，以前我怕死，现在倒真不怕了。我心中已无牵挂，若是我死了，你就把我葬在小春湖畔就好。"

嫣然的泪"哗"地就涌了出来，咬着牙说："就算平了苗寨，嫣然也一定替小姐取到宝药。"

笑菲只是笑笑，打了个哈欠说："我去睡会儿，估计苗人也该来了。"

目送笑菲进了马车，嫣然从身侧拔出长剑，坐在火堆旁轻拭着，篝火发出噼里啪啦的脆响声。她纵身跃上树，长剑挥动，又砍下了一些枯枝。

夜渐渐地深了，坐着慢慢睡着的嫣然突然听到有嘶嘶声，窸窸窣窣不绝于耳。她睁眼一瞧，一条斑斓大蛇正游过火堆，火光照映处，蛇头攒动。在这样的冬日，蛇还在冬眠中，意外出现这么多蛇，肯定是受人驱使。嫣然感到手脚发麻，回头一瞧，马车周围已围满了蛇，都在对着马车昂头吐芯，但并没有爬上车。嫣然吓得嘴里发出凄厉的叫声："小姐！"

嫣然提剑冲向马车，长剑挥出道道光华，所到之处，蛇皆被斩为几段，喷出阵阵腥臭脓血。她站在车帘处，握紧长剑急声喊道："小姐，你没事吧？别出来，外面有蛇！"

马车内燃起了一盏灯，响起笑菲懒洋洋的声音："既然从镇上就盯上了咱们，何不现身相见？"

树林深处渐渐亮起了火光，一行人踩着灌木杂草出现。蛇似看到了主人，自动分开一条路。待来人靠近火堆，嫣然看到为首之人是个相貌清俊、皮肤黝黑的青年男子，穿着黑色绣花布衣，头包缠头，腰间挂着一支翠绿的小玉笛。

"呵呵，好眼力！在下苗寨少寨主迈虎，留下货物，可饶你们不死。"迈虎说得一口流利的汉语，他身边的人都警惕地盯着手持长剑的嫣然。

笑菲轻轻地笑了："马车上有砖茶二十饼、盐砖二十。我们是来送礼的，让这些蛇儿离开可好？虽是你的宠物，但我与官人不喜。"

迈虎听到砖茶、盐砖两眼直放光，又听到是来送礼的，又顿生疑惑"送礼？"

"驱了蛇儿，好生说话可好？你若是想抢，不妨与我家官人过过招。"笑菲说完就不吭声了。嫣然一手持剑，一手提着酒囊，嘴里不知嚼了什么，喝下一大口酒后对准围着马车的蛇一喷，空气中顿时弥漫着酒气与药味。迈虎脸色一变，吹响玉笛，蛇如潮水退开，没退开的都已瘫倒在马车前。他厉声道："有备而来，又备下重礼，你们究竟想做什么？"

轿帘一动，一只素手轻轻掀了帘子，笑菲扶着嫣然的手走下马车，微笑道："听说梅岭苗寨对蛊术有不传之秘，小女子是想求得双心蛊的解法。"

"双心蛊无解！"迈虎脱口而出。

纵然知道无解，当真的听到迈虎肯定的回答时，嫣然仍心如刀绞。她看了眼笑菲，见笑菲神色如常，扭头喝道："给我们压制蛊毒的宝药！"

迈虎两眼一翻，冷笑道："别以为能驱蛇就了不得了，有也不给你们！留下货物，我放你们一条生路。"

嫣然大怒，长剑一指，人如鹰隼直击迈虎。迈虎拔出随身腰刀，两人相斗不过二十来个回合，嫣然的剑已压在了迈虎的脖子上，却看到他呆呆地看着自己，嫣然怒道："你看什么？！"

"你真好看！"

嫣然这才发现自己的束发簪子掉了，头发披散了下来，露出了女儿身，她冷笑着说："告诉你的手下别妄动，敢动一下，我就宰了你！"

迈虎并不着急，望着嫣然俏丽的脸说："杀了我就是和梅岭苗寨结下了血仇，你们走不出这座大山！"

"就算是死，也先杀了你！"嫣然厉声道。

笑菲微笑着对迈虎带来的苗人说："要换他一命很简单，拿压制双心蛊的宝药来换。听说梅岭苗寨有三颗宝药，可压制最毒的蛊虫。一颗可让蛊虫半年不动弹，服三颗可保一年半无忧。没有宝药，你们的少寨主可就没命了。送了药来，马车上的茶和盐一并送你们。"

那些苗人看了眼被剑胁迫的迈虎，迅速地消失在了树林深处。

嫣然将迈虎绑在树上，恶狠狠地说："知道'偷鸡不成蚀把米'是什么意思吗？不安好心的下场！惹了姑娘我，没有宝药，我就把你斩成七八段喂给你的蛇！"

迈虎突然道："你嫁给我，我可以饶你们不死！"

嫣然涨红了脸，扬手给了他一巴掌，迈虎哈哈大笑道："好泼辣的小娘子，我喜欢！"

"你再敢说一句，我就阉了你！"嫣然怒极道。

笑菲打断了她，笑道："嫣然，我想和迈公子单独聊聊。"

嫣然瞪了迈虎一眼，退到一旁警觉地守卫。迈虎肆无忌惮地看着嫣然，目光中闪烁着浓烈的兴趣。笑菲还是第一次见到这么大胆的男人。她想起自己对杜昕言来，不觉莞尔。她伸出手在迈虎面前一晃，笑眯眯地说："回魂啦！嫣然很美，对吧？"

"她的名字也美，嫣然，嫣然，汉人有个词叫'嫣然一笑'，她怎么不对我笑呢？"

迈虎的痴语逗得笑菲"扑哧"一声笑了，她眨巴着眼说："她要是死了，可跟不了你了！"

"什么意思？嫣然中了双心蛊？"迈虎惊呼一声，见嫣然回头恶狠狠地瞪着他，他脸色一变道，"你哄我！"

笑菲缓缓伸出手，咬破指尖，挤了一滴血凑到了迈虎的鼻尖："梅岭苗寨饲蛊千年，你应该闻得到味道。"

"原来是你中了双心蛊。"

"是啊，是我中了。不过，"笑菲提高声音问嫣然，"嫣然，我若死了，你怎么办？"

"小姐死，嫣然死！"嫣然毫不犹豫地回答。

笑菲撇嘴道："看，我没撒谎吧？我要是死了，她也会死。不过，你想得到她，我倒有办法。"

迈虎根本不信，哼了声就不再说话，眼睛却黏在嫣然身上不再移动了。

笑菲望着他，突然解开了他身上的绳子说："你带着茶与盐走吧。嫣然是我的护卫，她不会离开我的。有些东西强求不得，我从书上知道宝药不过三颗，让你给我也太勉强你了。如果你们要杀我们，你已经见识过嫣然的武艺了，到时只会两败俱伤。"

她突如其来的举动让迈虎摸不着头脑。嫣然见她放了迈虎，不由得大惊道："小姐！"

"嫣然，看来我没这个命，那就算了吧。听说北方在打仗，咱们不找苗人了，直接去找高睿好了。"笑菲耐心地向她解释道。

"咱们费了这么大的力气，小姐居然放弃了？！"嫣然的手颤了颤，把剑一扔，蹲在地上放声大哭起来。笑菲叹了口气，戏谑地笑道："我都没哭，你哭什么？"她回头喝道："拿了茶和盐走吧！别让我后悔！"

迈虎皱了皱眉，屈指发出响亮的哨声，林中窸窸窣窣地再次传来动静，原来那些苗人并没有离开。他们从马车上搬下茶和盐后就迅速离开了，迈虎却没有走，指着嫣然说道："我还要她！"

笑菲冷冷地看着他，讥讽道："人心不足！"

"你们走不出这座山。"

嫣然霍地站起，提剑骂道："小姐都给了你们茶和盐，还放过了你，你居然还敢胡言乱语，再落到我手上，我就杀了你！"

迈虎悠然地说道："放了我是妇人之仁，你们再无机会！"随着他话音落下，四周出现了手持弓箭的苗人，团团围了过来。

"是吗？"笑菲冷笑着手一扬，大团烟雾爆开，她喃喃地道，"恩威并施都不管用吗？"

因为事先服过解药，笑菲和嫣然一直站得好好的，烟雾散尽，迈虎与林中苗人则横七竖八倒了一地。笑菲笑道："捉了他两回，又放了他两回，还送了他重礼。我看他面相不恶，只是苗人太穷，山中少盐，见咱们带得多，不得已才在山中打劫。放心，他不仅不会要咱们的命，还会求咱们的。"

"可是……"

"苗人骄傲，就算杀了他们，也不会把宝药送给我们，要让他们心甘情愿才行。"

嫣然瞪着迈虎，随手拔了些草塞进他嘴里骂道："敢轻薄本姑娘，没割了你的舌头是姑娘心善！"她又扇了他几耳光这才解恨。

两人收拾了包袱，解开马匹重新上了山道。

阳光再越过山巅照进峡谷中时，笑菲与嫣然在溪水边已经睡着了。潺潺的流水像催眠曲，哄着一夜未睡的两人进入了梦乡。

迈虎攀在不远处的树上看着熟睡中的两人，神色有些复杂。不报仇他面上无光，要说报仇，似乎她们不仅没伤害他和他的族人，还送了他一份厚礼。砖茶还在其次，盐砖却是他极需要却买不起的。官府控制着盐，卡死了上山的路，逼着苗人用猎物、山货去换。

在镇上，他看到笑菲手里握着一小块盐砖塞给了一个苗人，换了块兽皮袖笼。她们在镇上采买食粮，轿帘掀开，车厢内堆满了纸包。这种纸包是他熟悉的，上面有官府盐买卖的钤记。正因为如此，他才从唐家镇一直跟随她们进山，而后决定打劫。

他想不明白那二十块大盐砖，笑菲是怎么运进山的。在唐家镇肆无忌惮地露出盐货，然后一路扬长而去，她难道就不怕被官府中人发现吗？

迈虎不知道笑菲身中双心蛊，连谋逆的罪名都敢担，孤注一掷就是为了引苗人来寻。离唐家镇最近的苗寨有宝药，她才不管官府会不会发现。

二十步开外，弓箭就对准了那两人。迈虎相信，这样的距离，就算嫣然武功再高，也拿他们没办法。他默默地看着嫣然，她披散的长发用绸带束在脑后，露出了那张俏丽无比的脸庞。她穿着男子的宽袍，此时看起来身材曼妙诱人。迈虎的心再一次被重重击中。他贪婪地看着她，嘴里一声呼哨，苗人就呼啦啦地冲出了树林。

声音惊醒了嫣然，她一跃而起，面对包围，讥讽地笑道："小姐好心放过你们，还不死心？"

迈虎哈哈大笑道："你们汉人最是奸诈，别以为放过我，我就会感激你们。你们早有预谋，在镇上露出车上有盐货引我们来抢，实际上为的就是我们的宝药。不杀我们，想施恩得到宝药，居心不良！"

笑菲在地上睡得腰酸背痛，她眼睛半眯着说道："如果我告诉你怎么把盐运进山里来，你会用宝药来换吗？"

苗人听到这句话，纷纷看向迈虎。苗寨里只要有盐，就不用再受官府勒索。虽然宝药能克制最毒的蛊，但比起不可缺少的盐，宝药又算得了什么？

笑菲懒洋洋地说："你不正奇怪我从哪儿弄来的盐砖吗？盐砖虽然用的是官盐的纸包，却不是官盐。你把盐已经运回去了，想必也知晓了那是未经提炼的粗山盐。这也是你紧追着我们不放的原因吧？"

迈虎脸上露出佩服的笑容，手一摆，让苗人们放下了武器。他抱拳行了礼，诚恳地说："姑娘能擒住迈虎两回不杀，仅带一名会武的同伴闯山，勇气与智谋都让迈虎佩服。如果姑娘能指点盐路，苗寨当奉上三颗宝药，并送姑娘平安出山。"

"她呢？你不要了？"笑菲笑着一指嫣然。

嫣然气得跺脚道："小姐，你还开我玩笑！"

迈虎想了想，道："迈虎对嫣然姑娘一见钟情，不知道嫣然姑娘要怎样才肯允了迈虎？"

"哼！宝药能压制蛊虫，等我家小姐解了蛊毒再说吧！"嫣然白了迈虎一眼，随口答道。

"只要捉到放蛊之人，不是难事。"

嫣然打了个哈哈,想要捉到高睿?做梦去吧!

笑菲却不这样看,能得到宝药,延长一年半的命,她已经知足了。如果有这位能驱蛇放蛊的苗寨少寨主相助,没准儿真能活捉高睿呢?她笑道:"我再加一个条件。如果你能解我的蛊毒,又能得到嫣然的心,这事我可以先允了!"

"小姐!"嫣然脸涨得通红,见笑菲冲她眨眼,难道这是小姐的缓兵之计,诳这个白痴的?她哼了声就没再吭声。

迈虎只当她默许了,禁不住大喜,对身边苗人吩咐了声,不多时便抬来两顶竹轿,请笑菲与嫣然坐了,直往苗寨而去。

三天后,梅岭苗寨几声炮响,寨门开启,驶出一辆马车,赶车人正是迈虎。

笑菲披着白狐裘衣,歪在铺满柔软兽皮的马车里懒洋洋地说:"嫣然,我看他长得不错,对你又极痴心,你随了他也好。"

嫣然怔怔地望着她,半晌才道:"小姐,你太厉害了,真不知道你的心是什么做的。我以为咱们进山后去挖的是石头,结果你居然找到了山盐脉。你什么都算计到了,计谋却只告诉了嫣然一半。"

"嫣然是在埋怨我吗?你难道不知道我是个自私得只顾自己的人?全都告诉你了,你肯定会露出马脚来。你瞧,为了宝药,我连你的终身都赔进去了。"笑菲这回连眼皮都懒得睁开,端起小几上的苗寨米酒饮了,脸上露出舒服的笑容来。

嫣然激动地低吼道:"嫣然是埋怨你,你明知道北上不一定真的就能活捉高睿。他若谋反成功,要捉他更是难上加难;他若失败,就只有死路一条。蛊毒解不了,你嫌自己活不长,所以想为嫣然找个好归宿,是吗?"说着,她眼里就落下泪来。

笑菲听到哽咽声,无奈地睁开眼道:"好啦,我又没逼着你嫁人。我不是说过要你自己愿意吗?你若对他无情,我又有什么办法?"

嫣然破涕为笑,掀开车帘吼道:"迈虎,你可都听见了?别以为我家小姐允了,你就能得逞!这是你自愿跟着我们北上的,没人要挟你。"

三天的相处,迈虎已大致了解了这对主仆的处境,对嫣然的忠义更为倾心。他呵呵地笑道:"嫣然,等我解了你家小姐的蛊毒,我会让你高高兴兴地答应嫁给我!"

嫣然气得跃到车外和他并肩坐着,侧过身吼他:"你这人脸皮可真厚!我说了我不喜欢你了。"

"出梅岭进河南道再入山东道,还有这么长的时间,你怎么知道你不会喜欢上大山里的鹰?"

"我才不会喜欢大山里的鸡!"

"我赌你一定会喜欢!"

争吵声从外面传来,笑菲饮下一碗米酒,酒香味甜,她微微地笑了。

杜昕言,虽然这次你胜了,但我还是不会让你杀高睿,你又会是什么表情呢?

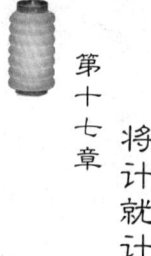

第十七章 将计就计

朝廷平叛的大军和定北王高睿的叛军在东平府相持不下。

山东靠海,向来是富庶之地。东平府城墙厚实,筑有瓮城,背倚山东平原,粮草不缺,连月来的数次进攻都被打退。战线一旦拖长,让北方的契丹也蠢蠢欲动。契丹没有理睬大齐的内乱,认为这是借机越境抢掠的好时机。而高睿只顾眼前,放任契丹越境。河北真定府一线已被契丹占领。领兵的契丹大王子耶律从飞却不再往南进军,占据四城后严防死守,摆出一副鹬蚌相争,渔翁得利的架势,在一旁密切地注视着大齐的内战。

宣景帝也明白形势,数次来旨催促早日平叛。

杜昕言走出军帐,远眺东平府,无声地叹息着。父亲也没有什么好主意,注定了此仗是硬碰硬,谁也占不了便宜。不同的是定北王高睿并不把契丹当回事,对他来说,大齐被搅得越乱越好。

"乱臣贼子,其心可诛!"杜昕言恨意满怀,却又无可奈何。

为了解决后顾之忧,宣景帝已密派使者北上与契丹议和,也实为无奈之举。

"侯爷,定北王传书欲与侯爷私下见面。"

杜昕言冷冷地回道:"回信,战场上见。或者,他降了也行。"正说着,又一副将匆匆来报:"侯爷,定北王识破我军挖地道入城的计谋,地道被堵死了,伤亡七十八人。"

杜昕言眉心紧皱,挖地道进城已经进行了近一个月,看来是白费工夫了。他喝住正欲离开的传令兵道:"回定北王,本侯也想和他叙叙旧。"

"是！"

回到中军大帐，杜昕言说了高睿相约见面一事，便有将士说道："定北王是绝不可能降的，侯爷当心有诈！"

杜昕言凝视着地图，手指点在一处山岭上，笑道："如果本侯所料不差，定北王定然把见面地点定在这里！"

此岭名曰伏龙岭。山岭似龙腾，却于龙颈处出现一处豁口，活似真龙断首，此豁口便得名断龙垭。豁口处又形成天堑深崖，中有索桥相连。龙头方向正对东平府，而龙身、龙尾则指向朝廷大军方向。

"如果想围剿定北王，需绕过东平府从龙头方向包抄，将他围死在龙头之上，逼他上索桥。我军设埋伏，前后夹击。此乃理想之上策。只不过，定北王没这么傻，会有防备，且大队人马经过东平府会被发现，此计行不通。中策是我军提前进入伏龙岭，过索道设伏兵于龙头。但是定北王若起了防备，断开索道，龙头之上的士兵便成了孤军。如果什么也不做，只是隔着索桥见面，东平府一战还不知要拖到何时。"杜昕言一边分析一边摇头道。

与高睿见面是机会，高睿又不是笨蛋，绝不会傻到前来送死。

帐前突闻喧哗声，杜昕言怒道："何人如此大胆？"

"侯爷，卫子浩奉旨前来！"卫子浩的声音穿过大帐传来。

杜昕言的脸上顿时乐开了花，哈哈笑道："我怎么忘了还有这么一群高手，请进！"

随卫子浩进大帐的还有一人，虽是男装打扮，杜昕言却仍一眼识破是嫣然所扮。他下意识地往外看去，就听到卫子浩笑道："子浩不才，带了名得力下属前来助侯爷一臂之力。"

卫子浩的言下之意是笑菲没有和他在一起，杜昕言装作没听明白，笑着道："如有昙月派高手相助，计划不如变化了。谢林也归你统领吧。"

杜昕言当下与众将士、卫子浩一起围着行军沙盘定下了计划。与此同时，传令兵也带来了高睿的回信，他果然把见面地点选在了断龙垭，约定第二日相见。时间紧迫，卫子浩接了令，就带着谢林和选定的十个武艺超群的士兵与他同行。

嫣然独留在大营，杜昕言送走卫子浩后，单独与嫣然相对，他眉头一挑，问道："你既然现身了，那你家小姐呢？"

"死了。嫣然被人救了。小姐临终前吩咐嫣然北上助侯爷一臂之力。"

"你觉得我还会相信?"

"随便你信不信。"

嫣然瞪他一眼,冷笑道:"侯爷若是不需要嫣然相助,嫣然这就离开。"

杜昕言暗中磨牙,恨不得找到笑菲掐死她,他眼睛一眯,露出笑容道:"你家小姐谋略过人,她既然临终前嘱你助我,想来定有好计策,本侯却之不恭。你留下吧。"

是夜,无星无月,战场一片寂静。

时近凌晨,杜昕言依旧无法入睡。一万士兵已经出发至伏龙岭,卫子浩一行人脚程快,也应该赶到了龙首处。明日趁着高睿不在东平府,大军将展开进攻。攻城不是重点,重点是突过东平府,掐断高睿的退路。只要高睿被困在伏龙岭,东平府无主,必然大乱。然而杜昕言觉得高睿不会这么容易就被他算计的,他心里有种极为奇怪的感觉,这种感觉搅得他睡不着。

"杜侯爷,嫣然求见!"

"进来吧!"

嫣然闪身而入,身边还跟着一个肤色黝黑、面容清秀的小伙子。她冷冷地道:"他叫迈虎,小姐临终前吩咐,如果两军交战,非正面攻击时,请侯爷依计行事。"说着,她递上了一封书信。

杜昕言接过信看了眼,顿时神色大变。沈笑菲若是死了,绝不会算到高睿会约他见面。时间紧急,他顾不得追问沈笑菲的下落,大步走出营帐急声喝道:"令各位将军速来中军大营!"

红日初升,伏龙岭山下露出点点翠意。经过一冬,二月春风已吹开不少嫩芽。

午时时分,断龙垭上的索道旁缓缓出现了一支百来人的队伍。为首的身穿银白软甲,头戴双龙戏珠金冠,定北王大旗在山巅猎猎扬开。索道另一头也慢慢走上来一行人,杜字大旗高扬,为首的青衫大氅,看身形清俊潇洒。双方队伍隔着索桥站定。身穿银白软甲的人脸上戴了个面具,说来也奇怪,身穿青衫大氅的人脸上也戴着面具。

双方见了面,却都没有说话,双方的大旗都在挥动。只听龙首处突然响起弩箭破空声，定北王的队伍顿时被射倒一片，紧接着跃出卫子浩一行人冲杀了过去。穿青衫大氅的人大笑道："定北王，你中计了！"他拿下脸上面具，却是杜昕言帐下虎威将军李名时。

穿银白软甲的人并不惊慌，冷哼一声，喝道："断索道！"他只带了百余人上山，被卫子浩等人偷袭，死了数十人，趁着还没被攻近，身边两名士兵已手起刀落，将索道斩断。

李名时正在惊诧时，见那人也取了面具，竟也不是高睿本人，而是高睿身边的近卫之一——田玉鹏。田玉鹏抽刀大笑道："我以命报定北王，弟兄们，冲出去！"

卫子浩所带之人都是精选的勇猛好手，他和谢林的武功更非寻常士兵可比。十来人对几十人占尽了上风。

山风吹来，李名时闻到异味，回身一看，吓得大喝道："速斩断火路！"

一冬枯燥之后，火从伏龙岭下燃起，一路摧枯拉朽，浓烟弥漫了半边天。上山小道狭窄，一万将士奋力砍倒树木断绝火势，却禁不住火势猛烈、浓烟袭击。转眼之间，火便扑上了山头，士兵大半被烟熏晕，无力再砍树斩断火势，纷纷挤推着从林中奔出，或因推搡而掉下悬崖，或当场葬身火海。断龙垭立刻成了人间地狱。

李名时呆呆地看着这一切，呛进一口浓烟，不禁涕泪交加。他被亲兵护卫着挤缩在悬崖边一处小小的角落里。听到林中哭号之声，眼泪涌出，他大喝一声："未战先败，李名时怎对得起一万将士！"说罢，他竟横剑自刎了。

卫子浩一群人正在围攻田玉鹏，隔着悬崖看得清清楚楚，却救之不得，不由得心胆俱裂。田玉鹏架住卫子浩的剑大笑道："以百人为诱，能灭一万朝廷大军，田玉鹏虽死犹荣！王爷好计策！"

谢林恨极，手中暗器掷出，田玉鹏接着又被卫子浩一剑毙命。灭了龙头的队伍，回望悬崖对面，崖顶空地处只剩下几百号人。前方火势冲天，下山的路被完全阻断。这边是万丈深崖，飞鸟难渡，眼见一个也活不了了。一阵浓烟顺风卷上悬崖，忽然听见一人大喊了声，随后就纵身从崖上跳下。卫子浩身边的士兵禁不住号啕大哭起来。

"定北王是个枭雄！"卫子浩喃喃地说道，他浑身浴血，眼中起了骇意。他担忧地望着远方的战场，高睿既然以假身相诱，不知道杜昕言的大军欲绕过东平府合围高睿的计划会不会被高睿来个反围攻。他看了看身边仅余的几个人缓缓地道:"下山,若遇叛军围剿,各自突围。"

北方一线烟尘升起,伏龙岭火光显现时,东平府城门大开,高睿大军倾城而出。出城后兵分两路,一路往伏龙岭而去,另一路直捣驻扎在东平府外的朝廷军大营。

高睿出现在高达十余丈的东城门城楼上,他头戴双龙戏珠冠,身着银白蟒服,披着大氅,迎风而立。他连软甲都没穿,潇洒儒雅如闲庭信步、花园赏春。他身侧站着手抚长须的幕僚张先生与贴身侍卫陈达。他端着一碗酒对北而举,眼里有水光闪动:"田玉鹏,本王在此敬你一碗酒,来生还做本王的护卫吧!"

酒缓缓洒落在地上,他身后的将士齐刷刷面北而跪。他望着大军行进的方向轻声说:"陈达,你与田玉鹏素来交好,他母亲还在苏州老家,你嘱人好生侍奉。"

"是!能为王爷尽忠,玉鹏定含笑九泉。"

远远望去,对面的朝廷大营似乎还没什么动静。张先生抚须笑道:"王爷,田侍卫以死引杜昕言上伏龙岭,山火已起,就算杜昕言武功再高,也难以逃脱。朝廷引西北道大军在河北与契丹相峙。淮南道、江西道、江南道的二十万大军被我军牵制在此。此番若能破敌,由东平府至京城只有十日路程。朝廷来不及调军,我军将长驱直入,直取京城。"

高睿微笑道:"本王料定小杜接到信后会想着将我困于伏龙岭,军中无主将,我军自乱。他必定遣大军假攻东平府,实则绕道反抄伏龙岭。所以,今晨小攻之后,我没有下令追击,放他的人马过去。待我军拿下中军大营,再与左路军会合,杜昕言就只能退向伏龙岭。只可惜,伏龙岭的火不烧上十天半个月是灭不了的。"他凝望着远方,悠然地说,"兵者,诡道也。战场之上,只论输赢。若是小杜识破了本王的计谋,本王也只有佩服的份儿。只可惜,大皇兄太想赢,小杜急功近利,怕是想不到这一点。"

高睿的话本来也没有错,他只是没想到还有人在暗中帮杜昕言想到了。

箭阵过后,高睿大军的五千骑兵冲向了朝廷军大营。小股抵抗如螳臂当车,转瞬间大营寨门就被攻下,中军见状挥动令旗,步兵方阵随即开拔。然而五千骑兵先锋在冲进大营之后，却不见有士兵。一先锋大喝一声："后撤！中计了，是座空营！"

忽然，他听到了一声尖锐的笛音，抬头一看，只见中军大帐的旗杆上坐着一人，黝黑的面庞，相貌清俊，眼若寒星，手中吹着寸长的青翠玉笛。诡异的感觉爬上心扉，他正取弓欲射时，忽听到惨呼声不绝，身下坐骑长嘶立起，将他摔下马来。一条毒蛇正不怀好意地对着他吐着红红的蛇芯。

骑兵先锋后的士兵方阵却不知情，虽然听到前方传来惨叫声、哭号声，却仍继续跟着鼓点踏着整齐的步伐前进。第一个士兵方阵就这样闯进了遍地都是毒蛇、死尸的大营，队伍瞬间混乱起来。士兵纷纷后退，却又被下一个方阵的士兵挤推着跌入蛇阵。士兵手持六七丈的长戈转动不灵，阵脚顿时大乱。鼓声一响，攻占大营的大军断无后退之理，仍踏着整齐的方阵义无反顾地往前。就在这时，万支火箭齐发，落进了大营中，火势冲天而起，被挤着往前的士兵顷刻陷入火海，纷纷弃戈往后奔逃。

"不好，有诈！鸣金收兵！"高睿脸色突变，手撑在箭垛上，手背青筋暴出。

战场上传来雄壮的鼓声与冲天的喊杀声，高睿手中大旗停滞，他呆呆地看到从左右两侧拥出无数的朝廷人马，青色的杜字大旗迎风招展。而他的军队前阵散乱，陷入火海，士兵后退挤推，士气一落千丈。紧随其后的士兵被感染，方阵突乱，像被一拳打散。左右翼再被围抄，不到半个时辰，朝廷大军已将他的大军团团围住。

高睿不可置信地望着眼前的这一切。杜昕言如果识破了他的计谋，又怎么可能让一万将士被活活烧死在伏龙岭上？如果杜昕言真的识破了，那么今晨佯攻东平府，潜往伏龙岭的人又去了哪里？高睿俊美的脸上浮现出激动与佩服："杜昕言，你真狠。为了灭我十万大军，拿下东平府，竟不惜让一万士兵去当诱饵！火烧大营让我的人马没有退路，你居然用的是和我同样的计！张先生，左路军可有消息？"

照计策，杜昕言若想擒住他，必放弃进攻东平府，率大军绕抄伏龙岭，将他围困在断龙垭附近。高睿则分出左路军从后路围抄，也企图将杜昕言的大军围困在东平府与伏龙岭之间。此时杜昕言已经料到他要袭营，那么，左路军又会遇到什么情况呢？西北方上空一团信号烟火炸起，蓝色的信号是遇到了伏击。

"号令城中所有将士做好准备，城中男丁全部上城楼！令大军突围回城！"

高睿厉声呼道,心中不好的预感袭来。

嗖——一支羽箭射上了城头,高睿一看,杜字大旗竟在离城不过两里的地方出现了,朝廷军如潮水般涌向东平府。

"昕言,我还真小觑你了。连损数万将士,火烧己方大营,将计就计,引我的大军尽出,再强攻兵力空虚的东平城!"高睿不怒反笑,牙咬得死紧。贴身侍卫陈达着急地说道:"王爷,东平城此时空虚,绝对抵抗不了杜昕言的大军。不如保存实力,速退向登州、益州!"

"是呀,王爷,退回登州、益州,集结、收整败军,方为上策。"

高睿恨恨地望着攻城的杜昕言大军,似乎已经看到杜字大旗下杜昕言青衫软甲,含笑相望。

"王爷,河北已让给了契丹,咱们先退往登州、益州固守。契丹大军必会趁此大战南侵,只要能拖延时间,咱们就有喘气的机会!杜侯爷派往伏龙岭伏击我左路军的人马不是主力,我左路军还能保存力量。只要王爷在,他们会跟随而至!"张先生劝道。

"走!"高睿看了眼前方被围得水泄不通的中军与离城越来越近的朝廷军,当机立断下了城楼。

城中王府后园,高睿神色复杂地站在地牢门口前。

"王爷,要带她走吗?再不走就迟了。"张先生轻声提醒高睿。远远望去,东城门上的杜字大旗迎风飘扬,东城门已被攻陷。

高睿从腰间取下一把钥匙递给王一鹤,轻声说:"记住我对你说过的话!"

王一鹤阴恻恻的脸上滑下两滴泪来,他颤抖着手接过钥匙,对高睿行了大礼,哽咽着说:"王爷放心,老奴从此就是无双姑娘的影子,会一直隐在暗中保护她。"

他很想推开地牢的门,带她一起离开。他默默地望着那道门,杜昕言的大军已经进城,东平府一役,自己元气大伤,他能接受成王败寇的结局,却不能带着无双。高睿猛地转身,头也不回地离开。

地牢并不像一间牢房,里面铺着最华丽的地毯,陈设华贵如宫殿。墙角立着一盏仙鹤灯,鹤嘴中衔着暗淡的烛火。高睿进来时,他会吹熄那盏灯。灯灭时，这里就是黑暗的梦境。无双的白昼和黑夜在灯亮与灯灭中交替着。他在黑暗中拥着她，一遍遍地勾起她的情欲，一遍遍在她耳边低声说："没有仇恨，我不是高睿，你也不是卫无双。"

渐渐地，无双从仇恨到绝望最后变得麻木。她就像做了个很长的梦，在黑暗中期待着让情欲烧熔自己。每到这时，她才觉得自己还是个活着的人。他在黑暗中现身，对她诉尽心事，像儿时的淘气、与高熙争宠、和杜昕言较力。她只是默默地听着。他还会对她唱歌，在黑暗中为她抚琴。

"无双，现在只是一个梦罢了，你别唤醒它。"

"无双，我知道你恨我。我迟早会死，死之前却绝不会对你放手！"

"无双，你想死吗？你试试你能死吗？"

温柔与残酷同时展现，无双麻木地承受着。她不理睬他，他不在乎。她不说话，他也只是拥着她，像拥着一个婴儿。

今天是什么时候了？无双平静地躺在床上想不起来。如豆的灯光一跳一跳的，她闭上双眼，已没有了眼泪。地牢的门开了，她下意识地看向那盏灯，灯光未熄，被风吹散了光影。

"谁？"

没有人回答她。

王一鹤走到床前，从她身上缓缓起出银针。血脉瞬间突破禁制，奔流到四肢，她能感觉到身体各处的酥麻。功力开始恢复了吗？他为什么要放了她？

"无双姑娘，王爷兵败，朝廷大军已攻陷了东平府，王爷已离城退往登州、益州一带，临行前嘱老奴放了姑娘。"王一鹤说完这句话就离开了地牢。

无双眨了眨眼，一滴泪涌出眼眶，心里不知道是激动还是惊诧。等了一会儿，她轻轻地动了动手指，长吐一口气坐起了身。长时间的被制让她行动缓慢，她忍受着手脚的僵硬，慢慢地向地牢门口走去。轻轻一拉，门就开了，石阶上方刺目的光线让她感到眩晕。她闭了闭眼，又缓缓地睁开，周围没有任何动静。她望着上方的光，手用力扶着墙，不敢相信，她真的自由了。

三四个月的时间，恍若隔世。

太久没有见过光，无双闭着眼也觉得双目微痛，她从内裙上撕下一块布来，蒙住了双眼，颤抖着腿，扶着墙，一步步慢慢地走了上去。

又是一个梦吗？她呼吸着清新的空气怔住了。庭院中安静异常，远处隐隐传来厮杀声。高睿人呢？王府中的人呢？是朝廷大军攻进来了吗？无双无力地瘫靠在墙上。她也不知道自己待了多久，直到听到院子里传来一声吼：“这里有个女人！"

无双机械地转过脑袋，眼前一片白蒙蒙的光影，院子里脚步声与铠甲的声音不绝于耳。她摸了摸盖住眼睛的绸布，触手滑软，她想起黑暗中的那个声音曾对她说："天下再好的绸缎都比不过你的肌肤，十金一寸的沉香缎也比不过。"心里有个声音在发疯似的喊她：无双，醒来！

"你是何人？"带兵的校尉惊诧地看着靠墙而立的女子，她穿着曳地的银白暗花宽袍，如瀑布的黑色长发直垂至腰际，一张苍白得近乎透明的脸，唇色极淡，却拥有着极美的轮廓。一块白色裙裾绑在眼部，让她显得诡奇艳绝。

等了片刻，无双艰难地吐出一句话："是朝廷大军吗？杜，杜侯爷呢？"

士兵们面面相觑，不知道她与杜侯爷是何关系。

"这是定北王府，这个女人一定与定北王有关，锁起来！"

"住手！"

听到声音，无双腿一软，扶着墙慢腾腾地蹲了下去，脸仰起，两行泪夺眶而出，随后身体被重重地拥进一个坚硬的怀抱里，她伸手摸到了冰凉的铠甲，她悲喜交加而茫然地唤了声："杜大哥！"

"无双，你怎么了？你的眼睛怎么了？"杜昕言抬起无双的脸，焦灼地连声问道。

"太久没见光，我无事。"无双淡淡地回答。

杜昕言拦腰抱起她，喝道："去找卫子浩来。"

无双的手下意识盖住了小腹，泪浸湿了裙裾，像透明的水滑落冰面。

第十八章 被掳和亲

无双呆呆地坐在窗前,听到脚步声响起,头也没回地说:"大哥,是你吗?我说过了,我没有事,不用看大夫。"

"无双。"卫子浩神色复杂地看着她。

无双已换了衣裳,又穿上了以往的黑色劲装,看起来与以前没有什么不同,他却明显感觉到了她的不同。她的长发被简单地束在脑后,额间束着根白色的丝带,是她用那条撕下的裙裾做成的。她依然冷漠,冷漠中却透出悲伤。

"大哥,我和从前不一样了。我,当初立了血誓的!"她仿佛在说一件与己无关的事情。卫子浩心如刀绞,拉起无双,紧紧地抱住了她:"是大哥不好,是大哥要你去高睿身边的。"

无双抬起脸,美丽的眼里泛起泪光:"我是自愿的,不怪大哥,我不后悔。"

"无双,杜大哥对不住你。"杜昕言静静地站在房门口。

无双推开卫子浩,看向窗外。早春二月,枝头吐出米粒般的绿意,春天来了,她却再也找不回原来的自己。

"定北王已退往登州、益州,杜大哥、哥哥,你们去做该做的事情吧,无双职责已尽到,想离开。"

卫子浩皱了皱眉,道:"无双,等打完这仗再走吧?"

"不!我想走,我累了。"无双深吸了口气,身体蓦地跃起,轻轻地从窗外枝头摘下那朵绿色的嫩芽,旋身又回到房中,她的嘴边露出一丝笑意,"我的功力还在,不用担心我。我只是觉得累了,想找个地方安静些日子。"

卫子浩正想再劝，杜昕言抢先一步说道："好，等你休息好了再回来。"

星月夜，伏龙岭的山火还在燃烧着，东平府外的战场上躺满了尚未来得及收殓的尸体，老鸱凄凉地叫着飞落在尸首上。

无双单人单骑离开了东平府，杜昕言和卫子浩站在城楼上目送她离开。

"子浩，无双心里难过。她有武功，你若是派人盯着她，她会不喜。等她心情平静了，她自然会回来的。"杜昕言看破卫子浩心思，低声劝道。

卫子浩咬牙说道："大军还要休整几日？我一定要亲手杀了高睿！"

"两日后就开拔！你想不想知道为什么我会识破高睿的计谋？"

"你想说你自会说，你不想说，我问你，你也不会说。"

杜昕言笑容可掬地看着他，意味深长地说："你带嫣然来找我，你还猜不到吗？我现在忙着对付高睿，没工夫去找人，等我闲下来，她就别想再躲着我了。"

卫子浩一怔，脸露尴尬："我也是回来后才知道的，灭高睿重要！"他边笑边走下了城楼。

杜昕言望着无双离开的方向，轻声问道："谢林，我能相信你吗？你是昙月派训练出来的护卫，他是你的教主。"

谢林吓出一身冷汗，心里直犯嘀咕，难不成他用尸体骗杜昕言被发现了？他利落地在杜昕言身前一跪，说道："但凡昙月派护卫对主人效忠之后，只有昙月派教主能指使他去做一件事，完成这件事后，从此护卫与昙月派再无关系。公子现在就算让谢林自尽，谢林也绝不皱眉。"

"呵呵，我不要你自尽。听你这话，你已经为卫子浩做了一件事了。我要你盯着无双，她人在哪儿，你就跟到哪儿。但是你不能出手，任何情况下你都不能干涉她。你要变成我的眼睛，替我看着她。"杜昕言瞟了眼谢林，见他眼中露出疑惑，轻笑着说道，"无双虽然被高睿所囚，可我看到她时，她穿的是十金一寸的沉香缎。她急着离开，坚持不看大夫，她在害怕什么？是高睿对她下了毒，还是另有隐情？高睿为什么要放过她？"

谢林想了想，道："公子怀疑无双与定北王有了私情？"

"谢林，跟着她，我会知道的。"

"是！"

杜昕言目光如冰，谢林走后，他喃喃地道："无双，但愿你不会爱上他。"

嫣然在王府门口等得心急，这里已布置成大军帅帐行辕。士兵阻止了嫣然进入，想起没有消息的迈虎，她低声咒骂着杜昕言翻脸不认人。听到马蹄声，见街角有一行人骑马过来，嫣然等不及，几个纵掠挡在了路中间。杜昕言一勒马，眼笑得眯成了缝："这不是子浩的随从侍卫吗？敢问拦住本侯是何用意？"

嫣然哼了声正要说话，杜昕言脸一板，喝道："无故拦住本侯去路，耽误军机，拿下！"他身后奔出一队士兵便将嫣然围住了。嫣然气极，一咬牙拔出了剑。

"嫣然！"卫子浩骑马从街的另一头赶来喝住了她。

嫣然看了卫子浩一眼，冷冷地道："我与昙月派已经没有关系了，不必再听你号令！杜侯爷想抓我？敢情侯爷一向是个恩将仇报的小人，你把迈虎怎么了？"

杜昕言眯了眯眼，望着卫子浩说："子浩，我下令抓她，但是你的这个随从武艺高强，你看着办吧。"说完他纵马入府，瞧也不瞧嫣然。

"杜昕言，你敢伤迈虎半根头发，我让你连肠子都悔断了！白眼儿狼！"嫣然眼睁睁地看着杜昕言进了王府，气得破口大骂。等她骂完，突然发现，围住她的士兵更多了，人人都用鄙夷、愤怒的眼光瞪着她。

"瞪什么？别以为他打败了定北王就是英雄，他就是只白眼儿狼！"嫣然不管不顾地骂着，手一紧，她竟被卫子浩扯住了。卫子浩低声在她耳边说道："你难道不知道杜昕言是想找出你家小姐的下落？告诉我，为什么沈小姐要你北上助他？"

嫣然张了张嘴，又闭紧了嘴。她只想和迈虎待在军中，如果杜昕言胜了，抓到高睿，小姐才有解蛊的机会，她才有机会和迈虎好。

"他留住迈虎，你难道还不明白他的目的？真笨！算了，看在你出身昙月派，我就帮你一回。"卫子浩低声呵斥她，板着脸对士兵大声说："敢对主帅不敬，我这就领她给侯爷赔罪去。"说着他拽着嫣然就进了王府，待他回身见士兵散开后，这才笑道："这不就进来了？小杜不会把迈虎怎么样，他只是想知道你家小姐的下落罢了。"

嫣然想了想，道："教主，小姐她对杜侯爷有情，所以才令我们北上助他。"

真的只是情深关切？卫子浩不相信，他故作轻松地感叹道："沈小姐乃聪明绝顶之人,她定计使我军大胜,杜侯爷感激之余更会倾慕于她,她何苦矜持?"

"杜侯爷心里没有她,小姐骄傲,她不会现身的。"

似乎是极好的解释,卫子浩却总觉得还有隐情。沈笑菲能知战场瞬息变化,一定离大营不远。她会在什么地方呢?嫣然和迈虎又用什么方式和她联系呢?他若有所思地盯着嫣然,突然转移了话题:"你听,杜侯爷在吹箫!你去见他吧!好好说就是了。"

"教主,还请你别告诉杜侯爷,我家小姐对他……"

"我明白,去吧!"

箫声悠扬呜咽,似有无穷心事。嫣然欣赏不来,提了剑循音而去,她有话想当面问杜昕言。走到内院,便见凉亭之中杜昕言在吹箫,他身旁坐着迈虎,却在饮酒。见她进来,迈虎脸上堆满了笑容。

自己在担心他,他却在饮酒?嫣然差点儿没气破肚皮,她走上前冷冷地说道:"迈虎,我就知道你一定会出卖我们!"

"没有,我只是和杜侯爷打了一个赌,赌你会来找我。"迈虎得意地笑了。

杜昕言停下吹箫,上下打量了下嫣然,赞道:"沈大小姐真聪明。虽然自己长得不怎么样,可她身边的两个侍女却都美貌无比,一个俏丽柔美,一个无双冷艳明媚。而她自己常常戴着面纱不露脸,只让别人以为她更是倾国倾城。"

"杜侯爷,这你就错了,沈小姐是在下见过的风姿最美的女子。只不过,在我心里只放得下一个嫣然而已。"

嫣然脸一红,呸了迈虎一口,道:"小姐临行前吩咐嫣然,如果杜侯爷找她,就把话带到!"

"终于肯承认她没死了?"杜昕言朗声大笑道,"早知道她心机过人,说吧!"

嫣然双眼一翻,倨傲地说:"小姐想知道,她救了老杜大人,又为皇上登基立下大功,此番更是献计让侯爷在东平府大胜,侯爷拿什么报答她?"

杜昕言眼中露出笑意,慢悠悠地说:"你家小姐想我怎么报答她?"

嫣然紧逼一句道:"她恨定北王陷害老杜大人却推到她的身上,小姐想要定北王高睿的一碗心头热血解恨,杜侯爷能做到吗?"

高睿若败,必死无疑,这个要求听起来并不过分。可是杜昕言却疑惑,沈笑菲就这么恨高睿?"好,本侯答应她。不过这碗心头热血,本侯要亲手交给她。"

无论如何,只要有就行。嫣然当即应下。

杜昕言瞟了眼迈虎笑道:"嫣然姑娘这么紧张,好好看看,本侯是否伤了他半根头发?"他负着手悠然离开,嫣然瞪了迈虎一眼,低声问道:"你没有被他套出什么话吧?"

迈虎眨了眨眼,眼里涌出笑意:"我若是说了,你断不会再理我了。只要能取到定北王的心头血,杜侯爷想亲自送去也无妨。嫣然,你这么担心我,是不是喜欢上我了?"

嫣然啐了他一口,道:"我不过是担心你出卖小姐!哼!"

话虽这样说,她脸上却泛起红晕来。她从小无父无母,进昙月派学武,不知吃了多少苦。笑菲像她的亲人,迈虎却是头一个把她捧在掌心上的人。她低声道:"迈虎,小姐命苦,就全看你了。"

嫣然俏丽的脸上显出一丝愁容来,顾盼之间更添柔美。迈虎怜惜地看着她,握住她的手道:"我知道你从小就没有家,没有亲人,不过以后有我。"

"为什么你会突然对我……"

"我不知道。在林中与你交手,你露出女装时,我就想,世间竟然有这么美的女子!"迈虎直截了当的赞美让嫣然偷笑着低下了头。

远处阁楼上,杜昕言看着并肩而坐的两人,不知为何又想起了笑菲。

围攻登州、益州之后,北方传来消息,朝廷与契丹达成和议。这个消息对高睿来说无疑是雪上加霜。东平府一役后,他的二十万大军已折了四成。与契丹休战和议后,朝廷解了外患,就集中兵力与他作战,气势也更盛了。

杜昕言大军围困登州已达两个月。城中已无军粮,士兵中已出现哄抢马匹杀了吃肉的现象。登州城外,朝廷军的营帐密密麻麻,望不到尽头,对登州城的进攻也越来越频繁。不出三日,登州城必破。

高睿坐在府中小心擦拭着手中的宝剑,张先生侍立在他身边看了他很久,终于说道:"王爷,你真的打算战死疆场?"

"你觉得让杜昕言擒了我去京师,然后当众被剐了好?"

"船已备好,王爷可以离开,积蓄力量再图起兵。"

高睿抬头看了张先生一眼,笑着站起来,他睨着张先生道:"先生,成王败寇,本王从来不觉得有什么不公!"说完,他竟一剑刺进了张先生的身体里。

看到张先生惊愕的神情,高睿轻蔑地说道:"纵然是败,本王也不会逃的。这里已不需要出谋划策的幕僚,你不能提剑上战场,不如现在就死去,更为痛快!"他拔出剑来,大步走到门口喝道:"吩咐下去,收集所有粮食,让士兵们吃顿饱饭,明日辰时,开城门决战!"

这是一场没有悬念的战争,从定北王高睿起兵到全部被剿灭,历时四个月。《齐史本纪》中只记下短短数语:宣景元年一月,安国侯与定北王睿军战于东平府,胜之。夏四月己未,围定北王睿于登州,大捷。睿阵亡。

银白铠甲溅满血污,身中三箭和数十刀,其中一刀从面颊砍下,身体复被马蹄踩踏。平静的战场上,高睿的白龙马屈膝在他的尸身旁安静地死去。

杜昕言与众将军围在定北王高睿的尸体前怅然无语。战场无情,高睿死得甚为惨烈,不要他的心头血,也能解她的恨了吧?他下令好生收殓,同大军一起班师。回到大营,嫣然与迈虎见他回来,异口同声地问道:"定北王人呢?"

杜昕言笑道:"他死了,我想你家小姐应该解恨了吧?"

死了?嫣然喃喃地重复着杜昕言的话,眼前一黑就晕了过去。

迈虎抱着她,冷冷地望着杜昕言道:"杜侯爷,告辞!"

"等等,沈笑菲人呢?"

迈虎冷笑道:"她死了!"

杜昕言身形一动,拦在了他面前:"本侯也想活捉他,但是战场刀枪无眼。"

"杜侯爷,我不知道你为什么想见沈小姐,不过,我现在可以告诉你,沈小姐中了定北王的双心蛊,只有定北王的心头热血能解。定北王死,她死,你现在明白了吗?"迈虎低头看了眼怀里的嫣然,抱紧了她,怜惜地想:从此,她也是一个人了。他绕过呆若木鸡的杜昕言,大步走出了军营。

她诈死离开是去了苗寨寻解蛊高手,她房间里的那些医书、巫书都与蛊毒有关,她要嫣然和迈虎相助他是为了活擒高睿。

"真的就死了?这次是真的?"杜昕言失魂落魄。他亲手一箭射中了高睿。一箭射出时,他想起了在小春湖旁自己误会笑菲时说的那些话,想起在天牢看到父亲时的心痛,想起丁浅荷爱上高睿的无奈。他亲眼看到士兵一拥而上,雪亮的兵器刺进高睿的身体,他只觉得快意。他怎么就没仔细想想,为什么笑菲非要高睿的心头热血呢？

杜昕言猛地冲出营帐，翻身上马，问了迈虎和嫣然离开的方向，便纵马追去。就算她死了，他也要见上她一面。

大营一侧闪出卫子浩的身影，他摸了摸怀里的密旨，狡猾地笑了。

四月初夏，林木葱茏，济南府趵突泉附近的一栋木屋内飘起了茶香。屋内干净整洁，摆放着几件简单的竹制家具。靠窗的案几上一锅泉水煮沸了，汩汩地冒出串珠般的水泡。茶壶中茶水漫出，一只白瓷茶碗盛着半碗汤色明亮的茶汤。一局棋下到一半，黑白色正纠结在中盘。

门被"砰"地推开，嫣然和迈虎看着煮沸的茶却不见笑菲，不由得急了起来。

"小姐！"嫣然旋身出屋放声喊道。林间鸟鸣清幽，却无人回答。

"迈虎，小姐会去哪儿？定北王死了，她肯定有感应。她不会，不会伤心难过，扔下我独自走了吧？"嫣然说着眼泪"哗"地涌了出来。

迈虎仔细地看着地上的痕迹，他从怀里拿出一只木盒打开，戴上指套，挑出一只花斑蜘蛛放在了门口："若是小姐外出，它就能找到她的方向。"

花斑蜘蛛在门口转了转，飞快地往外爬去。两人跟在蜘蛛后面，走了一段路，蜘蛛停下不动了。迈虎环顾着四周叫道："嫣然，有人骑马带走了她！你看蹄印！还不止一人。"

嫣然急得跺脚："小姐藏在这里，谁也不知道，会是谁？"

"卫子浩。"杜昕言在他们身后说道。

两人回头，杜昕言冷冷地看着他们道："你家小姐原来没死。"

嫣然正在气头上，冲到杜昕言面前吼道："你懂什么？！如果不是迈虎的宝药压制着她的蛊毒，只怕她现在已经活不成了。如今……她不过能多活一年半，教主为什么要劫走她？"

她还能活一年半，这次是真的了。杜昕言苍白着脸，想起自己向高睿射出的那一箭，心一下子就被揪得紧了。如果他能活捉高睿，她的蛊就能解。他为什么看着高睿被杀？

"杜侯爷，你怎么知道是卫子浩劫走小姐的？"迈虎收了花斑蜘蛛疑惑地问道。

杜昕言回过神儿来，沉声道："木屋内棋局有一处黑白子缠斗的状况与大局有异，仔细看就能看出是用棋子摆出了个'卫'字。只有他知道你家小姐没死，还知道是她献策攻下了东平府。以卫子浩的能力，不难知道她藏身在山东道境内，且离东平府不太远，她多半儿会在济南府。我想，卫子浩一定是在攻下东平府后，就开始寻找你家小姐的下落了。"

嫣然擦干眼泪说道："小姐说过，她看到了卫子浩眼中的野心。杜侯爷，你猜卫子浩劫走小姐想要干什么？"

杜昕言望定北方，眼眸内寒光闪动，他缓缓地说道："大齐和契丹和议，耶律从飞想要四公主高婉和亲。"

"四公主与我家小姐有什么关系？！"

"还记得当日耶律从飞从京城逃脱一事吗？你家小姐定是冒充了四公主高婉！"

嫣然当然记得，她回头看了眼迈虎，又看了看杜昕言，"咚"地跪在地上哀求道："杜侯爷，我求求你，别让她去和亲。她已经活不了多久了，别让她去。看在她数次相帮的分上，你去求求皇上，好不好？要是去和亲，她会死的。"

想起她勾结契丹放走耶律从飞引来觊觎，杜昕言就气不打一处来，他冷冷地道："自作孽！她是自找的！"

恨意瞬间涌上嫣然的心头，她站起身来骂道："亏小姐对你这么好，她中了蛊也不忘记通风报信救你父亲。她思慕于你，你撕破她的衣袖，她还傻乐半天。你居然这么说她！白眼儿狼！"

杜昕言被她骂得一怔，瞬间想起那一次听到琴声，进入相府后花园的情形。

她说："那我不帮三殿下了，我认错，我再也不捉弄你了，再也不使计害你了。我帮你成不？你还会不会让我倒霉？"

她说："我是喜欢你。杜公子，你喜欢我吗？"

她喜欢他，她喜欢的人原来是他！杜昕言心里翻江倒海，全是笑菲的一颦一笑。

他转身就走。

"喂！白眼儿狼，你跑什么？"

"回京找她！"杜昕言扔下这句话，跃上马就走了。

迈虎微笑着走到嫣然身边，揽住她的肩道："看来杜侯爷对沈小姐并非无心。嫣然，别担心了，我们也去京城吧。"

宣景帝高熙第一次看到拿下面纱的沈笑菲。她白色的绢衣被风吹起，像朵盛开的白莲。她抬起头的瞬间，高熙从她眼中看到了洁净的天空，他情不自禁地把声音放得柔和："沈相疯癫，朕欲收你为义妹，代四公主和亲契丹，你可愿意？"

"笑菲与四公主素来交好，怎忍她嫁去苦寒之地？笑菲命本就不长了，愿和亲契丹，为我大齐北方和平尽力。不过，笑菲有个请求，请陛下收回成命，不必以公主礼相待。当日耶律王子南下，与笑菲和四公主在长芦寺有过一面之缘。若被他揭穿身份代嫁，笑菲担心契丹会借此生事。大齐贵女配契丹蛮子，足矣。"

她轻柔的回答博得了高熙的好感。耶律从飞要的是四公主高婉，卫子浩却告诉他耶律从飞想要的女子其实是沈笑菲。高熙联想当日之事，马上就明白过来，是沈笑菲冒充高婉送走的耶律从飞。他心里不禁疑惑，杜昕言当时已经追至相府，难道杜昕言的消息会比卫子浩还来得慢？

高熙努力压制着这股疑惑的滋生，想到杜昕言助他破了铁佛案，心情随之放松。杜昕言又不是神仙，不可能什么都能兼顾到。也许，杜昕言当时是因为一心扑在铁佛案中，所以才忽略了沈笑菲呢？他心里轻松起来，微笑着说："你对安国侯有恩，朕与他从小一起长大，感情甚笃。他一直想寻你报恩，晚些时候朕嘱他来见你。"

笑菲露出浅浅的笑容："当日报信救老杜大人是笑菲该做之事，如今笑菲和亲更是为了北方平安。请陛下转告安国侯，休再提报恩一事，笑菲惭愧。"

她的每一句话都说得高熙心里舒坦，他微笑道："你有此心意，不愧为沈相之女，可惜啊……"

笑菲眼睛一热，嘤嘤哭道："笑菲不孝，贪玩出走竟连累父亲。这次能为国效力，希望父亲能含笑九泉！"

高熙想起沈相疯癫吃人肉一事，心里就直犯恶心，少不了又感慨了几句。笑菲不想和他再多说话，借势哭了个天昏地暗，高熙只得叮嘱了几句后摆驾离开。

皇宫芜元殿里人声渐消，笑菲这才收了眼泪，她摸了摸面颊上的湿意，心里酸苦难受。从什么时候起，她的眼泪开始变多了？她缓缓从地上站起，瞟了眼殿内如钉子般戳着的宫侍，眼里流出轻蔑之意。她既然来了，又怎么会逃呢？

那日在济南府木屋内，卫子浩抢先一步找到她时，她就知道会有今天。

那天卫子浩推门而入，不客气地坐下，倒了一杯茶喝了。他赞了声茶香，笑容可掬地说："定北王死了，想必沈小姐早已知道了吧？"

高睿若死了，她的蛊毒也会发作，然而她并没有感到半点儿不适。难道高睿是在诈她？笑菲马上否定了这个推断。她曾经让迈虎嗅过她的血，的确是中了双心蛊。如果她没有动静，那么高睿就一定没有死。她不动声色地坐下，眼里飘起一抹哀愁："我已服下三颗宝药保命，还能活一年半。子浩此番前来，不会只是为告诉我这件事吧？"

好个聪慧的女子！卫子浩心里暗叹，他轻笑着道："沈小姐为保性命，当日在京城放走了定北王。你可知道这四个多月来，有多少将士战死沙场？伏龙岭上烧死了一万士兵，东平府对峙、益州之战、登州之围又死了多少人？你必须要为此付出代价！"

"呵呵！"笑菲大笑起来，讥讽地看着卫子浩道，"可有证据？"

卫子浩缓缓吐出两个字："嫣然！"

"你不过是猜测罢了，并没有真凭实据。我为什么要担这个罪名？那些死去的将士与我无关，冤魂不会来找我。"笑菲坦然地看着卫子浩。卫子浩从她眼中看不出半点儿端倪，他提醒自己，沈笑菲只是在装傻罢了。他道："大齐与契丹达成和议，耶律从飞要四公主高婉和亲，我已禀明皇上，他要的人其实是你。皇上明白当日是你放走耶律从飞后，龙颜大怒。他本舍不得公主北嫁，下旨令你以罪抵责。这事，你总赖不掉吧？"

笑菲随手在棋盘上落下一子，轻叹道："当日一步棋，今日成死局。卫子浩，你何苦一定要置我于死地？你让皇上知道我与契丹勾结，不怕他日皇上疑你与契丹勾结？"

"沈笑菲，我知道的事还不止这个。我还知道，你对杜侯爷情根深种。你救了小杜的父亲，难不成想让他为了报恩而抗旨？圣旨已下，你若抗旨，便是死罪。你活不了多久，不在意这个罪，你忍心看杜氏满门为报恩被你牵连？"

笑菲再落下一子，勉强地笑道："这一子落下，偏偏堵死一眼。"她紧接着再布棋，口中喃喃地道，"一个嫣然，一个杜昕言。自毁局，不可活。"她手中又拈起棋子，却又颓然地扔掉，站起身对卫子浩招手道："卫子浩，你来看。"

她指着远处泰山的方向道："泰山非中原最高之山，却有一览众山小的美誉。那是因为它周围再无可与其比肩的高峰。卫子浩，你想做人上人，却有很多高峰把你给比了下去。如果我没有猜错，杜昕言就是你难以逾越的峰！"她蓦地转身，眼神变得锐利，尖刻地讥讽道，"论出身，他是皇亲；论武艺，他是你出道以来唯一打不过的人。呀，还有丁浅荷，对吗？她眼里从来没有你。从前她与杜昕言青梅竹马，后来她爱上的人是定北王高睿。你盼着成为皇上的暗势力，能与他在朝堂一斗。你嫉妒杜昕言，我说对了吗？"

卫子浩眼中怒气顿生，冷笑道："你太聪明了，所以我想，你能靠着苗人宝药活上一年半就已经足够了。我终于知道为什么定北王要对你下双心蛊了，不能为他所用，也绝不让你相帮别人！"

"是啊，所以你说对了，太聪明不是件好事情。我就落得了这般下场。既然都说我聪明，我就再说说我这个聪明人看破的事情吧。"笑菲轻笑道，呼吸了口林间的空气，神情悠然，"身为昙月派教主，真的灭不了江南谢氏满门？不，你是想要从皇上那里得到荣华富贵！你不惜把无双送给高睿，如果高睿赢了，你不就是国舅爷了，对吧？"

卫子浩满脸叹服之色："不愧是写出《十锦策》的沈笑菲！你说对了。昙月派百年来出护卫死士，一旦对人效忠，就与昙月派再无干系。自我当上教主后，我只能让护卫为我做一件事，从此就再也没有权力指使护卫。如今昙月派已成为皇上的暗势力，将来所有的护卫都将只对皇上一人效忠，而皇上则把管辖的权力交给了我。不改教规却能获得权力，这就是我的目的。至于无双，的确是我一箭双雕的棋。为了前程，我只能牺牲她。"

笑菲似笑非笑地看着卫子浩道："既然都安排妥当了，我只能跟你走了，我成全卫教主的前程与大义。昙月派虽归皇上掌控，但我还是请卫教主立下毒誓，不得再找嫣然的麻烦。"

卫子浩当然答应。

"小姐，四公主来看你了。"

宫侍的话打断了笑菲的回忆，她露出笑容迎接高婉的到来。

心里有一个声音对她说，人在深宫，箭在弦上，要利用杜昕言报恩脱身也不在这个时候。

她微笑着想,也许,这是她能为他做的最后一件事吧。

高睿没死,但要找到他、活捉他何其难?笑菲想到迈虎和嫣然,唇边笑容更盛。高睿只要还活着,总比死了好,不是吗?

第十九章 各怀心机

大军班师回朝，杜昕言交还了虎符，交出了兵权。在御书房中，他再见宣景帝高熙时，高熙笑道："昕言不必多礼，朕就知道你肯定能赢！眼下战事平定，与契丹也达成了和议，大齐需要好好休养生息。姑父不愿再出仕，昕言接了他回府要好好侍奉他老人家，母后也想见见他。"

"是，回头臣就接了父亲进宫见太后。皇上，此次和议一定要让沈笑菲和亲吗？她为皇上登基立下大功，又献策助我攻下东平府。这样做对她……臣良心不安！"

高熙冷冷一笑："昕言，我看你还蒙在鼓里呢。耶律从飞秘密南下，是她放走的。若非如此，耶律从飞为何在和议中提出要她和亲？朕没杀她，已是天大的恩赐！还有，卫子浩告诉朕，城乱当日从你手中救走定北王的人十有八九就是她！"

她中了双心蛊，要活命就不能让高睿死，难道真的是她救走的高睿？

伏龙岭的大火在杜昕言的心头灼烧着，他沉声问道："卫子浩可有证据？"

高熙哼了声道："城乱救走定北王一事倒没有证据。不过，私通契丹放走耶律从飞却是她亲口认了的！"说到这里，高熙锐利的目光从杜昕言的脸上扫过，见他露出惊讶表情，这才松了口气。

杜昕言故作惊讶，心中却极为失望，高熙已在疑他了。

"我知道她救了姑父，又提前识破定北王的阴谋。朕没有杀她，她愿和亲功过相抵。你对她心存感激，去见见她吧！"

"皇上天恩浩荡，对她宅心仁厚。救父之恩，臣当面致谢。"

跟着内侍走向芫元殿时，杜昕言心如乱麻，想的却是高睿被救走一事。难道卫子浩看到的黑衣人是嫣然？为什么从来没有听她提起过？走进殿内，他一眼就看到伫立在窗边的笑菲，她白色的绢衣纤尘不染，娉婷独立。

他挥退左右，缓缓走近她，正想开口，喉间却似堵着什么似的。他突然想起那晚和父亲秉烛夜谈时父亲说过的话。等到了这一天，他终于明白了。

看到笑菲的瞬间，杜昕言悲哀地想，哪怕是她放走的高睿，哪怕这场战争死了数万将士，他也不可能对她下得了手。看到她，他有点儿害怕。第一次，她假死，让他心胆俱裂；第二次，她没死，让他心急如焚；第三次，他已经提前知晓，却只能眼睁睁地看着。她还能活多久？如果不是与卫子浩定下盟约，她不会接近高睿，也不会中了蛊毒。她不过是想活命，想摆脱沈相而已。杜昕言怜惜不已。

听到声响，笑菲回过头来，瘦削轻盈的身体，干净如长空的双眸，看似天真的脸上慢慢地浮现出笑容。杜昕言眨也不眨地看着她，一开口就把他自己吓住了："你想离开吗？我带你走。"

笑菲愣住了，他真要为她抗旨吗？他是皇亲，刚刚因为平叛立下大功，是大齐未来的栋梁股肱。为了一个说不清楚哪天就会死去的人放弃前程，真不值得。她促狭地眨了眨眼："杜侯爷，我没听错吧？好像我和你的交情还不至于让你抗旨吧？我知道了，你一定是想报复我，对不对？我当日令嫣然救走定北王高睿，结果掀起了战火，伏龙岭上烧死了一万将士呢。不过，现在你拿我也没办法，皇上已经宽恕我了，本小姐要去契丹当王妃享福了。哪怕只能活一年半载也好啊！"

亲耳听到她承认放走高睿，杜昕言倒吸了口凉气，伏龙岭的大火烧得他心如刀绞。他一把拽过她，愤怒地低吼道："你若是肯说，我当日必活擒了他。你放走他，可知这几个月来死了多少人？！"

笑菲猛地甩开他的手冷笑道："死多少人我才不管，我只管我还活着！若不是我当日令嫣然果断出手，我现在早就死了！如今仗都打完了，再说这些已经没用了！你犯不着假惺惺地说什么要带我走的话，不就是可怜我活不了多久，想要报恩吗？我不需要！"

那么多将士的性命在她眼中竟如草芥！杜昕言怒极，手不听指挥似的挥了过去。笑菲两眼一闭，脸色顿时吓得惨白。掌风掠过耳际，她听到杜昕言冷冷地说道："能用你一条贱命换北方暂时安宁，换大齐休养生息，真是好呢，本侯会亲领使团，送你去和亲。"

笑菲睁开眼，大笑道："太好了，有威名远扬的安国侯亲自送本小姐去和亲，耶律从飞应该会更重视我、会更宠我。笑菲多谢侯爷了。"

杜昕言听到这一句，就想起那晚在绣楼外看到的她故意让无双扮成耶律从飞，两人相偎依的情形，心里不由得恨极。他冷笑了声，转身出了殿。直到风吹上面颊，他猛然醒悟，怎么突然又变成针锋相对了呢？他转过头看着芜元殿。一边是笑菲已活不了多久的念头，另一边却是伏龙岭上的熊熊大火，如果抗旨不让她远嫁契丹，他如何对得起死去的万千将士？如果送她走，为什么自己心里像浇了瓢滚油似的难受？

一时间，杜昕言竟茫然起来。

初夏的晚风吹得人很舒服，杜昕言坐在书房里发着愣，心情莫名的烦躁。信儿侍立在门口见他神色不悦，嘟囔道："都说了少爷心情不好，还让我通报。"

"你说什么？"

信儿吓了一跳，不屑地说："从前跟着沈小姐的侍女嫣然和一个长得像黑炭的男子想见少爷。我这就回了她去，也不想想，那沈小姐是好人吗？"

杜昕言听到这句话厉声呵斥道："什么时候学会背后讥讽人了？他们人呢？"

信儿从前对嫣然有好感，见嫣然和迈虎举止亲昵，心里就不满起来，这时被杜昕言一吼，他吓得说话也结巴了起来。杜昕言见他半晌也说不清楚，瞪了他一眼，就大步出了书房。他正想找嫣然问个清楚，心里不免急了起来，在府中施展轻功越房而过，看得府中下人张大了嘴。

嫣然和迈虎已等得着急，忽见杜昕言从天而降，嫣然还没开口，杜昕言已急声问道："嫣然，你说实话，当日是不是你出手救的高睿？"他脸色不好，更无平素的半分温柔、潇洒。嫣然被吼傻了，望着他半晌没有反应。杜昕言却看成是嫣然默认了，气一散，人就呆呆地坐在了椅子上。

"杜侯爷，我家小姐有消息了吗？"

杜昕言木然地回答："明日起程，北去和亲。"

"什么？"嫣然急得直跳脚，她走来走去，突然想到一计，高兴地大叫起来，"迈虎，我们在路上劫了小姐！"

"本侯亲自送亲，你俩不怕死就来试试。"

嫣然吃惊地看着他，忍不住破口大骂："白眼儿狼！你居然还亲自送亲？你，你送亲？小姐会多难过？你，迈虎你别拉我，我要杀了他！"

迈虎拦住嫣然，皱眉道："杜侯爷，你怎么突然就变心了？你不是对沈小姐有意吗？"

这句话像引爆的炸药，杜昕言从椅子上弹了起来，咬牙切齿道："她放走高睿，造成这场战争，知道我看着伏龙岭的大火心里有多难过吗？活活烧死了一万将士！知道与高睿之战有多苦吗？四个月来战死了多少人？！她居然高高兴兴地想去和亲！"

嫣然呆了呆，大喊道："不是我救的！是定北王自己的护卫出的手！城乱当日你没本事擒了他、杀了他，凭什么怪到我家小姐头上？杜昕言，你忘恩负义，你敢亲自把小姐送进狼窝，我就算打不过你，我也要救小姐走！"

她的声音很是尖厉，却像盆凉水瞬间浇灭了杜昕言的火气。他望着嫣然，喃喃地问道："不是她？不是她？"

"谁说是了？我那天还看到了卫子浩，你怎么不说是他？"嫣然怒极，连教主都不肯再称呼了，直呼卫子浩的名字。

杜昕言喘了口气，紧张地望着嫣然道："你再仔细给我说说，究竟是怎么回事？快说呀！皇上就是因为这点令她去和亲，让她抵罪！"

迈虎叹了口气道："你俩能不能都坐下来，别吼了，慢慢说，行不？"

嫣然白了他一眼，这才慢慢地说出城乱当日的事实。

"我刚赶到，就看到一大片迷烟在路上散开，正想冲过去，迷烟之外却有三名黑衣人带着高睿跑掉了。我追了一程，差点儿被发现，想着小姐独自一人，放心不下，只好回转。信不信由你！"

杜昕言想了又想，终于展开了笑容："我明白了。高睿绝对不会孤身前来，他肯定留了人接应他。他吼那一声是乱我心神，知道是你家小姐识破了他的计划，所以他刻意报复。"

嫣然巴巴地问道："现在你清楚了，那我家小姐还用去和亲吗？要知道她只有一年半的时间可活了,还叫她远嫁契丹,这是要现在就活活逼死她啊!"

杜昕言闭上眼苦思,睁开眼时严肃地说:"你说的我相信,卫子浩既然指证你,他肯为你做证说不是你出的手?且北方需要安定,明日使团还是照样起程。"

"你说了半天,还是要送她去契丹?"

"送,不等于让她嫁。皇上已知道当时是她放走的耶律从飞,她不嫁,皇上会以通敌罪杀了她。等过了黄河,在契丹地界上失踪,于我大齐无损,她也能安然脱身。"杜昕言耐心地解释道,"如今战乱才平,国库空虚,大齐禁不起大战,所以我们不能再给契丹出兵的理由,难道你们想看到再起战争?"

三人筹划完毕,送走嫣然和迈虎后,杜昕言这才遥望皇宫,苦笑道:"你又骗我。"

想起笑菲是不想连累他,杜昕言心头涌起阵阵暖意。

清晨时分,笑菲沐浴完后换上了大红嫁衣,代表大齐贵女出嫁,长发绾成髻,插了八根玳瑁钿子,坠着长长的珍珠流苏。她从来不喜欢这些金饰,此时却抚着手上的赤金手镯微笑起来。在她看来,这些都是她以后生计必需的银子!

"安国侯到!"长长的唱喏声传来。

笑菲拍了拍脸颊,很满意脂粉涂得让她面如桃花,不笑也带喜。回头看到正装打扮的杜昕言时,她忍不住有些失神。他穿着黑色绣麒麟滚红边袍服,头戴紫金冠,腰间挂着把宝剑,顾盼之间,神采奕奕。她眼前又浮现出元宵灯节上,他青袍玉立,含笑为丁浅荷插上簪子的多情一幕。

笑菲扬眉笑道:"有劳杜侯爷亲自前来催请,妾身随时可以起程。"

杜昕言吩咐道:"本侯有些话想交代沈小姐,你们先下去吧。"

大殿内顿时空寂下来,杜昕言站着没动,上下左右打量着笑菲,看到她满头珠翠下纤细的脖颈,嘴一动,嘲讽地笑了:"几斤重的黄金顶在头上,也不怕把脖子压断了?本侯现在才知道,沈小姐骨子里其实贪财得很。怎么,怕契丹苦寒,耶律从飞无钱替你买首饰?"

笑菲气得手都在抖,偏偏脸上笑得更甜了,她旋了个身,双手一摆道:"知道为何我要放他走吗?当时与四公主在长芦寺看到从飞时,笑菲就动了心。他风流倜傥、英武不凡、身居高位、手握重兵,最难得的是对笑菲一心一意,长相思不相忘。能嫁得这样的如意郎君,他就算无钱给我买首饰,我也愿意多顶几斤黄金倒贴。"

她越说越高兴,满脸洋溢着幸福的笑容。明知是假,杜昕言心头的火仍压不住地往上蹿。他看着她,缓缓开口道:"你故意说这些话来刺激我,是想让我掉头就走,安心送你去嫁给耶律从飞。其实你是怕我抗旨,怕皇上降罪于我!"

笑菲心痛难忍,尖酸地讽刺道:"我会对你这么好?我记得从一开始,我就和杜侯爷作对,杜侯爷怕是误会什么了吧?"

"我误会……我是误会了。"杜昕言喃喃地说出一句,伸手揽住笑菲,重重地吻下。他紧紧箍着她的腰,撬开她的唇,长驱直入。他死死地将她搂在怀里,仿佛只有这样,才能摁住心里涌出的痛楚和不舍。

笑菲拼命地挣扎着,她清楚,她不能让他看出半点儿不对劲儿。

"别动!"杜昕言吼道,那墨黑眼瞳中闪过的怒意吓得她一抖,他喘了口气,咬牙切齿地道,"收起你的小聪明,别当我是傻子!你真的喜欢耶律从飞?你真的愿意嫁到契丹?我杜昕言何时需要女人替我打算了!"

笑菲被他的话惊住了,一种被看穿心事的羞恼让她低下头狠狠地咬住了他的手臂。趁他手劲儿松懈猛地推开他,她挺直了背冷笑道:"我不需要你可怜我!我不需要!我会高高兴兴、欢欢喜喜地嫁给他。杜侯爷,请别忘记自己的身份。"

杜昕言的眼睛眯了眯,一步步逼近她,慢吞吞地说:"你真的不懂?我这样对你是为什么?我只是可怜你吗?"

笑菲心里只有慌乱。她想镇定,手脚却在微颤,心跳得那样急,好像下一刻就要从胸口里蹦出来。他的眼神让她看不懂,似在挑衅,又似在笑。他嘴角掠起的笑容看上去多么阴险!他的话是什么意思?他一定是急着找她报复,他要为战场死去的将士报仇!

对,一定是这样。

笑菲深吸了口气,手脚也不颤了,心也跳得不急了。她骄傲地看着他,大不了他杀了她,可这又算什么?!

杜昕言见她挺直了背,忍不住笑了。她可真有勇气,瞬间消除了惧意,全身张开了防备的刺。他停在她身前,慢条斯理地说:"曾经有个女子为了一首诗和我斗气。她在荷叶粥里下巴豆,在茶里放黄连,在酒中下毒。她骄傲,烧了草庐也不肯让我躲雨；她狠毒，把我的青梅竹马送给别的男人，死活不肯让她和我在一起，还骗了我一万两银子。直到她要出嫁，我的账还没有还，实在是让我寝食难安。"

笑菲抬高下巴睥睨着他道："要还钱正好，我的嫁妆里又多了七千两银子！记得还有利息别忘了给！你想要为死去的将士报仇，还要问一声御前都卫使大人肯不肯。卫大人亲自负责送亲使团的安全，才向本小姐保证过会一路平安。杜侯爷若再敢轻薄于我，我必告知卫大人，向皇上奏你一本。惹恼了我，本小姐就不嫁。杜侯爷，大齐毁了和议，北方再陷战乱的责任你担不起！"

杜昕言仿佛没听见似的，捏住她的下巴笑道："你每次设计我，见我上当时想必都抬着下巴露出这种表情。我认识的沈笑菲可从来都是个自私自利的人，几时变得这么大义凛然了？实在让本侯钦佩！既如此，本侯一定会好生照应小姐，保管你平平安安、顺顺利利地嫁给耶律从飞！轿子已停在大殿外，收拾停当就起程吧！"他松开手，潇洒地转身离开。

笑菲张大了嘴，气得浑身发抖。他在戏耍她，他在报复她！他居然还强吻她，让她在恍惚间以为他对她动了心。他……对她从来都没有一丝情意。笑菲猛地转身，腿一软滑倒在地，两行清泪夺眶而出。她蜷曲着身体，压抑着哭声。耳旁似乎响起一声轻叹，她满面泪痕地抬起头，大殿内却空无一人，她再次把头深深地埋下。

杜昕言无声无息从廊柱后闪出，悄悄退了出去。风迎面吹来，初夏的风清爽怡人，他回头看了眼芜元殿，苦笑道："才骗你一回就哭成这样？"

卫子浩身穿细鳞甲，披着红锦袍，已换成了御前都卫使的打扮。杜昕言打量了他一番，笑容可掬地说："子浩终于得偿所愿，皇上将此趟行程的安全交给你，本侯顿觉轻松！"

昔日的朋友，今日同朝为官，眼里都多了几分别样情绪。卫子浩调侃道："杜侯爷言重了，想当年咱俩一同行走江湖……"

杜昕言脸一板道："此次出使，身系我大齐北方安危，与行走江湖做浪子游侠不同。卫大人已不是当年的浪子游侠，注意自己的身份！"卫子浩愣了愣，听他继续训道，"我大齐使团代表的是皇上威仪，为官者当有官威，卫大人那些江湖气可要收敛好了，别让契丹小瞧了去。"说完他一头钻进自己的轿子，吩咐道:"出发!"

两人相交多年,杜昕言第一次在卫子浩面前摆谱儿,直气得卫子浩在原地愣了半晌。他盯着笑菲的马车冷笑了声,这才拍马追赶过去。

离开京城,使团歇下的第一个夜晚,"啊——"尖叫声划破夜空,驿站内瞬间冲出道人影。卫子浩抬脚就踢开了笑菲卧室的大门。四名侍女仅着裹胸布目瞪口呆地看着夺门而入的卫子浩。紧接着更大的尖叫声响起,卫子浩脸一红,退到门口,厉声喝问道:"何事半夜尖叫?"

"卫大人好不知礼,妾身正在与侍女试衣,不懂得敲门求见吗?我不过是看到华服高兴得惊呼了声而已,大惊小怪!"笑菲冷声喝道。卫子浩方知受了戏弄,忍着气道:"沈小姐,下官是担忧小姐安全,望小姐无事莫要在半夜胡乱惊呼!"

"怪了,难不成卫大人还不准人说话了?我高兴,我愿意,卫大人不放心就一直站在房外听好了!"

让他堂堂御前都卫使给她看门?卫子浩哼了声,折身便走,抬眼看到杜昕言披着宽袍,打着哈欠,似笑非笑地看着他,他脸上一红,心中不禁起了恼恨。他沉着脸,吩咐两名侍卫在房门外彻夜守候,随后就一言不发地回了房。

杜昕言望着笑菲的房间,忍俊不禁。他就知道,沈笑菲不惹点儿事,心里就不会痛快。想起被迫喝她的黄连茶,他摇了摇头,当初卫子浩通风报信让他不得不吃这些小苦头,如今风水轮流转,也该卫子浩自己尝尝了。忽然,他心头一凛,想起笑菲对他的态度,只觉口中发苦、头皮发麻,她该不会连他们两人一块整吧?

此后的三个晚上,一到了子时时分,驿站内必传出惊恐大叫。卫子浩仍然亲至,听到冷言冷语的嘲讽后再转身离开。

之后的一晚,却动静全无。

卫子浩这几晚都是提前入睡,子时前后必会醒来,见没动静,他仍起身去笑菲的房间前转悠了一趟,见两名值夜的侍卫标枪般地立在房间的门口,不由得低声询问今晚的情况。侍卫回答无事,卫子浩疑惑不已,一晚不敢入睡,生怕沈笑菲出什么新状况。

第二日清晨，杜昕言精神抖擞地对他说："昨夜一晚好眠，无魔音入耳，甚好！"

卫子浩还未回答，笑菲越过他上马车时甜甜地笑道："笑菲决定本分些，前几日使了小性子，扰了卫大人清梦，卫大人别见怪。昨晚应该休息得不错吧？"

卫子浩气结。

从这日后，笑菲真的老实起来，半夜惊叫再也没出现过。直到使团行至白水河，她觉得日子过得太枯燥了。

笑菲带着侍女站在船头甲板处呼吸着新鲜空气，看了眼船上站得齐整的侍卫，远远地瞥见杜昕言与卫子浩站在船舷旁。她抬头望着天空出了半天神，什么话也没说就折回了船舱。

不过午后，风浪已起，船随之摇晃。笑菲悠闲地喝着茶，眸光在四名侍女身上一转，轻轻地笑道："外面风浪已起，反正无聊，给你们说说故事打发一下时间。你们知道白水河的由来吗？玉茗，你是船上长大的，你知道吗？"

玉茗是侍女中最老实、最信神佛之人，长得娇小玲珑，听到笑菲问话，便老老实实地回答："奴婢不知。"

"相传白水河中有珠神娘娘，许愿超灵。有一次，一艘船翻了后，有个人掉进了水中，竟被水流冲到了珠神娘娘住的珠神殿中。"笑菲胡诌着，神秘地低语道，"他看到殿中有个宽两丈、长一丈的大蚌，蚌身张开，冒出白光来，仔细一瞧，原来是颗碗大的珍珠。那人大难不死起了贪念，就想取走珍珠。岂料珍珠化成了珠神娘娘，愤怒地指责他，道是救了他一命，他居然如此贪心。那人吓得发抖，就骗珠神娘娘说是去接新娘的船。珠神娘娘不愿拆散人间姻缘，就放过了他。那人上岸之后对珍珠念念不忘，竟毁了蚌身，伤了珠神娘娘元气，取走了珍珠。珠神娘娘拼得最后一点儿神力，发下毒誓，如果再有迎送新娘的船经过，必叫船毁人亡。"

侍女们听得嗟叹不已。这时，船身又是一晃，听到外面一声轰隆隆的惊雷炸响，笑菲"啊"了一声，抚着胸害怕道："午时看天阴云密布，现在狂风大作，雷声轰轰，怕是珠神娘娘显灵了，想要毁了咱们这艘船吧？"说完她伸手就抓住玉茗哭了起来。

玉茗脸色发白，颤抖着问："难道没有解救之法？"

笑菲满面惊惶地说："听说若是新娘亲自上到桅杆高处，诚心求恳，珠神娘娘不仅不会降罪,还会感其心诚保佑她一生富贵,可惜有多少新娘有这个胆量敢上到桅杆高处呢?唉,反正去了幽州那不毛之地,也是生不如死,今晚若死了,还有这么多人陪葬,无妨!"

她掩面伤心垂泪,船身再一摇晃,舱中惊慌、哭泣之声不绝。

玉茗咬了咬嘴唇,往笑菲面前一跪道:"小姐,玉茗自幼在船上长大,上桅杆小事一桩。玉茗求小姐借服饰一用。"

笑菲大惊,伸手扶着她道:"这怎么行?若被杜侯爷、卫大人发现,阻止你怎么办?"

"玉茗对船熟悉,绝对可以躲过侍卫。小姐成全了玉茗吧!玉茗不想去幽州,日夜求神拜佛,今日若得珠神娘娘保佑,玉茗无论如何也要试一试。"

笑菲犹豫不决,很为难的样子,玉茗苦苦哀求,别的侍女也跪下求她,她这才一咬牙道:"难得你有这份心,千万要注意安全。"

"小姐放心,玉茗从小在船上长大,绝对不会掉下来的。"

笑菲把衣衫交给了玉茗,侍女玉笙掩护着玉茗悄悄出了舱房。又等了片刻,笑菲对余下的侍女说:"船颠得难受,我担心玉茗,咱们悄悄在舱房门口看看如何?这样,为防外面的侍卫发现,玉兰,你留在舱中假扮我,我和玉华穿着侍女衣服出去。"

打扮停当,她们低着头往外走去。舱房外的侍卫只往里面望了一眼,见穿着笑菲服饰的玉兰正背对着他们坐着看书,也就放行了。才上了甲板,玉笙就靠了过来,她脸色发白,往上一指。笑菲抬头,只见高高的桅杆顶上已立着一人,裙裾飘飘。

笑菲眼珠一转,担忧地道:"天啊,这么高,千万别出什么事才好。"

船身在风浪中颠簸着,一道闪电在远空划下,暴雨突至。玉笙和玉华的心提到了嗓子眼儿,笑菲着急地说:"这丫头,还不下来,万一有事,可怎么办?不管了,赶紧叫人救下她来!"

玉笙、玉华心里害怕,见玉茗红裙飘动,竟真像要摔下来一般。笑菲带头尖叫一声:"不好啦,快救人啊!"

船舱中跑出几名侍卫,只看到红色嫁衣像一团火焰似的飘在桅杆顶部,吓得又一阵高呼。传到杜昕言与卫子浩耳中时,消息已经变成了笑菲上了桅杆要跳船。两人骇极,从舱房内冲了出来。

此时甲板上已聚满了人，笑菲穿着侍女服饰躲在人群中偷笑。玉茗的背景她知道，从小爬桅杆像猴儿爬树，就算玉茗掉进水里，也会像鱼一样自如。她看看卫子浩的神色就知道他一定会接住玉茗。

她不想活？杜昕言心中刺痛，看到红裙在风雨中飘飞，什么也顾不得了，脚一蹬就往桅杆上掠去。卫子浩紧张地在下面瞧着，生怕沈笑菲看到杜昕言去救她，手一松，故意往河里跳。他死盯着那角红衣，做好随时接应的准备。

一点青影抓住绳子在空中飘荡着，片刻后就接近了玉茗。

"原来他轻功这么好，真无趣。"笑菲耸了耸肩，衣衫都湿了，便不再凑热闹。她瞥了眼甲板上淋成落汤鸡的众人，得意地抬了抬下巴，随后悠然回了船舱。见玉兰好奇，她轻笑道："成啦！"

笑菲换下了湿衣，端着热茶喝下，就等着杜昕言和卫子浩找上门来。一盏茶后，舱门被"砰"地推开，杜昕言浑身湿透、脸色铁青地站在她面前。

"她是受我蛊惑，最好别动她，这一路上若少了玉茗服侍，我怕真不能顺利到达契丹。"笑菲懒洋洋地说道。

玉茗满脸兴奋，头发还在滴水。玉笙、玉华当她是英雄一般扶着她回来，才踏进舱房，便听到杜昕言怒喝一声："出去！"三人吓得噤若寒蝉，哆嗦着退开。玉兰见情形不对，匆匆行了礼，贴着舱壁溜了。

笑菲上下打量着杜昕言所站的地方，就这工夫已积了一摊水渍。她"扑哧"笑了："杜侯爷淋成这样还跑来关心妾身安危，着实让人感动呢。经过玉茗一番诚心祷告，珠神娘娘肯定不会掀翻这艘船了。"她打了个哈欠道，"风浪再大，妾身今晚也一定能睡个好觉了，杜侯爷请便吧！"

杜昕言气笑了，大步走到她身边，一把拽住她就往外走。

"放手！妾身是未来的契丹王妃，纵然你是大齐侯爷，你也不能如此待我！"笑菲被他扯得踉跄行走，不由得怒极。

杜昕言什么话也没说，直将她带到卫子浩面前，用力一甩道："卫大人，安全由你负责，本侯觉得只要能把沈小姐平安送到幽州即可。为防有贼子打劫，那些仪仗照摆，人嘛，我就交给你了。"

卫子浩才换下湿衣，被笑菲折腾得在冷雨中泡了近半个时辰，现在恨不得掐死她。听杜昕言说完，他会心一笑，抱拳道："侯爷高瞻远瞩，下官遵令。"

两人多年默契，虽有心结，在这时却不约而同地抱着相同的想法。杜昕言冲卫子浩眨了眨眼,看也不看笑菲转身就出了舱房。

"卫子浩你敢!"

"救命……"

舱房内传来笑菲的尖叫怒骂声,不过瞬间就安静了。杜昕言心想,卫子浩不把她绑起来、堵上嘴,估计是睡不好觉的。他摇了摇头,放任她折腾下去,像今天这种事还不知道要发生多少回。他想起桅杆顶上的那角红裙,不禁打了个寒战。若真是她,他该怎么办?

第二十章 两国交锋

过了白水河,卫子浩直接把她扔进了马车里,不准她出来,连出恭都在马车上。杜昕言几日没见到她,悄悄问侍候她的玉茗,听玉茗说她吃完就睡,没半点儿不对劲儿,他这才放下心来。

一路到了真定边塞,卫子浩与杜昕言商量,打算在真定休息一日便过黄河往幽州进发。

笑菲终于可以走出马车了。杜昕言早已下了马,和使团中的官员说笑着,眼睛却一直瞟着马车,心里暗想此时的笑菲会是什么模样。

听到马车中传出玉茗一声尖叫,杜昕言转开头突然想笑,她这回又在玩什么把戏?玉茗将身子探出马车,满脸泪痕,期期艾艾地指着马车说:"小姐……不行了!"

卫子浩眉头紧皱,上前一把掀起轿帘,推开车门就进去了,眨眼间他便探出头来对外喝道:"去请大夫!"

真病了?昨天玉茗还说她生龙活虎的,杜昕言怀疑地盯着马车。只见卫子浩抱着昏迷的笑菲出来了,她的脸烧得通红,嘴唇干涸得起了泡,手无力地垂下。杜昕言脑袋嗡嗡作响,变成了一团糨糊。他的目光在玉茗身上打转着,"噌"地拔出了宝剑,压在她脖子上冷声道:"做了什么手脚?说!"

玉茗吓得只顾流泪,笑菲从被关进马车里开始就对她说,要想不去契丹,只能装病,能拖多久是多久。她当然不想去,可受罪的却是笑菲。从那日起,笑菲便只喝少量的水,食物不动,由玉茗偷偷藏着,晚间又解了衣衫,赤裸地睡在冰凉的车上。她昨日上马车,告知笑菲行程快到真定时,笑菲已烧得浑身通红，意志模糊，却告诉她一定会在真定拖上半个月。

听玉茗断断续续地说完，杜昕言气得胸口发闷，真想仰天长啸一声。

她本来是养在深闺的千金，从来没吃过这种苦头。病来如山倒，连续三天都没有丝毫转醒的迹象。大夫却说，她脉象虽弱，却有生机展现，只要转醒，好生休养便无大碍，听得卫子浩和杜昕言相对无言。

杜昕言苦笑着想，她的脉象生机勃勃？既然怕死，施起苦肉计来却又毫不含糊。沈笑菲，若是我心软半点儿，还不任由你搓圆捏扁？他打定主意硬着心肠不去看她。

因为笑菲的病，使团便在真定驿站住了下来。

第四日笑菲转醒，看到卫子浩坐在床边，她微微一笑："卫大人，我饿了。"

卫子浩又喜又气，轻叹道："沈笑菲，我服气了。你想吃什么，我马上吩咐去做。苦差事啊！"

笑菲虚弱地说："你不是担心杜昕言会放了我吗？你不跟来怎么行？"

"好，这你也看出来了。早知道他绝不会放你，我操什么心呀！"他站起身道，"杜侯爷心系北方安定，小姐昏迷时，他担心小姐若是死了，契丹会借口起兵，这几天都在与真定驻军商议布防，我这就去告诉他一声。"

笑菲冷笑，是啊，若是不把她安全地塞进耶律从飞的洞房，契丹借机起兵，他担心的就多了。

杜昕言听说她醒了，长舒一口气，拍了拍卫子浩的肩道："本侯要去睡觉了，安全就由卫大人负责了。耶律从飞也不知道什么眼光，以后留她在契丹折腾吧！"他打了个哈欠，也不进房间去看笑菲一眼，直接回自己的房间睡觉去了。

嘴上怎么说是一回事，但笑菲知道，心里还是盼着他能来看看自己。玉茗噙着泪端着汤喂她，小心地说："小姐，咱就这个命，再拖，还是要去契丹的，就认了吧！身子是自己的，再糟蹋，难受的都是自己。"

笑菲喝着汤，心里却在打鼓。照她所想，一路上不好下手，在真定停留半个月左右，嫣然和迈虎也早该到了。她喝完汤，有了点儿精神，又接着睡下了。她突然想到，嫣然和迈虎一直没有消息，难道是想等到过了黄河，她被交到耶律从飞手中再动手吗？顾及国家大义不像是嫣然和迈虎能想到的。她马上反应过来，杜昕言该不会真的是想报恩，又顾全大局，所以要等她到了幽州再动手吧？想起之前他把自己扔给卫子浩，她恶狠狠地说："我不承你的情，不要你报恩！我就要嫁给耶律从飞，再挥兵南下，把江山夺了！"

话说出来，就舒服了不少，没过多久她便睡得熟了。

深夜，杜昕言轻巧地从窗户中翻出，狸猫一般伏在了笑菲房间的屋顶上。他揭开瓦片，淡淡的月光照在透明的纱帐上。他拿起酒边喝边往下瞧，回想她这一路的折腾，唇边浮起浓浓的笑意。

月朗星疏，蟋蟀短促有力地鸣叫着。笑菲在床上翻了个身，却是醒了。她撑起身，似乎想喝水，但又不想叫醒睡在榻前的玉茗和玉华。她身上无力，下床时腿一软就跌倒在了地上，惊醒了玉华。

"小姐是想喝水吗？"

笑菲被她扶着坐下，微笑道："我想吃东西。"

玉华愣了愣，赶紧叫醒玉茗去厨房热点儿粥。

"多拿一点儿来。"

"小姐，你才醒来不久，吃多了对胃不好。"

"谁说的，马无夜草不肥，我可不想弱不禁风！吃得多才长得壮实！日后晚间都多备夜宵！"

玉华只好应下。

笑菲轻笑道："玉华，听说契丹男人个个像野牛，你怕不怕有人讨了你去？唉，别害怕，那是别人乱讲的。我以前也以为是这样，结果看到耶律从飞时，却不这样认为了。"

玉华好奇地问道："那个契丹王子长什么样？"

"当时正是春天，他穿了件薄薄的春衫，看上去像是风流书生。长相嘛，鼻子挺直，眼睛很亮、很有神，沉思时气势很骇人，看我的时候，那股子杀气便没了，温柔得像渠芙江的春水。听说他的母亲也是汉人，契丹贵族不喜欢他。他却极有志气，十八岁那年夺得了契丹'第一勇士'的称号，几次南侵都是由他带兵。"笑菲转动着手中的茶杯，看到茶水倒映出屋顶上探出头的杜昕言。

她一只手撑着头，脸上露出甜蜜的笑容，声音也越来越温柔，竟含着几分少女怀春的羞涩："玉华，四公主那日见我哭得如泪人儿一般，她怕嫁去契丹。可是她哪里知道，耶律从飞是这般风度翩翩、文武双全的俊才，所以我要吃得好睡得好，养足了精神去见他。"

杜昕言在屋顶瞧着、听着，几乎气炸了肺。他转念又想，她若真急着去见耶律从飞,何必要死要活弄这么多花样出来?玉华已好奇地将他心中的疑惑问了出来。笑菲得意地说:"这叫以退为进!我赶着送上门去,契丹人肯定会轻视于我。我这一病吧,殿下就只有心疼的份儿。若是遇到什么状况,我装一个旧病复发,身体不好,谁也疑心不了我。"

玉华叹服道:"小姐心思过人!"

杜昕言也咬着牙叹服道:"你想嫁他,做梦去吧!"他心里泛酸,酒也不想喝了,盖上瓦,施展轻功回了房。

玉茗端了清粥小菜来,笑菲抬头看了看屋顶,吃得心满意足。

又三日,笑菲元气恢复,出了房门坐在廊下看书。看到杜昕言从房中出来,她轻声吩咐道:"玉笙,去唤卫大人来。"

卫子浩匆匆赶来,见笑菲精神不错,心情也大好。

"卫大人,我看我再休养三五日,咱们就可以起程了,你意下如何?"笑菲微笑着问道。

卫子浩自然求之不得:"沈小姐能想明白再好不过,如果行动无碍的话,四日后咱们便起程。"

"大夫说,我多晒点儿太阳,多呼吸新鲜空气,身体会好得更快,可是太阳晒多了头又晕,卫大人可有好办法?"笑菲目光纯净地询问道。

"无妨,让玉茗她们为小姐撑伞遮阳!"

"卫大人,我有话与你说。"笑菲眨了眨眼。

卫子浩心中疑惑,随即道:"我亲为小姐执伞,也好保护小姐,你们下去吧。"

驿站院子里,笑菲懒洋洋地躺在贵妃榻上,手执书卷,看着卫子浩笑着。不知道她说了什么,卫子浩脸上也露出笑容来。杜昕言远远瞧见,想起当初自己在花园中用袍袖为她遮挡阳光,牙又磨了一磨。

眼见笑菲睡熟,卫子浩将伞交给玉华后就离开了。杜昕言才慢吞吞地走过去,拿过玉华手中的伞,眼眯了眯,玉华便吓得退开了。杜昕言方才仔细地盯着笑菲的脸看,依旧是瘦削的脸,白如玉的肌肤,粉嫩的唇。她侧着脑袋,露出纤细的脖子,隐约能看到皮肤下青色的血管。长发顺着睡榻垂下,更添柔弱之姿。

一只蜜蜂飞过,杜昕言弹指挥走,想起当日,唇边笑意又起。

"让杜侯爷主动持伞为我遮阳,笑菲真有福气。将来与我夫君说起,大齐安国侯曾亲自为我持伞遮阳，妾身的身价定也会大涨。"笑菲睫毛未动，慵懒地吐出这句话来。

听到哈哈几声大笑，卫子浩从屋角转出来，意味深长地看了眼杜昕言，恭敬地从怀里掏出一张百两银票说道："沈小姐能让侯爷主动持伞为小姐遮阳，卫子浩愿赌服输。"

笑菲笑着坐起，接过银票道："卫大人想提什么赌约，笑菲一定奉陪！"

两人脸上带出的得意笑容差点儿气破杜昕言的肚皮。他嘴角噙了丝笑看着两人，突然伸手从笑菲手中夺过银票道："沈小姐赌子浩一定不会相信她，不会和她打赌。本侯却知道子浩素来巴不得看本侯笑话，所以子浩是一定会赌的。本侯赢了。"

"你……"

没等她说完，一丝细若蚊蚋的声音飘进耳朵："嫣然。"

笑菲住了嘴，对卫子浩抱歉地笑了笑："强中自有强中手，我竟输给侯爷了。原来卫大人和侯爷是结了怨的冤家，我还当你俩是好兄弟呢！"说完她也不管卫子浩的脸色有多难看，转身就进了屋。

还不忘挑拨几句？唯女子与小人难养也！杜昕言叹息，他拍了拍卫子浩的肩说："我请子浩喝酒！"

卫子浩原想看好戏，这时才明白又一次被沈笑菲耍了，他气得哼了声道："听说耶律从飞暴戾，娶了这丫头，谁折腾死谁都对咱们有好处。"

杜昕言但笑不语，卫子浩却气得酒也不喝，下令让侍卫守住房门，再不准笑菲出房门半步。

困在房中的笑菲心急如焚，杜昕言悄悄地对她说嫣然是何意？是嫣然落在他手中来不了，还是另有所指？看到门口木桩似的侍卫，她只能等着杜昕言来找她。偏偏几天过去，杜昕言连她的房间大门也不经过。她晚上又盯着房顶看，瞪到眼酸睡着也再没看到动静。难不成他是故意让她着急？笑菲反应过来，咬牙切齿地要报复回来。

第四日，行囊收拾齐备，笑菲重新穿上大红嫁衣，全套钗环首饰，上了船。卫子浩这次亲自守在舱房外，生怕再出半点儿状况。顺利渡过黄河后，契丹使节早已等候在岸边，几番寒暄后，大齐使团就朝着幽州城进发。

到了驿站不久,便听到传报,耶律从飞亲自来拜见。笑菲心中悲凉,不由自主地想起放走耶律从飞时的情景。他身上散发出来的杀气、眼中的冰寒,她即使面对定北王高睿时也没有这样的恐惧过,以至于当时竟不敢道出真实姓名,而是冒充了四公主高婉。笑菲放在桌上的手微微颤抖着,是她自己造成的,能怨得了谁?她收紧了手指,紧紧握成了拳头。她看了半天拳头又笑了。她还怕什么呢?如果高睿在战场上死了,她最多只能活一年半罢了。生命的长短操纵在别人手中,怎么活却是她自己的事。

玉华抿嘴笑道:"真想看看小姐嘴里风流俊俏的契丹王子。"

"此次和议他要的是四公主。如今换了我,玉华,你说耶律殿下是来拜访还是来找碴儿的?"

已经是五月初夏,太阳炙烤着幽州城,空气中连丝流动的风也没有。杜昕言与卫子浩都没有亲眼见过耶律从飞,都对这个屡次带兵南侵的契丹"第一勇士"怀着不同程度的好奇。

先闻蹄声如雷,远处飘起一阵黄尘。眨眼工夫,十来骑人马已踏着风雷之声直冲进驿站大门。站在廊下的侍卫面色大变,强撑着才没有后退,胆小的已闭上了眼睛。卫子浩眉头一扬,手已握紧剑,却看到杜昕言悠然自得,面带笑容。

听得一声长嘶,马到廊前被生生勒住。为首之人穿着浅紫色绸袍,额间系着条红玉抹额,黑发飘扬,鼻梁挺直,目若寒星。他身后跟着十八名个头儿差不多的侍卫,长相彪悍,穿着一身蓝色镶红边劲装,腰挎银刀,脚踩小牛皮靴,目不斜视。为首之人翻身下马后,侍卫们跟着下马,动作干净利落,整齐划一,稳稳地站在了他身后。

杜昕言与卫子浩对视一眼,好一个下马威。

耶律从飞薄薄的嘴唇一动,发出的却是爽朗的笑声:"听闻威镇大齐的安国侯率领使团已到,耶律从飞心慕英雄,便赶着前来一见。杜侯爷一路可安好?"他的目光却落在了卫子浩身上。

卫子浩尴尬地往一侧一让,亮出了杜昕言来。耶律从飞专注地看了眼卫子浩,这才笑道:"从飞并非认错了人,而是诧异大齐除了杜侯爷,竟还有与杜侯爷不相伯仲的英雄。"

单从服饰上看,侯爵服饰和御前都卫使的服饰差异极大,耶律从飞不可能认错人，他话里带着明显的挑拨。杜昕言面上带笑，心想是试探我的气度吗？"殿下好眼光。听说过中原的昙月派吗？卫大人另有一重身份，昙月派教主。"

初见耶律从飞，杜昕言便知道笑菲所言非虚。见耶律从飞丰神俊朗，他心里更不是滋味了，暗暗把耶律从飞骂了个半死，而此时撑着满脸笑容介绍，举止温文尔雅，倒似他不会半点儿武功一般。

听到"昙月派"三个字，耶律从飞眼睛一亮，啧啧赞道："昙月派百年间出的护卫忠心护主，从无背叛之意。卫教主可是中原武林比剑从未落败过的大侠卫子浩？"

卫子浩面色有点儿尴尬，他的确从未落败过，却从没赢过杜昕言的剑。他硬邦邦地回道："下官如今任御前都卫使，殿下抬爱。"

杜昕言心中一动，摆起侯爷气势道："卫大人，你去告知沈小姐一声，耶律殿下来了。"他尽量让语气平和，举止中故意带出了颐指气使的气派。

卫子浩愣了愣，对杜昕言行了礼便转身离去。

杜昕言不再看他，堆了满面笑容道："殿下请！"

耶律从飞又往卫子浩的方向瞟了眼，杜昕言竟已先他一步进了大堂。耶律从飞脸上滑过一丝玩味的神色，随之也迈进了门槛。

坐下之后，杜昕言的话便多了起来。听耶律从飞提起一句定北王后，杜昕言眉飞色舞地将东平府将计就计大胜一役渲染了十分。他心里冷笑着想，你想看我什么面目，我就演给你看好了。你想挑拨，我就让你看到我对卫子浩不满。

耶律从飞始终保持着爽朗豪迈的风格，挑着中原的趣事说着。杜昕言只一味奉迎，倒也和谐。半个时辰过去了，卫子浩没有出现，沈笑菲也没有出现，杜昕言便吩咐摆酒待客。

"侯爷，酒刚烈，要说繁华，幽州不及大齐；要说喝酒，大齐使团却是喝不过我这十八骑。"耶律从飞带出了拼酒的意思。

杜昕言温和地回绝道："酒有很多种喝法，在我大齐人看来，饮酒是助兴，是雅趣。品酒不是求量，是享受酒味绵长、甘醇回香，喝不喝得过与会不会品酒是两回事。"

"杜侯爷，此言差矣。契丹男儿重英雄，喝酒不行，便称不上英雄。耶律从飞敬杜侯爷是英雄，今日得见，杜侯爷不喝酒可是不成的。来人，上酒！"他不待杜昕言再推辞，吩咐驿馆侍从搬酒上来。

大堂内使团文官居多，侍卫散布在四周戒备，仅有两三名副将在座。杜昕言的头有点儿大。拼酒拼不过不算什么，难缠的是朝廷那帮酸腐御史，没准儿会上本弹劾他丢了大齐颜面。他端起酒笑道："我大齐与契丹和议休兵，耶律殿下又求娶我大齐贵女，是大喜事。难得殿下盛情，这酒不能不喝。只不过，使团之中酒量不好的文官众多，和你的侍卫比比吟诗作赋还行，要和他们比酒，好比让武将去绣花，这不是过于勉强了吗？将来你带着十八铁骑来中原做客，本侯定召集军中爱酒之人奉陪。"

他干脆让文官认输，省得醉后出糗。

耶律从飞也不再勉强，笑道："好！从飞今日便与侯爷同醉，你们出去！"他言下之意竟是要与杜昕言比拼。

十八铁骑出了大堂，整齐地站在廊下等候。杜昕言略一示意，使团文官们也纷纷告辞，转眼间大堂中便只剩下了杜昕言和耶律从飞。杜昕言笑眯眯地摆了摆手道："殿下，真要比酒，本侯现在就认输。不过，卫大人的酒量却是本侯见过的第一人，号称千杯不醉。殿下真想比酒的话，本侯以为只有卫大人能与殿下比肩！"

耶律从飞盯着杜昕言敛了笑容，淡淡地说道："杜侯爷是看不起从飞吗？"

话已至此，杜昕言只得叹了口气，端起酒碗道："本侯敬殿下。"他举碗啜了一口，满嘴辛辣，比烧刀子还厉害。杜昕言生平饮酒无不是顶级佳酿，这种烈酒他不是不能喝，是极不爱喝。他皱着眉长叹道，"殿下，北地之酒果然烈性！"

耶律从飞一口干完，淡笑道："北地之人也烈性！试问和议之时，从飞要的是四公主，大齐皇帝却塞了从飞一个什么贵女，是欺我契丹娶不得大齐公主吗？"说完他沉下脸，将酒碗往地上一砸。

听到声音，十八铁骑蜂拥而入。人人面露愤慨，雪刀出鞘，团团围住了杜昕言。大齐使团侍卫见势不妙，也跟着拥进屋内。双方人马剑拔弩张，气氛顿时紧张起来。

"呵呵，我说殿下为什么一定要和本侯比酒，原来醉翁之意不在酒啊！"杜昕言稳如泰山，视眼前雪刀如不见。

"如果不给我一个交代，贵国使团怕是再也回不了故土了。"耶律从飞居高临下冷冷地说道。

杜昕言叹了口气，不知道该庆幸卫子浩向高熙告密，还是该怒他把笑菲再一次推到了刀口上。他微笑道："不知殿下真正想娶的是大齐四公主,还是送你出京城的白衣女郎?"

耶律从飞怔了怔,难道那天送他出城的不是四公主?他脑子里迅速想起那袭白衣倩影,风骨如神,聪慧高贵,坐的轿子带有皇宫标志。且在长芦寺内遇到她前去上香,听木鹰回禀,正是四公主高婉。若非如此,他也不会真的相信了。

"如果不是殿下想要的人,再烈的酒本侯也奉陪;如果是殿下想要的人呢?"杜昕言微笑着瞟了眼周围举刀相向的契丹侍卫。

耶律从飞毫不犹豫地说："从飞饮尽这坛酒向侯爷赔罪。"

这坛酒至少有三十斤,杜昕言似笑非笑地看着耶律从飞,得意地想,你今天就醉死在这里好了。他正要开口说话,忽听到门口响起清脆的声音："殿下,你能喝三十斤酒?果然是英雄!"

熟悉的声音响起,耶律从飞回头就看到站在门口的笑菲。白衣飘飘,帷帽挡住了她的脸,却掩不住她的绝代风华。笑菲娉婷地走进大堂,视两边侍卫的兵器如无物,她径自走到二人身前敛衽行礼。透过帷帽的纱帘,她再一次看到了那双让她如浸雪水的锐利眼神。她深吸口气道："当日城外一别,笑菲冒四公主之名,还望殿下见谅。"

"原来你叫笑菲。"耶律从飞绽开笑容,眼神变得柔和。

"哈哈!皇上听说当日之事后,为表诚意,便送沈小姐前来和亲,想必殿下现在心安了吧?"杜昕言戏谑地说道。耶律从飞看着笑菲大笑道："请侯爷替从飞拜谢陛下,从飞向侯爷赔罪罢!"说着他轻松地拎起那坛酒,便要拍开泥封开喝。

笑菲瞟了眼杜昕言,出声阻拦道："殿下若是喝了,就上了侯爷的当啦!"

耶律从飞也不傻,听到这句话停下来笑道："从飞打赌输了,为何上当了?"

杜昕言的眼睛眯了眯,笑菲只当没看见,轻笑着说道："殿下有所不知,大齐酒量最好的人当属杜侯爷。曾有一年,大齐举行一年一度的诗会,杜侯爷面对几百才子,斗酒吟诗,是真正的千杯不醉。殿下气势如虹,杜侯爷便想着法儿激殿下先饮下一坛酒,好立于不败之地。"

"哈哈!杜侯爷好生狡诈,从飞差一点儿就上当了。"耶律从飞顺势放下酒坛,挥手让侍卫退出去。杜昕言一个眼神,使团的侍卫也跟着退下,他这才苦笑道："女大不中留,还没过门就帮起未来的夫婿了,今天这酒无论如何也不敢喝了。殿下已消疑惑，本侯静等贵国主宣诏。"

耶律从飞满面春风地笑道："好，婚礼之上，从飞再与杜侯爷一醉！告辞！"他深深地望了眼笑菲，带着十八铁骑旋风般地离了驿馆。

主角已经离场，笑菲懒洋洋地也打算开溜。

"站住！"杜昕言的醋坛子终于被打翻，冷笑道，"通敌卖国，该当何罪？！"

笑菲嗤笑道："我都要嫁给他了，嫁鸡随鸡，我帮自己的夫婿有什么不对？"

"你帮他就是不行！"

"我已经帮了！"

杜昕言冷笑道："好，你帮他挡了酒，你若能把这坛酒喝完，我就当什么事也没发生过！"

笑菲取了帷帽坐下，冷笑道："杜侯爷千杯不醉，不知可有胆量奉陪？"

杜昕言不屑地说道："你能喝多少，我奉陪到底。"

两人气鼓鼓地开战。卫子浩在门口迟疑了下正要进去，见杜昕言一瞪眼便摇头走开了，他高声唤来侍从道："给杜侯爷备下醒酒汤！"

笑菲抿嘴偷笑，杜昕言气上加气，他还真不信她的酒量比他强。两人从午时喝到月兔高升。杜昕言头开始晕了，斜瞟过去，笑菲的眼睛始终明亮清朗，举止依然优雅从容。盯着那只素白如玉的手，他突然笑了："你不就是想知道嫣然的下落吗？气我故意躲着不见你，不给你答案。"

"我现在不想知道嫣然在哪儿了。我本想嫣然和迈虎能带着我离开，今天见着耶律殿下，我发现嫁他还挺不错。多谢侯爷一路照拂，让笑菲平安到达幽州。这坛酒已经喝完，再喝下去，笑菲怕侯爷会失了虎威。如殿下所言，婚礼之上，笑菲再与殿下敬侯爷酒吧！"笑菲说完站起身便要离开。杜昕言伸手一扯，箍着她的腰，将她紧紧抱在怀中，贴着她的耳朵说道"休想，本侯偏不让你如意！"

借酒耍赖，又想戏弄她？笑菲怒道："侯爷自重！"

杜昕言轻笑道："你当我不知道吗？当日在相府后花园中，你故意从秋千上摔下来，不就是想摔在我怀里吗？"

笑菲羞窘，挥手一掌便要掴下，手腕却被拽住，杜昕言半睁着迷离的眼轻轻地笑了笑，胳膊收紧，低头就吻住了她。他吞没了她的呼吸，感觉到她的身体由僵硬到绵软，从挣扎变得无力。

杜昕言抬起头得意地看着被他吻晕过去的笑菲，手抚过她嫣红的脸颊，轻声叹道:"快了,再等等就好,我一定带你走。"他悠然地站起身,清醒地喝道:"来人!"

侍从进来后,杜昕言极不要脸地说道:"沈小姐醉了,唤侍女来扶她回房,记得把醒酒汤送去。"

在侍从崇拜的目光中,他迈着稳健的步伐回了房。酒气上涌,他用内功逼吐了几回,又用凉水绞了帕子冰脸,这才缓和了酒劲儿。他不禁摇头叹气,她怎么这么能喝?

深院月明人静,北方的天空群星闪烁,杜昕言此时才有时间静静思考。他回想着白天耶律从飞的一言一行,无意中,笑容又挂在了唇边。

同样的夜晚,耶律从飞也没有入眠,他也在想着杜昕言。他的铁骑冲进驿站后,连卫子浩都紧握剑柄,杜昕言的眼神却平静如湖。他故意捧高卫子浩,杜昕言就似乎真上了心,故意支开了卫子浩。

接下来杜昕言却不肯斗酒,宁可认输,真是应变灵活。面对侍卫雪刀包围,他谈笑风生,没有半点儿惧意。他激自己喝酒,想必心思狡诈。耶律从飞越琢磨越觉得看不透杜昕言。他摆明了是上门找碴儿,最终却莫名其妙地烟消云散。该说这位年轻的杜侯爷是费尽了心机化解呢,还是他的运气好?

耶律从飞又想起了笑菲,他对她也起了好奇心。她怎么知道他是去江南运粮的?难道和契丹达成契约,从江南送粮来的人是她?父王曾经在他南下时告诉他,江南有内应。他到了江南后,在客栈收到了送来的信函。后来依计而行,以铁佛走水路吸引当时的大皇子注意,私下则运粮北上。他当时差一点儿被都察院捉到,那时还以为这个内应是高睿,所以相信了送自己出城的人是四公主。如今看来,这个内应无疑是沈笑菲。

耶律从飞鹰隼般的目光死死盯在一行字上:"沈女诈死,其父悲啖其肉,疯癫三日后亡。"

为何要诈死?是因为高睿败了吗?和亲是她自愿还是被强迫的?他想起与高睿的密谈,高睿高深莫测地说,连环计由她而始。

一个风华绝代、智计百出的女子才配得上他耶律从飞,他的霸业不需要一个只躲在他身后的妻子。此时耶律从飞涌出一种冲动,想揭开帷帽的面纱,见一见笑菲的真面目。

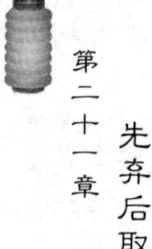

第二十一章 先弃后取

幽州居黄河之北,南临翼州,西对并州,北接草原。契丹八部尊耶律部为王,经营幽州城多年,虽比不得大齐京城恢宏大气,却也繁华热闹。

驿站内没有南地的小桥流水,高大的树木与宽敞的院落呈现出北地豪迈的一面。已经入了伏,成排的杨树翻着手掌似的绿叶也解不了酷热。明晃晃的太阳,声嘶力竭的知了,室外的地面泼桶水转眼就被烤干了。

笑菲躺在凉榻上,眼睛瞟着手里的书卷,情不自禁地想起杜昕言不要脸的亲吻。玉茗第二天担忧地嘀咕道醉酒伤身,说她禁不住再瘦下去了。笑菲似笑非笑地应下。杜昕言的耍赖没有惹恼她,在她心里,只一个劲儿地回想着落在唇上的温暖和自然泄露出来的疯狂。

他不要她嫁吗?他不是害怕她跑了,两国会交兵吗?笑菲轻抿着嘴,百思不得其解。也许心底深处有个答案已呼之欲出,只是她不敢去相信罢了。

"嫣然,你会在哪儿呢?"她喃喃念叨着。

笑菲从来没有怀疑过嫣然的忠心,可嫣然和迈虎会在哪儿呢?她想起杜昕言神秘的传音,嫣然讳莫如深的行径,她轻轻地笑了。如果她没有猜错,要么是嫣然和迈虎落在杜昕言的手中,他要绝了她逃走的念头,要么就是杜昕言有所安排了。

手指轻轻按上嘴唇,笑菲犹豫着,她可以相信他吗?书卷"啪"地掉在地上,玉茗眼疾手快地拾起,埋怨地道:"小姐醉了一夜,手软得连书都拿不稳了。大病才好没几日,和侯爷赌什么酒啊?"

笑菲抬头温柔地看着玉茗说："我错了不行吗？这会儿难受得很，想睡天又热，北地偏僻艰苦，驿馆内无冰，替我执扇吧。"

玉茗放下书，拿了团扇笑道："小姐安心睡，我扇累了，还有玉华她们。"

笑菲"嗯"了声，侧过身闭目养神。她想出去走走，奈何卫子浩让士兵把院子守得严严实实，推说大婚在即，不能出什么乱子，不放她出去。她闭上眼睛，杜昕言的脸再一次出现。她对自己说，如果婚礼前真的逃不了，她就再也不能去想他了。

团扇扬起的风轻轻拂过，屋子里安静得连风声都听不见。笑菲神思恍惚，不多时竟真的睡着了。她做了个梦，梦见了疯癫的父亲。梦里的感觉如此真实，那双手拈起她滑落的发丝，手指从她脸颊上拂过，吓得她大叫一声坐了起来。

"把你惊醒了？"

笑菲喘着气，瞪大了眼睛，突然看到耶律从飞坐在矮凳上，手里正拿着团扇。玉茗和玉华蹲跪在一侧，眼中露出羡慕的神色。她匆匆移开目光，猛然发现为什么她会害怕耶律从飞了，他给她的感觉和父亲给她的感觉如此相似。

见她惊魂未定，耶律从飞抱歉地说道："怕你着凉，反倒惊着你了。"

笑菲这才瞧见身上搭着张薄被，她垂下眼帘低声说道："殿下怎不叫人通传一声？于礼不合。"

"呵呵，既然你来了幽州，又快成为我的妻子了，就不必太过讲究汉人的那些规矩。"耶律从飞终于看到了笑菲的面容。她不是惊艳的美女，羸弱的面容惹人生怜。若不是和她交过手，单看相貌，他绝对想不到眼前的沈笑菲会是心机深沉、善于谋略的女人。

笑菲轻轻咬着唇，声音放得更细柔："虽说我快嫁给你了，可婚礼未举行之前殿下如此，妾身担心杜侯爷与卫大人不喜，传了出去，有失大齐颜面。殿下还请忍耐几日，等成亲之后……"

她的脸上渐渐浮起一层红晕，娇羞莫名。耶律从飞看得一呆，暗叹她的风姿无人能及。终于得见真容，耶律从飞心里充满了喜悦，他微笑道："笑菲不必担心，原本是杜侯爷与卫大人陪着从飞前来，见你睡着，他们便在外间等候。"

他知道，还让耶律从飞大摇大摆地进来？还让他坐在她的榻前？！他还坐在外间？！笑菲低着头掩饰住眼里的失望，轻声说："还请殿下外室饮茶，容笑菲稍整仪容。"

耶律从飞应了声，微笑着站起身出了卧房。笑菲这才抬起头来，眼神渐渐地就冷了。她懒洋洋地下了凉榻，梳洗整齐后扶着玉茗的手慢吞吞地出了卧房。

外间，杜昕言、卫子浩和耶律从飞正喝茶谈笑，见她出来，杜昕言率先站起身来笑道："听说沈小姐昨夜醉倒不适，本侯着实过意不去，不知现在好些了吗？"

笑菲心里一边暗骂杜昕言不要脸，一边往玉茗身上一靠，细声细气地答道："多谢侯爷的醒酒汤。我饮得太多，头晕得很，意气之争果然要不得的。"

她半个身子都靠在了玉茗身上，一副弱不禁风的样子。耶律从飞赶紧起身，自然地伸出手扶她坐下。笑菲借势半倚，回眸嗔了他一眼。不管是谁都能看出笑菲对耶律从飞的情意。杜昕言的眼睛才眯了眯，就看到笑菲眼里闪过的得意。他心中长叹，指着桌上刚沏的茶，笑道："殿下特为沈小姐带来的好茶，酒醒后易渴，用点儿茶水会好受些。"

耶律从飞执着茶壶为笑菲斟茶，他满脸歉意地低语道："怪我鲁莽吵醒你了。"

"不妨事，能见殿下，笑菲心里很高兴。"她斯斯文文地接过茶，瞟了眼卫子浩和杜昕言，什么话也不说，低着头摆出一副害羞的模样。若不是一路上被她戏耍得头冒青烟，卫子浩实在不敢相信眼前贤淑端庄的人竟是沈笑菲。他轻轻地撞了撞杜昕言，眉眼间写满从此倒霉的人是耶律从飞的字样。

杜昕言看在眼里，突然笑道："咱俩戳在这里，沈小姐看殿下的眼神是春风，看咱俩的眼神都变飞刀了。虽说成亲前沈小姐不方便与殿下携手出游，但咱们也不能让殿下和沈小姐苦挨相思！子浩，咱们走吧！"他的意思是只要不出驿站，在这里约会他可以不管。

笑菲的脑袋已经低得不能再低。她想装害羞，自然要装足十分。此时她端庄地坐着，嗅着茶香心里充满了疑惑。

"婚礼定在七日后，侯爷莫要忘了与从飞痛饮之约！"耶律从飞大笑着对他们拱了拱手，并不挽留。

"早盼着那一天了！殿下宽坐！"杜昕言干净利落地起身，和卫子浩扬长而去。

他们一走，耶律从飞不容置疑地对玉茗说道："下去吧，我有话要和沈小姐说。"

玉茗被他的眼神一逼，见笑菲并无表示，只得行了礼退下。

廊下不知何时飞来一只知了，铆足了劲儿嘶吼着。外间只留下笑菲与耶律从飞二人，她不用抬头便知道那道雪亮的目光落在了自己身上。她垂眸，望着面前的那杯茶，手指围着茶盖轻画着圈，没有喝。

"专程去找来的，不想尝尝？"耶律从飞温柔地说道。

手指在茶盖上点了点，笑菲慢条斯理地说："嗅茶香便知这是我最爱喝的庐山云雾茶。一天之中殿下从不知道笑菲冒充四公主的真相到了解笑菲的嗜好，殿下身边定有识得笑菲之人，让我猜猜故人是谁？"她抬起头看到耶律从飞深邃的眼瞳中闪烁的光芒，轻轻笑道，"定北王没死，来了契丹，对吗？"

"呵呵，笑菲再一次叫从飞叹服！"耶律从飞抚掌大笑，眼中浮起赞赏之意，但随即目光一冷，他缓缓开口道，"笑菲爱喝云雾茶的确是定北王告诉我的，只是，你如何得知他没有死？"

笑菲掀开茶盖，呷了口茶道："难道定北王没有告诉过殿下吗？他有求于殿下，殿下想知道的事情，高睿定知无不言。"

耶律从飞又一次笑了："我昨日得知笑菲身份后便问过他了。来之前定北王一直卖关子，他不肯告诉我当日放我出京城的人不是他的四皇妹，我借此找碴儿差点儿真饮下那坛酒。事后定北王道，你假冒四公主之事知道的人并不多，我若表现得一点儿不吃惊，必让杜侯爷心生防备。笑菲不用担心，只要你是我的王妃，定北王一定会为你解了蛊毒。"

笑菲从耶律从飞的眼睛里看到了与父亲相同的目光，炽热如兽，凌利似刀。这种目光激得她的心猛然收紧，脑中飞快地消化着耶律从飞带来的消息。

高睿欲借契丹出兵夺位，契丹也想借机分割大齐国土，两人一拍即合。这样的情况下，耶律从飞对她的欲望就是分化两人的突破口。她叹了口气，放下茶盏挑拨道："如果殿下真想去了我身上的蛊毒，就不要对笑菲太好！"

她相信耶律从飞是聪明人，能听出她的言下之意。当日高睿为了牵制她、利用她而给她下了蛊，如果看到耶律从飞对她动情，他又岂肯替她解蛊？高睿一定会留着她要挟耶律从飞。

她居然在替他着想！耶律从飞的眼中闪过一丝惊喜，他握住她的手，轻声说："不用担心，只需你做一件事，婚礼之后定北王便会替你解蛊。"

笑菲猛地抽回手，拂袖而起："原来笑菲不过是有个好脑袋，殿下还能用用罢了。定北王当日下蛊就是为了控制我。殿下与笑菲今日才得见一面,不必露出款款深情的模样,有什么嘱咐,笑菲照做便是。"

她居高临下地睥睨着耶律从飞,眼神不屑至极。

耶律从飞在心里加重了对笑菲的欣赏,他毫不掩饰地将爱慕的目光直勾勾地落在她高傲的脸上。他从怀里拿出一只瓷瓶,缓缓地说:"定北王虽兵败,但在大齐仍有支持者。擒了杜昕言和卫子浩,在和议期迅疾出兵,大齐必无防备。"

笑菲轻轻地笑了,拿起瓷瓶若无其事地问道:"昨晚喝酒输了,找杜侯爷重新比拼正合我心意。不过,他是高手,混在酒中吃不出异常来吧?"

"无色无味。"

笑菲将瓷瓶纳入袖中后说道:"伤敌一万,自损八千。混了药的酒笑菲也会喝下去的,殿下莫要给笑菲穿肠毒药就好。答应殿下做这事,是因为笑菲胆小怕死。我会找个人来试试。"

耶律从飞皱了皱眉,站起身低声道:"你不相信我?"

笑菲眉一挑,讥讽地说道:"信与不信又如何?笑菲的命捏在你手中,你若要我信,我自然只能信!殿下请回,三日之内,定不负所托。"

"慢!"耶律从飞拦住她,沉吟片刻后道,"使团进了幽州城,命就捏在我手中了。任杜昕言和卫子浩武功再高,也难以在千军万马中逃脱。实话告诉你,十二个时辰后,我会下令围住驿馆,你只有十二个时辰。告诉我,你的心是否真的嫁到了契丹?"

笑菲闻言大笑起来:"王子殿下既已打算围困大齐使团,又何苦要给我一天时间?直接动手岂不更好?让我猜猜你的心思吧!昨日你带来的十八铁骑身上穿的都是新缝制的衣裳,驿馆内食物菜蔬丰盛,不!甚至称得上是奢侈。实则虚之,杜昕言和卫子浩都是多心之人,看到这些反而会认为你是在故布疑阵、虚张声势,继而认为契丹其实无力兴兵。你本来可以直接下令围了使团,但是你没有十足把握。你忌惮的人不是杜昕言而是卫子浩,你算不准有多少昙月护卫隐在暗中,你担心万一走漏风声让大齐有了防备。从京城一路行来,笑菲所为,殿下心如明镜。要我在酒中下毒,成则可以擒获杜昕言与卫子浩,不成也是我沈笑菲意气用事。为了未来王妃,耶律王子为美人怒围了使团也无可厚非。这样一来,困住使团想偷出兵的目的就达到了。"

耶律从飞后退了半步，以全新的眼光打量着笑菲。他的目光由惊诧变得炽热，最后大笑起来："好，不愧是我耶律从飞想要的女人！"

"你错了！"笑菲断然喝止，冷冷地看着耶律从飞道，"我手无缚鸡之力，父亲疯癫而亡，在大齐，我已无容身之地，不得已屈于皇权远嫁契丹。如果有机会，我会选择离开。如果没有中蛊，我绝不会答应你做这件事，王子殿下不是笑菲所希冀的男人！"

这一刻笑菲心中突生悲哀，她对耶律从飞玩欲擒故纵的招数娴熟自然，为什么对杜昕言她却做不到？

她在心里长叹，又一个疯子。父亲是偏执，耶律从飞是冷酷。她相信耶律从飞的话，她同样也相信，如果背叛，耶律从飞会毫不客气地砍掉她的脑袋。所以她能对父亲绝情绝义，能对耶律从飞心硬似铁。只是，那个在渠芙江畔青衫飘动的男子，她想得到的爱与温暖，为何离她那么远？

耶律从飞长叹一声："我终于知道为什么定北王要对你下蛊了。笑菲，你是我见过的最冷静、最聪明的女子。其实你也只说对了一半，从飞对你虽有利用，但未必没有真情。"

笑菲不置可否地笑了笑，并不接耶律从飞的话，她懒洋洋地说道："我进了幽州城无疑就是砧板上的鱼肉，加上我怕死，这药我一定会下在杜昕言和卫子浩的酒里，也一定会让他们发现，恨不得宰了我的。到时候耶律王子为救红颜，顺理成章围了驿馆便是。失陪！"

笑菲肌肤白皙，让她如被太阳一晒即化的冰人儿似的，她的脚步却未见丝毫凌乱迟疑。耶律从飞脑中闪过一个念头，他是否做错了？他轻声说道："你也错了，笑菲，我对你未见面已钟情。你再聪明善谋，我再运筹帷幄，也算计不到自己的心。与他饮了一夜酒，你希冀的男人是他吗？"

契丹王宫中，一袭银白绣蟠龙锦衣的高睿仿佛待在自己家里似的随意。耶律从飞对他自然流露出的贵气感叹不已，甚至有些羡慕。

耶律从飞的母亲只是契丹王的一名侧妃。因为是汉人，从小他就受别的王子欺负。直到武艺学成，十八岁比武拿到契丹"第一勇士"的称号后，契丹王才对他重视起来。王子的尊贵是他靠自己的双手搏来的，和高睿这种从小养成的优雅有着天壤之别。耶律从飞静静地看着高睿的背影，见侍立在旁的王一鹤注意到他，他露出淡淡的笑容。

王一鹤那日见无双只身离开东平府后，心中始终放心不下高睿，掉头就跟去了登州。大战前夕，高睿的箭伤复发，为了不影响军心士气，由侍卫假扮了他出城迎战。眼见兵败，王一鹤不得已带着他离开战场。高睿伤养好后便来到契丹投奔耶律从飞。

王一鹤低声禀报道："王爷，耶律王子来了。"

高睿转身看到耶律从飞便笑了，没等他开口便道："她都猜出来了？"

"定北王料事如神。"耶律从飞笑道，"明日此时围了驿站，布置在边境的军队会直渡黄河。就算消息走漏也迟了，大齐的反应不会这么快。有定北王相助，我契丹此番南下必势如破竹！"

高睿谦和地笑了笑道："睿落魄到契丹，蒙王子收留，手中无兵，旧部却还有几个人。父皇着实偏心，睿咽不下这口气。高熙仗都没打过一场，凭什么夺了皇位？！王子此番南下，夺了高熙的江山，才能让睿吐出这口闷气来！以王子盗兵符调兵的魄力，何愁大齐不灭？只是，睿不明白为何王子仍给了沈笑菲一日时间？"

为什么要给笑菲一日时间？耶律从飞想起大齐京城外她白衣飘飘的风姿，想起她的聪慧，眼底流露出炽热的光芒。只有她才配做他的王妃，只有她才能与他并肩称霸。他冷傲地说道："如果沈笑菲不肯在酒中下毒，从飞不会娶一个没有心的女人。她再聪明也想不到，我的大军明日就会渡黄河！她以为我不敢直接翻脸，需要一个围困使团的借口，她绝对想不到我明日围驿馆是为了让父王与各族族长骑虎难下。父王想和谈，八部族长也想和谈，但他们都忘了，我契丹族是狼的后人。大齐才经历了战乱，这是南侵最好的机会！"

高睿莞尔一笑："王子雄心壮志，高熙又岂是王子铁骑的对手？睿这就起程回大齐，招旧部为王子内应！"

耶律从飞拍拍他的肩道："若能得定北王相助取了中原江山，耶律从飞定不会亏待定北王。"

高睿淡笑道："睿只要看到高熙和杜昕言惨败收场就够了。还有，睿已为殿下备下双心蛊的解药。"

不需要他说，高睿已双手奉上，耶律从飞不由得大喜过望。

王一鹤递过一把银刀，高睿扯开胸前衣裳，运内力催逼，片刻后胸前凸起一个包来,隐约能看到肌肤下有活物在蠕动。高睿在胸口迅速划了一刀,一条黑色活物蠕动着钻了出来。王一鹤将瓷瓶口凑到伤口处,那个活物便飞快地落进瓶中。再看伤口,红色的鲜血沁了出来,高睿的蛊已完全引了出来。高睿拿锦帕捂着伤口微笑道:"蛊母离体后会在瓶中休眠,用它能引出沈笑菲身体中的蛊虫,她所中蛊毒也就解了。"

想到那个风华逼人、聪慧绝顶的女子,耶律从飞握紧了瓷瓶,仿佛将沈笑菲控制在了自己掌中一般。等他走后,王一鹤低声问道:"王爷,借契丹的兵,老奴担心中原人士会恨王爷入骨,这对王爷大业有碍。"

高睿冷笑道:"谁说我要借兵?我不过是要借耶律从飞的野心罢了。只要契丹大军毁约过黄河,水就会再次被搅浑。大皇兄想要休养生息,我偏不让!他对付契丹的时候,就是我们重招旧部,再谋大业的机会。"

王一鹤小心地问道:"那耶律从飞看上去对沈笑菲极为在意,王爷为何要取出体内的蛊毒?当时为防沈笑菲反噬,害王爷性命,如今仍用它让耶律从飞不敢对王爷下手岂不更好?"

高睿悠然地说道:"双心蛊有利有弊。从前种在自己身上,沈笑菲纵然背叛了我,也不敢让我死。现在我取出了蛊母,我的死活她再也感知不到,有利于我隐迹藏身。当时在登州我就想取出蛊母,听说和议时耶律从飞提出要娶沈笑菲后,我就放弃了。如今当着耶律从飞的面取蛊,他会相信我没有相挟之意。那蛊虫是用我的血配出的药方养大的,就算用蛊母引出她体内的蛊虫,渗进她血液中的毒也无法去除。解毒的药引是我的血,解毒的配方在我手中,将来,耶律从飞一定会为了沈笑菲前来求我的。"

王一鹤舒了口气,对高睿的心机佩服得五体投地。

窗外阳光白晃晃地照得地面生烟,笑菲似感觉不到这种热度,只感到遍体生寒。

契丹要困住使团挥兵南下,杜昕言知道这些吗?高睿一日不除,终是后患。可高睿若死了,自己便只能再多活一年半的时间。她该帮他吗?帮了他,他还是要让自己嫁给耶律从飞吗?笑菲心里委实难以决断。

袖中的瓷瓶如有千斤重,就算她下不下手,契丹铁骑照样能困住使团。耶律从飞相信她不会拿自己的命开玩笑,也不怕她会泄露消息,笃定地将她逼上独木桥。他要她背负暗害杜昕言和卫子浩的罪名,无法再回大齐。他比父亲理智,比父亲狠绝。父亲砌了座牢笼,而耶律从飞却选择一劳永逸,砍了鸟儿的翅膀,不设笼子也让她飞不出去。

高睿现身后,他在大齐的拥护者会竖反旗响应,大齐必将再一次大乱。如果告诉杜昕言这些情况,他会有什么对策?而自己该怎么办才好?走,可自己分明是放心不下他;不走,却只有一天时间。笑菲的眉头紧紧皱成了一团。

"小姐,侯爷来了。"玉茗在身后轻声禀报。

笑菲回头,只见杜昕言穿着青绸宽袍,宛如翠竹长身玉立。为什么会对他情有独钟?为什么会因为他而方寸大乱?她心里不禁苦笑,脸上却挂着浅浅的笑容,温柔地问道:"侯爷亲自来所为何事?"

杜昕言挥手让玉茗下去,看着笑菲突然道:"我记得曾与沈小姐在洛阳城中下过一盘棋。沈小姐道世事如棋,变幻莫测。一个人再狂妄,也不能帮别人把棋走完的。当日我走出了一条路,今日是来告诉沈小姐,还有别的解法!"他说着行到桌边,落子如飞,还原了当时的棋局。

白子布下珍珑,步步诱黑子入局,却留一处空缺没有堵上,黑子便有了存活的机会。

笑菲望着这局棋,惊诧地张大了嘴:"你居然一子儿不差地记得?"

杜昕言毫不在意地说:"从洛阳回到京城,想起沈小姐的话,忍不住复盘再下。你看,落子于此又如何?"

"倒脱靴!我怎么没想到?!"笑菲失声惊呼。

杜昕言自己堵死了小块棋,取下被吃的黑子之后,抢落子于空处。几子落下反吃了白子一大块,破了白子的珍珑,原本被束缚住的黑龙在这一处像洪水决堤。再看棋局反倒像支深入敌腹的孤军,稍有不慎就有被黑子全歼的可能。

"先弃后取!"杜昕言微笑着将手中棋子扔回棋盒,淡定地望向笑菲。他的眼神中再没有那些嘲讽、那些冷淡,像池水中被拂碎的月光。只看到光芒闪烁,却看不清月亮的真实面目。

"我一定要把你送过黄河,是不想让契丹有出兵毁约的借口。我早和嫣然、迈虎约定好了,趁婚礼人多杂乱时带你离开。我再也不会回朝廷做什么侯爷,消了皇上的疑心,他想必也乐意我快意江湖。"他说一句便走近她一步。笑菲呆呆地望着他,难以形容的滋味从她心口炸开。尽管隐藏在心中的答案呼之欲出，她却不敢相信。

那袭青衫在她身前停住，头顶响起他温柔的声音，他笃定地告诉她："你输了，输在给了我两次机会，一次让我可以控子布局，这一次，输在我的先弃后取！当日放弃，是为了今日的取！笑菲，我对你，势在必得。"

他声音虽轻，听在她耳中却犹如惊雷。她蓦地清醒过来，接连后退数步，高昂着下巴道："你凭什么这样自信？你要先弃后取，我偏取了再弃！杜昕言哪杜昕言，你以为你做出了安排救我离开，我就得感激涕零地接受？我已经决定嫁给耶律从飞，还想助他灭了大齐！咱们战场上见吧！"

杜昕言不为所动地站着，脸上始终挂着浅浅的笑容，听她说完，他静静地问她："是谁服了蛊毒还不忘记通风报信救我父亲一命？"

"那是我留条后路！且我与子浩有盟约！"

"是谁口口声声说恨浅荷，最终还是救了她与她母亲？"

"与我无关，是子浩心仪于她！"

"是谁远赴山东道，暗中助我破敌？"

"那是我要活擒高睿解蛊！"

"又是谁明明可以辩解非她在城破之日放走高睿，却在皇上面前认了这桩大罪？"

"纵然不认又如何？就凭我放走耶律从飞，引来外敌觊觎？皇上非让我嫁，何不痛快一点儿！"

杜昕言步步紧逼，见笑菲退无可退，靠在墙边不禁叹气，他伸手撑着墙，将她困在身形之下，在她挥手挣扎的同时吐出一句话来："好吧，那么是谁在黑石滩迷晕我后亲了我，又说，你是我的，谁也抢不走？！"

他的声音如魔咒，震得笑菲全身僵硬，她惊得手脚冰冷，动弹不得。

杜昕言悠然笑道："是谁坐在我身边，晒着暖暖的太阳，吹着悠悠的风，舍不得离开？是谁在我耳边说，真想一直这样，可惜你快要醒了？又是谁拿走了我的令牌，取走了吃食后又舍不得我饿着，给我留下了一个馒头？"

笑菲猛地捂住了耳朵，大叫道："别说了！你什么都知道！你居然是醒着的！你什么都听到了！你太坏了，你装得若无其事骗过了所有人！你竟然还喝我的巴豆粥！"

她连声喊着，死死闭上了眼睛，竟连一眼都不敢再看他，只恨不得地上有缝能让自己钻进去躲着。

杜昕言好笑地看着她掩耳盗铃的举动，轻轻拿下她的手，喃喃地说："馒头很香，我吃得珍惜。落枫山上，你的琴音已让我心生知己之感；小春湖细雨霏霏，我站在梅下望着你时，心里就盼着能和你一起荡舟湖上；我恨你设计我，恨你帮高睿，我恨得想杀了你，你诈死时，我的心却那么痛，痛得我干净利落地点了沈相的死穴，让他再也不能出现在你的面前。我也曾犹豫过，也曾恨自己为什么总忘不了你。坐在相府后花园对面的树上，忍不住就想跃进去寻你，哪怕与你斗嘴也好过我独自相思！天下人都知京城小杜倾慕丁浅荷，又有谁知道，这颗心里只有沈笑菲一人呢？睁开你的眼睛，看看我的眼睛，看看杜昕言的眼里是否只有沈笑菲！"

笑菲颤抖着睁开眼睛，杜昕言墨黑的双瞳深处闪动着自己的脸，那么亮，如同黑夜不能淹没的星光，在遥远的天际独自闪亮。时间一分一秒地过去，空气似乎都凝固了。他燃着微笑的唇就这样缓缓地压在她颤抖的唇上。她突然没了思想，呼吸变得困难。

她曾在黑石滩上偷偷吻过他的唇，他却接二连三地夺走了她的呼吸。每一次都情难自禁，每一次都难以遏制对她的渴望与激情。

背负着与高睿一战的使命，背负着扶持高熙为帝的责任，背负着不明真相时丧父的悲伤，背负着心爱之人是敌人的痛苦，杜昕言此时一吐为快，狠狠地碾压着那粉嫩的嘴唇。

突然之间，血液在笑菲的体内如万马奔腾，激得她哽咽地哭出了声。她终于知道父亲为何疯癫后速死，终于知道原来她也一直被人深深爱着。她抓紧了杜昕言的衣襟，瑟缩着把身体蜷成一团，试图将自己埋在他的怀里，永远躲在里面。

她的哭声细碎，像断续的琴音。杜昕言轻抚着她的发，任由她在他怀里将悲苦释放。

第二十二章 以身做饵

窗外的知了仍不知疲惫地叫着,哑着声音唱完了白日的歌,直到夕阳落山,橙黄色的光被黑夜淹没。定北王高睿没有死,契丹想借使团前来许下婚礼,麻痹大齐,趁机南下打大齐一个措手不及。在笑菲的房中,杜昕言与卫子浩神情严肃,听笑菲说完事情经过,两人都感觉事态严重。杜昕言瞟着卫子浩突然笑了:"耶律从飞怕是没有想到沈小姐会将事情说出来,十二个时辰后围困驿馆,咱们还有时间。子浩,我想边境肯定已经封锁,但是难不倒你,对吗?回大齐报信的差使非你莫属。"

卫子浩站起身道:"你放心,我现在就走。"

杜昕言从怀里拿出一封信递给他,正色道:"子浩,来契丹之前,我已和真定城守徐将军详谈过。黄河沿线明松暗紧,淮北、淮南道大军早已在暗中往北调动。你执这封信去,你就是钦命督军。若契丹大军真的渡黄河南侵,这就是你的机会!只有建了军功,百官才能对你心服口服!"

杜昕言的举动让卫子浩大为吃惊,笑菲生病在真定停留时,杜昕言就早已做了安排?他接过信,心里极不是滋味。他想走仕途,想压过杜昕言。而此时,杜昕言选择留在契丹,同时还把立功的机会送给了他。他看着杜昕言叹气道:"昕言,我早说过,我看不透你,不知道你的真实想法是什么。"

"我却知道你的想法!"杜昕言的声音突然变得冷漠,眼中露出讥诮来,"你这趟差使是针对我来的。皇上对我有了忌惮之心,你是皇上的眼睛,在盯着我的一举一动。我不知道你为什么要将笑菲陷进这个局里,我只知道,你一定会对浅荷好的，对吗，卫大人？"

卫子浩汗湿重衣，杜昕言的眼睛锐利得像刀子。他没有把话说完，卫子浩却觉得他已经明白了一切。

如果说刚才杜昕言的话语还如数九寒天，现在再看他，却是冰河解冻，春风满面。他笑着拍了拍卫子浩的肩，道："人各有志，我不阻止你升官发财。不过，子浩，别把我当成你的假想敌。你的直觉是对的，我杜昕言心里的女人是沈笑菲。你想抓我的纰漏从她下手没有错。我要擒住高睿再带笑菲走，我不会再回朝中做安国侯了。转告皇上，昕言还是从前的昕言。"

这话比刚才的话更让卫子浩震撼，他呆呆地看着杜昕言，不知所措。

"子浩，这份情我是要你还的。如果高睿不在契丹而是潜回了大齐，为了笑菲请务必留他一命。伴君如伴虎，官途虽好，哪及江湖自在。你多保重。"

杜昕言握住笑菲的手，与她相视而笑。

卫子浩的心里蓦然浮起丁浅荷的身影，他羡慕地看着他们，似乎有点儿明白杜昕言为何做出这样的决定了，他轻叹道："昕言，对你，我心服口服。我这就走，你们也多保重！我会嘱昙月派的护卫暗中保护。"

卫子浩矫健的身影消失在黑暗中，笑菲这才懒洋洋地说道："说吧，还有多少事瞒着我？"

杜昕言拉起笑菲笑道："北方的夏天倒也清朗，我带你去个安静的地方饮酒可好？"

两人坐在房顶上，头顶是璀璨的星空，密密麻麻如碎银子似的嵌满了天际，笑菲撑着下巴望着天，良久叹道："真美！"

"还有这个！"杜昕言拿出一壶酒来。

熟悉的味道满口留芬，笑菲又一次瞪大了眼睛，轻呼道："醉春风？"

杜昕言微笑着看着她道："在小春湖畔，你请我喝醉春风，结果没敢喝，回去就馋，楞是缠着江南宁家挖出窖藏的二十坛醉春风，只可惜这是最后一壶了。"

笑菲想起当时被杜昕言识破身份后烧掉草庐的事，"噗"地笑出声来。她拿起酒壶饮了一大口，大赞道："痛快！"

杜昕言皱紧了眉，道："我正奇怪呢，你的酒量怎么那么好？"

"这是娘胎里自带的！我爹可没这样的好酒量！"笑菲说到这里忍不住有

些忧伤。

"我查了很久，也不知道你娘是什么样的人，你长得很像你娘，对吗？"

笑菲望着星空良久不语，杜昕言见她伤心，便转移了话题："明日咱们将计就计，你要取得他的信任，随他进王宫。"

"你呢？如果你假装中毒，他趁机下手怎么办？"笑菲下意识地反对。

杜昕言耐心地说："耶律从飞给你的药没有毒，是要散了我的功力，装作散功对我来说不是件难事。以高睿的性格，他一定会亲自前来见我，正好趁这个机会擒住他。嫣然和迈虎早已经到了幽州城，还有昙月派的护卫和我都察院潜在契丹的暗探，他们都会在暗中相助，不用担心我的安全。让你随耶律从飞进王宫，你才有机会说服契丹王不出兵。"

笑菲担心地说："武功再高，也难敌千军万马。围了驿馆，任你武功再高强，也难以逃脱的。"

杜昕言眼中闪烁着睿智的光芒，他笃定地说道："所以我只有骗过耶律从飞，麻痹他才能争取到时间和机会。契丹目前虽尊耶律部为王，可各部落眼中只有各自的利益。都察院有暗探在幽州城，一直在暗中结交八部落。以往契丹南侵都是为了度春荒或过冬无草粮，这个季节正是放牧休养的好时候，八部一定不会同意出兵。从我得到的情报分析，耶律从飞明天围困使团，是想造成与大齐交恶的既定事实。高睿为内应，我大齐无准备，又围了使团。这样一来，契丹王和各部族长或被诱惑或出于无奈而同意他的提议。等他们商议停当，子浩已经回到真定。大齐有了防范，契丹会再次动摇，这场仗才打不起来。"

笑菲轻叹一声："咱们现在离开多好。只要高睿活着，我就不会死。他没死在战场，一定更珍惜生命。"

杜昕言笑了，道："只要知道高睿的下落，我就有办法让他替你解蛊。笑菲，纵然不管朝廷的事，但我还是想尽力消弭这场战争。难为你要进宫一趟了，因为我知道你和契丹王之间有联系。我猜，契丹王宫中一定有帮你的人！"

笑菲眼中闪过惊诧，半晌才喃喃地道："原来你知道。"

杜昕言握住她的手诚挚地说："我并不知道那人是谁，我只知道他一定是你信任的人，对吗？有此人在，你在王宫里绝不会有事。"

笑菲眼里闪动着泪光，她靠在杜昕言的肩头轻声说："季伯是我母亲的侍从，在我十五及笄时受母亲遗命曾前来看我。我求他带我走，他却说他对母亲发了毒誓，绝不做对不住我爹的事，我只好请他替我跟契丹王牵线，江南的米粮的确是通过他送到了契丹王手中。那时我一心想离开相府，我不信高睿，也不信卫子浩。我需要寻找一个将来可救我一命的势力。万一高睿争位成功想杀我，契丹会用武力相挟保我一命。这是我用江南米粮换来的条件。高睿失败，契丹王便不用兑现承诺。对他来说，这笔交易他不吃亏。"

"季伯知道你已经到了幽州，为何一直没来这驿馆找你？"

笑菲白了他一眼道："你每晚睡我屋顶上，又不让我出去，他没机会！"

杜昕言尴尬地问道："你怎么知道？"

"我令玉茗在床前摆了几盆水，你以为是我怕热吗？我是看到了水中的倒影映出有人呀半夜跑来揭瓦。"她说完得意地笑了起来。她笑声清脆，在夏夜的风中飘了很远，像一朵散发着清香的花朵，让杜昕言着迷地怔住。他望着星星理直气壮地说道："你不觉得躺在房顶上看着星星入睡比睡床更舒服？"说完他自己也忍不住笑了。

天色渐明，驿馆外由安静变得热闹，渐渐听到蹄声如雷，笑菲对杜昕言笑道："你装作散功，真不怕被识破吗？"

杜昕言站起身道："他们来了⋯⋯"

他突然捂着胸，眉心紧皱，笑菲诧异地问道："怎么了？"

杜昕言望向门外，放柔了声音道："菲儿，你进宫千万要小心。如果发现情况不对，不必理会我这边，让季伯带你先离开。你没有武功，留下来会是我的拖累，你答应我！"

见笑菲点了点头，杜昕言顺势滑坐在地上，对她眨了眨眼道："要装就得装像一点儿。关心则乱，等会儿要是有什么意外，千万别让他们看出来。"

"我知道，放心啦，我可会骗人了。"笑菲笑眯眯地冲他扮了个鬼脸。

脚步声更近了，笑菲深吸了口气，敛去了笑容。房门被"砰"地推开，耶律从飞出现在门口，笑菲心里不知为何漏跳一拍，那种被他眼光一瞟就浸入雪水的感觉油然而生。耶律从飞身后只有两名卫士，高睿没有出现，他们失算了。

"来人，送沈小姐进宫！"鹰隼般锐利的目光从杜昕言苍白的脸上扫过，耶律从飞微微一笑，回头吩咐道。笑菲有些不放心地看了杜昕言一眼，见他神色镇定地坐在地上，对她使了个眼色。她轻声问道："不知定北王在何处？殿下答应过我，要解了我中的蛊毒。"

耶律从飞从怀中拿出一只瓷瓶道："蛊母在此，回宫后我便替你引出蛊虫。"

"多谢殿下。"笑菲心中充满了疑惑，高睿为何要取出他身体内的蛊母？他现在在什么地方呢？也许杜昕言的判断是对的，耶律从飞手中有蛊母，比找到高睿解蛊要容易得多。自己需要进宫劝契丹王打消出兵的主意，再夺取蛊母。笑菲打定主意后，缓步跟着士兵往外走去。

身后突然传来声响，笑菲下意识地回头，正看到耶律从飞一掌打在杜昕言的胸口。血从杜昕言的嘴里喷出，他连哼都没哼一声就倒在了地上。她心里一寒，这也能是假的吗？

耶律从飞按住杜昕言的腕脉，哈哈大笑着站起身来。他看向笑菲的身后，微笑道："玉茗，你干得不错。"

笑菲惊诧地回头，玉茗站在门口，眼神闪烁着，不敢和她正视。笑菲厉声喝道："玉茗，你做了什么？！"

玉茗怯怯地说："王子殿下说，只要杜侯爷喝下了那坛酒，就送玉茗回家。"

笑菲顿时呆住，玉茗在说什么？那坛酒有什么问题？她也喝了，为何无事？她的脑中闪过杜昕言的话来：只是散去内力的药，她本来就没有内力，所以对她来说，毫无损伤。可是杜昕言……她顿时手脚冰凉。

"呵呵，做得好！来人，送她去军营！这般听话聪明的可人儿，想必将士们一定会喜欢！"耶律从飞放肆地大笑着。玉茗吓得尖叫起来："不！殿下答应过奴婢，事成之后送奴婢回大齐！我不要去军营，小姐！小姐救我！"

玉茗被拽开，哭声渐渐远离。笑菲木然地站在房中，目光移向倒在地上的杜昕言。青衫上鲜血未干，清俊的脸苍白如纸。他已经发现被散去了功力，他还想瞒着她？他让她不必理会他，他让她独自逃走！

耶律从飞得意地站在她面前，薄薄嘴唇中吐出的话冷酷无情："我担心笑菲心软，就买通玉茗帮你一把。"

他杀了杜昕言？笑菲脑中一片空白，身体剧烈地颤抖着，喉间一丝声音都发不出。她望着杜昕言胸前的血，意识渐渐消失。耶律从飞见她吓晕，脸上忍不住泛起笑容。他抱起她喝道："来人，看好了杜侯爷，围了驿馆，全力搜捕卫子浩！"

睁开眼睛,首先看到艳丽的床帷,笑菲一惊,坐起了身。

"你醒了?原来你的胆子这么小?"略带戏谑的声音在身侧响起,笑菲转过头,看到耶律从飞微笑地坐在床侧锦凳上。

刚刚发生的一幕涌入笑菲的脑中,她下了床,厉声说道:"耶律从飞,你好深的心机,你利用了玉茗想回大齐的心思,可你又何苦将她送入地狱?你的深情真让我害怕。我说过,你不是我希冀的男人,我不会嫁给你,你死了这条心吧!"

耶律从飞并不动怒,把玩着手中的瓷瓶,淡淡地说:"笑菲希冀的男人是杜昕言?你根本没有把药下到酒里。想取得我的信任,是为了让我替你解蛊毒?你们以为得知杜昕言失了内力被擒,定北王一定会去看他。只可惜呀,定北王把蛊母给了我,玉茗又听话地在酒中下了药,这该怪谁呢?"

笑菲愤怒地扬手打去,手腕却被他擒住,他低沉的声音中充满了怒意,脸色黑得像大雨将至前布满乌云的天空。他一把将她拽进怀中,咬牙切齿地说道:"他被散了功,还受了我一掌,他现在就算没死,也活不长了!"

听到杜昕言活不长了,笑菲的心神已乱,她尖叫着挣扎起来,眼泪大滴大滴地落下:"你放开我!放手!"

耶律从飞的眼神渐渐变冷,手上用劲儿将她箍得死紧,他低吼道:"你辜负了我,沈笑菲!我给你机会,你半点儿也不珍惜!我不需要找什么借口,我本意就是围了驿馆破坏两国和议,逼父王同意出兵!"

"你休想!契丹王不会答应你!在最适合休养生息的季节,别的部落族长也绝不会同意!"笑菲挣脱不开,尖叫着吼了回去。

耶律从飞凑近她耳边冷冷地说道:"知道今天我除了围困驿馆还做了什么事吗?父王老了,他已经宣布退位,各部族长已奉我为王,遵我号令!明日午时我会让你亲眼看到我杀了杜昕言和使团中人祭旗。"

明日午时?笑菲下意识地望向殿外,金灿灿的夕阳晃得她眼冒金星。嫣然、迈虎和隐在暗中的人能救得了杜昕言吗?

"你要我亲眼看着?你何不把我一起杀了?"

"对,我就要你亲眼看着他死。我不杀你,我会为你解蛊毒,让你好好活着,活着留在我身边,看我成就霸业!"耶律从飞放开她哈哈大笑起来,他拿出那只瓷瓶对笑菲晃了晃。笑菲下意识地往后退,她一直想解蛊毒,现在机会就在眼前,她却不想了。心口传来悸动,她体内蛊虫对蛊母起了反应。

"不想解蛊,不想活了,是吗?笑菲,你是聪明人,你不是最怕死的吗?一个杜昕言可以让你连死都不怕?"耶律从飞阴沉着脸问道,心里的嫉妒和不甘让他气血翻腾。他的骄傲被这个女人踩在了脚底,他突然觉得高睿给他蛊母,其实不过是想让他尝尝被她拒绝的滋味。

"够了!"笑菲大喝道,她挺直了背,恢复了冷淡的神色,"既然都是聪明人,不妨做个交易。我不想杜昕言死,我也不想死。你若放过他,我留下来助你一臂之力。"她不等耶律从飞回答,就抛出了诱饵,"定北王现在可以做你的内应,他是在坐山观虎斗。一旦大齐内乱,他会振臂一呼,集结人马理直气壮地和你开战,得人心,壮大势力。他的目标是皇位,是天下。宣景帝从来没有打过仗,定北王的用意是让天下人知道,只有他,才适合做大齐的皇帝!兄弟联手对付你,再造势逼宣景帝退位,你不过是定北王的棋罢了。他取出蛊母,不外是让我不能知晓他的死活。他曾说过,我和他是同样的人。以己度人,只有我最了解定北王,就像,东平府杀他大败!"

耶律从飞大笑道:"定北王残部能有多少人?我契丹铁骑天下无双!"

"契丹擅马战,也擅水战吗?契丹集全民为兵,分散到大齐十三道府守城,不过百十人而已。夺几城可以,想夺天下,你别做梦了!"

"你说对了,我没有打算在短时间内占了天下。我要蚕食大齐国土,消除八部隔阂,建立契丹新王朝!"耶律从飞看着笑菲轻轻地笑了,"你可知道?每一次你崭露锋芒时,都让我更舍不得放手!笑菲,你说的话都有道理。我现在又有了新的念头,我不杀杜昕言,我要留着他。如果你不想让他死,就好好活着帮我。战事一起,你每出一策成功,我就放他一马;你每出一策失利,我就断他一肢。你不该让我知道,他对你有多重要的!"

笑菲似怔住,半晌说不出话来。

"哈哈!这就叫聪明反被聪明误!明日便随我出战吧!"

看着他得意地笑,笑菲"噗"地跪下,扯住了耶律从飞的衣袍哀求道:"我错了,你放过他,好不好?我发誓留在你身边,绝无二心!"

耶律从飞心头火起,拽起她恶狠狠地说:"我给你机会你不要,现在晚了!沈笑菲,我早说过,我要你的心。你的心呢?你什么时候把心给我,我什么时候就放了他!你若是敢死,我让他生不如死!"他猛地撕裂笑菲的衣袍,把装有蛊母的瓷瓶贴在她胸口道,"定北王以蛊来控制你,落了下乘。以心驭之,方能所向无敌。"

心口传来剧痛,笑菲失声痛呼,她的四肢被耶律从飞压制住了,他冷着脸将蛊母放出。雪白胸膛上一团黑色的活物蠕动着,吸引着笑菲体内的蛊虫往心房聚集。

看到她胸口聚起一个突起,耶律从飞拔出尖刀轻轻一划,一挑,两只黑色的蛊虫就落到了地上。他站起身一脚踩下,两只蛊虫瞬间被踏成肉酱:"我再给你一次机会,你现在就可以离开。"

笑菲掩住衣襟,眼泪涔涔滑落。没有蛊能控制她,她可以离开,换了从前的自己,定会欣喜若狂。耶律从飞没有说错,她有了牵挂,她的心与杜昕言在一起,叫她往哪儿去?

一点沁红印在雪白的衣襟上,她的心在流血,耶律从飞突然觉得失落,他无力地说:"笑菲,为何不能把你的心给我?为何不能与我成就霸业?你好好想想吧!"

他走出殿门,回头望去,笑菲躺在地上,白衣凌乱,发丝遮住了她的脸,瘦弱的身躯瑟瑟发抖,仿佛已到了寒冬季节。他仰望着漫天彩霞轻叹,为什么他放不开她?

他的心神回到暮春时节。那天他从长芦寺才回到京城枣儿胡同里的聚友客栈中,笑菲和四公主便来了。一名侍卫偷偷传信后,他就钻进了公主的轿子。她戴着帷帽端坐着,轻声低语:"我送殿下离开京城。"

公主的轿子宽大,弥漫着幽雅的香气。帷帽垂下长长的面纱,他只看到她的手,白玉雕成,指甲粉红,美丽得让人难以忘怀。

骑马离开,他蓦然回首。她站在轿子旁边,漫天夕阳为她镀上一层光晕,裙袂飘飘,风华绝代。他忘不了那刻的失神,呼吸在瞬间凝滞。

"既得佳人,云胡不喜?"耶律从飞低声自语。他疑惑地想,难道他真的比不过杜昕言吗?为什么她会爱上一个失败的人?

子时过后,一道黑影从房顶飘然落在笑菲的房中。他拉下面巾,微弱的光线下露出一张苍老的脸来。他轻轻拂开纱帐,拍醒了笑菲,在她睁眼的瞬间捂住了她的嘴。

笑菲的眼泪夺眶而出，她努力控制着激动的情绪，声如蚊蚋："季伯！菲儿大难！"

季伯心疼地看着她，沉声道："当日没有带小姐离开，这些年我一直寝食难安。沈相既死，我的誓言已破，自当带小姐离开。"

"不，我要你去救杜昕言。"笑菲吸了吸鼻子道，"耶律从飞解了我的蛊毒，他不会杀我。季伯，你去救他！"

"不行！我只会带你走。"

笑菲哀求地看着他道："季伯，我另有法子离开。我牵挂于他，他若不得救，我不走。"

看到她眼中的坚决，季伯长叹一声："怎么和你娘一样，都这么傻？你娘当年心慕中原繁华，便带着我南下。你爹是赶考的书生，他俩相逢两情相悦，只羡鸳鸯不羡仙。你娘是异族，不在意中原那些礼节，便跟了他。你爹高中为官后野心显露，他生怕被人知道他娶了个契丹女子，就在你娘生你的时候下了毒手。我想杀了他，他却抱着你痛哭忏悔。你娘怕我伤他性命，要我发下毒誓，不得做伤他之事，最后我带着你娘的尸骨回到了契丹，照风俗将她火化，骨灰撒在了草原上。小姐，情之一物，害人害己，季伯带你远走高飞，你忘了杜昕言吧！"

怪不得她的酒量这么好，原来母亲是契丹人。笑菲轻声道："季伯，你既然知道菲儿与娘亲一样，她到死也不想伤我爹半点儿，我也要杜昕言好好地活着。"

"痴儿！"季伯慈爱地抚摸着她的头发，"等我消息吧。"

笑菲的眼睛在这一刻亮若明星。

拂晓时分，季伯竟又返回，他焦急地拿出一套宫中侍女的衣饰交与笑菲道："杜昕言被人救走了，耶律从飞亲自带兵搜捕，咱们赶紧离开。"

难道是隐在暗中的人出手相救？笑菲一跃而起，她突然停住问道："季伯，你不会骗我离开吧？"

"小姐，是真的。你赶快换衣，再晚就来不及了。"

笑菲这才看到季伯穿着极为华丽的服饰，她匆忙换了衣服，手指翻飞，将一头长发编成了辫子垂在脑后。季伯赞许地看着她，带着她走出了宫殿。殿外躺着两名侍卫，显然是被季伯打晕过去了。他并没有隐藏行迹，反而带着笑菲大摇大摆地往宫门走去，一路上见到他的人都尊敬地行礼。笑菲低着头，心里暗暗吃惊，季伯在契丹王宫是什么地位？

顺利出了宫后，季伯突然变得机警起来，带着笑菲穿街走巷，来到一处污沟前，他歉然地说道："小姐能忍受吗？城门已经关闭，只能从这里出城！"

"能！"笑菲坚定地回答。她能在相府忍受沈相，耐性本非寻常人能比。

季伯低声叮嘱道："遇到蛇和老鼠莫要慌张惊呼。"

笑菲听到蛇和老鼠，身上激起了一层鸡皮疙瘩，她毫不犹豫地点了点头。

借着晨曦的微光，能看到污沟上漂浮的各种秽物。笑菲深吸口气，握住季伯的手走了进去。腥臭味扑鼻而来，她强忍着恶心，咬着牙跟着季伯往前走去。

水渐渐变深，季伯揽着笑菲的腰，借着浮力提着她前行。顺着这处污沟走了片刻，已潜到了城墙附近，季伯附耳道："小姐，前面有处栅栏，深吸口气潜下去，做得到吗？"

笑菲咬紧了嘴唇，清朗的目光中透出坚定。

"季家的好女儿，只可惜了你娘，爱上一头中山狼！"季伯叹了口气，揽着她浮到栅栏处。笑菲伸手抓着栅栏，正想深吸口气潜入污水之中，一条老鼠尾巴忽然拂过她的手，她张嘴就要尖叫，季伯的手已捂住了她的嘴。他满手的腥臭味道直冲笑菲鼻端，她用了很大力气才控制住想呕吐的冲动。她拼命对自己说，离开，一定要离开！眼泪不受控制地冲出来，洒落在季伯的手上。渐渐地，她剧烈的抽搐平复，季伯松开手，略带焦急地说："忍住，小姐，不超过半个时辰，被我打晕的侍女便会醒来。"

"走！"笑菲深吸了口气，拉着铁栅栏往下沉去。

季伯拖着她，迅速地钻过栅栏，浮出水面的瞬间，她在水道旁狂吐。季伯的眼睛渐渐湿润，什么安慰的话也没有，拖着她奋力往前游。片刻后，他们越过了城墙，季伯见她已无力行走，直接扛起她顺着污水沟走进了河道。

笑菲趴在季伯的背上，呕吐着秽物，头昏沉沉的，仿佛已走到了生命的尽头。她不知道自己到哪儿了，只看到趴在铁栅栏上的老鼠，一双凶光四射的眼睛正狠狠地盯着她。她甚至看到了它灰色肮脏的毛，还有它露出的小尖牙，转眼间就变成了耶律从飞浑身杀气冷眼睥睨着她。

"啊……"她嘴里挣扎着吐出声音，眼半睁着，看到了季伯焦急的脸，她却怎么也醒不了。

身体被猛地震动，笑菲终于清醒过来，一大块粗重的布围在了她身上。季伯镇定地道："河水已将我们身上的秽物冲洗干净了，但咱们现在没有时间生火烤衣，好在是夏季，小姐再忍忍。我偷了一匹马和一些东西，进了峡谷就好了。"

她虚弱地笑了："不必担心我，季伯，咱们走！"

季伯抱她上马，用力抽鞭，马冲着前方的永定河峡谷飞速奔去。

永定河像条苍龙，笔直地从两山之间冲下。两侧悬崖峭立，林木苍翠欲滴。峡谷口建有沿河城，扼峡谷要冲，倚山而建，城墙坚实，这是大齐防备契丹进攻的天堑。

杜昕言一行人纵马停在峡谷中的枯石滩上，他揉着胸口笑骂道："耶律从飞还真狠，若真的被散了内功，这一掌就要了我半条命。"

嫣然站在他身侧不满地说道："侯爷何苦瞒着小姐？她肯定担心死了。"

杜昕言远望着沿河城的方向微笑着，说道："若不是这样，又怎么能瞒过耶律从飞？季伯一定会顺利带走她。幽州城地处平原，这条路是回大齐最近的路，他一定会带着笑菲往这里走。我只盼望着他能晚一点儿行动，让我大败耶律从飞后，他再带笑菲来。追兵到什么地方了？"

他身侧一名都察院暗探恭敬地回答："耶律从飞距咱们二十里。"

"卫大人的兵到了？"

"沿河城防范严密，卫大人的兵已经到了。"

杜昕言看着两侧山峰微笑道："耶律从飞想起兵，今日就让他葬身于此吧！我以身做饵，他该后悔没有当场要我的命！"

他翻身下马，等着耶律从飞追来。

与此同时，耶律从飞带着几百铁骑飞速地冲进了永定河峡谷。马踏着浅滩溯流而上，晨曦隐现，阳光初升，峡谷美如画景。前探的士兵伏地听音后道："前方有马蹄声，不到十里了！"

"追！他们离沿河城还有五十里！逃不掉的！"耶律从飞冷声下令。

马蹄声更急，迈虎与几名昙月护卫骑着马满头大汗赶到枯石滩，他翻身下马吼道："来了！"

此时探路的士兵正回禀耶律从飞："他们好像在枯石滩停下休息了！"

耶律从飞冷笑一声:"想必是杜昕言伤重难以前行,围上去!"

"是!"

随着下令,几百铁骑冲进了枯石滩。耶律从飞远远地看到杜昕言一行人围坐在枯石间,他大笑道:"杜侯爷,你以为你能逃得了吗?"

杜昕言缓缓站起身,青衫飘飘,眼睛眯了眯,笑呵呵地摊开手说道:"王子殿下,哦,不,该称呼为大王了,你觉得我像是被你一掌重伤的人吗?你上当了!放箭!"最后一声气冲云霄,山头上冒出无数手持重弩的士兵,闻声放箭,"嗖嗖"箭声不绝于耳。

杜昕言哈哈大笑道:"妄想南侵我大齐,今日枯石滩便是你的葬身之地!"

大齐士兵居高临下,以逸待劳,听到谷中契丹兵惨呼声不绝,又有滚石如雨般落下,胜负立分。耶律从飞脸色骤变,挥剑挡开箭支大喝道:"中埋伏,撤!"他在亲兵护卫下掉转马头往峡谷后速撤。杜昕言翻身上马喝道:"追!"

躲过箭雨与滚石,耶律从飞贴着马纵马飞驰。身边亲卫越打越少,他红着眼后悔莫及。此时他已经知道卫子浩的下落,也完全明白了杜昕言的计策。卫子浩一早离开,大齐早有了防备,而杜昕言则骗过他,引他入瓮。

随行的几百铁骑逃出来的只有十来个,耶律从飞铁青着脸一言不发。他知道只要出了峡谷,杜昕言便不会再追,他狠狠地挥下马鞭,发誓必报此仇。

前方隐约出现一匹马来。

"停下!"耶律从飞挥手勒住马,对方躲避不及,已进入他的视线。

"师父?!"耶律从飞吃惊地喊道。

季伯与笑菲同骑,看到耶律从飞,他愣了愣,低头轻叹道:"小姐,没想到在这里遇到耶律从飞了。"

笑菲虚弱地靠在他怀里,坚定地说:"冲过去!"

季伯温柔地说道:"我是他师父,他的武功是我传授的,希望他看在师徒情分上能放过小姐。"

"师父!为什么是你?!你为何要背叛我?!"耶律从飞像受伤的野兽怒喝道。他因母亲身份卑微不受契丹王重视,请季伯教他武功,十八岁时他才能凭武艺威震契丹,夺得"第一勇士"的称号,而季伯也待他如亲子。他吃惊地看着季伯,不明白季伯为什么要救沈笑菲走。

季伯轻叹道:"从飞,菲儿是我旧主之女。我从你五岁教你武艺,菲儿不愿嫁你,看在师徒情分上对她罢手吧!"

放了她?让她和杜昕言在一起?耶律从飞想起在枯石滩损兵折将,想起杜昕言马上就要追来,心里的怒火熊熊燃烧着,他红着眼喝道:"休想!哪怕杀了她,我也绝不让她和杜昕言在一起!不是两情相悦吗?我要让杜昕言后悔终生!上!"

季伯缓缓拔出剑来:"你我师徒情分就此断了,菲儿,我们冲过去!"他狠狠一夹马,向着耶律从飞疾冲而去。

身边刀剑相碰声叮当不绝,笑菲看得头晕,一夜奔驰,力气已尽。她闭上眼睛,死死地抓住了马鞍。听到季伯大喝一声,马似受了重击,疯一般地往前冲,差点儿把她颠下马来。她尖叫着睁开眼睛,季伯已跃下马和耶律从飞在地上缠斗,几名契丹士兵拍马追她。

笑菲回头大喊:"季伯!别扔下我!"

一条圈马索套住了她,身体被绳索箍着往后扯飞而去。飘荡在半空中,她看到前方一袭青衫朝她奔来。恍惚中,她似又回到了江南,渠芙江上荷叶田田,岸边垂柳下,杜昕言潇洒如风。她微笑着想:他真可恶,设下计策,却瞒着她。

白云飘浮,像洁白的花朵向她撒下来。耳边隐约听到季伯呼唤她的声音,却又像风似的飘远了。

杜昕言看到了她的笑容,也看到她口中喷出的鲜血。马顺势急奔,他却觉得此时是这样的安静。他的目光跟随着笑菲的身影移动着,眼睁睁地看到她落进耶律从飞的怀里。

沁凉的血溅在耶律从飞的脸上,他怀里的笑菲轻得像片羽毛。

"笑菲!你怎么了?!"耶律从飞轻声问道,他没有发现声音已在发抖。

停下打斗,季伯飞快地奔来,握住笑菲的腕脉探查,眼里突然充满了愤怒与伤心:"从飞,你对她下毒!你口口声声说要她,你怎么对她下毒?!"

耶律从飞茫然地抬起头喃喃道:"我没有,我替她解了蛊,我真替她解了蛊!"

杜昕言疾奔而至,从马上一跃而下,一名契丹士兵试图拦他,被他一剑劈倒,他高声喊道:"我有办法!"

耶律从飞挥了挥手,手里抱紧了笑菲,他阴沉地问道:"杜侯爷是想借机杀我?"

杜昕言懒得和他废话，厉声喝道："你捏捏她的衣领，是否有三颗突起物？喂她先服下！"

耶律从飞伸手一摸，果然她的衣领上有三颗突起物。他撕开衣领，滚出三颗青色的药丸，他捏开笑菲的嘴将宝药喂下。

杜昕言不顾契丹士兵刀剑的威逼，跑到笑菲身边。她的脉象弱得几乎摸不到，杜昕言满头大汗，眼神都在发抖。他深吸口气静下心来，闭目凝神。半响，一点儿生机若隐若现，像被大风一吹即断的蛛丝，仿佛坚韧又脆弱不堪。他睁开眼睛，笑菲身上的鲜血刺目惊心，人似已死去一般。经过了这么多，好不容易可以在一起，可他连一天的快活都没给过她。杜昕言只觉得热浪直冲眼眶，忍泪忍得艰难，心口那团火在体内横冲直撞找不到发泄的地方，直烧得他想杀人。

他逼视着耶律从飞，话从牙缝里一字字往外蹦。如果身前是山，他会将它劈成两半，如果身前是蛟龙，他有剥皮抽筋的恨。"她有什么错，你对她这么狠？她不会武功，她只能用她的聪慧挣扎求生。你知道她有多难吗？你是爱着她吗？恨不得让她死了才能浇灭你心里的嫉妒？看着她死，你高兴？你有称霸天下的野心，为什么就不能容你心爱的女人好好活着？苗寨世传的宝药只能压住毒性，救不了她，你知不知道？！她会死，她会死！耶律从飞，拔出你的剑，今日我必杀你！"

耶律从飞仿佛没听到似的，喃喃地道："高睿，你好毒，你不仅下蛊还下毒。以蛊压毒，以毒养蛊。我引出了她体内的蛊，她体内的毒就压不住了。"

笑菲的话仿佛又在耳边响起。高睿在坐山观虎斗，他利用自己的野心出兵，再以正义之师和他为敌。耶律从飞哈哈大笑道："杜侯爷，我现在是契丹王，你觉得要是杀了我，不会让契丹因愤怒而出兵，那你就动手吧！"

她要死了，她活不了了。杜昕言脑子里反复念着这句话，他大喝一声，青水剑凌厉劈下。

"住手！"叮当声响，季伯挥剑挡下。他手中的剑被斩断，劲力未消，逼得他后退两步，胸口气血翻滚。季伯吃惊地看着杜昕言，此人的内力竟这么强！季伯喘了口气，大声说道："菲儿的毒虽然解不了，可她现在还死不了。杜侯爷，大王已经消除了起兵的念头。解铃还须系铃人，当务之急是找到定北王。杀了大王引发两国交战，就会让定北王趁机坐大。你和定北王是敌人，他绝对不会给你解药，菲儿必死无疑！"

一剑既出，杜昕言心里的怒气发泄出来，人随即清醒。他低头望着一动不动的笑菲，多么希望她突然睁开眼睛笑着说，她又戏弄了他一回。

耶律从飞拂开笑菲散落在脸颊上的发丝，拭去她唇边和脸上的血迹。他留恋地看着她，那么苍白瘦弱的脸，那么纤细的人儿。他将她轻放在地上，待站起身时，已恢复了冷静："杜侯爷，契丹与大齐目前都不适合开战。我现在不出兵，不等于将来不出兵。契丹强盛之日便是我挥兵南攻之时，后会有期！"

峡谷中传来如雷的蹄声，契丹大军接应耶律从飞来了。他翻身上马，目光中充满了决绝，他平静地对季伯说道："师父，好好保护她。杜侯爷，你是从飞生平罕遇的劲敌！这一仗，我输得心服口服！"

契丹大军拥着耶律从飞后退，峡谷渐渐又恢复了平静。赶到的嫣然和迈虎看着杜昕言怀里没有了意识的笑菲，呆住了。

第二十三章 相思定谋

一个月后,泰山脚下,卫子浩找到了高睿和王一鹤。他此时已经官拜将军,想起引退的杜昕言,他微笑着想,他终于能还他人情了。

这是一场毫无悬念的战斗。王一鹤武功再高,也敌不住卫子浩人多势众,利剑穿心而过。高睿中了一箭,浑身是血。卫子浩提着长剑慢悠悠地走向高睿,王一鹤狂吼着扑过去,死死抱住了他,目光望向高睿,留恋而绝望。

高睿仰天长笑:"没想到我今日毙命于此!王一鹤,随我去黄泉吧!"他横剑在手便要自刎。

"住手!"卫子浩被王一鹤绊住,心里直担心高睿会自杀。他暗暗叫苦,他要的是活人!这时,山道上突然奔出一骑,马上之人黑衣蒙面,一双眼睛明若秋水,她也大喝道:"住手!"

听到声音,高睿似愣了愣,眼中飘起复杂莫名的神色。

士兵正要放箭,卫子浩大喝道:"不准放箭,要活的!"

转眼之间,黑衣人拎起高睿上马,劈倒两名士兵,扬长而去。

卫子浩呆呆地看着他们离开,心跳得急促,环顾四周,眼里涌出冰寒。他推开死去的王一鹤沉声问道:"看清楚是谁了吗?"

"禀将军,似乎是个女人。速度太快,又蒙着脸,没看清楚。"

卫子浩握紧剑柄的手渐渐松开,突然又握紧,拔剑、出剑一气呵成。随他前来的士兵还没来得及反应,便横尸倒地。他望着遍地尸体缓缓收剑,冷冷地说道:"既然没有抓到他,你们就只能死。"

别人没看清、没认出是谁来，他却认出了无双。无双为什么会救高睿？他想起找到无双时的情景：她变得沉默，她破了血誓。难道她失身高睿时连心也丢了吗？卫子浩突然想起了谢林。自东平府之后，他再也没有在杜昕言身边看见过谢林。难道谢林是受杜昕言之令跟随无双而去？

"驾！"卫子浩策马疾驰，如果真是这样，杜昕言一定知道高睿的下落。

离泰山不远的一处山谷中，搭着一座简单的窝棚。青灯如豆，高睿躺在竹床上处于昏迷之中。空气潮湿而闷热，他赤裸着上身，那支箭插在他胸口上，周围的肌肤触之犹如烙铁般火烫。无双默默地坐在床前，她轻轻抚摩了下微显突出的肚子，两行泪顺着脸颊无声地滴落。她将手中的小刀凑近烛火烤着，含了口酒喷在箭伤处。剧烈的疼痛惊醒了高睿，每吸口气都那么难受。他艰难地睁开眼，惊喜地喊道："无双！"

他挣扎着想坐起身，无双冷着脸道："别动，我替你取箭！王爷若是怕痛，大声喊出来就是。山中无人，喊得再大声，也没人听见的。"

高睿呵呵笑了，每笑一声都痛得吸气，但他还是想笑。

无双恼怒地喝道："你笑什么？"

"哈哈，我，我笑我有后了。无双，不用替我取箭，我死了，你就能如愿报仇了。将来也不必告诉我的孩儿他父亲是谁，他能在我坟前烧炷香就好！"高睿放松地笑着。

再入大齐，他看到的是战争过后大齐的稳定，朝廷颁布的减税免租条令让百姓从战争的祸害中恢复了过来。契丹大军没有动静，他想趁乱起事的打算落了空，忠于他的残部召集起来力量太过弱小。加上宣景帝下令既往不咎，今日在泰山他和王一鹤被卫子浩围困就是被部下出卖。他夺位的路变得漫长而遥远。他本来以为必死无疑，却让他再次见到无双，还知道她怀了他的孩子，高睿当然要笑。

无双冷冷地看着他，眼里露出痛苦之色。她扯住箭支，小刀带着热度"刺啦啦"划破伤口。高睿的笑声顿绝，惨叫一声晕了过去。扔下箭，无双的泪涌了出来。她拿着布巾压住他的伤口，手不停地发抖着，终于趴在他身上放声大哭起来。

孤灯凄然地吐着豆大的昏暗光线。断断续续的哭声从窝棚中传出，山谷静默如兽,谢林坐在不远的树上心事重重。杜昕言给他的命令是盯着无双。他一路尾随着她,看着她在山中挥汗如雨砍下竹子搭起简陋的窝棚,看着她的肚子一天天显出痕迹,看着她在夜里抽泣。无双的挣扎和矛盾通通落进了谢林的眼底。不知何时,他的心中起了怜意,每天看着无双心情平静而愉悦。他心情复杂地想,如果侯爷知道无双怀了高睿的孩子,他一定会斩草除根的,他该不该把消息传回去呢?

想到奄奄一息的沈笑菲,想到杜昕言的愁容,谢林再一次陷入了矛盾。

无双哭得倦了,趴着睡着了。高睿却醒了,艰难地睁开眼睛,看到睡着的无双,眼底流泻出温柔的笑意。他努力地想伸手抚摸她,手指只动了一动,便停住了。

"无双!"他拼尽了力气只能发出细弱的声音,嘶哑得不似他的声音。

无双似乎听到了动静,抬头看到高睿睁开了眼睛望着她。她霍地站起后退,转过身平息着呼吸,良久才低声说:"你醒了?"

高睿挣扎着想坐起来,额间痛出冷汗,他却笑了,他缓慢嘶哑地说:"我快死了吧,身体像被火烤着,可这会儿又有了精神,怕是回光返照之相。"

无双一震,脱口而出:"你活该!"

四目相对,高睿看到无双眼底的挣扎与苦痛。他慢慢移开目光,看到她微凸的小腹。他淡淡地笑了,低声说:"无双,就当我现在是在做梦吧,你别唤醒了它。"

听到这句话,无双浑身一颤,与高睿在黑暗的地牢中缠绵的情景又回到了眼前。她多么希望是一个梦,只有他和她,没有皇位,没有战争,他们也不是敌人。

无双冷冷地说道:"我救你,就是为了此刻看着你死!孩子是我的,他没有父亲!"

"无双,你真好……你能这样看着我死,真好!"高睿微笑着说出这句话,再一次昏迷过去。

窝棚内变得异常安静,无双颤抖着走到床前,见高睿歪着头一动不动,心里不由得慌乱至极。她伸手摇了摇他,他却没有动静,她"哇"地哭出声来。"你别死!我,我……"她哽咽着说出这句话,伸手在他颈边一探,指尖传来血脉微弱的跳动。一颗心悠悠荡荡又落到了实处，无双腿一软瘫坐在地上。她抚摩着小腹柔肠百结，一会儿是大哥的脸、杜昕言的脸，一会儿又是高睿的温柔。她喃喃地道："我该怎么办？"

天渐渐亮了，无双睁开眼睛，在地上坐了一晚浑身酸痛。她慢慢站起身，转眼一看高睿，他满脸烧得通红，嘴唇干得起了皮。她顿时骇住，拿起竹筒转身奔了出去。窝棚前就是山溪，她装了水，飞快地返回。她绞了帕子搁在高睿额上，一遍遍擦拭着他的身体。高睿没有知觉地躺着，无双把帕子往盆里一扔，害怕地哭了起来。

伤口显然在恶化，如果不请大夫，高睿必死无疑。可是，让她怎么敢找大夫？无双哭了会儿，扶起高睿，蹒跚地背着他走出了窝棚。清晨的风还算凉爽，她知道等日上中天的时候，山谷中也会热得像蒸笼一般。她将高睿放进溪水中坐着，小心地露出伤口。她盼着清凉的山溪能降低他的体温，能救他一命。

昏迷中的高睿看上去无害至极，长长的睫毛油亮乌黑，挺直的鼻梁，烧得干涸的嘴唇。无双痴痴地看着他，手温柔地抚过他的脸，一遍又一遍。淡淡的阳光落在两人身上。山间静寂，绝美的无双与英俊的高睿之间无声地流泻出浓浓的情意。谢林远远地瞧着，眼里泛起同情。想到杜昕言的命令和沈笑菲的毒，他叹了口气转身离开。

等到气温升高，无双又把高睿背回了窝棚。看到门口放着几包药，她大惊道："是谁？"

她张皇惊恐的脸落进谢林眼中，他轻叹了口气，飘然落下："无双，是我。"

无双记得谢林，在昙月派学艺时，谢林对她百般呵护。她知道他是杜昕言的护卫，既然他找到了她，杜昕言便也会赶来。她放下高睿，拔出了长剑："谢师兄！我不会让你带走他的！"

"我不是来杀他的。我既然送药来就不会让他死。但是，我要得到沈笑菲的解药。无双，我想你也不会眼睁睁地看着沈笑菲死，侯爷会很难过的。"

无双听后垂下了手里的剑，她眼中露出哀求之色，凄然地说道："谢师兄，我求你救救他，我一定会让他交出解药。只要能救沈笑菲，你们，你们就当他死了，好不好？"

谢林侧过身冷淡地说："我只要解药。至于如何处置他，由侯爷做主。无双，你怎么能爱上你的敌人？"

无双想否认,眼泪却一滴滴地落下。

多么漫长的夜晚,晨曦初现,阳光悄然染红东方时,高睿的睫毛动了动,嘴里发出一声呻吟。无双累得双手发软,听到这声呻吟却如同天籁。她轻咬着嘴唇,眼里却有了笑意,微颤着手摸上他的额头,已没有昨天那么烫了。她双手合十,闭上双眼虔诚地祈祷。

高睿微微睁开眼,晨光中无双眉眼温柔,美丽如玉的脸颊苍白消瘦,眼睑带着未睡的暗青色。她虔诚的模样牵动了他的温柔。他试着伸手,想握住她的手,却牵动伤口,发出了闷哼声。无双睁开眼睛,看到他捂着伤口疼得满头大汗,人却是醒了。她伸出手,又缩了回去,怔怔地看着他,不知道说什么才好。

她恨自己,为什么又救了他一回?为什么看到他醒来又是惊喜又是恨呢?她头也没回就往外走去。

"无双!"高睿喊她,撑起身体时迸裂了伤口,剧痛让他无力地倒在床上,他喘着气说,"我活不了多久了,何必救我?我死了,你的仇也报了,岂不是更好?"

无双蓦然回头,眼泪淌下,哽咽着说:"是,我是想你死,恨不得你死。看到你晕过去,伤口恶化,我又盼着你活。我不是我自己,我不是卫无双!我居然还盼着我的孩子出生,盼着他能叫一声爹。我这是怎么了?怎么了?!"

她得不到答案,掩面飞一般地冲了出去。

外面传来无双失控的哭声。高睿心如刀绞,挣扎着用尽了全身的力气站了起来,每呼吸一口都痛得恨不得死去,强悍的意识撑着他一步步挪到了门口。野花遍地,绿草如茵。无双蹲在一棵树下,抱着双膝哭得肝肠寸断。

"无双!"高睿终于撑不住,瘫软在门口。他看着无双,往昔浮现在眼前。他疑她,却屡碰冰山。她是这样美,又美又冷,让他无意识地一步步陷了进去。脑中响起阵阵嗡鸣声,他看到一只蜜蜂围着花"嗡嗡"地扑扇着翅膀,无双的哭声渐远。他模糊地想,她可真美。

不知哭了多久,无双抽咽着回头。她看到高睿歪坐在门口,嘴角还带着笑容。她骇极,跑过去,轻轻一碰,高睿无力地倒在了地上。

"你别吓我,醒醒,你醒醒!"无双手在发颤,发疯似的拼命摇晃着高睿。

谢林悄悄出现,握住高睿的腕脉探了探道:"他没死。"

无双睁大了迷茫的双眼，眼泪禁不住又涌了出来。她像捞到根救命稻草，扯住谢林的衣襟断断续续地说："师兄，救救他，我求你救救他！"

谢林镇定地说："解药没拿到，我一定会救他，我去找个大夫来。"然而等到谢林晚间带大夫回来时，无双和高睿却不见了踪影，她给他留了张纸条：原谅我，师兄，我不能冒险，我带他走了，解药无双一定奉上。

谢林狠狠一跺脚，无双带高睿走了，解药没有拿到，他怎么向杜昕言交代？

这一年江南的秋来得似乎特别早，层层秋雨染红了枫叶，铅灰色的云低低地压在天际，远山笼在烟雾之中，缥缈难寻。小春湖畔的院子里药香袅袅，隐约传来轻咳声。从纱帐内探出一只手来，如冰似玉，白得几无血色。杜昕言握住她的手，凉得没有半分热度。他温言问道："睡醒了？"

笑菲轻笑道："睡醒了。我听着下雨了，突然想起去年在这里遇到你，瞧你淋得跟落汤鸡似的，心里很开心。"

杜昕言戏谑地说道："要我现在去淋雨让你开心吗？"

"刻意为之，有什么好开心的？我想出去坐坐。"

杜昕言挽起纱帐，笑菲白得像纸一般的脸上露出灿烂的笑容。他想起那年洛阳花会，他拂开她面纱的瞬间看到的容貌，那时的她像渠芙江畔才摘下的粉荷，娇嫩欲滴。眼前的笑菲像一张纸，吹口气都要倒，他抱起她忍不住心酸。笑菲轻靠在他怀里笑道："不知道丁浅荷如何了？这么久没有消息，她能忘记高睿吗？"

"你以为卫子浩是好人？浅荷对高睿的迷恋，迟早会被子浩磨得没了耐性。一物降一物，高睿用他的柔，子浩就能用他的刚。"杜昕言笑着说道，抱着笑菲进了水榭。

细雨飘飞，笑菲靠在他怀里懒洋洋地不肯再动弹："终于还是我赢了。我就说过，你是我的，我厉害不？"

"怎么不厉害？一计又一计吊着我胃口。为了看你的容貌，我放火烧了相府呢。"

"呀！我差点儿忘了，你还欠着我七千两银子呢，还有利息！"

"我连人带本一起还你可好？"

笑菲抬头看他，胸口气血翻涌，勉强答道："好！"这个字刚出口，血就从她嘴里喷了出来,白色的衣袍上绽开朵朵红花,她怔怔地看着,轻声说,"我怕熬不过这个秋了。"

杜昕言心头大恸,抱紧了她,一言不发。谢林回来谢罪,道跟丢了无双,高睿不知死活。杜昕言便知道希望渺茫。可是听她这样说,他却受不了。

"还记得那年在京城积翠园吗?好大的雪呢,你躲在鲛绡后面,人像雪一般透明。我听着琴声都忘了防着你,那酒喝下去,痛得我难受。笑菲,你从来都是诡计多端,你这次又是在捉弄我,对吧?看着我难过,你就会偷笑。"

笑菲嘴角扯出一丝笑来,声若蚊蚋:"是啊,我就是爱看你难过。我这就要睡了,让你着急去……"她无力地倒在他怀中,气息微弱。他一直握着她的手腕,仿佛只有摸到她细若悬丝的脉象才不会害怕。

秋雨沙沙地打在屋顶,杜昕言充耳不闻。他呆呆地抱着笑菲一动不动地坐着,只盼着能这样坐到天荒地老,舍不得放开她片刻。

天色渐渐偏暗,水榭中最终只剩下沉沉的孤寂。

季伯与杜成峰在凉亭下棋,两人眼瞅着水榭的黑暗和安静,不约而同地叹着气。

苦秋阴冷潮湿,离小春湖不远的一座小镇上行人渐少,青石板路被雨打湿了,更显冷清。无双挺着大肚子在花架下煎药,紫藤花散落一地,粉紫的、粉白的落在地上,像洒落的泪滴。瓦罐中的药煮得沸了,她浑然不觉。

一滴泪落在瓦罐上,发出"刺啦"的声响,转瞬之间就被烤得无影无踪。药沸腾出来,"咕咚咕咚"声不绝于耳。无双回过神儿,倒出一碗药,端着进了房。她望着里间锁住的门轻叹,拿出钥匙打开了门。高睿躺在床上形销骨立,双颊染出两片病态的嫣红。听到门响,他睁开眼睛,唇边露出笑容:"无双,孩子还有一个月便出生了,你感觉如何?"

无双冷着脸把药碗往桌上一放,冷冷地说道:"孩子是我的,不是你的!我留着你是为了给沈笑菲解毒的药方。你写了药方,我便杀了你!"

她狠狠地瞪着高睿,仿佛恨不得马上就杀了他似的。

她尖锐的声音像针一般扎进高睿的心里。这么长时间了,他怎么不明白?无双从来没对他笑过,她嘴里说着恨他,关着他,心里却是那么绝望。药方是她欺骗自己的信念,他不忍破坏,就一直不给她,她却也没有勉强过他,两个人就这样一天天拖着过了。

身体疲倦得似不属于自己,看着无双矛盾、愁苦的眼睛,高睿心中剧痛。几回昏死过去,醒后脸上总有无双洒落的泪水。他死了,无双还有活下去的心吗?他目光温柔地落在她凸起的肚子上。还有孩子!他多么盼望无双能平安生下孩子,多么盼望这个新的小小人儿能让她开怀一笑,可是拖不得了。高睿叹了口气道:"你既然想要,我就写给你好了。沈笑菲的毒再不解,她就活不过这个秋天了。"

听到他要写解毒药方,无双的心猛然收紧。她用尽办法救活了他,箭伤虽好了,却拖垮了他的身体。她一直骗自己说是为了药方,如今真听到高睿要给,她便不知所措了。难道拿到药方后真的要杀了他吗?高睿看了她一眼,微笑着说:"你可以等沈笑菲的毒解了再来杀我,我向来奸诈狠毒,没准儿给的是假方子呢?"

对,如果是假的呢?无双似又给自己找到了理由。她接过高睿写下的药方,薄薄的一张纸似有千斤重。这是沈笑菲的命,是杜昕言的希望。可是送了信呢?无双心里酸痛,他们会放过他吗?

高睿又递过一只瓷瓶,道:"这里面是我的血,解毒的药引。沈笑菲的毒不能再拖了,看在相识一场的分上,我便放过她好了。无双,你怀着孩子不方便,另外找人送去吧!"

"不行,别人,我不放心!"无双脱口而出。她怎么敢找人代送呢?万一被人知道他没有死,不,她绝不能冒这个险。带着高睿来江南,离杜昕言和沈笑菲住的小春湖来回不到一天的路程,她随时做好了在沈笑菲最危急的时候送解药去的准备。

望见高睿了然的目光,无双转开头似在为自己解释道:"万一送药的人耽搁了或弄丢了方子怎么办?万一你给的是害她的药呢?我一定要亲眼看着沈小姐好起来,我这就送去。高睿,你别想着趁机逃跑!药在桌上,喝了它。我不让你死,你就不准死!"

无双收好药方和瓷瓶,目光和高睿轻轻一触就躲开了,她咬着唇道:"要是你不老实,我回来就杀了你!"她嘴里说着杀他,语气却柔得快要滴出水来。

高睿叹息道:"你让我跑我也不敢,外面不知道有多少人等着锁我进京,这里是最安全的地方。一天时间,我等得起。"

四目相对，他的目光中是满满的不舍与柔情，无双觉得下一刻她就要扑进高睿怀里了。眼泪涌上美丽的眼睛，她霍地转身出了房门，片刻后端来吃食与茶水放在桌上，想说什么，最终也没有说出口，就这样怔怔地看着高睿。

他的手轻轻抬起又落下，捂在嘴边，咳了两声。在无双往前迈出一步时，他狠心转过身，背对着她。身后传来无双的吸气声，她喃喃地说："你要我去，我就去，你……"

高睿咬紧了牙关，半响才道："孩子还有一个月便出世了，你多保重自己。"

无双看着他的背影。他真瘦，肩胛高高耸起，似破体飞出的刀扎在她胸口，让她只有疼痛。他为什么不回头再看她一眼？他在害怕吗？和自己一样害怕离别？她捂住嘴，飞快地往外走，越走越快。院门"吱呀"打开又合上，院子里最终消失了她的声响。

高睿机械地转过身来，看到房门虚掩并未落锁，眼里渐渐涌出悲伤，他低声自语道："无双，天知道我有多么不舍！"

他打开房门，坐在桌边能直望到院子。那株紫藤还留有几穗残花挂在枝头，从深紫到浅紫，像他脸上凝固的笑容，没有生气。坐在桌边，他夹起一筷子菜送进嘴里。无双的手艺很好，他却吃得满嘴苦涩。

秋风吹进来，高睿咳嗽了两声。他坐在桌边目不转睛地看着院子里的紫藤，又一阵急雨飘过，紫藤上的花朵随着雨飘落在地上。院门"吱呀"一声被推开，卫子浩走进院子，雪白的官靴踩在才落下的紫藤花瓣上。他解了油衣，深深地望向里屋坐着的高睿，嘴角噙着丝得意，转身关好了院门。他迈步走进里屋，掀袍坐在高睿对面。

高睿笑了笑道："卫大人来得真快，我已照你的吩咐引开了无双。可惜无酒，若是有酒便好，来尝尝无双的手艺。"

卫子浩坐下，筷子一伸点向高睿，却被他举筷轻松化解掉。卫大浩哈哈大笑道："定北王果然狡诈，骗无双可以，却瞒不过我的眼睛，她能关得住你？"

高睿眼里露出锐利的光来，逼视着卫子浩道："皇上并不能确认我的死活，卫大人想要去邀功，就得除去无双和她的孩子，你对她下得了手吗？"

"我下不了手，所以我只能让你死。你活着，无双与她的孩子便有危险！"

高睿脸上露出笑容，伸出了手腕。卫子浩搭脉一探，惊诧地看着他。

高睿收回手喝了口茶道："昨日你趁无双外出买东西偷偷来见我，不就是想让我死，保住无双和孩子的秘密？我的生机已断，却想给无双留个念想。这就走吧！我想去一个地方，请卫大人成全。"

小春湖畔，无双尴尬地坐着。杜成峰的目光从她肚子上掠过，杜昕言难掩吃惊，无双坐立不安。曾经，她满心爱慕着杜昕言，最终一颗心却系在了高睿身上。她低着头等待着沈笑菲清醒。

杜成峰轻叹口气道："无双，你可知道你的孩子……"

"杜老大人，孩子是我的。"谢林不知何时出现在房门口，他斩钉截铁地阻断了杜成峰的询问，看到无双眼里的恐惧和惊诧，谢林走到她面前温柔地说，"无双，难为你千里奔波找来解毒的药方。"

看到沈笑菲和杜昕言时，无双惭愧得不敢面对他们。是她自私，害得沈笑菲在死亡边缘挣扎，害得杜昕言憔悴不堪，她低声说："希望还来得及！"

"无双，你累不累？要不要去睡一会儿？孩子就要出生了，你要多注意身体！"谢林体贴地问道。

杜成峰冷眼旁观，心中明镜似的。他想了想，呵呵笑道："谢林哪，你和无双成亲时没有请客，等孩子满月时一定要请老夫喝喜酒！"

谢林眼里闪过惊喜，杜成峰的这句话已经说明他打算庇护无双的孩子了，他高兴地应了声。无双的头埋得更低，心里的苦如外面的秋雨，层层漫开，没有个尽头。

一个时辰后，杜昕言满脸喜色冲进房中，他笑得欢畅："无双，成了。只要慢慢养着，笑菲就无事了。"

听到这句话，无双欣慰地笑了，她站起身道："沈小姐无事就好。杜大哥，你要好好待她。谢林，你现在忙不忙？能回家吗？"

她紧张极了，生怕杜成峰以她怀有身孕为名阻她离开。

杜昕言目光一闪，笑道："谢林，你上回跟我说无双有孕，没想到一转眼孩子都快出生了。无双，我不多留你，你很长时间没有见到谢林，小两口儿是该好好聚聚。对了，谢林，你是我的护卫，但是我现在只想陪着笑菲和老爹一起过平静的生活。你以后再不是我的护卫了，留在无双身边做个好相公吧！"

杜成峰哈哈大笑，谢林也忍不住满脸笑容，他单膝跪下正色道："侯爷，谢林这就去了，愿小姐早日康复。"

无双低着头不敢看杜昕言,她心乱如麻,嘴里胡乱应着。谢林扶着她往外走去,杜昕言又叫住了她。他大步走到无双面前,握住她的手轻声说:"无双,杜大哥希望你开开心心地活着,不为别的,为了孩子也要开心地活着。"

无双眼中湿热,她点了点头,低声说:"杜大哥,见着我大哥,请替我问他好。我私下成亲,他不知道。"

"好,不要担心你大哥,杜大哥替你说这事。"杜昕言别有深意地说道。

二人离开后,杜昕言回过头,见杜成峰脸色凝重,他呵呵笑道:"高睿已经死了,父亲还担心什么?"

杜成峰也笑了:"是啊,高睿死了,无双也找到了归宿,谢林心甘情愿,老夫还能说什么呢?笑菲可还好?"

"中毒时间长了,怕是要慢慢养着才行。她能活着就好。父亲,你知道我看到笑菲毒解了时在想什么吗?我在想,只要无双幸福就好。当时无双为间进三皇子府,我反对。高睿能真心待她,我不想再追究下去。"

对杜昕言而言,心里只有幸福喜悦。无双有无双的缘,他管不着那么多了。

不顾谢林的劝阻,无双拼了命往回赶。谢林心里叹息,不再阻她,只要能留在无双身边,他就心满意足了。再回到小镇,天已微亮。望见小院,无双眼中燃起光亮来,她推开院门直奔进屋。

谢林想了想,站在了院子里。又一夜秋风苦雨,紫藤花被打落一地。等了良久,不见动静,谢林瞟了眼院内,深吸口气走了进去。里屋房门大开,无双晕倒在地上。谢林骇极,扶起无双,见她手中紧紧握着一张信笺。他顾不得看信,抱起她躺在床上,小心把脉,知她是因受刺激才晕厥过去,并无大碍,这才放心。他拿起信笺,只有短短数语:无双,我又骗了你。我的病其实早就好了,一直在暗中联络旧部。天下于我势在必得,舍你而得天下乃我所愿,能和你在一起这么多天,一生足矣!睿。

"这人!亏侯爷还想放过他!"谢林气得把信揉成一团扔在了地上。他望着无双美丽的脸又忍不住心疼。他叹了口气,瞟过桌上,饭菜动过,有两双筷子。他想了想,收起一双筷子走了出去。

多想沉睡下去,永远不要醒来。他走了,他再也不会出现。这一刻无双真想随高睿而去,腹中一动,孩子不安地踢着她,她嘴唇哆嗦着,手抚摩着肚子,两行泪顺着她的眼角滑落。

"无双,你怎么样?还好吗?"谢林端着热粥进来见她醒了,关切地问道。

无双木然地说:"他走了。"

被他扔在地上的信重新回到了无双手中。谢林叹气道:"无双,你醒醒吧!这个人心里还念着天下。他拿什么和当今皇上拼?他难道不知道在山东时就是他的旧部告密才让卫大人找到了他?"

他走了,无双把信贴在胸口。她想起高睿的瘦骨嶙峋,想起他脸上不正常的嫣红,眼底生出无尽的悲伤。他又骗她,他连死都要骗她一回。高睿的眼眸在脑中浮现,那双别人永远也看不清眼底神色的双眸,只在望向她时清澈如水,盛满情意。

"无双,就当我现在是在做梦吧,你别唤醒了它。"

他给了她一个梦境,梦里总是黑暗,而黑暗中充满了他的气息、他的温柔、他的温暖的胸膛。那些在地牢中的日子像黑暗中盛开的曼陀罗,神秘幽香,散发出醉人的味道,蛊惑着她一步步陷进他编织的网里。

多么绝望的美梦!交织着仇恨的爱恋,抵死缠绵,却让她像扑进灯火的蛾,义无反顾,毫不后悔。她真想刺瞎双眼,一生一世,生生世世都停留在只属于他和她的黑暗梦中。如今他又编织了一个梦,决然地离开她,只为她能在这个梦里好好地活下去。肚子轻轻一动,肚皮轻轻拱起一角,这一脚踢醒无双。她擦去眼泪,轻声说:"我要养大这个孩子,谢师兄,你愿意做孩子的父亲吗?"

她突如其来的话让谢林怔住,他手足无措地搓了搓手道:"无双,我不是那个意思,我只想,只想不让你受伤害!"

"你愿意吗?做孩子的父亲,养大他。"无双转过脸,认真地又问了一遍。她神情平静,看不出悲喜,两只眸子深得像两口古井,波澜不惊。

"我,我可以陪着你养大他。"谢林心里叹息,最终还是不肯答应无双。

"谢谢你,师兄。"

谢林越听越不对劲儿,皱紧了眉,道:"无双,孩子不能没有母亲,你别想太多。"

无双脸上浮起一朵隐约的笑容,她轻声说:"师兄放心,我明白。"

京城郊外皇陵，高睿穿着银白色蟒袍，恭敬地在谢贵妃灵前磕头上香。他撑着地，颤颤巍巍地站起身，喘了口气等到眩晕过去。他掸了掸衣襟，撑着汉白玉栏杆望向天空。碧空如洗，阳光灿烂得让他眯缝了眼，就像初见无双时，解开帷帽露出的颜色，艳光四射，令他不敢逼视。

他对她都做了什么呢？从好奇到试探，从挣扎到深爱。明知她是间者，明知她和他是敌人，他却放不下、扔不下，只能用誓言迫着她，用武力强要了她。他霸道地闯进她的内心，霸道地窥尽她的隐私，逼着她露出真性情，逼着她爱上他。她真傻，用冰块砌成的面具被他的无情轻易地敲得粉碎。他多想宠着她，看她在怀里撒娇，像每个少女一样释放娇嗔。高睿怅然，上天为什么不多给他一些时间？

耳边听到声响，高睿回眸时，眼角余光扫到一角明黄色，他脸上漾起笑容，轻声唤道："皇兄，你来了吗？"

神兽旁转出身着明黄龙袍的高熙，他独自前来。

高睿再也撑不住，瘫坐在墓前石阶上，他轻笑道："皇兄，我没力气给你行三跪九叩的大礼了，你能独自前来，念着兄弟情谊，睿知足了。"

高睿的眼风若无其事地扫过一角，如他没有料错，他若有异动，卫子浩的弩箭会马上射穿他的胸膛。他笑了笑，这些都不重要了。

"三皇弟！"高熙心里感慨万千，最终吐出了这一声。他缓步走到高睿身前一丈外站定。高睿"噗"地笑了："皇兄不用担心，睿不会行刺你。我想见你一面，临死前有兄弟在身边想必不会孤单！"

高熙默默地看着他，缓缓开口道："父皇曾说过，若我坐江山，有三皇弟领军保国，我大齐自当强盛。朕不会杀你。"

他称朕的时候，高睿眼中闪过了然，高睿笑了笑，道："父皇赐死了母亲，当时我走得太匆忙，这还是头一回来她坟前祭拜。父皇没有降她的妃位，仍以皇贵妃礼下葬。母亲泉下有知会高兴的，父皇心里还念着她。你瞧，这里山清水秀，真是个好地方啊。睿生机已断，生前斗不过你连累母亲受死，死后想请皇兄应允，将睿埋在母亲身侧。不必立碑，能在母亲身边陪着她、侍候她就好。皇兄允吗？"

高熙居高临下地望着高睿，高睿昔日俊美的脸呈现出病态的嫣红，瘦得形销骨立，那双眼睛与眼里的骄傲却没有改变。高熙看清楚了高睿的眼神，以前从他眼中总看不出他的真实想法，此刻他眼中坦白诚实，带着满足的笑容。

高熙突然疑惑起来，他快要死了还这么坦然？他不怕死吗？成王败寇，他不知道想了多少次，当擒住高睿时一吐胸中的闷气，他要狠狠地折辱高睿，让高睿跪在他面前求饶。可是，高睿现在的神情却不是他想象的颓败。高睿悠然地坐在皇贵妃墓前的石阶上，含笑地看着他，仿佛高睿才是帝王，带着帝王的高傲，吩咐着他、命令着他。

高熙声音冷了下去："你一直不服气父皇的决定，你难道还有再胜的把握？"

"皇兄，你有治国的胸襟与手腕，睿也有，咱们兄弟无论谁做了皇帝都会是个好皇帝的，可宝座只有一个。我早对昕言说过，成王败寇，各安天命。"高睿说着感觉到了倦意，他背靠着石阶旁的栏杆，这样可以让他多撑一会儿，他微笑着从怀里拿出一张地图和一份名册道，"皇兄，你瞧瞧这个。"他用力将地图掷到高熙脚边，这一举动似耗尽了他全身的力气。他懒散地靠着栏杆，感觉到生命如沙漏般流逝。

高熙只瞟了一眼就神色大变："你居然有大齐地形矿藏险隘详图？！"他顿了顿，终于承认道，"凭这张图和你的旧部，还有你的能力，你至少就有五分的把握。因为病入膏肓，所以才不肯再次起兵？"

眼前的明黄色似离自己很近，又在模糊的视线中离自己很远。高睿抬头望向天空，想起了无双。

"皇兄，睿求你一件事可好？求你不要把我已死的消息说出去。"

这一刻，高熙看到了高睿眼中恳求的神色。高睿终于求他了，却是这样一个要求。

"为什么？"

高睿微笑道："地图是我送给皇兄的礼物。契丹狼子野心，总有一天会起兵南侵，地图上边境要隘地形标识得很详细，应该对皇兄有用。我曾去契丹想挑起战争从中渔利，等再回到大齐时，却发现皇兄治国有方，百姓在战后仍能安居乐业，睿便打消了主意。去泰山，是我联络旧部想找一个人叙旧，并非想起兵谋反。"说完这一长串话，他的神情又委顿了几分。他瘫坐在石阶上，风吹起他的宽袍，似要把他吹走一般。

高熙心头一热，想起了小时候的高睿。他聪明伶俐，会使坏招，喜欢在父皇面前表现自己。但高睿从来都不会对他下毒手，一向都用计谋和他斗。高熙看着地图,心底深处勾起了温情。天子总是寂寞的,此时的高睿仿佛只是他的弟弟。高熙顾不得卫子浩的警告,急步上前扶住了高睿喊道:"三皇弟,朕让最好的御医治好你,你别再说话了!"

高睿枯瘦的手握住了他的手,冰凉得没有热度。高睿目中闪动着泪光,哀求着他:"皇兄,答应我!"

"为什么?你告诉我为什么要不声不响地走?连墓碑都不要!"

高睿的目光穿过他看向远方,声若蚊蚋:"睿,也有想守护的人!"他再也没有力气说话,睁着眼睛望定高熙,心里有一个声音在喊着:无双,无双……

高熙落下泪来,他哽咽道:"朕应允你了,三皇弟,你走好!"

那双如江南烟波浩渺的眼睛应声而闭,曾经骄傲的三皇子睿,曾经奸诈狠毒的定北王睿就这般烟消云散了。他英俊的脸上露出浅浅的笑容,靠着栏杆似在小憩,似做着一个好梦。

冬来,小春湖飘起了雨雪。笑菲坐在火盆前扬眉一笑,弹出一曲《凤求凰》。杜昕言失笑道:"阴阳颠倒,成何体统?这曲该由我来吹箫才是。"

笑菲撇了撇嘴,道:"谁说的?我弹的曲子叫《凰求凤》。词曰:凰兮凰兮独凭风,风传箫音乞慕其凤。时未遇兮无所思,无所思兮相思谋!你是我用计谋赢来的,当然得唱《凰求凤》!"

杜昕言被她逗得哈哈大笑,指着她道:"你还说?害得浅荷差点儿栽进高睿这个火坑中,若她有什么事,看我怎么收拾你!"

笑菲哼了声道:"丁浅荷能有什么事?卫子浩对她上了心,你以为是我吃醋,不准她和你好吗?这是卫子浩的意思。对我嘛,当然一举两得。她要有事,你找卫子浩算账去!"

杜昕言就不明白了,为什么沈笑菲笃定他就不会爱上丁浅荷。

笑菲手指轻弹,狡黠地眨巴着眼睛道:"我不知道你心里是否对丁浅荷有意,我只知道,你守着她长大,青梅竹马,丁浅荷已经过了十七岁了,你却还不上门提亲,就有问题。你若真想娶她,早怕她被别人抢走了!对啦,子浩与丁浅荷现在如何?"

"谁理会他们?丁浅荷爱骑胭脂马,她本人就是头胭脂虎。她和卫子浩较劲儿,以为自己没忘记高睿。我看呀,子浩怕很要费点儿力气才能让这丫头醒过来!"

"哼,卫子浩也不是好人!"

杜昕言笑着刮了下她的鼻子,道:"子浩是被幼年的事刺激到了。他本性不坏,只是热衷仕途和权势。无双生了个女儿,你没见他提到外甥女的那个高兴样儿!若是他坏,还不早就……"他停住没再往下说,将笑菲搂进了怀里,下巴抵在她发间轻声道,"谢谢你,笑菲,谢谢你活着。"

笑菲轻叹一声,也伸手抱着他,喃喃地说:"我舍不得,舍不得花了这么多工夫还不能和你在一起。无双她,真苦!还好有孩子,有个痴情的谢林陪着她。不然,她可怎么过!"

两人心里同时想起无双与高睿,不由得叹了口气。

笑菲喃喃地道:"没想到他对无双深情至斯。"

杜昕言在她额头轻轻落下一吻,道:"笑菲,我绝不会比你先死,绝不会让你一个人孤单难过。"

"我知道。京城杜昕言风流,祸害千年嘛!"

房中笑声传出,冬日里,墙角一株老梅也笑了,笑着绽开了满树芬芳。

三年之后,一辆马车行驶在京郊驿道上。从车中探出一张可爱的小脸来,她指着远处巍峨的建筑脆生生地喊道:"娘,那里是什么地方?"

无双探出头来,望向皇陵的瞬间,手颤抖起来,她搂住女儿低声问道:"乖囡,你想去瞧瞧吗?"

"想啊!可以去玩吗?"

谢林微笑道:"囡囡,咱们只能悄悄地进去,那是别人家的园子,不能大声说话哟!"

小女孩儿懂事地点了点头。无双感激地看了谢林一眼,目光触及皇陵,心已开始疼起来。

黄叶被吹散了一地,三人偷偷潜进了皇陵。谢林低声说:"无双,我在这里等你。你带囡囡去,别待太久。"

"师兄,我……"无双声音哽住。

三年,谢林表面以囡囡的父亲自居,却从来没和她行过夫妻之实。无双曾让他离开,谢林沉默良久后,说:"无双,我是孤儿,从来没有家,就当你给我一个栖身之所可好?"

他留在她身边,陪着她和囡囡,看着她们笑,脸上会露出满足。无双不再撵他,两人从没提及过高睿,一天天看着囡囡长大。

心跳得很急,无双愧疚地看了眼谢林,握住囡囡的手道:"不能大声说话,跟娘去瞧瞧。"

脚步踏过黄叶发出簌簌的脆响,看到皇贵妃陵墓旁的那个小小的土堆,无双的泪终于一滴滴落下来。坟头青草依依,落叶飘落。

"囡囡,咱们把这里的黄叶都拾走好不好?"

"为什么呢,娘?"

"让它更好看一点儿呀!"

"是沙子迷了眼吗?娘流泪了。"囡囡嘟着嘴替无双吹眼里的沙。

无双强笑着亲了她一口,带着囡囡拾走了坟头的落叶。她擦干泪,从篮子里拿出香烛来,掂了炷香对囡囡道:"囡囡,你记住啊,这里面的人很疼你,他一直想看看你,你给他烧炷香好不好?"

囡囡接过香,懂事地拜了拜,认真把香插在坟头,拍拍小手笑道:"娘,我去找爹爹玩了,好吗?"

"去吧!"无双目送着囡囡扑进谢林的怀里,她轻叹了声回过头来说,"她真乖,以后会长成一个小美人儿,会有成群的小伙子登门求娶。你泉下有知,定会开心的。"

风吹过,卷起纸钱飞灰乱飘。无双闭上眼睛,仿佛又听到高睿对她说:"无双,就当我现在是在做梦吧,你别唤醒了它。"

泪水从美丽的眼中滑落,她低声说道:"这场梦一辈子都醒不来了。"